노천명 시와 페미니즘

노천명 시와 페미니즘

임 명 숙

 한국학술정보[주]

작가의 말

문학에 대한 매혹은 어디에서 오는 것일까. 좋은 음악을 듣노라면 맛있는 아이스크림을 먹는 기분이고, 멋진 영화를 보면 영화 속의 주인공이 된 듯 착각을 일으키기도 하지만, 누렇게 변해 버린 책을 오랫동안 간직하고 싶은 것은 역시 문학이 지닌 매혹이 아닐까 한다.

내 오래된 책장엔 소박한 책들이 제법 많이 꽂혀 있다. 앉아서 손닿기 가장 쉬운 책장 한 가운데엔 손때가 묻은, 유난히 내가 아끼는 빛바랜 노천명의 시집 한 권이 있다. "여인이 세상을 혼자 걸어간다는 일이 또 진정 외롭고 구성진 사실인지도 모른다"고 뱉어낸 노천명의 이 말은 딸로 아내로 어머니로 세상을 살아가는 사회적, 문화적 상황 속에서 이 땅의 여성들, 혹은 남성들까지도 공감하고 함부로 거두어내지 못할 노천명만의 아포리즘이 아닐까 싶다.

아담과 이브가 에덴동산에서 쫓겨난 이후 인간의 그 뻥 뚫린 가슴(실낙원)을 채울 수 있는 것들은 과연 무엇일까. 만약 태초의 말씀 그 한마디로 신이 인간을 창조했다고 한다면 이십 일세기인 지금, 인간이 신을 다시 재창조하는 것은 아닐까 두려워진다. 인간과 신과의 관계성이 수직에서 수평을 이루기까지 그렇게 긴 시간이 걸릴 것 같지 않다는 생각을 할 때 은근히 겁나는 것은 또 왜일까. 복제인간까지도 현실화 할 수 있는 인간의 욕망은 끝간데가 없는 것일까. 요즈음 뉴스를 접할 때 소스라치게 놀라곤 하는데, 자연이 비틀거리는 소리가 자꾸 들리는 것만 같고, 지구가 삐거덕거리는 소리도 점점 더 커져 가는 것만 같다. 이러한 상황 속에서도 하루하루 잘 먹고 잘 배설하며 잘 노동하면서 살아내기 하고 있으니 내 삶은 아직 안전한가 보다.

이따금 사람들 속에서 강을 본다. 흐르는 물처럼 사람들 곁에서 나는 강을 건너는 연습을 하며 산다. 물은 자연 그대로를 거스르지 않고 흐르건만 강을 거슬러 흐를 수밖에 없는, 그래서 늘 채워지지 않는 가슴, 그 가슴으로 유유히 흐르는 강물에 바스락거리는 낙엽 하나 띄워 보내는 여유로움 조차 가질 수 없는 현대인의 가슴을 무엇으로 채워야만 할까. 그 현대인이 바로 내가 아닌가. 이따금씩 아니 자주 곤혹스러워질 때, 나는 영화 <죽은 시인의 사회>에서의 한 대사, "현재를 즐겨라"를 떠올리곤 한다. 그 현재를 즐기기 위해 선택한 방법, 나만의 위반의 쾌감을 곧잘 찾아 나서곤 한다. 예컨대 강변도로를 질주하다가 차에서 내려 아스팔트 위를 맨발로 걸어가는 행위, 빨간색 신호등일 때 횡단보도를 몰래 가로질러 건너가는 충동, 때론 거짓말을 진실처럼 늘어놓는, 또 늘어만 가는 위선 속에서 겹겹이 포장된 나의 퍼소나(persona)를 발가벗기는. 이렇게 나는 내안에서 수없이 많은 위반 행위를 한다. 사실인즉 단 한번도 행동으로 옮기지 못했기에 남모르게 나만의 상상력으로 위반을 즐기며 살아가고 있으니 아마도 나는 속물근성이 너무도 큰 여자임에 틀림이 없는 것 같다.

이 연구서는 노천명 시인의 시텍스트를 새롭게 밝혀내고자, 즉 저항하는 독자가 되어 페미니즘적 시각으로 기존의 논의를 거스르며 '다시-읽기(re-vision)'를 한 것이다. 무언가 채워지지 않은, 그래서 라캉의 말대로 '바로 그것(the Thing)'이 어딘가 시텍스트 틈 사이에 숨겨져 있을 것이라는 믿음 하에 노천명의 시를 읽고 또 읽는 행위를 얼마나 반복했던가. 이같은 행위는 한결같이 노천명 시인을 "고독", "향수", "결손의식", "눈물의 시인" 등의 기표들로 귀결시키고 있다는 것에 대한 또 하나의 내 위반 행위인 것이다.

노천명 시인의 시텍스트에는 그 어디에도 이러한 기표들이 문어나지 않는다. 시인은 너무도 당당한 글쓰기를 보이고 있으며, 그의 여성적 글쓰기는 시 곳곳에 배어 때론 흘러 넘쳐, 페미니즘을 넘어서 휴머니즘 거기에 위치하고 있다. 그렇기에 노천명의 시텍스트는 매우 위험하지만 안전하며, 더욱 아브젝트(abject)한 기의들은 비천하지만 숭고하기만 하다. 그의 글쓰기는 근대, 그 한가운데에 있으면서 가장자리에 놓이기도 한다. 이러한 그의 문학은 불행이자 행이기도 하다. 인간은 제도에 편입되지 않고 살아갈 수 없는 존재이다. 그런데 제도를 거스르며 살아가는 동물 또한 인간뿐이니 이 모순을 어찌 설명해야 하는가. 프로이트 말대로 문명의 창조 근원이 에로스라면 문명을 창조한 인간이 행복해야만 할 터인데 왜 행복하지만은 않은가.

원고에 마침표를 찍고, 조금 가벼운 마음으로 행주대교 근처 카페에 앉아 낙엽 타는 향을 지닌 커피 몇 잔을 연거푸 마시고 있었다. 그때 유리창 밖으로 흐르는 건 물이 아니라 찬 바람이었다. 아마도 늦가을 바람, 아니 초겨울 바람이었으리라. 내 의지와 자유마저 나 스스로 박탈당한 채 원고에 파묻혀 계절의 바뀜조차 몰랐던 나를 발견하고 소스라치게 놀랐다. 노천명은 수없이 많은 계절의 바뀜 속에 가고 없는데, 그 곁에서 시인을 부르고 있었던 나는 그저 또 한 번 우반을 했다는 쾌감에 젖어 가을을 지워내고 낡은 시집을 천천히 접었다. 현재를 즐기기 위해서. 학문적 자세로서 내 가로지르기 하는 행위가 가을의 전설처럼 이 겨울에 살아남기를 간구하면서.

거친 원고를 정성껏 다듬어 책으로 출간해주신 한국학술정보 사장님과 관계자 여러분들께 진심으로 고마움을 전한다.

2005년 겨울, 거기에서
임명숙

머리말

이 글의 목적은 노천명의 시텍스트성을 페미니즘의 관점으로 접근함으로써 여성적 글쓰기를 새롭게 규명하는 데 있다. 여성적 글쓰기는 가부장적 담론에서 억압되고 은폐되었던 여성성을 회복하는 것으로 삶과 육체를 긍정하고 숨겨져 있던 것을 드러내는 글쓰기라는 점에서 무의식의 글쓰기와도 연관된다. 이때 여성적 글쓰기는 여성의 몸과 여성의 말하기를 강조하고, 상징질서에서 거부된 차이를 강조하여 다양한 요소들을 부각시키게 된다.

노천명의 시세계가 단일성으로 묶여진다면, 좀 더 거칠게 말하면 기존의 논의처럼 '고독'이나 '향수', '결손 의식', '눈물의 시인' 등의 기표들은 파토스 아래로 미끄러지는 여성, 주체로서의 여성보다는 '남성의 타자'로서 남성적 지배담론의 중심부가 아닌 주변부에 머물게 한다. 이는 곧 노천명 시인을 텍스트의 생산자로서 말하는 여성 주체로서 새롭게 보아야 할, 그래서 재고되어야 할 문제들을 수반한다. 다시 말해 노천명 시인이 처한 근대, 즉 사회적, 문화적, 정치적 상황 등은 젠더 공간과 연루되어 작품 속에서 드러나는 여러 양상들은 다층적인 의미망을 구축하고 있기에 다시-보기(re-vision)를 해야 할 필요성이다.

여성적 글쓰기를 규명하기 위해서 '젠더'라는 코드는 성별 구조 간의 다차원적이고, 또 때로는 체계적이지 않은 상호 관계성을 드러내는 핵심이 된다. 때문에 남근(phallic) 비평의 한계점을 극복하고, 또 여성의 텍스트가 성별의 불평등이나 사회적, 문화적으로 구성된 젠더 공간과 매우 깊숙이 연루되어 있다는 점을 간과하지 않고, 더 나아가 근대의 주체로서 여성, 즉 남성중심의 담론 등에서 발생되는 모순과 갈등, 굴절 등이 텍스트를 구조화하는 방식과 거기에서 기인하는 독특한 것 등을 찾아내기 위해 시텍스트의 의미 작용을 중심으로 다시 보기 함으로써 노천명의 글쓰기를 새롭게 규명하게 된다.

이러한 작업을 하기 위해 페미니즘 이론을 원용한 것은 객관성을 확보하는, 그래서 실용적인 고려이며, 더 중요한 것은 이론을 연결시킴으로써 여성 시인을 당대성이나, 또는 역사의 단일한 단선적 논리 속으로 가두거나 근대적 담론(남성중심 사고), 제도의 외부에 있는 비역사적인 타자성의 영역에 놓지 않으려는 의도이다. 더 나아가 페미니즘 이론적인 요소들이 여성적 글쓰기에 어떻게 부합되고 있는가라는 단순한 측면에서 벗어나 노천명의 시텍스트가 이러한 요소들을 어떻게 안고 있는가를 밝힘으로써 이론을 확인하는, 동심원적 의미를 갖는다.

여성의 육체성과 언술 양상, 그리고 아브젝션(abjection)의 기호적 의미 작용은 노천명의 글쓰기를 규명하는 데 있어서 그 핵심적 구조가 된다.

여성적 글쓰기를 규명하는 첫 번째 단계가 몸으로 글쓰기인데, 이때 여성의 육체성은 소위 근대로 진입한 당대성인 사회적, 문화적으로 형성된 젠더 공간에서 주체로서의 여성을 드러내는 요소가 된다. 여성이 욕망하는 섹슈얼리티적인 양상들은 비역사적인 타자성의 영역에 위치 시켜왔던 여성의 위치를 말해준다. 이러한 것들은 육체가 겪는 실제적이면서도 은유적인 경험들에서 여성성은 지배적인 남근중심의 논리를 전복시키기도 하고, 또 주변부에 위치할 수밖에 없는 근대, 당대성의 상황인 남성중심의 상징질서에서 주변적인 위치를 지워냄으로써 타자성을 극복한다. 노천명은 수동적인 여성의 이미지를 지워내고 능동적인 여성을 새롭게 부각시키고 있는데, 이때 여성성의 현현 과정은 과거(역사, 설화)의 여성 인물을 통해 드러난다. 여성적 이미지의 표상과 여성적인 것들은 막연히 과거의 여성성에 대한 동경(향수)이 아니라 세계를 주체적으로 인식하는 바로 거기에 있다. 그래서 여성/남성의 양가성을 표현하는 핵심 영역으로, 더 나아가 근대로 진입한 시대적 상황 속에서 사회적, 문화적, 정치적으로 복잡하게 뒤얽혀 있는 담론 속에서 여성을 새롭게 언표화 함으로써 일정한 형태로 고정시키는 전근대적 사고를 전복하는 기능으로 담당한다. 이것은 시인이 몸으로 글을 쓴 것이 아니라 그것들을 몸으로 정신으로 체화하였기에 가능한 것이며, 그래서 자기 진행형의 글쓰기이며 다원성과 유동성을 지향하는 글쓰기를 이루고 있다.

여성으로 말하기의 층위에서는 여성이 무엇을 말하는가가 아니라 왜 그렇게 말하고 있는가에 대한 논의이다. 노천명의 언술 양상은 크게 두 측면으로 대별되는데, 그 하나는 여성이 주체로서 말을 할 때 언술의 가로막힌 상태를 드러낸다. 이때 기호적 의미 작용은 말줄임표이다. 말하는 주체가 말을 더 이상 하지 않고 말 줄이기를 함으로써 여성 의식은 단순한 문장, 문맥의 생략이 아니라 이미 기호 속에 현존하고 암시되어 있다는 것을 대신한다. 이는 근대, 즉 당대성의 상황을 드러내는, 그래서 주변부에 처한 여성의 말하기의 언술 전략의 하나이며, 말하는 주체 스스로가 자신이 뱉어낸 언술 속에서 의미를 분절하고 절단시킴으로써 청자로 하여금 명확하게 이해할 수 없게 하는 동시에 그 언술에 동조하게 하고 효과적인 의미를 보유하게 된다. 반면 말을 계속 늘리기 하는, 즉 풀이표를 사용한 언술 양상의 특성은 주체적인 여성으로 말하기를 드러낸 측면이 된다. 단어, 어절 중간과 끝에 반복적으로 말 늘리기를 함으로써 시인의 목소리에 그것들을 지시하고 스스로 담아내어 주변성을 거두어내고, 언어의 수행에 있어서도 주체로서 여성의 말하기의 중심성을 드러낸다. 이러한 언술 전략들은 여성 주체로서 아브젝트한 양상들 거기에서 시인만의 목소리를 담아내는 구심점이 된다.

아브젝션의 기호적 의미 작용은 노천명의 글쓰기를 새롭게 규명하는 주요 단계이다. 주체적인 시선과 응시 속에서 아브젝트한 양상들은 다양한 기호들과 관계되는데, 근대와 양이데올로기 속에서 변용되어 의미 생성을 해낸다. 이때 시인의 시선과 응시는 주체와 타자와의 관계성으로 묶여진다. 서로 대립되는 두 계층의 부조화를 밀어내기도 하고, 또 때로는 거절하는 것이 아니라 아브젝션의 심연을 향해 긴장하고 있는 의미망이나 기호들의 동질성 속에서 무한한 차이들을 그러모은다. 그래서 윤곽을 그릴 수 없는, 고통과 진실이라는 양가적인 아브젝트한 것들이 양이데올로기를 가로지르고 말하는 주체의 욕동 속에서 시인의 글쓰기의 큰 축을 이룬다. 시인은 자신의 아브젝트한 상태를 드러냄으로써 의식을 광범하게 펼쳐 '감옥'과 같은 지독한 그 곳에서 존재 자체가 죽음의 공포인 바깥으로부터 안을 분리하지 않거나 바깥에서 안으로 혹은 안에서 바깥으로 끊임없이 들이마시는 숨 막힘, 현기증으로 드러낸다. 현기증은 젠더 공간이라는 그 곳에서 분열과 모순뿐만 아니라 시대적 상황, 즉 남성중심의 담론적 관계들의 다양한 측면에서의 복잡한 뒤얽힘이다. 이러한 것들이 시적 주체와 아주 닮은, 그리고 불가능한 동일성과 결합하므로 아브젝트에 의지하는 시인의 글쓰기는 불안정하지만 여성 주체로서 그것이 바로 주체를 극복하는 힘의 원천으로 작용을 하기 때문에 매혹적이다. 매혹적인 여성 주체는 이 땅의 딸들인 여성, 곧 여인이며 어머니로서 아브젝션된 몸으로 타자를 품는다. 타자를 품는 것은 몸 안에 이물질을 담는 것이다. 바로 타자를 품어서 탄생시키는 사랑과 고통이라는 무의식이다. 이러한 어머니의 몸은 온갖 굴욕을 유산으로 받았기에 슬프지만, 그것이 바로 대상천시된 몸으로, 여성 주체로서 극복하는 힘의 원천으로 작용하기 때문에 가장 비천하지만 가장 숭고한, 그래서 여성 주체로서 매혹적인 주체가 된다.

　노천명 시인의 글쓰기는 경계선상 바로 그곳에 놓인다. 여성적 글쓰기 거기는 근대, 가장 한 복판이기도 하고 가장자리이기도 하며, 거기에서의 그의 문학은 불행이며 행이기도 하다. 그곳에서의 시인은 여성, 여인이며 어머니이다. 경계선상에 있는 여성적 글쓰기 거기, 그곳에서 의미 생성을 해내는 노천명의 글쓰기는 매우 불안정하지만 견고하기도 하다.

목 차

제1장 노천명과 문학

이 글은 한국 현대 여성시의 텍스트성을 새롭게 밝히고자 함에 그 목적이 있다. 본고에서 텍스트라 지칭하는 것은 노천명 시인의 작품을 중심으로 한 텍스트를 말하고, 시텍스트성을 새롭게 밝히고자 하는 것은 기존의 논의를 거스르거나 벗어나는 것이다. 이 같은 작업은 텍스트를 구성하는 중심축, 즉 여성 주체의 육체성과 언술 양상, 아브젝션의 의미 작용 등이 '젠더(gender)' 공간에서 어떠한 양상으로 드러나고 있는가를 심층적으로 분석함으로써 궁극적으로는 노천명의 글쓰기를 규명하고자 하는 것이다. 곧 어느 하나로 환원할 수 없는, 마치 복잡한 실타래처럼 얽혀있는 시텍스트를 다시 읽기 함으로써 여성적 글쓰기에 대해 또 하나의 해답이나 근거를 제공할 수 있기 때문이다.

예컨대 기존의 논의에서처럼 노천명의 글쓰기를 '고독', '향수', '결손의식' 등의 기표에 매어 놓음으로 해서 심리적으로 박약하고 센티멘탈하며, 역사의식이 결여된 여성시인이라고 규정해 버린다면 남성중심의 편향적 사고 속에서 벗어나지 못한 전근대적인 발상에 안주하는 것이 되거나, 혹은 여성의 글쓰기를 무비판적으로 신비화하거나 단순히 시텍스트를 여성의 파토스라는 고정관념으로 묶이게 한다. 때문에 노천명과 그의 시세계가 기존의 남성 중심적인 읽기와 성별화된 상태에서 벗어나기 위해 새롭게 전유하는 방식을 진지하게 탐구해야 할 필요성이 있다. 왜냐하면 여성의 텍스트가 성별의 불평등 구조뿐만 아니라 광범위한 사회적, 문화적 구조에도 매우 깊숙이 연루되어 있다는 사실을 간과할 수 없기 때문이다. 더 나아가 무의식적이든 의식적이든 성의 차이는 남성적 지배담론과 연유될 때 노천명의 시

18

에 대해서 논의된 것들이 무언가 석연치 않은, 그래서 해결되지 않은 그 무엇이 있을 것이라는 의구심을 갖기 때문이다. 이러한 것들은 시텍스트에 대하여 재고할 것들로서 지배적인 성차 규범에 문제를 제기하고, 치밀하고 꼼꼼한 텍스트 분석을 통해 다양하게 드러나는 의미 생성과정 속에서 새롭게 밝혀져야 할 것들이다. 이는 곧 노천명의 글쓰기 특성을 새롭게 자리매김 될 수 있게 할 것이다. 이 과정들은 페미니즘적 관점1)에서 이루어지는 것들이다. 이는 서구를 중심으로 펼쳐진 페미니즘의 다양한 이론들을 실제작품에 적용하여 분석하였을 때 드러나는 요소들이 여성적 글쓰기에 어떻게 부합되고 있는가라는 단순한 측면에서 벗어나 노천명의 시텍스트가 이러한 요소들을 어떻게 안고 있는가를 밝힘으로써 이론을 확인하는 작업으로서의 일환이 되기도 한다.

문학의 정전을 확립하는 것은 누구이며, 그것은 누구의 흥미를 만족시키는가 하는 문제로 이어진다. 이때 노천명의 작품이 남성시인들의 작품처럼 정전이라 읽혀져 왔다면 과연 '누구의 시각에서 읽혀진 것일까' 하는 부분에 의문을 가질 수 있다. 곧

---

1) '페미니즘'은 그 동안 우리의 삶과 사고방식을 지배해 온 남성중심 사고를 지적하고 비판하는 가운데 '성' 범주를 중심축으로 새로운 패러다임을 만들어 낼 것을 촉구하여 왔다. 이런 문제의식은 한국 여성문학에도 영향을 미쳤고, 인간의 보편적 경험과 정서 대신 '성'에 따라 서로 다른 남성주체/여성주체의 경험과 정서에 입각한 다시 읽기 작업이 활발하게 일어났다. 이는 '성'에 따라 문학에 대한 시각도, 작품을 읽는 방법도 다를 수 있다는 인식으로서 그동안 확고한 진리의 자리를 차지해 온 문학 전통과 정전의 보편성 혹은 객관성을 재검토하는 중요한 근거가 된다. 때문에 페미니즘은 기존 문학사와 정전이 남성중심으로 구축된 편파적이고 배타적인 것이었음을 밝혀내고 더 나아가 그런 편파적인 전통이 아닌 새로운 문학전통을 형성해 내는 길을 모색한다.
본고는 페미니즘의 '성'의 범주를 좀 더 확장시켜 '젠더'까지를 논의의 중심으로 다룬다.
태혜숙, 「페미니즘과 영미 소설」, 『페미니즘 시각에서 영미 소설 읽기』, 박희진 외, 서울대학교 출판부, 1993, 1쪽.

이러한 의문은 남성적 시각과 여성적 시각의 차이는 무엇인가
에 대한 의문이며, 이는 '젠더' 공간을 상정하여 페미니즘적 비
평의 방향으로 향하게 하고, 나아가 연구 분야를 다양하게 열게
한다. 그 가운데 하나의 논의가 '여성적 글쓰기'라고 할 수 있다.
  한국 현대 여성시의 출발점을 이루는 1920년대부터 50년대까
지 여성시인이 처한 시대성을 말할 때에 일제하와 한국동란이
라는 커다란 패러다임 속에서 '근대성(modernity)'을 떠올리게
되는 것은 그리 낯설지만은 않다. 이때 '근대'라는 개념은 다의
적이고 한마디로 딱 잘라 말할 수 없는 애매모호한 의미를 가
지고 있음에도 불구하고 오랜 사회변화 과정, 즉 다양한 문화적,
정치적, 경제적 구조 간의 체계적인 상호 관계에 관심을 갖게
된다. 이러한 구조에 대한 것들은 문학 텍스트 속에서 다양하게,
즉 담론, 이미지, 서사 등에 깊숙하게 스며들어 단일한 통합적
이데올로기나 세계관으로 쉽게 조합될 수 없는 다양한 목소리
와 전망을 드러내고 있다고 볼 수 있다. 어떤 정치적(이데올로
기적) 관점에서 보면 해체적으로 보일 수 있는 텍스트도 다른
맥락에서 읽으면 지배이데올로기의 담지체가 되기 때문이다.2)
이때 페미니즘이 대화의 정치학3)형식을 이루고 있다는 주장에

---

2) 아네트 쿤은 여성주의 텍스트 분석이 속성상 이데올로기 비판이라
   고 말한다.
   '텍스트 분석은 의미화 과정을 드러내려는 목표를 갖는데, 그것은
   의도하건 의도하지 않건 이데올로기의 텍스트적 작용을 폭로한다.
   이러한 이데올로기 작용의 기저를 도려내고 텍스트를 바라보는 대
   안적인 방식을 제공하는 여성주의 텍스트 분석은 이데올로기 안에
   개입하고 있는 것으로 간주 될 수 있다'는 것이다.
   수잔나 D. 월터스, 『이미지와 현실 사이의 여성들』, 김현미·김주
   현·신정원·윤자영 옮김, 도서출판 또 하나의 문화, 1999, 205쪽.
3) 학자들에 따라 조금씩 확장되거나 또는 달리 사용되겠지만, 바흐친
   의 영향을 받은 크리스테바의 정신분석학을 토대로 하는 페미니즘
   이론은 남성/여성의 대립관계를 벗어난 '대화'의 정치학이라고 볼
   수 있다. 줄리아 크리스테바의 『공포의 권력』, 서민원 옮김, 동문
   선, 2001. 참조.

조금이나마 정당성이 존재한다면, 가부장제하의 남성/여성이라는 상호관련 속에서 분명히 과거에도 여성만의 목소리는 존재한다는 것을 염두에 두고 이에 대한 여성 시인의 시텍스트의 주의 깊은 개입으로 연구는 계속 확장될 필요가 있다. 이는 단순히 남성/여성이라는 이분법적 관계를 여성 시각이라는 결코 유리하지도 않은 위치에서 단초하는 것이 아니라 역사적, 시간적 과정 속에서 한 개인으로서 시인이 처한 환경. 즉 당대 가부장제하의 사회적, 문화적으로 구성된 젠더 공간에서 여성시인의 글쓰기는 어떻게 이루어져 왔는가를 진지하게 고려할 필요성을 갖게 한다. 여성성과 근대성은 서로 교차하면서 특수한 사회, 문화적 정황에 차별적으로 작용하기 때문이다. 왜냐하면 당대의 여성시인들과 남성시인들의 문단 생활이 차이가 아닌 차별로 감지된다는 것 또한 이젠 익숙한 일이 되어버렸거나, 혹은 아직도 남성중심 사유(비평)에서 그렇게 자유롭지는 못하다는 것을 말해 주는 측면이 되기 때문이다.

이러한 맥락에서 볼 때에 노천명 시인은 근대와 남성중심의 문단에서 중심부보다는 주변부의 위치에 있었던 시인이었음4)을 간과할 수가 없다. 그래서 이러한 상황, 즉 젠더 공간의 상황을 무시하지 않고 논의할 때에 작품 속에서 드러나는 여러 양상들은 여성의 육체, 여성성, 여성의식, 언술 양상 등의 구조 속에서 다층적인 의미망을 구축한다고 볼 수 있다. 이는 시텍스트의 의미가 텍스트 상호간의 복잡한 관계망을 통해 생산되기에 시인의 작품 속에는 남성중심 사회에서 여성으로서 겪어야 하는 여러 양상들이 의식적이든 무의식적이든 침투되어 성차의 위계질

---

4) 이희경, 「페미니즘 관점에서 본 노천명 시」, 전북대 박사학위 논문, 1999, 18-32쪽 참조.
   이희경은 남성중심 문단과 이중적 기준이 남성의 공적/역사적 영역과는 달리 여성문인, 즉 노천명을 사적으로 한정된 영역에 위치시켰다고 논의하고 있다.

서와 연루될 수밖에 없기 때문이다. 이러한 것들은 모순과 갈등, 굴절 등이 텍스트를 구조화하는 양식과 거기에서 기인하는 독특한 것, 즉 시인의 글쓰기의 특징을 규명하는 데 중심에 놓이게 된다.

그렇다면 남성중심의 전통 사회에서 '이상적인 페미니즘 비평'이란 기존의 논의에서 과연 있을 수 있었으며, 또 지금도 진행되는 가운데 도달할 수 있는 것일까?

페미니즘적 독해는 종종 지배담론과 미학적 대항담론이 모두 경쟁적인 남성성이라는 오이디푸스적 모델5)을 기준으로 삼아 여성적인 것들을 공공연하게 경멸한다는 점에서 시작된다. 때문에 페미니즘적 시각으로 기존의 작품을 '다시ㅡ보기(re-vision)'6) 하고자 하는 것은 단지 작품을 해석하는 것이 아니라 독자(논자)의 의식을 바꾸고, 읽을거리와의 관계를 바꿈으로 해서 세계를 변혁하는 것을 목적으로 한 하나의 정치적 행위이기도 하다. 여기서 정치적인 행위란 그간 남근중심 비평에서 간과되었거나 왜곡되어진 채로 읽혀져 왔던 부분에 저항하는 독자가 되어 거스르며 읽거나 가로 지르기의 행위인 것이다.

따라서 본고가 분석의 출발점이자 논의의 토대로 삼은 젠더공간은 단순한 것이기도 하며, 복잡하기도 하다. 이는 페미니즘 이론이라는 렌즈를 통해 노천명의 여성적 글쓰기가 나름대로 규명되어지기까지 다음과 같은 질문을 안고 출발하기 때문이다.

---

5) 라캉과 프로이트식, 즉 정신분석학적 분석틀에 의존한다면 '오이디푸스'가 여성과 재현의 관계를 정의하는 지배적인 은유가 되어 여성들에게는 문제가 된다. 오이디푸스식 은유를 거대 지표로 사용하면, 여성은 언제나 '남성의 타자' 또는 '결함 있는 남성'에서 벗어나기 어렵다.

6) 'revision(교정)'이란 단어를 're-vision'으로 변형시킨 것으로 다시ㅡ보기는 리치가 처음 사용한 말이다. 되돌아보는 행위, 신선한 시각으로 다시 보는 행위, 새로운 비평적 방향에서 옛 텍스트로 돌아가고 다시 고쳐보는 행위 등을 의미한다.

과연 여성의 여성적 글쓰기7)가 새로운 것인가? 남성이 썼다면 남성적 글쓰기가 아닌가? 단순한 논리로서 그리 대단한 것도 아닐 수 있지 않은가? 이러한 질문들을 스스로 안았을 때, 즉 남성의 시각에서 읽혀질 때와 여성의 시각에서 읽혀질 때에 이차적이라거나 주변적인 것으로 치부되는 여성적인 현상에 핵심적인 중요성을 부여한다면 앞으로 이루어질 논의가 그렇게 하찮은 것만은 아니지 않을까 한다. 그렇기에 남성중심의 읽기에서 밀려나거나 혹은 왜곡되거나 간과되어 있는 것을 찾아내고자 하는 것은 여성문학의 정전으로 새롭게 자리매김 되기 위한 목적을 지니기도 하는 것이다. 때문에 본고의 논의 과정들은 기존의 논의들을 가로지르기도 하고, 혹은 도전하여 저항하고 다시 해석하는 방식으로서의 거스르기인 것이다. 이러한 행위들은 역사, 사회, 문화적 상호관련하, 즉 젠더 공간에서 여성시인의 목소리가 가려져 있거나 왜곡되고, 또는 미처 보지 못해 간과된 것들을 찾아내기 위해 필수불가결한 것들이다. 궁극적으로는 남성 중심적 사유 전통을 벗어나지 못했던 근대, 그것에서 형성된 남성/여성이라는 대립구도하에, 즉 우월/열등 등의 많은 요소들에 세심한 주의를 기울여 젠더 공간에서의 복합적인 의미망을 구축하고 있는 시텍스트의 의미 작용을 중심으로 노천

---

7) 우리 문학사에서 보면—지금은 수정되었지만—여성 작가에게 소위 '여류'라는 해괴망측한 수식어를 붙여 취급했었다. 남성 작가들의 글에는 소위 政事가 논의되고 있는데 반해, 여성의 글에는 생활사가 논의되어 있기 때문에, 여성 작가의 작품 세계는 하찮은 것을 취급한다는 인식이 그것이다. 이러한 인식은 문제점을 안고 있다. 여성의 자리로 규정된 사적인 영역이나 남성의 영역으로 규정된 공적인 영역의 구분이 과연 본래적인가. 혹은 문화/역사적인 것인가의 문제가 그것이다. 만약 본래적이라고 한다면, 여성 성향으로 규정되는 탈역사, 탈정치적인 성향이 과연 바람직하지 못한 것인가라는 문제이다. 이러한 문제는 여성적 글쓰기가 과연 존재하는가라는 문제와도 연관지어 논의될 수 있다.
최동현·임명진 편, 『페미니즘 문학론』, 한국문화사, 1996, 9쪽 참조.

명의 글쓰기 양상을 새롭게 규명함으로써 현대 여성시의 텍스트성을 밝혀내고, 더 나아가 한국 현대 여성시의 가치 창출을 이루고자 하는 것이다.

1. 노천명 시의 텍스트성

한국문학사에서 여성 문학인들이 본격적으로 작품 활동을 한 1930년대에서 가장 주목되는 여성시인은 노천명[8]이라고 해도 과언이 결코 아닐 것이다. 지금은 여성시인이지만 소위 '여류시인'이라고 불리웠던 노천명에 대하여 왜 그렇게 많은 논자들이 관심을 갖고 연구해 온 것일까? 이는 크게 두 측면에서 짚어볼 수 있다. 그 하나는 노천명이 한국 현대사의 질곡 속에서 살다 간, 그리고 현대 여성시인으로서 선두(시대적으로)에 있었다는 것과 다른 하나는 작품성에 대한 관심이 아니었을까 한다.

본고는 연구 목적과 관련시켜서 기존의 논의들을 기존 연구의 방향성에 대하여 간단히 짚어 본다. 부언하면 논자들의 성별에 따라서 노천명의 평가가 어떻게 이루어져 왔는가를 살펴봄으로써 남성과 여성의 시각 차이성을 부각시켜보자는 것이다. 아울러 비교적 호평과 혹평을 대별하여 부분적이나마 짚어보기로 한다.

첫째, 작가의 생애 중심, 즉 전기사적인 측면인데 이 같은 시각은 역사주의적 관점(비평)의 일환이라 할 수 있다. 이러한 범주에서 논의된[9]것은 비교적 초기의 논의가 주축을 이루고 있으

---

8) 노천명은 1930년대 박귀송의 「시단비평」, 『신인문학』, 1936, 1에서 최재서의 「시단 전망」, 『문학과 지성』, 1938. 지금까지(석,박사논문, 그리고 단평 등) 여성문학사에 있어서 가장 많이 논의된 시인이라고 볼 수 있다.
9) 김용성, 『한국 현대 문학사 탐방』, 국민서관, 1973.

며, 시인의 생애적 사실과 텍스트와의 관계성을 검증, 확인하는
과정들로서 의미 있는 반면, 전기사적 고찰에 치중한 나머지 심
층적인 분석까지는 나가지 못하는 한계를 갖는다.

둘째, 전기적 고찰을 포함하여 문학사적인 측면에서의 논의
들10)이라 할 수 있다. 이러한 연구들은 전기사적 고찰에서 한 발
더 나아가 작품성을 밝히는데 성과를 이루었다고 할 수 있다.

"천명에게 온 것은 흐르는 눈물이 아니라, 잦아드는 눈물이며,
정서를 범람시키지 않는 것"이라고 언급한 김광섭, 그리고 이봉
구의 "살을 깎듯 고독을 안으로 심화시킨 고독의 화신", "독신
여성의 삶, 타고난 기질 등에 기인한 고독과 향수"라고 바라보는
최태응, "고독과 향수의 시인"으로, "고독과 니힐을 노천명의 시
의 특질"로 규정하는 이건청과 권도현 등의 논의에서 '고독', '향
수', '눈물' 등의 기표들이 노천명 시세계의 근간을 이룬다는 면
에서 일치한다. 또한 "우수한 민족시인"이라고 비교적 호평을 하
는 이성교,11)그리고 "그의 시는 섬세하면서도 청순한 언어감각을
바탕으로 하여 자아발견을 위한 성실한 노력과 생의 원상을 탐

이어령, 『한국 작가 전기 연구』(上), 동화출판사, 1975.
최 연, 「노천명의 생애」, 『문학사상』, 1975, 5. 등을 토대로 하여 현
재까지 노천명의 생애사는 석,박사 논문에서 거의 빼놓지 않고 쓰
여 왔다.
10) 김광섭, 「시인 천명과의 교우와 회상」, 『자유문학』, 1958, 7.
최태응, 「까다롭고 꼿꼿한 노천명」, 『현대문학』, 1962, 12.
이봉구, 「나에게 레몬을」, 『문학춘추』, 1965, 4.
이성교, 「노천명의 시세계」, 『현대시학』, 1972, 4.
권도현, 「고독과 니힐의 부정문학」, 『현대문학』, 1973, 10.
윤재근, 「시정신과 그 비극성」, 『현대문학』, 1975, 5.
오세영, 「무한에의 그리움」, 『꿈과 시』, 푸름사, 1993.
황재군, 「노천명 시연구」, 경원대 논문집 제5집, 1987.
문정희, 「노천명 연구」, 동국대 석사학위논문, 1980.
안인균, 「노천명 연구」, 숙명여대 석사학위논문, 1984.
정영자, 「노천명 시 연구」, 강용권 송수논총, 1986.
손미영, 「노천명 시 연구」, 성신여대 박사학위논문, 1994.
11) 이성교, 「노천명 연구」, 성신여자사범대학 연구논문집 1집, 1968.

구하기 위한 진지한 안간힘을 보여 주었다. 무엇보다도 그는 이 땅의 신여성들이 그 사회적 위치를 자리 잡기 위해 방황하던 식민지 치하에서, 또한 형성기에 처해 있던 한국 시단에 뿌리내리려 몸부림치던 여류시의 여명기에 있어 불운하게 살다간 여인상으로서, 그리고 고독하게 죽어간 여류시인으로서의 상징성을 지닌다."는 김재홍12)은 노천명 시인이 처한 시대적인 상황과 작품성에 대하여 심도 있는 논의를 보인다.

반면, "언어 감각이 굉장히 무딘 여자"라고 평가하는 정태용,13)"현실도피주의, 복고주의적 경향과 여류라는 사실이 프레미엄으로 붙었을, 소녀적인 센티멘탈리즘은 그의 핵심일 뿐더러 마침내는 그의 삶까지도 결정하는 것이 되고 만다. 고독은 심화되어 배타적인 데까지 나아갔으며, 피해망상에 가까운 불안과 초조가 시에 전면적으로 확산되는 것을 본다. 그의 유치한 현실인식이 당시의 신여성의 대부분의 그것과 마찬가지로, 얼마나 그릇된 것이었었는가. 옥고 중에서 쓴, 또는 옥중 생활을 주제로 해서 쓴 넋두리, 신세타령, 원망의 시가 재미없는 것은 당연한 일이다. 정말 애국심에 불타서였는지 그 동안의 행태를 빚 갚기 위해서였는지는 알 수 없지만, 이들 시들은 하나같이 공소하고 피상적이다. 이 시들은 친일시-해방후의 애국시-부역 행위로 일관되는 천명의 부정적 측면의 연장임은 너무나도 뻔한 사실이다."라고 신경림14)은 논의 전반에 걸쳐서 노천명과 그의 시세계에 대하여 혹평을 하고 있다. 이러한 평가는 논자의 도그마로 여겨지는데, 물론 도그마가 비평하는 자의 필연적 요소15)이기도 하지만 연구

---

12) 김재홍, 「盧天命 -失樂園의 詩 도는 모순의 詩-」, 『한국현대시인 연구』, 일지사, 1986.
13) 정태용, 「노천명론」, 『현대문학』, 1967, 10월호.
14) 신경림, 『모가지가 길어서 슬픈 사슴은』, 지문사, 1981.
15) 리드에 의하면 비평의 직능은 '도그마'를 설정하는 일이다. 작품을 읽고 해명하고 판단하는 기준이 도그마인데, 이 도그마 자체도 비평하는 것이 비평의 직능이라는 것이다.

방법에 있어서 객관성을 확보할 수 있는 이론이나 시텍스트의
심도 있는 분석도 없이 그저 생애사와 작품을 뭉뚱그려 평가했
다는 점에서 한계를 갖는다. 또한 이러한 시각은 아주 대표적인
남성 중심적인 사고로서 여성을 폄하시킨 것으로, 여성시에 대하
여 남성중심의 사유를 그대로 드러낸 것이라고 볼 수 있다. 물론
노천명 시인의 개인적 삶과 작품이 상호관련성을 맺는다는 부분
에서 어느 정도 긍정적인 부분을 안고는 있지만, 예술가의 작품
이 개인의 생애와 딱히 들어맞지는 않는다는 것과 논의의 객관
성을 확보하지 못한 점에서 볼 때, 작품성에 대한 논의보다는 개
인적, 인상비평의 측면에서 벗어나지 못한 것이라고 할 수 있다.
　여성 논자들의 논의들을 살펴보면 다음과 같다.
　정영자는 "한의 민족 정서에 바탕하고 있는 시인"으로 규정하
고 "고독과 구원에의 의지를 시화하였다"고 언급하였다. "고독
과 향수가 현실도피적인 세계를 지향, 자기를 보호했다"고 평가
하는 김지향의 논의는 노천명의 고독과 애정의식에 초점을 두
고 있다. 노천명의 전기사와 작품성에 대해 손미영은 시적 변모
양상을 향토적 정서와 절대 고독의 미학 범주에 넣음으로써 기
존의 여성 논자들과 그 맥을 같이하고 있다. 그 외 다수 여성
논자들의 평가에서도 역시 '고독', '향수' 등의 기표들은 모두 드
러나고 있다.
　다음으로 논의된16)것들은 그 방법론에 있어 형식주의적 비평
의 범주로 볼 수 있는데, 주로 시어나 문체론적 특징에 대한 관
심이다. 허미자는 바슐라르의 4원소론을 중심으로 논의하였고,
동시영은 시를 서술적 구조와 공간적 구조로 보고 수직 수평
공간을 규정하여 노천명의 역사적, 환경적 요소를 시와의 상호

　　문덕수, 『문학의 이해』, 시문학사, 1998, 336쪽.
16) 허미자, 「한국여류시문학연구-의식의 물질상징과 내면성을 중심으
　　로」, 단국대 박사학위논문, 1979.
　　동시영, 「노천명 시의 기호론적 연구」, 한양대 박사학위논문, 1994.

보완적 관계로 밝히고 있다. 이는 노천명의 시세계를 새로운 시각으로 바라보았다는 점에서 의의는 있으나 기호론적 의미에 치중한 나머지 작품에 대한 심층 있는 분석이 이루어지지 않은 점에서 아쉽다. 문체나 여성 언어에 있어서 김현자의 논의17)가 주목되는데, 그는 노천명 시의 중심어를 자연적인 상상력으로 규정하고, 풍부한 어휘, 감각적 언어의 민감성, 서술투의 언어, 은유적 우수성 등을 언급하였다. 그의 연구는 노천명의 시세계를 문학사적인 측면과 총체적으로 아울러 한국 현대 여성시의 흐름을 정립하였다는 점에서 큰 의의를 갖는다. 그밖에 김현자·이은정18)과 김옥순,19)그리고 이희경20)등 최근에 이루어진 논의가 있다. "노천명은 지성적인 자의식과 열정적인 의지로 여성성과 내면성을 응시하는 객관적 형상화의 방법과 언어의 절제를 통해 체념적이고 순응적이었던 기존의 여성시의 지평을 넘어 새로운 시의 화법을 개발했다는 점에서 의의를 갖는다"는 김현자의 논의는 여성성, 그에 대한 양가성을 밝힘으로써 노천명의 시세계를 증폭시켰다고 볼 수 있다. "남성적 시각과 여성적 시각을 공유한 노천명의 시세계가 결국 가부장적 사회에서 타자성과 의사소통의 단절을 보여주는 여성적 사실주의에 입각해 있다"는 김옥순의 논의는 노천명을 타자성에서 벗어나지 못

---

17) 김현자, 「고독한 五月의 시어」, 『문학사상』, 1975, 5.
　　김현자는 노천명의 시세계를 자연어가 만들어내는 밝고 화사한 세계. 둘째, 자의식과 절제의 미감. 셋째, 다성적 언술과 객관적 화자의 시선으로서 세련된 이미지 구사의 수칙, 원형적인 정서, 감정의 통제들을 특징으로 보고 있다.
　　김현자, 「식물적 상상력과 절제의 미학」, 『노천명 전집』1, 솔, 1997, 295-317쪽 참조.
18) 김현자·이은정, 「한국현대여성문학사」, 『한국시학연구』, 제5호, 한국시학회, 2001.
19) 김옥순, 「노천명 시에 나타난 페미니스트적 시각」, 이화어문논집 14. 1996.
20) 이희경, 「페미니즘 관점에서 본 노천명 시」, 전북대 박사학위 논문, 1999.

한 시인으로 매김하고 있다. 이희경의 논지는 당대성, 즉 사회, 문화적 상황, 남성중심의 문단 상황에서 여성으로 글쓰기를 했던 노천명의 위치를 페미니즘이라는 렌즈를 통해 새롭게 조명한 것으로 의의가 있다. 여성 문학이 당대성으로 인해 주변부에 위치한 상태를 객관성을 확보하여 거론했다는 점은 노천명에 대한 연구가 앞으로 폭 넓게 진행될 수 있는 길을 열어 놓았다는 측면에서 시사적이며, 가치 있는 논의라고 할 수 있다.

　여성 논자 가운데 노천명의 시를 폄하하거나 혹평하는 그 일부분을 짚어 보도록 한다.

　이인복21)은 "우리는 노천명의 이러한 정서적 취향을(<자화상>) 그의 창작의식, 곧 시정신으로 보고 그것을 '무엇인가 모자란다는 생각', 곧 '결손의식'이라 이름하는 것이다. 물론 노천명은 사회현실에 대해서도 결손의식을 발동시킨다. 노천명은 '결손의식'의 두 가지 존재양식, '고독'과 '향수'를 문학정신(시세계)의 양대 지주로 하여 창작 활동을 전개 한다. 그저 여류시인이라는 사회적 명칭이 힘겨운 여인일 뿐이었다. 노천명이 그 많은 동물 가운데 사슴을 자기동일화의 수단으로 선택한 이유는 모가지가 길다는 것과 점잖다는 것과 관이 향기롭다는 세 가지였다. 그리고 그 '길다, 점잖다, 향기롭다'는 세 가지 형용사로부터 자기존재의 고독을 풀이 한다"고 언급하고 있다. 논자의 개인적인 감정을 드러낸 것으로 보이는 한 부분을 더 적어보도록 한다. "어쩌자구 노천명은 '향수'를 삶의 양식으로 선택한 것일까? 제모습을 들여다보고 지나가 버린 시절을 행각해 내고는 슬픔조차도 시공의 거리 때문에 기쁨과 아름다움으로 여과되어 나타나는 假幻의 여상을 바라보면서 이 세상을 어떻게 헤쳐 나간다는 말인가? 우리의 회환이 아무리 깊어도 점잖은 노천명은 영원히 말이 없이 詩만을 바라보고 있을 것이지만, 우리는 그의 세속적 생애가 불운과 오점으로 점철되는 所以를 다름 아

---

21) 이인복, 「盧天命論」, 『작가의 이상과 현실』, 태학사, 1999.

닌 이 향수에서 발견하는 것이다. 만일에 그의 결손의식이 고독 하 나에만 그쳤다면, 그리고 향수 대신에 억압이라든가 정신적 빈곤에 두었다면, 그의 문학세계와 인생은 전혀 그 궤적이 달랐을 것이라는 가정을 해 본다."

이와 같은 시각은 시인과 시인의 시세계에 대하여, 즉 작품과 생애사를 동일시하여 노천명을 폄하한 것이라고 볼 수밖에 없는데, 그 까닭은 많은 논자들에 의해서 평가되어 온 것을 그대로 답습하거나, 혹은 폭넓은 구조 속에서 시텍스트의 심층적 분석이 이루어지지 않은 상태에서의 평가로, 인상비평의 한계를 그대로 안고 있기 때문이다.

지금까지 필자가 기존의 몇몇 논의를 지적해 본 것은 노천명의 시세계를 생애사와 같은 맥락에 두고 한 쪽으로 치우쳐 왜곡하거나 폄하시키고 있었던 부분과 여성 억압의 문제나 성 차이의 구조화, 그리고 글쓰기에 관련된 여성적인 특수성에 주목하지 않은 상태이기 때문이다. 이러한 행위, 다소 기존의 논의를 거슬리기 하는 행위는 여성시인이 육체의 주체로서, 혹은 남성의 타자로서 글쓰기 할 때 여성이 왜 그렇게 말하고, 무엇이 그렇게 말하게 하였는가에 대한 관심으로서 '여성으로서의 독해'이며 동의하는 독자가 아닌 '저항하는 독자'22)로서의 몫이기도 하기 때문이다. 이는 기존의 논의에서 왜곡되거나 혹은 고착된 것들을 다시-보기 함으로써 미처 보지 못하여 아직까지 빈 공간으로 남겨져 있던 여성적 글쓰기에 대한 조망을 밝힘으로써 노천명과 페미니즘의 관계성을 새롭게 열 수 있을 것이다.

---

22) 페미니스트 비평에서 가장 중요한 점은 기존의 사고로 부여된 여성 텍스트에 대하여 이해하고 동의하는 것이 아니고 '거부하고, 저항하는 독자'가 되는 것이다.
조나단 컬러, 「여성으로서의 독해」, 『페미니즘과 문학』, 김열규 외 공역, 문예출판사, 1988, 178-179쪽.

2. 페미니즘과 여성적 글쓰기의 관계성

페미니스트 이론의 출발은 전통적인 지적 담론 속에서 여성
의 활동과 사회관계들이 분석적으로 가시화될 수 있도록 다양
한 이론적 담론들의 범주를 확장시키고 재해석하는 노력으로부
터 시작하고 있다. 만약 여성의 본질과 활동이 남성과 마찬가지
로 충분히 사회적이라면, 이론적 담론은 여성의 삶을 세밀하게
규명할 수 있어야 할 것이다.23)

그동안 페미니즘 이론은 자율적인 남성 주체라는 이상화된 표
상에 대해 폭 넓은 비판을 전개해 왔다. 19세기 말, 20세기 초에
이성중심의 체계에 도전하는 움직임이 철학 및 인류학, 사회학 등
의 학문을 통해 나타나기 시작함으로써 후기 구조주의, 혹은 포스
트모더니즘의 등장24)과 맞물려 페미니즘 문학에서는 정치적이고

---

23) Sandra Harding, "The Instability of the Analytical Categories of
  Feminist Theory," Signs: Journal of Women in Culture and
  Society, vol. 11, no.4, 1986, pp. 645-664.
  『페미니즘과 포스트모더니즘의 만남』, 이창순·정진성 편역, 한울
  아카데미, 1997, 42쪽에서 재인용.

24) 흔히, 서양의 이성중심주의, 보편주의의 형이상학의 정통에 대한 반발
  로 규정되는 포스트모더니즘페미니즘에서 자크 데리다(J. Derrida), 미
  셸 푸코(M. Foucault), 자크 라캉(J. Lacan) 등의 논의는 자주 거론
  된다. 이들의 논점이 조금씩 다르기는 하지만 이성과 형이상학에
  논의를 기초하고 있는 서양철학 전통을 거부하는 데 있어서는 어
  느 정도 의견이 일치한다. 또한 데리다의 이성중심주의 비판과 해
  체 전략과 푸코의 권력 이론, 그리고 라캉의 정신분석적 언어이론과
  욕망이론 등은 특히 프랑스 페미니즘 이론가인 엘렌 식수(H. Cixous),
  루스 이리가라이(L. Irigary), 줄리아 크리스테바(J. Kristeva)에게 영
  향을 미쳤다.(긍정과 부정적인 측면에서) 이들은 남성중심의 지배
  질서, 특히 그것의 가부장적 양상을 비판하고 여성적인 것, 여성의
  가치를 향상하고자, 즉 여성심리, 모성, 여성성, 여성의 성적 욕망
  등에서 더 나아가 여성들의 경험을 역사적, 사회적으로 특수한 담
  론 내에서 주체로서 구성해 나감으로써 새로운 담론을 창출한다.

권력에 대한 문제를 다룸으로써 성(性, sex)'의 범주를 생물학적
규정에서 벗어나 문화적이고 사회적인 '젠더(性差, gender)'로 확
장시켜 오는 추세이다. 이는 남성 역시 하나의 성일 뿐 여성과 다
르지 않다고 인식하고 기존의 여성상에 대한 비판을 하게 됨으로
써 여성은 남성의 타자가 아닌 여성 주체로서 인식하고 여성성/남
성성이 관계와 역할에 의해 이루어지는 사회적, 문화적인 것으로,
그래서 성이란 근본적으로 자연적(생물학적)인 것이 아니라 사회
적, 역사적 힘의 산물로 간주25)한다. 이러한 의미의 성이 '젠더
(gender)'이며, 이것을 정신과학적, 문화적 범주에서 연구하려는
것이 '젠더스터디(gender study)'26)이다.

이러한 맥락에서 노천명의 시텍스트를 '젠더'라는 틀을 가지고
논의하고자 할 때 중요한 것은 그 작품이 쓰여진 사회를 바라
보는 시각과 그 문화를 구성하는 일부로서 젠더 공간을 문제화
하는 방식이다. 그래서 성별 혹은 젠더라는 것이 사회, 문화를
구성하고 사고하는 다양한 문화적, 사회적, 정치적 구조 간의 다
차원적이고, 또 때로는 체계적이지 않은 상호 관계에 대해 관심
을 갖게 한다. 때문에 젠더라는 틀을 논의의 중심에 둘 때 텍스

이에 대해 자세한 것은 팸 모리스, 『문학과 페미니즘』, 강희원 옮
김, 문예출판사, 1997. 고려원, 1992. 자크 라캉, 『욕망 이론』, 권택
영 엮음, 민승기・이미선・권택영 옮김, 문예출판사, 1994. 김형효,
『데리다의 해체철학』, 민음사, 1993. 존 라이크만 지음, 『미셸 푸코』
-철학의 자유-, 심세광 옮김, 인간사랑, 1990. 미셸 푸코, 『성의 역
사』1.2.3 권, 나남, 1990 등 참조.

25) 제프리 윅스, 『섹슈얼리티: 성의 정치』, 서동진・채규형 역, 현실문
화연구, 1999, 18쪽.

26) 여성학은 생물학적 성에서 한 걸음 더 나아가 젠더스터디를 사회
적, 문화적으로 구성된 범주에서 연구 논의한다. 좀 더 구체적으로
말하면 페미니즘은 여성으로 호명되는 방식과 여성으로 호명하는
이데올로기 장치들의 작동 방식을 살펴봄으로써 여성이 성적 주체
로 형성되는 과정에 대한 이해이다.

고갑희, 『여성주의적 주체 생산을 위한 이론 1-성계급과 성의 정
치학에 대하여』, 여성문화이론연구소, 1999, 22쪽.

트를 기존의 논의에서 벗어서 새롭게 인식할 수 있다. 이는 여성시인과 텍스트를 젠더라는 코드를 통해 바라 볼 때 여성의 육체, 여성의 언술, 그리고 많은 담론들이 어떻게 작품 속에 굴절되고 있는가를 추적할 수 있기 때문이다. 이러한 작업들은 가치중립적이지는 않다. 그렇기에 기본적으로는 기존의 남성 중심적 읽기의 모순성이나 배타성, 정치성에 도전하면서 더 나아가 젠더 공간에서 어떤 권력 질서와 범주를 규정하는가, 그래서 이러한 요소들이 어떻게 여성적 글쓰기를 형성하고 있는가를 세부적으로 논의하는데 핵심적 역할을 한다.

때문에 노천명의 글쓰기를 규명하기 위하여 서구 페미니즘 이론27)을 논의의 방법으로 선택한 것은 전적으로 이론에 의존한다기보다는 객관성을 확보하는, 실용적인 고려라고 할 수 있다. 다시 말해 시텍스트의 다양한 표상에 대한 분석과 이론을 연결시킴으로써 여성시인을 당대성이나, 또는 역사의 단일한 단선적 논리 속으로 가두거나 근대적 담론(남성중심 사고), 제도의 외부에 있는 비역사적인 타자성의 영역에 놓지 않으려는 의도인 것이다. 더 나아가 이론을 실제작품에 막연하게 적용시켜, 즉 병치하고자 하는 것이 아니라 텍스트를 독해함으로써 분석한 결과 오히려 다양한 이론이 노천명의 시에서 어떻게 부합되고 있는가라는 점을 확인하는, 그래서 동심원적 작업이기도 하다.

엘렌 식수28)에 의하면 '여성적 글쓰기'는 분명 존재하며, 단절

---

27) 페미니즘 이론은 크게 영미와 프랑스로 나눌 수 있다. 영미는 경험주의적 논의에 가까운 반면 프랑스 페미니즘은 정신분석학적 논의라고 크게 말 할 수 있다. 프랑스 페미니즘의 대표적 이론가로는 줄리아 크리스테바와 엘렌 식수, 루스 이리가라이 등을 꼽을 수 있다.
28) 엘렌 식수가 '여성적 글쓰기'에 대해 언급한 글은 『메두사의 웃음』에서 이다. 이 제목은 메두사의 신화를 여성의 성에 대한 금기로 비유해 바로 남성적 질서를 떠받들어온 이데올로기에 대한 도전을 나타낸다. 식수는 이 글을 통해 여성적 텍스트의 방법을 설명하고 있다. 이봉지, 「프랑스 페미니즘: 누가 메두사를 두려워하랴?」, 『외국문학』 제51호, 44-74쪽 참조.

의 글쓰기인 동시에 탄생과 긍정의 글쓰기로 정의된다. 다시 말해 여성이 몸을 통해 느끼는 경험을 기입하는 '여성적 글쓰기'라는 새로운 글쓰기의 한 형태를 말한다. 소위 남성적 상징계라고 불리우는 '남근 질서'[29] 안에서는 여성적 글쓰기는 실천할 수 있는 여지가 없는 것으로 로고스와 남성 담론과 단절하는 대신, 삶을 긍정하고 차이를 긍정하며 되찾은 육체를 긍정하는 글쓰기가 된다. 그렇기에 여성적 글쓰기란 억압되고 은폐되었던 여성성을 회복하는 것이라고 할 수 있으며, 숨겨져 있던 것을 드러내는 글쓰기라는 점에서 '두의식의 글쓰기'와도 연관된다. 이때 여성적 글쓰기는 여성의 몸과 여성의 말하기를 강조하고, 남근 중심적인 담론에서 거부된 차이를 강조하여 여성을 문학의 영역 밖으로 소외시켰던 남성중심의 사고를 전복시키기 위한 수단이 된다. 그러므로 여성의 육체를 통한 몸으로 글쓰기는 육체가 겪는 실제적이면서도 은유적인 경험들에서부터 글쓰기의 시도이다. 이때의 몸으로 글쓰기는 여성의 언어 자체가 세계를 표현하는 육체화된 것이기 때문에 가부장적인 지배질서 안에서의 억압과 저항을 동시에 나타낼 수 있는 전략적 글쓰기가 된다는 것이다.[30]

---

29) 이때의 '남근 질서'라 함은 기존의 문학 전통에서는 남근(penis)와 펜(pen), 사정(射精)과 언어의 방출을 연결시키면서 남성에게만 특권을 부여했고, 부재나 침묵, 불가시성(不可視性), 궁핍 등의 부정적 징표만을 여성에게 부여한 남성 중심적 사고를 말한다.
    캐서린 스팀프슨, 「여권론 비평에 대하여」, 『20세기 문학비평』, 데이비드 로지 엮음, 윤지관·이동하·김경희 옮김, 까치 1984, 404쪽 참조.
30) '여성적 글쓰기'에 대해서는 영미 페미니즘 이론가(엘레인 쇼왈터)들보다는 프랑스의 엘렌 식수와 루스 이리가라이, 그리고 줄리아 크리스테바에 의해 좀 더 설명되고 있다. 이들의 논의는 정신분석학-프로이트와 라캉-의 이론을 근거로 비판(혹은 일부 긍정)하는 가운데 여성적 글쓰기의 특징을 밝힌다. 이들의 주장이 공통되는 부분은 여성의 '말'과 '육체'인데, 여성은 의식적, 무의식적으로 여성 자신의 몸(말)을 통해 텍스트화 한다는 것이다.
    이에 대한 자세한 내용은 팸모리스 지음, 『문학과 페미니즘』, 김열

크리스테바는 라캉의 상상계 이전, 그리고 프로이트의 구순기 항문기를 '기호계'라 새롭게 이름 붙인다. 기호계는 상징계로 들어가지 전, 언어 이전의 것들로서 논리적인 말에 의해 억압되어 왔으나 분명히 존재하여 그 말의 경계를 허무는 것들이다. 이는 노래와 시어에서는 아직 살아있는 부호이며, 일상어가 논리에 의해 의미를 전달하는 것임에 비해 시어는 그것에 의해 소외된 언어가 된다. 크리스테바는 이때 정치적이 되어 '소외'라는 낱말을 쓴다. 소외는 무의식적으로 일상 언어의 경계를 허무는 전복성을 지닌다. 이 언어들은 논리 정연한 통사적 구조를 갖지 않고 파열, 부재, 침묵, 모순을 그대로 드러내면서 남성 언어의 일직선적 구조를 해체하려는 욕망을 담보하고 있기에 혁명적인 언어가 된다는 것이다.31)더 나아가 유아와 어머니의 관계에 초점을 맞추고 이것을 '타자의식'으로 발전시키는 크리스테바는 어머니의 몸을 그리스어로 '품다'라는 뜻을 가진 '코라(chora)'로 표현한다. 타자를 품는 것은 몸 안에 이물질을 담는 것이다. 그러므로 어머니의 몸은 라캉의 분열된 주체처럼 무의식이라는 타자를 품는다.32)타자를 품어서 탄생시키는 사랑과 고통이라는 무의식이다. 그런데 사회와 현실, 즉 상징질서는(남근 중심적 사고)이를 비천한 것으로 여긴다. 이때 천시되는 대상은 어머니로서 '아브젝션(abjection)'된다.33)

규외 편역, 『페미니즘과 문학』, 『여성해방문학의 논리』, 한국여성연구회 문학분과 편역, 창작과비평사, 1990 등 참조.
31) 줄리아 크리스테바, 『시적 언어의 혁명』, 김인환 옮김, 동문선, 2000, 25-31쪽.
32) 줄리아 크리스테바, 『공포의 권력』, 서민원 옮김, 동문선, 2001, 38-40쪽.
33) 'abjection'은 라틴어의 abjectio에서 유래하여, 공간적 간격, 분리, 제거를 의미하는 접두사 ab-와 내던져 버리는 행위를 나타내는 jectio로 이루어진다.
크리스테바가 말하는 '아브젝션'에는 자신을 위협하는 것에 대항하는 존재의 격렬하고도 어렴풋한 반항이 있다. 이때 절대성이 욕망

프로이트와 라캉을 어느 정도 받아들였던 크리스테바와는 달리 식수는 라캉을 거부한다. 그녀는 남근이 없기 때문에 여성들이 언어의 바깥에 존재하는 것, 즉 언어 습득에 의해 상징질서로 편입되는 것 자체를 부정한다. 그녀는 이제 여성도 '말하는 주체'이며, 어떠한 것에 의해서도 파괴될 수 없는 여성적 글쓰기를 통해 육체를 탈-남근화 해야 한다고 주장한다. 진리의 결정 불가능성, 형이상학의 이항대립을 해체시키는 데리다의 '차연(差延)'의 논리는[34] 식수의 여성적 글쓰기의 이론적 배경이 되는데,

---

으로 하여금 치욕에 빠지지 않도록 보호해 주며, 욕망 또한 그 사실에 긍지를 느끼고 절대성에 매달린다. 하나의 대상에 하나의 자아가 있듯이 하나의 초자아에는 하나의 아브젝트가 있다. 아브젝트는 음식물, 더러움, 찌꺼기, 오물에 대한 혐오감, 나를 보호하는 근육의 경련이나 구토, 그러한 것들인데, 이것들이 오히려 나를 보호하는 까닭은 혐오감이나 욕지기가 '나'로 하여금 오물이나 시궁창 같은 더러운 것들에서 멀어지게 하고 피해 가게 만들기 때문이다. 그녀에 의하면 아브젝트는 바로 상징질서가 밀어내는, 이 '혐오스러운 것'이 여성에게는 다시 상징계를 뚫는 힘으로 작용한다는 것이다. 바로 타자들이 양심을 속이거나, 태도가 불투명할 때, 또는 배반당할 때의 불명예 등에서 맹렬한 구토물과 오열과 더불어 자아를 낳는다. 그래서 아브젝트와 아브젝션은 내 존재의 축, 문화의 도화선, 그곳에 존재한다는 것이다.
줄리아 크리스테바, 『공포의 권력』, 319쪽과 21-23쪽 참조.
영어에서 사전적 의미로 'abjection'은 명사형으로 비천, 비굴, 비열의 뜻이 있고, 더러운, 비천한 등의 형용사로도 쓰인다.

34) 김형효, 『데리다의 해체철학』, 민음사, 1993, 207-210쪽.
'차연(差延)'은 차이('la difference')와 연기(延期 'le delai')의 두 가지 개념이 동시적으로 복합된 관념을 지칭하고 있다. 불어에서 'differer'라는 동사 자체가 '차이가 나다'와 '연기하다'의 의미를 동시에 함의하고 있는데, 그런 동사의 양가적 의미를 명사화시킨 단어가 불어에는 없어 데리다는 '차연(la difference)'이라는 단어를 사용하였다. 이 차연은 데리다가 처음 사용한 조어로서 연기, 유예, 반송, 우회, 지연 등의 개념이 지시하듯 '연기하다'와 같은 의미로 사용한다. 즉 차연의 연기보다 더 앞선 것은 없다는 것이다. 또 하나의 의미로서 차연은 모든 차이를 생기게 하고, 차이나게 하는 한 우리의 모든 언어활동의 박자를 맞추게 하는 모든 개념의 대립을 근거지어 주는 공통적 뿌리이다. 예컨대 감각적/지성적, 직관/의미화, 자연/문화 등이다. 또 차연은 모든 차이나 구분 부호 등을

36

이는 차이를 두려는 방향으로 나아가 마치 하나의 의미가 끝없이 미끄러져 또 다른 의미를 만들어 가며 산종(散種)35)하는, 즉 고정된 기표를 해체하는 것과도 유사하다. 그렇기에 여성적 글쓰기는 지배적인 남근 중심적 논리를 해체시키고, 이항 대립의 완결성을 부수고 끝없이 열려진 텍스트성의 쾌락에 젖는 텍스트가 된다.36)이러한 글쓰기는 가부장제의 억압적인, 그리고 남근 중심적이며 이성 중심적인 질서를 위협하고 잠식시키기 위해 의미생산의 장을 열어 놓는다. 이때 글쓰기를 가능케 하는 것이 여성의 리비도와 여성의 성욕이다. 그래서 목소리와 촉감까지도 느끼는, 또 월경이나 피의 환상에 기초한 텍스트로서, 여성적 성에 기초한 여성적 글쓰기는 성활동과 마찬가지로 복잡하고, 다양하고, 개방되고, 기쁨으로 가득 차 있으며, 보살피려는 모성적인 것이 항상 어느 정도 있기 때문에 힘을 지닌다. 이 힘은 결코 거세되지 않고 규범들을 곤경에 빠지게 한다. 더 나아가 식수는 남성과 여성의 성별 차이를 끊임없이 허물어내면서 그 차이를 강조하는 '대안적 양성성'37)을 제시한다. 또한 식수는 여성적 특질을 '액체의 논리(mechanics of fluids)'로 정의하고

생산하는 힘이기도 하다.
35) 김형효, 같은 책, 240쪽.
'散種(la dissemination)'의 개념은 명백하게 정의하기가 힘들지만 서구 형이상학의 명백한 개념 규정에 대한 구획짓기를 거부하는 반개념적 개념이라고 볼 수 있다. 즉 진리의 결정불가능성으로서 중심은 어디에 있는가. 중심은 없고, 있다고 말할 수 있는 것은 차연의 놀이 뿐이라고 데리다는 말한다.
36) 토릴 모이 지음, 「엘렌 식수: 상상계적 유토피아」, 『성과 텍스트의 정치학』, 임옥희·이명호·정경심 공역, 한신문화사, 1994, 126쪽.
37) 식수의 대안적 양성성 개념은 복합적이고 변화무쌍하며, 성차별에 근거하는 것이 아니라 언어 및 논리체계에 대한 항거로서 '양성성'이라 할 수 있다. 식수는 대안적 양성성을 차이에 대한 인정과 장려를 통해 강조한다. 즉 남/녀의 구분을 끊임없이 허물어 내면서 그 차이를 강조하는 것이다. 이러한 시각은 데리다의 차연과 산종의 개념과도 연관된다.

있는데, 이성(理性)과 동질성(self- sameness)을 추구하는 남성적 논리인 '고체의 논리(mechanics of solids)'와 대비시켜 여성의 논리와 남성의 논리를 각각 환유적 언어와 은유적 언어로 대응시킨다.[38] 이러한 측면에서 보면 남성의 논리가 세부성을 무시하고 한 대상을 다른 대상으로 완전히 대체하는 은유적 언어와 가까운 반면, 여성의 논리는 계속 다른 대상의 부분적 속성들을 통해 그 대상에 접근하는 환유적 언어에 가깝게 된다. 그렇기에 여성의 언어는 여성의 성의 군제와 밀접하게 관련되어 있어 근본적으로 자기성애적이고 복수성을 띠고 있는 것처럼 여성의 언어에는 항시 복수성이 존재한다. 그래서 여성의 언어는 담화(discourse)를 규정하고 있는 단어나 명사의 유일한 의미, 올바르다고 일컫는 의미를 취소해 버린다. 예컨대 프로이트에게서 드러나는 남성적 사유의 시각(응시)은 근본적으로 페니스를 지닌 남성의 우월성이며, 이 응시의 대상은 여성이 되어 언제나 수동적이고 희생물이 되므로[39] 여성의 문체는 촉각과 액체성과의 친밀한 관계로 설정된다. 그래서 서로 접촉하는 데서 느끼는 희열을 통한 촉각이 중심이 되는 여성의 언어가 텍스트를 단선적인 것이 아니라 유동적이며 시적으로 만들기 때문에 확고하게 굳어진 기존의 형식이나 기존의 관념, 비유, 개념 등에

---

38) 토릴 모이, 같은 책, 152-162쪽 참조.
39) 프로이트는 그의 논문 「기괴한 것(The uncanny)」에서 응시(gaze)를 대상에 대한 가학적 지배욕인 항문기적 욕망(anal desire)과 연결된 남근적 행위로 이론화하고 있다. 거칠게 요약하자면, 프로이트의 주장은 보는 행위를 항문기적 활동과 연결시킨다. 그는 항문기적 활동은 정복에 대한 욕망을 표현한 것으르, 혹은 리비도적인 대상에 대한 지배 욕망을 행사하는 것으로 간주한다. 이때의 욕망은 남근적인(남성적인) 힘에 관한 이후의(남근의 혹은 오이디푸스적) 환상을 지배하게 한다. 따라서 응시는 가학적인 권력에 대한 응시자의 욕망을 수행한 것인 바, 이런 욕망 속에서 대상은 수동적이고, 피학적이며 여성적인 희생물도 된다.
토릴 모이, 같은 책, 158쪽에서 재인용.

대해 저항하고 파괴한다는 것이다.40)

가부장적인 이항 대립적 사유를 비판하고, 새로운 사유를 위한 글쓰기 장으로서의 식수가 대안적 양성성을 강조한 것과는 달리 라캉의 이론이 성에 있어서나 언어에 있어서 복수성을 인정할 수 없다는 점에서 반론을 펴는 이리가라이는 여성적 특징을 강조한다. 그는 여성적 재현의 형태를 '반사경'이라는 은유와 연관시킴으로써 반사경의 볼록한 표면은 왜곡된 이미지를 생산해 내어 남근 중심적 담론이 만들어내는 나르시즘적 반영들을 뒤엎게 된다는 것이다.41)

이러한 맥락에서 볼 때에 노천명 시인의 시텍스트에서 드러나는 육체와 언술의 특성, 그리고 아브젝트의 양상들은 바로 여성 주체가 여성 텍스트의 산출자로서 젠더 공간에서 드러나는 다양한 기호들의 의미 작용과도 맞물리기에 여성적 글쓰기의 특질을 밝혀내는 데 유효하다.

먼저 육체성을 논의하는 과정은 소위 근대로 진입하였다고 할 수 있는 당대성, 즉 근대의 사회적, 문화적 젠더 공간에서 노천명 시인은 자신이 처한 위치를 어떻게 인식하고 그것을 어떠한 방식으로 글쓰기 하고 있는가를 살펴보기 위해서 주체로서의 여성 육체와 여성성, 여성의 욕망과 섹슈얼리티적 양상 등을

---

40) 이리가라이는 "하나가 아닌 성"이란 글에서 다음과 같이 말한다.
'여성의 성은 하나가 아니고 여성의 성기관은 여러 다양한 요소(입술, 질, 음핵, 목, 자궁, 가슴)로 이루어져 있기 때문에 여성의 희열 역시 통일되지 않고 다양하며 무한하다. 그러므로 여성은 시각보다 촉각에 우선권을 둔다. 여성이 지배력을 행사하는 남성의 시각 경계로 들어가는 것은 또 다시 수동적 존재로 전락하는 것을 의미한다. 여성은 '소유할 수 없는 타자와의 친밀감을 즐긴다'는 것이다. 그는 시각을 특권화 시키지 않고, '문체'는 모든 비유를 촉각의 발생으로 되돌린다.
토릴 모이, 「가부장적 사유체계: 루스 이리가라이의 거울」, 같은 책, 169-171쪽 참조.
41) 팸모리스 지음, 같은 책, 215쪽.

중심으로 하여 여성이 주체성을 지니고 있는가 아니면 비역사
적인, 그래서 그러한 타자성을 그대로 담지하고 있는가를 밝혀
낸다. 이는 기존의 논의에 대한 비판적 응답이기도 하고, 그래서
시텍스트에서 구현되고 있는 다양한 의미들을 살펴봄으로써 타
자성을 벗어나는 시인의 글쓰기를 규명하는 첫 지점이 된다.

다음으로 논의되는 것이 여성의 달하기이다. 곧 시인의 언술
양상을 살펴봄으로써 여성 의식을 밝혀내고자 하는 것이다. 이
는 시인의 언술 양상의 특성을 검토함으로써 단일한 통합적 이
데올로기나 세계관으로 쉽게 종합될 수 없는, 그래서 시인의 목
소리와 전망 등은 어떠한 것인가를 밝혀내어 노천명의 글쓰기
를 특징짓는 중간 지점이 된다. 이때 시텍스트는 끝없이 열려진
텍스트로서 여성의 몸과 여성의 언술 양상 등에서 논의하고자
하는 것들이 남성중심의 담론에서 남성과 여성이 다른 어떤 언
어를 사용하는 것인가의 문제가 아니라 여성이 왜 그렇게 말하
느냐의 문제에 초점을 둔다.

제4장에서 다루어질 아브젝션의 기호적 의미 작용은 여성적
글쓰기를 규명하는 주요 단계가 되는데, 이때 논의하고자 하는
주된 요점은 여성과 여성적인 것이 갖는 증요성이다. 이는 세계
에 대한, 즉 남성적 시선과 응시 속에서 여성의 반응, 곧 주체적
인 여성으로서 자기 응시와 시선을 통하여 형성되는 다양하고
도 복잡한 기호들의 의미망을 살펴봄으로써 노천명의 글쓰기를
새롭게 개념화하는데 구심점이 되는 부분이다.

마지막 장에서는 노천명의 여성적 글쓰기가 정리된다. 여기서
는 육체, 언술, 아브젝트의 양상들을 분석한 결과 그것들의 유사
성, 연결점, 공통적인, 그리고 인과 관계들에 의해 뚜렷하게 특
징 지워지는 것들을 묶어서 근대, 문학, 여성이라는 범주 속에
넣음으로써 궁극적으로 노천명의 글쓰기가 무엇인가, 곧 그것을
규명하는 지점이 된다. 아울러 이렇게 진행되는 연구의 진행 방

향에서 여성적 글쓰기를 정립하고자 설정한 육체와 언술 양상, 아브젝션의 기호적 의미 작용은 그렇게 순차적이지만은 않음을 밝혀 둔다. 논의의 편의를 위해서 층위를 순차적으로 설정한 것이기에 시텍스트를 분석하고 해석하고 정리되는 과정 속에서 서로 반복되기도 하고 교차되기도 한다.

제2장 육체와 여성성의 현현

　20세기 후반부 세계 문화의 흐름 가운데 한 가지 특징이라 할 수 있는 것은 모더니즘의 건조하고 메마른 추상적 엘리트주의로부터 탈출하여 인간과 역사를 보는 시각에 일상과 감흥을 불어넣으려는 시도이다. 여기에서 욕망, 권력, 담론, 지식, 주체의 문제가 부상되고 특히 그동안 억늘려온 페미니즘, 에로티시즘이 부활한다. 형식이나 기법만을 중시하는 이론에서 벗어나 텍스트에 역사와 욕망을 끌어들이려는 움직임은 학문에서 각 분야별로 조금씩은 달리 나타나지만 공통된 분위기를 형성한다. 즉 해체론이 형식주의에 상황을 끌어들여 억압된 것, 주변부로 물러나 있던 음성을 복원시킨 것이나, 푸코가 권력과 지식을 연결시켜 역사를 새롭게 본 것이나, 바타디유의 에로티시즘의 부활, 벤야민의 알레고리론, 바흐친의 대화른 등은 전 시대에 억눌려 있던 음성이 부활하는 21세기가 시작된 이 상황에서 욕망은 주체의 문제와 함께 주요한 지적 동기가 된다.[42]

　서구 철학은 로고스/파토스, 빛/어둠, 이성/감정, 문화/자연 등의 이항대립을 언제나 남/여라는 한 쌍의 대립항으로 수렴시켜 왔다.[43]이 대립구조에서 중심에 위치한 이성, 남성, 문화, 의식 등은 자신이 진리임을 내세워 이항대립의 다른 항목에 속하는 여성적인 것으로 하여 언제나 여성은 '남성의 타자'이며, '결함 있는 남성', 혹은 '제2의 성'으로 간주해 왔다. 페미니스트 비평의 관점은 이러한 이항대립적인 위계질서를 철저히 해체하여 여성성과

---

42) 푸코의 『성의 역사』1.2.3 권과 『담론의 질서』. 바른트 비데 지음, 『발터 벤야민』, 안소현·이영희 옮김, 역사비평사, 1994. 자크 라캉, 『욕망 이론』. 김형효, 『데리다의 해체철학』등 참조.
43) 데카르트의 이성(cogito)중심주의, 그 사고의 배견에는 이러한 것들이 담겨져 있음을 쉽게 부인할 수 없다.

여성적 글쓰기를 연결하면서44)문학 담론을 형성해 왔다. 그래서 남성 지배문화의 구조 속에서 여성성은 남성 중심적으로 왜곡되어 있으며, 그것이 모든 사회 구조와 마찬가지로 잘못 읽혀져 있음을 염두에 두고 성차에 대하여 지적하면서 시작되기 때문에 여성 시각에서의 다시 읽기를 지향하고, 가부장적인 성차별에 의해 여성의 억압 문제를 의식화하고 문학 담론의 전면으로 내세우게 된다. 그 대안적 담론은 여근으로부터 발산된 여성의 목소리로부터 나온다. 곧 남녀의 차이점이 성적 기관의 형태상의 차이점을 바탕으로 할 때, 여근은 서로 항상 붙어 있는 두 입술이란 점에서 그 자체로 이미 완전한 것이며, 그것은 모든 여성이 스스로를 자기 안에서 접촉하고 있어 여성은 타자를 그 자체의 몸속에 품도록 되어 있기 때문에 여성성은 타자 지향적, 복수 지향적이므로 '하나가 아닌 성'으로 여성의 몸이 가지는 특유한 리듬으로 표현할 때 '몸으로 글쓰기'를 이룬다.45)

남성중심의 전통 사회에서 여성에게는 남근 중심적 담론을 전유할 특권을 부여하지 않았기 때문에 여성이 자신이 누구인지를 발견해내고 표현하고 이끌어내기 위해서 여성들은 자신들의 성욕이 신체와 함께 시작하며, 여성의 육체 및 리비도는 남성과의 차이에서 시작된다는 것이다.46)이때 여성의 이드, 열락 등이 경험되는 여성의 육체가 직접적인 근원이 되어 강력한 대안적 담론이 가능하게 된다. 이러한 육체를 가짐으로써 여성은 몸으로 글쓰기를 할 수 있으며, 이때 육체는 몸으로부터 글을 쓴다는 것으로 바로 '몸'으로 쓰는 것이 아니라 '몸으로 쓰는 자기 진행형의 글쓰기'로서 세계를 재창조하는 것47)이다. 그렇기

---

44) 토릴 모이, 같은 책, ix.
45) 최동현·임명진 편, 『페미니즘 문학론』, 한국문화사, 1996, 14-19쪽 참조.
46) 앤 로잘린드 존즈, 「몸으로 글쓰기」, 『여성해방문학의 논리』, 창작과비평사, 1990, 179쪽.

에 여성의 의식은 그것을 체험하게 해주는 육체와 직접적인 관
계를 맺음으로써 더 나아가 문화적이고 문학적인 글쓰기의 행
위와, 그리고 주체가 자신의 몸과 성, 타자에 대하여 가지는 경
험 사이에 밀접하게 관련된다.[48]

　인간의 육체를 권력 행사의 주요 거점으로 삼으면서 권력이
행사되는 기본적인 영역으로서의 육체, 성애화와 경제적 착취의
대상으로서의 육체, 성적 욕망을 창출해 내는 지식과 권력의 특
수한 장치들을 발전시키기 위한 전략으로서의 육체에 관한 푸
코의 논의[49]에서 드러나는 권력 개념은 사회적 관계와 실질적
결과를 지칭하는 것으로 사회 전체에 미치는 광범위한 균열을
낳고, 경제과정이나 남녀관계, 지식 등의 모든 사회적 관계 속에
내재되어 있는 것이다. 또한 데카르트의 '코기토(cogito)'는 남성
에 대한 여성처럼 정신에 대한 육체를 열등하게 위치시키게 된
다. 이러한 인식은 여성을 언제나 남성에 비해 육체에 보다 가
까운 존재로 인식되는데 일조를 가했다고 해도 과언이 아니다.
그러나 정신과 육체는 서로 밀접한 관련을 맺어 분리될 수 없
으며, 어느 개념이 더 우위인가로 볼 수도 없는 개념이다. 육체

---

47) 앤 로잘린드 존즈, 같은 책, 180쪽.
48) '몸'으로 글쓰기에 대한 논의들은 '여성적 글쓰기'를 규명하기 위한
　　첫 단계이다.
　　여성은 남성과 달리 여러 성기관, 즉 육체를 갖고 있다는 점이다.
　　이를테면 성기의 두 음순에서 나오는 확산된 성욕과, 남근 중심적
　　담론과 같이 동일성만을 요구하는 가설 내에서는 이해도 표현도
　　될 수 없는 리비도적 에너지의 다중성을 경험하는데, 이것이 여성
　　의 언어와 연결되어 여성의 글쓰기가 된다. 때문에 여성은 남성과
　　달리 '히스테리' 환자처럼 말을 하고 글을 쓰게 되는데, 이는 여성
　　에게서는 항문과 분만에 관련된 충동이 우세하기 때문이고, 다른
　　하나는 지배적 담론과 결별하려는 그 무엇인가 있기 때문이라는
　　것이다.
　　『여성해방문학의 논리』, 171-177쪽 참조.
49) 미셀 푸코, 『성의 역사』제1권, 이규현 역, 나남출판, 1990, 108-111
　　쪽 참조.

44

가 느끼는 감각의 힘을 빌리지 않고는 경험이나 인식이 불가능
하기 때문에 육체는 다른 모든 기호의 원천으로 작용하면서 의
미 작용의 중심50)에 있기 때문이다. 이 같은 논의들을 토대로
할 때에 여성의 육체는 두 가지의 의미를 지니게 된다. 권력의
현실적인 작용점으로서의 육체와 저항의 시발점으로서의 육체
의 의미이다. 우선 여성의 육체는 억압받는 현실의 가장 가시적
인 형태일 수 있다. 그렇기에 여성의 육체가 어떻게 부정적으로
변화되었는지를 통해 당대의 상황을 효과적으로 제시할 수 있
다. 이와 동시에 여성의 육체는 권력의 지배에 저항하면서 현실
을 비판하는 역할로 담당할 수 있다.

이러한 맥락에서 볼 때에 노천명 시인의 의식 또한 그것을
체험하게 해 주는 육체와 직접적인 관계를 맺음으로 존재하며,
육체는 여성 경험의 가장 문학적인 토대이자 그에 대한 은유가
된다.51)이때 육체를 통해 세계와 접촉한다면 육체는 거짓일 수
없는 진실이 되며, 이해해야 할 비밀스러운 지식의 저장소이자
세계와 만나는 접점이 된다. 그래서 육체 자체가 탐구의 능력을
갖고 있기에 여성이 세계를 향해서 즉 타인과 주변인과의 상호
관계를 열고자 할 때에 몸으로 글쓰기52)는 젠더 공간에서 여러
형태로 드러날 수 있다.

---

50) 마크 존슨, 『마음 속의 몸』, 이기우 옮김, 한국문화사, 1992, 19쪽
참조.
51) 팸모리스 지음, 『문학과 페미니즘』, 14쪽 참조.
52) '몸으로 글쓰기'는 각 사회의 구체적 역사의 진행에 따라 달라 질
수 있다. 중요한 것은 여성의 체험을 풀어낸다는 인식에서 출발하
여 여성들이 해 온 '머리'만도 아니고 '가슴'만도 아닌 '온몸'으로 쓰
는 모반 행위라 할 수 있다.
『여자로 말하기, 몸으로 글쓰기』, 『또하나의 문화』 제9호, 1992, 16
쪽.

1. 능동적 주체와 다원성

라캉의 말대로 인간은 '결핍'된 주체라면 그 결핍된 주체가 살
아가게 하는 동력은 무엇일까. 결핍되었기에 그 '어떤 것'을 끊임
없이 욕망하게 되고, 그것 때문에 살아가는 것이 아닐까. 비록 이
욕망이 곧 '환상'으로 끝난다는 것을 누구나 알고 있지만 말이다.

프로이트는 『쾌락의 원칙을 넘어서』에서 욕망을 충족시키는
유일한 대상은 '죽음' 뿐이라고 했다. 프로이트를 따른다면 욕망
은 죽음 직전까지 인간을 살아가게 하는 동력이 된다. 그렇지만
허상을 실재라고 믿기에 주체가 그것을 얻으려 수단과 방법을
가리지 않을 때 '주체'는 '타자'를 조장하고, 제도를 만들어 권력
자인 자신의 욕망에 타자를 가두어 둘 때 타자는 이를 벗어나
고자 또 다른 '욕망'을 추구하게 된다.

여성적 리비도가 여성담론으로 나아가는 것은, 즉 글을 쓰고
싶은 욕망, 자신을 속속들이 살아내고 싶은 욕망, 언어에 대한
욕망 등은 자신의 성욕에서 출발한다. 이러한 충동은 여성들의
주체적이고 자발적인 성의 표현을 가능하게 하고 그 즐거움, 즉
'쥬이쌍스(jouissance)'[53]의 힘이 글쓰기를 통해 드러난다. 여성

---

53) 'jouissance'는 여러 시각에서 해석이 가능하다. 성적, 정치적, 그리
고 경제적인 함의를 지니는데, 개인의 가장 단순한 것에서 복합적
인 오르가즘에서 느끼는 그 어떤 것, 더 나아가 총체적 이상의 어
떤 것, 여분의 어떤 것(풍요 또는 문화적 쓰레기 등) 실제적이며
재현할 수 없는 것을 얻는 힘을 가진다.
본고는 이러한 의미 모두를 담고, 더 나아가 라캉과 프로이트의 상
상계와 오이디푸스 단계에서 드러나는 양상에서 쥬이쌍스의 의미
를 더 강조하고자 한다. 인간의 원초적, 생물학적, 자기성애적, 순
수한 존재로서의 몸은 아버지의 법(라캉의 상징계, 프로이트의 오
이디푸스 단계)에 따라 아들, 딸 의미를 지닌 사회화(이 사회화는
언어(기표)의 몸이 되면서 기표계의 질서를 아버지의 법이 지배한
다)된 몸이 된다. 그러나 이 기표에 의한 거세에도 불구하고, 즉 기
표계의 대타자인 아버지가 정한 법, 규칙, 질서 등과 금기사항을
내재화했음에도 불구하고, 완전히 제거되지 않고 살아남은 원초적

의 육체에서 비롯한 이 쥬이쌍스는 바로 여성의 리비도적 특징
을 드러내는 것으로 유동적이고 확산과 지속의 개념을 가진다.
이때 목적이나 폐쇄에 대한 걱정 없이 즐거움을 주고 베풀어주
는 것이 바로 '허여성(許與性)'이다. 이 허여성은 여성의 리비도
적 특성이며, 남성의 리비도적 특성인 '고유성(固有性)'과는 상응
된다.54)그렇기에 이 '원초적 쾌락'과 같은 쥬이쌍스는 윤리적 가
치나 법칙을 재생산하고 통제하는 아버지의 법 또는 대타자가
완전한 지배자가 아니라는 가능성을 드러냄으로써 기표로 이루
어진 중심담론(아버지의 법, 남근중심의 상징질서)에 도전하거
나 저항, 왜곡, 질타하여 여성의 저항담론 또는 탈담론화시켜서
버려진, 주변화된 '타자'에게 끝없이 주기만 하는 여성성을 잘
대변해 주는 개념이 된다.55)

  그러나 이러한 여성성을 지닌 여성이 가부장적 공간에서 벗
어날 수 없을 때 여성은 타자에 위치하게 되고, 여성의 내적 현
실로 규정되어 온 '타자성'은 여성이 남성의 타자로 취급되면서
자신의 권리를 거부당하게 된다. 타자성은 한 존재가 다른 존재
를 자신의 경험과 시선으로 규정하고, 그 다른 존재는 상대방이
내린 규정을 그대로 받아들여 스스로를 그 규정에 맞추어 갈
수밖에 없다. 타자화 현상이 일어나는 관계에서 예외 없이 권력
이 개입될 때 권력은 주체, 없는 쪽은 타자가 되기 때문이다. 이
때 주체의 체험은 권위를 가지며, 그의 이익이 우선적으로 고려
된다. 이러한 상황에서 타자는 주체의 체험을 바탕으로 만들어
진 지식 체계를 그대로 자신의 것으로 받아들임으로써 스스로

몸의 파편들과 연관되어 있다. 왜냐하면, 이 쥬이쌍스가 이 몸의
  파편들에 의해 가득 스며있기 때문이다.
  토릴 모이의 『성과 텍스트의 정치학』, 『여성해방문학의 논리』, 자
  크 라캉의 『욕망 이론』등 참조.
54) 토릴 모이, 같은 책, 130-132쪽.
55) 앤 로잘린드 존즈, 「몸으로 글쓰기-여성적 글쓰기의 이해를 위하여」,
  『여성해방문학의 논리』, 183-188쪽.

를 소외시키게 된다. 한번 이런 틀이 만들어지면 그것은 모든 다른 제도에서와 같이 거대한 복합체로서 나가게 되므로 타자화의 구조는 여간해서 바꾸기가 쉽지 않게 된다. 예컨대 시몬느 드 보봐르가 『제2의 성』에서 자아로서의 남성, 타자로서의 여성을 '제2의 성'으로 열등하게 취급된 여성의 운명과 역사를 고찰하였던 것은 곧 '여성은 왜 제2의 성인가', 즉 '여성은 왜 남성의 타자인가'라는 질문과도 연결된다.

가부장적 사회에서 남성은 자신의 소외를 초월(transcend)할 수 있기 때문에 주체로 될 수 있으나 여성은 사회적, 문화적 한계 때문에 항상 타자로, 결국 여성의 타자성은 여성이 자유를 얻지 못하게 하는 한계가 된다. 그러나 여성이 타자로 남게 되는 것은 남근중심(생물학적 본질론)의 관점에서, 여성의 타자성을 말한 프로이트를 벗어나, 즉 여성이 남근을 원하는 것은 남근이 없어서가 아니라 사회가 남성에게 부여한 물질적, 심리적 특권을 갈망하기 때문이며, 결국 여성은 남근이 없어서가 아니라 권력이 없기 때문에 타자인 것이다.[56] 이때 가부장제가 억압하는 요소들을 내적, 외적으로 안을 수밖에 없는 여성들은 소외되어 '주변부'[57]에 위치한 타자로 느끼게 된다. 그러나 타자의 위치인 여성은 이 주변성을 지워내고 지배문화가 주변인, 즉 여성들에게 부과하고자 하는 규범이나 가치, 실행들로부터 한 발자국 물러나 그것들을 오히려 비판할 수 있게 한다. 타자성 자체가 억압이나 열등감과 관련된다고 할지라도 그러한 점이 오

56) 시몬느 드 보봐르, 『제2의 성』 1권, 감명희 옮김, 하서, 2002, 82-84쪽 참조.
57) 엘레인 쇼왈터는 인류학자인 에드위 아드너의 논의를 토대로 하여, 남성 지배문화의 중심 밖이나 다름없는 황폐한 황무지에 위치하는 '주변인'이 바로 여성임을 강조한다. 이때 그녀는 여성의 무언집단이 남성의 지배집단에 전적으로 포함되지 않음을 강조한다.
엘레인 쇼왈터, 「황무지에 있는 페미니스트 비평」, 『페미니즘과 문학』, 김열규외 공역, 46-47쪽 참조.

히려 관대함, 다원성, 다양성, 그리고 차이를 허용하는 방식으로 변화될 수 있기 때문이다.58)그러나 여성에게는 주체성이 부정되어 왔고, 여성 주체성의 배제는 사유하는 주체(남성)를 위해 비교적 안정된 대상의 형성을 확고히 해준다. 만일 여성이 뭔가 상상할 수 있는 능력이 있다고 상정하게 되면, (사유의)대상은 안정성을 상실하게 되어 그 결과 사유하는 주체 자체를 교란시킨다. 또 만약 여성이 재현하는 것이 지반이나 대지 또는 전유할 수 있고 억압해야 할 부동의, 혹은 불투명한 물질이 아니라면, 주체가 주체로서의 자기 지위를 확보할 수 있겠는가? 이와 같은 비주체적 기반 없이는 주체가 스스로를 전혀 구축할 수 없다.59)이는 여성의 '타자성'이 주류적 규범, 가치, 행동들을 비판 할 수 있는 시각을 제공한다는 의미가 된다.

더 나아가, 만약 여성성이 생물학적인 개념에서 벗어난다면 주변성, 전복, 불일치의 개념이 된다. 다시 말해 여성이 가부장제 아래에서 주변적 존재로 규정되는 한 여성성은 가변적이 된다. 여성을 반드시 여성적 존재로, 또 남성을 남성적 존재로 설정하는 것은 가부장적 권력으로 하여금 모든 여성을 상징질서와 사회의 주변적 존재로 규정하도록 만들기 때문이다.60)때문에 여성성이 결핍, 부정, 의미의 부재, 비이성, 혼란, 어둠 등의 기표에 비존재로 묶인다면, 주변성에 관한 강조는 이런 여성성의 억압을 본질로서가 아니라 위치정하기의 문제로 규정하도록 해준다. 특정 시대에 주변적 존재로 인식되는 것은 그 주체가 어

---

58) 로빈 레이콥(외), 『여자는 왜 여자답게 말해야 하는가』, 강주헌 옮김, 고려원 1991, 185-189쪽 참조.
59) 토릴 모이, 같은 책, 160-161쪽.
   이리가라이는 『반사경』에서 거장 사상가의 담론의 맹점은 항상 여성이라고 말한다. 재현에서 추방된 여성은 남성 이론가가 반사적 구성물을 세우는 기반을 이루고 있는데, 바로 그렇기 때문에 건축물이 무너져 내릴 수 있는 지점이 된다고 한다.
60) 토릴 모이, 「주변성과 전복: 줄리아 크리스테바」, 같은 책, 195-196쪽.

떤 위치에 있느냐의 문제이기 때문이다. 예컨대 가부장제가 여성(노천명 시인)을 상징질서 속의 주변적 위치로 파악한다면, 가부장제는 여성을 상징질서의 변방 혹은 경계선으로 해석한 셈이다. 다시 말해 남근 중심적 관점에서만 볼 때에 여성은 남성과 혼돈 사이에 필연적으로 존재하는, 바로 변방을 재현하게만 될 것이다. 이때 여성은 그 주변적 위치로 인해 언제나 변방 밖의 혼돈으로 떨어지거나 혼돈과 결합하게 된다. 상징질서의 변방으로 인식된 여성은, 모든 변방이 지닌 교란적 성격을 공유하는 여성은 안도 바깥도 아니며 이미 알려진 존재로 미지의 존재도 아니기 때문이다. 따라서 변방에 위치하는 타자로서의 여성을 황무지와 같은 외부세계로 파악할 때와 변방을 내부의 본질적 일부로서 스스로 체화하여 그것을 벗어날 때 여성은 가부장적 권력에 의해 자리매김 되어진, '타자화'된 그 '여성성'을 전복시키고 '주체'로서의 여성이 된다.

1.1 타자성 지우기

인류의 역사 속에서 개별적인 혹은 집단적인 인간 주체는 시간적 의미의 전형적인 담지자로서 상징적인 중요성을 부여받는다. 이때 주체를 여성으로 가정하는가 아니면 남성으로 가정하는가 하는 것은 한 쪽 성(性, sex)이 경제적, 사회적, 문화적으로 우세할 때에 '주체'의 자리에 놓여지고 다른 한 쪽은 '타자'의 자리로 매김 되어진다. 그래서 규정적이든 상징적이든 여성성과 남성성의 메타포들은 문학 텍스트에 스며들어 다양한 의미를 생성해 낸다.

여성들이 말하려는 욕구를 가장 체계적으로 그리고 자유롭게 실현시키는 것은 글쓰기라면 기본적으로 구체적이고 자족적 행위이다. 여성은 말과 글쓰기 행위를 통해 자신의 삶을 반추하기도 하고 여성들이 말하려는 욕구를 가장 체계적으로 그리고 자유롭게 실현시키며, 말과 글쓰기 행위를 통해 자신의 삶을 반추하는 과정에서 위안 받고, 반성하기도 하며, 또 저항하기도 하고 견뎌내기도 한다. 그러나 여성들은 역사를 기술할 때 역시 스스로는 거의 한 자리도 차지하지 못한 채 보편적인 역사 내에서 단지 남성 행위자의 행동을 나타내거나, 심지어 문학적, 문화적 체계의 여성 참여자로서 그리고 여성 생산자로서 등장할 뿐, 자신들의 삶의 조건에 기초한 여성들에 관한 것들로부터는 거의 배제되어 왔다고 해도 과언은 아니다. 문학에서 남성들에 의해 여성성은 남성의 이상적인 인간상으로 칭송 또는 거부시되어 온 것과 달리, 실제사회에서 여성들은 남성들의 오랜 가장자리, 즉 주변부로 위치[61]해 왔기 때문이다.

여성문학사에서 노천명의 시세계를 논의 할 때, '향수', '고독', '눈물'이라는 기표와 함께 언제나 '결핍'된 그 무엇이 항상 시인에게는 내재된 것 같은, 그래서 '타자'로서의 '여류시인'으로 자리매김 되어 있음을 부인하기란 쉽지가 않다. 이같은 시각은 여성성을 수동적인 여성의 이미지로, 상징으로, 남성 욕망의 은유로 재현하는 것으로서 모두 가부장적 전략에서 기인한 것으로 볼 수 있다. 이와 같은 인식은 여성 주체를 '타자화'된 상태로

---

61) 애거(Agger)는 대중문학(문화)는 여성들의 이미지를 다음과 같이 만들어 내었다고 말한다. 첫째, 여성들은 남성이 성적인 대상으로 묘사되거나, 둘째, 여성들은 사회적 활동 중에서 사적인 영역, 즉 주로 가정과 관련된 일에 책임이 있는 것처럼 그려진다. 그리고 여성은 남성에 비해 약하거나 열등한 것으로 묘사된다. 마지막으로 여성들은 하나의 인격체가 아닌 비남성적인 존재로 표현되고 언제나 여성의 관점은 생략되는 방식으로 드러난다.
원용진, 『대중문화의 패러다임』, 한나래, 1997, 216쪽 참조.
이와 같은 양상들은 한국 고전문학 뿐만 아니라 서구의 문학 속에서도 자주 나타나고 있다. 예컨대 인어공주, 백설공주 등에서 드러나는 여성의 이미지들은 남성적 주체에 의해 '남성의 타자'로서 비추어진 수동적인 여성성을 잘 말해준다.

인식하게 하고, 남성중심의 영역인 중심부를 벗어나지 못한 채 '주변부'에 그대로 머무르게 한다.

한국 현대문학사에 있어서 여성문인이 등단한 것은 1920년대이다. 김명순, 나혜석, 김일엽 등으로 대표되는 이 시기의 여성문인들은 작품 수가 많지는 않아도 그들의 작품은 오늘날 여성시를 형성하는 중요한 토대가 되고 있으며, 이들의 시적 노력이 30년대 노천명에 이르게 되면 어느 정도 성과를 거두게 되면서 우리 여성시가 성숙되어 가는 면모를 갖추게 된다.[62]

남성중심의 문단에서 활약을 했던 노천명 시인이 처한 시대적 상황은 여성이 '주변부'에 위치하고 있는 사회, 문화적 환경과 그 맥을 같이 하고 있음을 부인하기 힘든 것이 다음의 시에서 잘 드러나고 있다. 기존의 논의를 거스르며 다시-보기로 한다.

오 척 일 촌 오 푼 키에 이 촌이 부족한 불만이 있다.
부얼부얼한 맛은 전혀 잊어버린 얼굴이다 몹시 차보여
서 좀체로 가까이 하기 어려워한다.
그린 듯 숱한 눈썹도 큼직한 눈에는 어울리는 듯도
싶다마는…
전시대 같으면 환영을 받았을 삼단 같은 머리는 클럼
지 한 손에 예술품답지 않게 얹혀져 가냘픈 몸에 무게
를 준다. 조그마한 거리낌에도 밤잠을 못 자고 괴로워하
는 성격은 -중략-

62) 김현자, 「페미니즘적 관점에서 본 한국 현대시 연구」, 한국문화연구원 논총, 이화여자대학교 인문과학 논집, 제64집 제1호, 1994, 6쪽에서 재인용.

52

        -중략-   세 온스의 '살'만 더 있어도
무척 생색나게 내 얼굴에 쓸 데가 있는 것을 잘 알 것
만 디지 못한 성격과는 타협하기가 어렵다.
     처신을 하는 데는 산도야지처럼 대담하지 못하고 조
그만 유언 비어에도 비겁하게 삼간다 대[竹]처럼 꺽어는
질망정
     구리[銅]처럼 휘어지며 구부러지기가 어려운 성격은
가끔 자신을 괴롭힌다.
                                    -<자화상>63)일부

   <자화상>은 기존의 논의에서 가장 많이 거론되었던 노천명의
시 가운데 하나라고 볼 수 있다.
   "노천명의 시세계는 한국 현대 여성시의 출발에서부터 '여성
성'에 대한 문제를 제기해 볼 수 있는 실마리가 된다는 점에서
매우 시사적 가치가 있다"64)고 하는 것은 여성문학사에서 노천
명이 차지하고 있는 위치가 매우 중요하다는 것을 확연하게 드
러낸 것이라고 볼 수 있다.
   노천명이 문단 활동을 비교적 활발하게 하던 시기는 1930년대
이다. 이 시기는 남성 문인이 중심을 이루어 갔던 시기이다. 때문
에 여성이 남성 문인들 속에서 활동할 때 남성과 동등한 대접(여
성의 위치)을 받을 수도 없었던 당시의 폐쇄적인 사회적, 문화적
상황,65)즉 젠더 공간에서 여성이 처한 상황을 간과할 수 없다.
   노천명이 시인으로 활약을 하던 시대에서의 '현실', 즉 당대성
은 여성으로서 처한 내적 현실과 외적 현실을 모두 아우른다.
이때 자아정체성과 육체를 중심으로 하는 내부 심리와 대면할
때 대두되는 현실이 내적 현실이고, 대타의식을 중심으로 하는

---

63) 『노천명 전집』1, 솔, 1997. 본고의 자료로 한다.
64) 김현자, 앞의 논문, 8-9쪽.
65) 임종국·박노순, 『흘러간 星座, 오늘을 살고간 한국의 奇人들』, 국
    제문화사, 1966, 150쪽.

외부 환경과 대면할 때 문제되는 것들을 외적 현실로 놓았을 때 남성중심 문단에서의 여성, 즉 여성 주체인 시인은 '주변부'의 위치에서 '남성의 타자'로 놓이게 된다. 이러한 요인들을 모두 아우르고 간과하지 않았을 때에 시인의 시세계를 재해석 할 수 있고, 시적 가치를 새롭게 부여 할 수 있다.

'오 척 일 촌 오 푼'의 '키', '몹시 차보이'는 '얼굴', '삼단 같은 머리', 그리고 '가냘픈 몸'은 여성의 육체성을 띤 기표들이 된다. 이러한 육체는 시인의 의식을 드러내는, 그래서 여성적 글쓰기를 이루는 근간으로서 '몸'으로 글쓰기가 아닌 '자기 진행형의 글쓰기'이다. 이것이 <자화상>인 것이다. 이때 자화상은 '타자화'된 여성이 아닌 '주체화'된 여성으로서 여성성을 드러내는 그 모든 것이 된다. 세세히 분석해 본다.

한국의 전통 사회에서 여인들은 잘려 나가지 않은 긴 머리를 틀어 올려 '삼단 같은 머리'의 모습을 취했다. 시인이 등단하여 작품 활동을 하던 시기는 서구 문명을 받아들이는, 즉 근대로 진입하는 시기였으므로 지식인 여성들의 외적 치장 또한 '전시대'와는 달리 많은 변모를 보였을 터이다. 그런데 시인은 서구적인 머리를 마다하고 전통적 여인의 삼단 같은 머리를 그대로 고수함으로 해서 오히려 '무게'를 준다. 이때 무게는 육체의 버거움을 뜻하기보다는 오히려 '가냘픈' 여성의 몸이지만 전통적 여인의 머리 모습 그대로를 간직함으로 해서 정신적 '품위'를 지니게 한다. 남성중심의 문단에서 세련되고 변화되지 않은 여성의 이미지(육체)가 자칫 개화된 남성들에게는 '환영을 받'지 못할지언정 고수함으로써 여성적 가치(정신)를 지닌다. 그 안에는 남성중심의 편향적 사고를 받아들이기가 싫다는 욕망이 내재되기' 때문이다. 하찮은 ('클럼지'), 그래서 비록 '예술품'은 되지 못한다 해도 전통 사회의 모양새를 그대로 고수하고 있는 그것은 여성의 자긍심 그 자체이며, 곧 결코 외적 환경에 한 치 흔들리지 않는 자의식이다.

이 자궁심에는 젠더 공간에서, 즉 성차가 일어나고 있는 바로 그 공간의 '중심부'를 비판하는 시인의 목소리가 담겨 있다. 여성 주체인 시인은 '무디지 못한 성격과는 타협'을 하지 않는다. 또한 처신을 하는 데 있어서 '산도야지처럼' 하지 않는다. '유언비어'에도 그저 '삼가'하고 있기 때문이다. 그렇다면 그 목소리를 가로지르고 있는 그것은 무엇일까.

시인은 '산도야지'라는 기표를 드러내었다. 왜, 하필이면 산도야지라고 했을까. 보편적인 측면에서 볼 때, 일반적으로 산도야지는 영리하다거나 포용력이 있다거나 혹은 용감하다고 여겨지는 짐승은 결코 아니다. 남성적인 동물을 상징 할 수 있는 여타, 즉 호랑이, 사자('도무지 나는 울 수 없고/ 사자같이 사나울 수도 없고'<사슴의 노래>)등과 같은 거대한 짐승에 비유하지 않고 산도야지에 비유해 놓고 있다는 점은 매우 시사적일 뿐만 아니라 시텍스트를 관통하는 주요 기표가 된다.

'산도야지'는 '돼지'와 같은 류의 짐승이다. 돼지는 관습적으로 그렇게 좋은 의미로 쓰여지는 기표가 아니다. 축사에서 키워지는, 미련하고 식탐에만 가득 찬 돼지의 상징성은 사람에 비유될 때의 기의들이다. 이와 함께 산도야지 기표 아래로는 난폭함, 곧 야수성의 의미들이 부가되어 미끄러진다. 이러한 산도야지는 힘만으로 난폭하게 처세를 하는 타인들, 즉 남성 지배권력, 혹은 어떤 대상들에 대한 조소성을 띤 은유가 된다. 난폭하고, 탐욕에만 전력 질주하는 그러한 대상들과는 타협할 가치조차 없다. 그들이 뱉어내는 '유언비어'에도 흔들릴 필요가 없다. 그렇기에 '숱한 눈썹', '큼직한 눈'도 모두가 이미지일 뿐, 진짜 '내 얼굴', 여성의 육체, 여성성은 다른 곳에 '쓸 데가 있'는 것이다. 바로 그 쓸 데 있는 것은 표층으로 드러내지 않고서도 중심부 타자들의 자존심을 건드리는, 곧 중심부를 흔들어 놓아 전복시키는 바로 그 곳에 있다. 타협하지 않는 내 '얼굴'은, 나의 육체는 '타협하지 않는' 바로 그 점에 쓸 데가 있기 때문이다.

이렇게 시인의 글쓰기는 산도야지라는 단어 하나를 설정함으로써 시 전체에 흐르는 메시지를 역동적이게 한다. 이는 시인이 발화하기 이전에 그러한 것들을 의식적, 무의식적으로 거부하고자 욕망하였기에 가능한 것이다. 그렇기에 시텍스트에서 산도야지와 삼단같은 머리의 의미 작용은 곧 남성적/여성적으로 상징적인 은유의 등가물이 된다. 이 은유적 등가는 곧 젠더 공간에서 당당한, 그래서 주체로서의 여성의 위치(쓸 데 있는 곳)를 드러내게 하는 주된 요소가 된다. 이는 이어지는 기표들과 연결해 볼 때 더욱 확연히 드러난다.

'대나무'처럼 강인하고 '곧은' 성품을 지닌 시인의 여성성. 이는 '구리'처럼 '휘어지지 못'해서 오만함과 남성적 성격을 지닌 것은 아니다. 정의로운 인간이라면 어떠한 불의를 보거나 진실하지 못한 것과 맞부딪칠 때에 '대'처럼 '꺾어는 질망정' 타협하지 않고 동조하지도 않으며, 비겁하게 이 곳으로 저 곳으로 마치 버드나무 가지 휘어지듯 휘청거리지는 않는다. 곧고 바름, 대나무처럼 꺾어지는 것은 여성으로서 얼마든지 지닐 수 있는 성품이며, 이는 사회적 동물로서 타자들과 더불어 살아가는 인간이라면 마땅히 지녀야 할 덕목 중의 하나인 것이다. 또한 여성성의 부드러움은 남성 중심적 전통 사유에 의한 '신화'나 다름없다. 부드러움이 여자의 전유는 아니기 때문이다. 여성도 남성 못지않게 자신이 처한 상황에 따라 때론 남성보다 더 강하고 당당할 수 있다. 그렇기에 '대'와 '구리'들의 기표들에는 외적 현실에서 주체가 처신을 할 때 기회주의자처럼 이리저리 기웃거리는 대상들에 대한 은근한 조소의 의미가 미끄러지고 있다. 더욱 어떠한 유언비어에도 삼가는 태도는 비겁하다거나 오만한 것이 아니다. 오히려 참음과 조심스러움이 내포되어 여유로움까지 내재된다. 중용의 도리 가운데 하나는 삼가는데 있는 것이다. 때문에 시인을 '괴롭'히는 것은 자신이 산도야지처럼 대담하지 못해서가 아니요, 구리처럼 휘어지지 못해서도 더더욱 아니다. 괴롭히는 것은 당대성, 즉 남성중심의 문단 권력이나 지배체제들과 타협하지 않았을 때의 당면하는 외적 현실인 것이다. 이때 외적 현실은 산도야지들이라는 대상이다. 그래서 산도야지는 '대', '구리'라는 기표들의 의미 작용과 함께 여성의 위치, 직면하는 유형,무형의 억압적인 상황들을 은근히 폭로하는 구실과 함께 그 상황에 스스로 들어감으로써 주변부의 위치를 지워내는, 그래서 당당한 여성 주체로서의 드러내기가 된다.

이처럼 시인이 전통적 육체성을 고수함은 당당한 여성성의 발로이며, 이는 남성중심 문단에서 주변부에 위치할 수밖에 없는 당대(근대)의 상황 속에서 남성과 동등한 사회적 삶을 성취하고, 더 나아가 '타자성'을 벗어던지고 세계로 나아가게 한다. 곧 시인의 육체성은 글쓰기의 구심점으로 작용을 함으로써 그 의식은 남성중심 체제에서 소외되는 것이 아니라 오히려 당당하게 들어가고 있다. 이 당당함은 남성들과 동등하게 사회적 삶을 추구하고자 할 때에 여성으로서 처한 내적. 외적 현실인 즉 '주변성'과 '타자성'으로 묶여짐에 대한 도전인 것이다. 이때 시인은 황폐한, 그래서 황무지 안으로 자발적으로 들어가 현장성, 변혁성을 지니는 공간으로, 통과의례의 장으로 만든다. 곧 시인의 육체성은 남성 지배문화가 그 주변에 살고 있는 여성들에게 부과하고자 했던 규범이나 가치, 실행들로부터 한 발자국 다가가 이를 비판하는 몸으로의 글쓰기, 곧 자기 진행형의 글쓰기를 이룬다. 이는 타자성이나 주변성 자체가 억압이나 열등감과 관련된다 할지라도 그러한 점이 오히려 다원성, 관대함, 다양성 그리고 차이를 허여하는 방식으로 변화될 수 있기 때문이다.

결국 전통적인 육체성을 고수한 상태에서 시인의 <자화상> 그리기는 완성된다. 자화상에는 여성을 주변적 존재로 규정해 버린 남성 중심적 사회 질서를 전복시키기 위해서 주변성과 관련된 인정과 거부, 그것들이 담겨진다. 여성 해방의 힘은 바로 그 억압의 위치, 곧 주변 그 자체가 공간적 속성에서 나올 수 있으므로 황무지 안으로 자발적으로 들어감으로 해서 오히려 남성중심의 지배담론의 한계에서 벗어날 수 있기 때문이다.

그러므로 시인이 <자화상>을 통해 밝히고자 하는 것은 남성중심 문단의 주변부인 황폐한, 그 황무지에 거주해야만 했던 주변인이 바로 여성이라는 점을 드러냄으로써 당대 남성 지배권력 속에서 여성들의 위치를 부각시킨 대표적인 징후가 된다. 이처럼 여성성을 억압하는 사회적, 문화적인 요소들을 자신의 육체성으로 담아냄으로써 황무지에 있는 주변인으로서의 위치인 '타자성'을 지워내고 주체가 되는, 노천경 시인의 몸으로 글쓰기는 다음의 시에서 더욱 당당하게 드러난다.

그 굳은 흙을 떠받으며
뜰 한구석에서
작약이 붉은 순을 뽑는다

늬도 좀 저 모양 늬를 뽑어보렴
그야말로 즐거운 삶이 아니겠느냐

육십을 살아도 헛사는 친구들
세상 눈치 안 보며

맘대로 산 날 봄 장기(帳記)에서 뽑아보라

젊은 나이에 치미는 힘들이 없느냐
어찌할 수 없이 터지는 정열이 없느냐
남이 뭐란다는 것은
오로지 못생긴 친구만이 문제삼는 것

58

남의 자(尺)로는 남들 재라 하고
너는 늬 자로 너를 재일 일이다

작약이 제순을 뽑는다
무서운 힘으로 제순을 뽑는다

-<작약>전문

일찍이 그대
제왕이 부럽지 않음은
어떤 세력에도 굽힘 없이
네 붓대 곧고 엄해
총 칼보다 서슬이 푸르렀음이어라

독기 낀 안개 자국이 날빛을 가리고
밤도 아니요 낮도 아닌 상태에서
사람들 노상 지치고
예저기 썩은 냄새 코를 찔러
웃을 수 없는 광경에 모두들 고개 돌릴 제

시인
오늘 너는 무엇을 하느냐
권력에 아첨하는 날
네 관은 진땅에 떨어지나니

네 성스러운 붓대를 들어라
네 두려움 없는 붓을 들어라

정의 위해
햇불 갖고 시를 쓰지 않으려느냐

-<시인에게>전문

위의 시들에서도 뚜렷하게 드러나는 것이 시적 자아는 타자로서의 '나'가 아닌 주체로서의 '나'이다. 이러한 주체는 '육십을 살아도 헛사는 친구들', '세상 눈치 안 보며/ 맘대로 산', '늬'들의 허를 집는 '시인(작약)'이요, '성스러운 붓대'와 '두려움 없는 붓'을 든 '정의'로운 주체이다. 곧 시적 자아는 타자가 아닌 주체로서 '권력'을 '탐닉'하고, '권력에 아첨하는 자'가 아닌 자유로움을 담지한 자만이 펼칠 수 있는, 그래서 당당한 글쓰기를 드러내는 여성 주체이다.

'무서운 힘으로 제순을 뿜는' 그 '작약'은 도대체 무엇을 인지하고 있으며, 무엇을 비판하며, 무엇을 욕망하는 것일까. 작약은 '굳은 흙' 속에 먼저 존재하고 있었다. 흙은 시적 화자가 놓인 현실이다. '흙 속'은 시적 자아의 내적 현실이며, 내부 심리이다. 두꺼운 각질층을 뚫고, '흙을 떠받으며' 세계로 들어 선 작약은 외적 현실, 즉 세계의 한 켠, '뜰 한구석'에서 '붉은 순을 뿜는다.' '무서운 힘으로 제순을 뿜는다.' 작약은 타인의 힘을 빌리지 않고 스스로의 힘으로 현실(외적)로 편입한다. 뜰 한 구석에 있던 주체는 세계의 중심에 선 주체가 된다. 이것이 시적 자아의 모습이다.

작약은 '늬'가 아닌 '나'이다. 그 정열을 가진 나는 '제왕이 부럽지 않'은 주체로서의 나인 것이다. 이때 '작약/늬'와 '시인/제왕'은 중심부와 주변부로 이분화되어 '젠더' 공간의 특성을 밀도 있게 담아내는 기표가 된다. 상징질서 속에서 '세상 눈치 안 보며' 맘대로 살아갈 수 있는 것은 '제왕'처럼 최고 권력을 가진 자만이 함부로 누릴 수 있는 특권이다. 제왕은 권력과 지위를 모두 행사할 수 있는 힘을 지닌 자로서 바로 사회적, 문화적 젠더 공간에서 '중심부'를 이루는 대상이며, 이때 대상은 타자들의 '주체'가 되고, 남성 중심적 이데올로기의 상징으로 작용을 한다. 제왕과 함께 '총', '칼' 등의 이미지들은 남성적 지배담론(유형,무

형의 억압 기제, 시대성 등)으로서 '주변부'에 놓인 타자들에게
는 난폭함과 폭력성을 떠올리게 한다. 이것들을 잘못 휘두를 때
에, 즉 함부로 '자(尺)'를 들이밀어 타자를 억압할 때 그 대상(주
체)들은 현존하는 공간 속에서는 제거되거나, 거부해야 할, 또는
부정해야만 하는 대상이 된다. 이때 시적 자아의 의식 속에서
이러한 대상들이 '부러'운 것이 아니라 오히려 제왕처럼 군림하
는 늬들인 바로 세상 눈치 안보며 맘대로 산 늬들을, 육십을 살
아도 헛사는 친구들을, '젊은 나이에 치미는 힘'도 없는 자들을,
늘 '남의 탓'만을 늘어놓는 '못 생긴' 자들을 '타자'로 자리매김시
킨다. 이는 곧 시인의 무서운 힘, 두려움 없는 목소리에 모두 담
겨진다. 늬들이 함부로 휘두르는 총, 칼들은 남성 중심적 사유
틀이며, 지배질서이며, 강압적인 사회체제일 수도 있다. 이러한
중심부적인 존재들이 시인에게는 육십을 살아도 헛사는, 힘도
없는, 더욱이 정열도 없이 맘대로 사는 하찮은 존재로 인지되었
기 때문이다. 하찮은 존재는 제거할 필요도 가치도 없다. 다만
못생긴 자들만이 하찮은 것을 '문제삼는 것'이기 때문이다.

　시인은 단호하게 말한다. '늬도 좀 저 모양 늬를 뽑아보렴/ 그
야말로 즐거운 삶이 아니겠느냐'라고. 이 언술에서 여성성의 진
가를 읽어 낼 수가 있다. '보렴'에는 강요하거나 강제하는 그 무
엇이 내재되어 있지는 않다. 청유형의 형태를 띤다. 그래서 대
상들-맘대로 산 자들의 '장기에서 뽑아 볼' 그 상황들-의 부조
리한 여러 현상들을 단초하는 것이 아니라, 마치 걱정하고 타이
르는 '어머니'와 같은 여성성이 내포된다.

　'붉은 순'은 여성성의 상징이다. 흙 속에서도 결코 메마르거나,
제거되지 않고 뜰 한 구석에서 제순을 뽑는, 그 몸과 정신은 대
지의 여신, 곧 가이아(Gaia)와도 같은 가치를 지닌다. 굳은 흙을
뚫고서 올라오는 새 '순'의 생명력, 이 생명력은 끝도 없이 스스
로 제순을 다시 뽑아내고 무서운 힘으로 또 제순을 뽑아내기를

반복함으로써 대지(세상)를 아름답게 할 뿐만 아니라 모든 것을 감싸 안는 생명력을 지닌다. 이것은 여성의 욕망이 있기에 가능한데, 그 욕망은 곧 '젊은 나이'에 터지는 정열도 없이 '남의 탓'만을 하며 육십을 살아도 헛사는 대상들을 타일러 깨우치게 하려는 바로 그 욕망이다. 이러한 욕망 속에서 여성성의 가치는 가이아의 가치에 버금가는 것이다.

이러한 여성성은 '어떠한 세력에도' 한 치 '굽힘 없'는 시인의 '붓대' 속에서 이제 무서운 힘을 지닌다. '곧고 엄해' 총칼보다도 더 '서슬이 푸'른, 그 날카롭고 푸른 힘은 결코 권력에 길들여지지 않은 힘이기에 권력체제들에게는 위협적인 양상이 된다. 위협적인 것은 곧 세상을 향한 비판의 목소리이기 때문이다.

'독기 낀 안개 자국이 날빛을 가리고/ 밤도 아니요 낮도 아닌 상태에서/ 사람들 노상 지치고/ 예저기 썩은 냄새 코를 찔러/ 웃을 수 없는 광경에 모두들 고개 돌릴 제'라는 그 목소리의 힘을 보자. '날빛을 가'린, '썩은 냄새'나게 하는 주범은 누구인가. 권력에 아첨하는 자들이며, 방관하고 있는 자들이다. 이 목소리에는 당대의 상황을 드러내는 것들로서 두 계층이 내재되어 있다. 그 하나는 썩은 냄새로 가득 찬 오염된 세상을 만든 계층이며, 그 썩은 냄새나는 세상에서 '노상 지친 사람'들을 외면하는 또 하나의 계층이다. 썩은 냄새는 아첨하는 자들이 부패시킨 세상의 냄새이다. 악취로 가득 찬 세상은 어둠과도 같은 세상이다. 어둠은 날빛을 가린다. 이 날빛을 가리는 자들은 부패시킨 자와 방관만 하는('고개 돌리는')자들 모두가 공범이 된다. 이때 시적 화자는 '너는 무엇을 하느냐', '권력에 아첨하는 날', 바로 그날 '네 관은 곧 진땅에 떨어지나니'라고 통보를 한다. 곧 파멸의 나락으로 추락됨을 말한다. 과연 이 소리에 두렵지 않을 자는 누구인가. '시인', 시인만은 이 소리에 두렵지 않다. 성스러운 붓대가 있고 두려움 없는 붓을 지닌 시인만이 두

럽지가 않은 것이다. 이러한 시인은 총과 칼 앞에서도 '정의'를 위한 '횃불'을 '갖고' 있기 때문이다. 정의의 횃불을 지니고 있는 시적 자아는 주체적인 여성적 담론을 재구성한다. 이는 곧 주체적인 여성이 욕망하는 것들로서 곧 중심부(당대성, 양이데올로기, 남성중심 문단. 사회억압 체제등) 권력에 아첨하는 자에 대한 비판과 함께, 권력에 아첨하기 위해 고통에 지치고 지친 자들에게서 고개 돌린 자들에게는 아끼지 않는, 그래서 다원성을 지향하는 여성적인 담론이다. 그 담론은 한 치 흔들림이 없다. '정의'는 어떠한 권력 앞에서도 굴하지 않는 생명력이며, 이는 곧 시인의 목소리에 내재되어 있기 때문이다.

이처럼 시적 자아에게서 현현되는 것은 타자화된 여성성이 아니라 중심부(권력)를 뒤흔들어 놓고 있는 능동적인 여성 주체다. 이때 여성성은 그 경계를 허무는 것이 아니라 경계선상에서 주체와 타자들을 모두 아우르는 중심적인 구실을 한다. 이는 여성이 남성과 차이를 갖는, 그래서 다원성의 섬세한 분기로서의 글쓰기이며 억압적인 젠더 공간을 벗어나는, 즉 '일탈'을 하는 글쓰기이다. 이 일탈은 '타자성'을 벗어던지는 일탈이다. 그래서 주체적인 여성이 몸으로의 글쓰기를 이루는 과정은 결코 메마르는 법이 없다. 제순을 뿜고 다시 뿜어내는 생명력은 여성적 글쓰기의 원천을 이루기 때문이다. 이것이 노천명의 글쓰기가 지닌 힘이다. 타자의 힘을 빌리거나 의지하지 않는 아주 강인한, 그 무서운 힘은 새순을 자신의 힘으로 뿜어내는 작약처럼 자신의 욕망을 자신의 육체에 스스로 체화시킴으로써 이루어지는 것들이기에 더욱 가치를 지닌다.

더불어 누구와 얘기할 것인가
거리에서 나는 사슴 모양 어색하다

나더러 어떻게 노래를 하라느냐

시인은 카나리아가 아니다

제멋대로 내버려두어다오
노래를 잊어버렸다고 할 것이냐

밤이면 우는 두견!
내 가슴속에도 들장미를 피워다오

-＜내 가슴에 장미를＞전문

시인은 누가 지명하고 누가 권하고 누가 명령해서 '노래'를 하는 '카나리아가 아니다.' 능동적으로 글(노래)을 쓰는 자다. 정의의 붓대를 지닌 자다. 누가 시켜서가 아닌 '제멋대로' 글을 쓰는 자는 권력에 아첨하는 자가 결코 아니기 때문이다.

'나더러 어떻게 노래를 하라느냐'는 타자들, 즉 지배담론에 대한 응전의 목소리다. '노래'는 멜로디로서 표면적인 것이 아니라 노래하기를 강요하는 대상들의 비이성적인 담론의 하나로서 핵심적인 상징으로 작용을 한다. 이는 시적 화자가 '시인은 카나리아가 아니다'라고 말하는 그 곳에서 드러나기 때문이다. 곧 거절의 목소리이며, 그래서 응전의 목소리라 할 수 있는 것이며, 곧 노래하기를 권하는 대상들을 향한 반담론을 지향하는 것이라고 볼 수 있다. 그 지향점은 '사슴'의 가슴에 돋힌 '들장미'가 기능을 한다. 그런데 장미가 아닌 '들장미'를 가슴에 피워내기를 갈망하고 있는 시적 자아에게 '더불어 얘기할' 상대가 없다. 왜 없는 것일까.

'나(사슴, 시인)/ 노래와 거리'는 중심부와 주변부적인 공간, 즉 시적 화자가 처한 상황을 드러내 주는 기표들이 된다. 이는 시적 화자가 처한 당대의 사회적, 문화적으로 구성된 젠더 공간을 드러내준다. 타자들이 듣기를 원하는 그 '노래'는 썩은 냄새로 가득찬 타자들의 음성이다. 그 음성에는 거리의 중심부에 있는 자들의 명령이 내재되어 진다. 이때 시적 화자는 이것들을 단호하게 거절한다. 노래하는 카나리아가 될 수 없다고. 주체가 그 누군가의 명령을 거절하였을 때 주체는 주변부로 전락된다. 곧 '거리의 사슴'이 된다. 이 사슴은 가슴에 들장미 피워내기를 갈망하는, 타자성을 지워낸 주체가 된다. 그 주체는 거친 들판으로 스스로 들어간다. 이는 지배담론을 내부에서 전복시키는 전략이 된다. 황폐한 황무지로 자발적으로 들어가는 주체, 그래서 가슴에 가시를 돋힌 들장미는 노래하는 카나리아가 아닌 '조국의 아름다운 내일을 위해/ 오늘의 짐을 즐겁게 지'는 주체가 된다.

> 우리들 살림살이 보람 있을
> 조국의 아름다운 내일을 위해
> 저마다 오늘의 짐을 즐겁게 지자
>
> 남빛 바다는 오늘도 푸른데
> 너 갈매기 모양 어디로 다 날리느냐
> 이 나라 튼튼한 살림의 고임돌 되고자
> 우리 다 같이
> 한여름 해바라기를 닮아보자
>
> -<권두시 1>전문

'즐겁게 지자', '닮아보자'고 청유하고 있는 말하는 주체, 그는 여성이다. 이는 공허하다거나 관념적이 아닌 현실적인 말이다. 더불어 애기 할 자가 없었던 시적 화자는 소외되고 억압되고 고립된 상태였다. 이 상태로 몰아 부친 자들을, '갈매기 모양' 이리저리 '날리는' 자들을 향해 응전을 한다. 그 응전의 방법은 시적 화자가 주체로서 응전하기에 가치를 지닌다. '너 갈매기 모양 어디로 다 날리느냐'는 중심부를 지탄하는 발언을 서슴없이 뱉어내는 시적 화자의 그 목소리는 지배 담론을, 노래하기를 명령하는 대상들을 전복시키는 힘이 내재되어 진다. 이때 응전만 하는 것이 아니라 시적 화자는 사랑으로 감싸 안는다. 너와 나인 '우리 다같이' 오늘의 짐을 가볍게 지고, 튼튼한 살림의 '고임돌'이 되자고 한다. 그래서 '조국의 아름다운 내일을 위'한 '우리'가 되자고 한다. 이는 시적 화자의 작위적인 청유가 아니라, 주변부에서 타자로서 거주했던-'거리에서 사슴 모양 어색'해 했던- 자만이 지니는 힘이요, 그 힘은 타자로서의 아픔을 내재화한 자만이 그러안을 수 있기 때문이다. 주변부에 거주하는 자가 타자성을 벗는 바로 다원성을 지향하는 여성성의 힘, 허여성이 갖는 여성만의 힘이다.

이처럼 노천명은 타자들, 즉 중심부적인 담론-양이데올로기의 부조리나 사회적 병폐 양상 등-에 당당하게 도전하여 이를 전복시키면서도 그들을 그러안는 면모를 보인다. 이러한 시인의 글쓰기는 관념이 아닌, 마치 시공간을 초월해 청자로 하여금 당대에 놓이게 하는 힘을 지닌다. 이것이 노천명 시인의 글쓰기의 한 면목이다. '우리 다 같이/ 한 여름 해바라기를 닮아보자' 라고 시인은 끝맺음을 하고 있기 때문이다. 해바라기는 '너(갈매기)'처럼 이리저리 기웃거리거나 돌아다니거나 하지 않는다. 오직 한 곳으로만 온 몸과 정신을 몰두한다. 이것이 바로 일제하, 한국동란, 부역의 댓가를 치른 뒤 시인에게 체화된 그 모든 것이 아닐까. 체화된 글쓰기는 관념이 아닌 체험 그 자체이기 때문에 청자들에게는 그 울림이 더 진하다.

1.2 '팜므 파탈'적 보이기

"여성의 신체는 자유로운 장이 되고, 본질을 한정하고 제한하는 것이 되어서는 안된다"는 시몬느 드 보봐르의 말은 남성 중심적 담론 속에서 여성의 육체가 유표화 되며, 그것에 의해서 남성의 신체는 보편성과 융합하고 무표인 채로 남게 되는 것[66]을 의미한다.

　여성이 육체적 욕망을 드러내는 과정에서 '진실된 여성'을 말하는 중요한 요소 중의 하나가 '급진적인 행위'이다. 여기서 급진적인 행위란 여성이 남성으로부터 그에게 속해 있지만 그 자신보다 더한 가치를 가진 것, 또 그에게 있어 모든 것을 의미하고 자신의 생명보다 집착하는 어떤 것, 그리고 그의 삶의 중심에 놓여 있는 귀중한 보물을 빼앗고 제거하며 심지어 파괴하기까지 하는 행동을 의미한다.[67]문학(문화)양식 속에서 이러한 행위를 보여주는 전형적인 인물이 '팜프 파탈(femme fatale)'로 자리매김 된다.[68]팜프 파탈은 겉으로 분명하게 드러나는 서사 속에서 독단적일 뿐 아니라, 가부장적 정체성을 위협하는 존재로, 남성적 상징 체계 속에 내재해 있는 요소들을 위반함으로써 남성중심의 지배 담론(성담론)에 위협을 가하고 훼손시킨다. 이때 팜프 파탈은 가부장적 지배 체계를 효과적으로 뒷받침해 주는 팬터지, 가부장적 체계가 스스로 만들어낸 '적(enemy)'이 되는 것이다.[69]

---

66) 쥬디스 버틀러, 「섹스/젠더/욕망의 주체」, 『페미니즘 문학론』, 최동현·임명진 편, 한국문화사, 1996, 204쪽.

67) Jacques-Alain Miller, "Des Semblants dans la Relation Entre les Sexes", La Cause Freudienne,36, 1997, 7-15.
　　라깡과 현대정신분석학회 편, 「열정적인 집착에서 반 동일시로」, 『우리시대의 욕망 읽기』, 문예출판사, 1999, 269-279쪽 참조.

68) 문학뿐만 아니라 영화 속에서도 이와 같은 인물 유형이 드러난다. '팜프 파탈'은 마치 유령처럼 포착하기 어려운 존재로 남아있는, 그래서 언어적으로 육체적으로 성적인 공격성을 거리낌 없이 솔직하게 드러내며, 또 자신을 조작하고 상품화한다. 라깡식으로 말하면 '진실된 여성(une vraie femme)'이 되는 것이다.
　　라깡은 이 같은 여성 중의 하나를 앙드레 지드의 아내를 예로 들어 설명한다. 예컨대 지드의 아내는 지드가 죽은 후 가장 소중한 물건으로 생각했던 연애편지, 그녀에게 보낸 연애편지들을 모두 태워 버렸다.
　　라깡과 현대정신분석학회 편, 270쪽- 282쪽 참조.

69) 가부장적 성담론 안에서 팜프 파탈은 남성 정체성의 확립을 위해

-중략-
흰 나리꽃이 향을 토하는 저녁
손길이 흰 사람들은
꽃술을 따 문 병풍의
사슴을 이야기했다

솔밭 사이로 솔밭 사이로 걸어가자면
지금도
전설처럼
고가엔 불빛이 보이련만

숱한 이야기들이 생각날까 봐
몸을 소스라침은
비둘기같이 순한 마음에서…

-<길>일부

검은 머리채에 동양 여인의 '별'이 깃들이다

-중략-

계집의 높은 절개 이 옥지환과 같을 것이오 천만 년이
지나간들 옥빛이야 변할랍디여
옥가락지 위에 아름다운 전설을 걸어놓고
춘향은
사랑을 위해 달게 형틀을 썼다

옥 안에서 그는 춘꽃보다 더 짙었다

전제되어야 하는 내재적인 위협과 같은 존재로, 지배담론에 위협을
가한다는 이유로 팜므 파탈은 처형되는데, 비록 죽임을 당하지만
그녀의 이미지는 그녀가 죽고 난 이후에도 여전히 장면을 효과적으
로 지배하는 요소로 남아 있다. 그래서 팜므 파탈의 현실적 승리는
아버지의 법(남근 질서)을 훼손시키고 위협하는 데 있다는 것이다.
라깡과 현대정신분석학회 편, 273쪽 참조.

-중략-

무릇 여인 중
너는
사랑을 할 줄 안
오직 하나의 여인이었다

눈 속의 매화 같은 계집이여
칼을 쓰고도 너는 붉은 사랑을 뱉어버리지 않았다

한양 낭군 이도령은 쑥스럽게
사또'가 되어 오지 않아도 좋았을 게다

-<춘향>일부

　'흰 나리꽃', '꽃술', '솔밭', '춘꽃', '매화' 등의 시어들은 그 자연성의 이미지를 자아의 내면에 육화할 때 여성성을 드러내는 기표들로 작용을 한다. 이 기표들은 주변의 기표들과 인접성을 띠면서 옆의 것을 계속 집어 흩어지고 미끄러진다.
　이러한 여성성을 지닌 여성은 '순한 마음'과 '검은 머리채'를 한 전통적인 '동양 여인'이다. 남성은 이러한 여인의 육체를 탐하였던 '사또'이며, '이도령'이다. 이들은 남성적 상징질서에서 중심부를 이루는 인물들로서 여성의 육체성과 어우러져 여성 주체를 계속 훑고 지나간다. 그 틈새에는 많은 것들이 함축되어 있다. 그것은 당대 지배담론을 전복시키는, 여성 주체의 통쾌한 씨니피에들로 가득 차 있는 것들이다. 이것이 노천명 시인의 내부 심리에 내재되어 있는, 능동적인 여성 주체로서의 글쓰기를 이루어내는 초석이 된다.
　시적 자아의 '꽃술을 따 문' '사슴'은 <길>이 아닌 '병풍' 속에 있다. 이때 '길'은 현실태이며, 병풍은 '전설처럼' '이야기'되는 비현실태적인 양상을 드러낸다. 그래서 '솔밭 사이로 솔밭 사이로 걸어'갔던 시적 자아의 과거 속에만 있을 뿐이다. 그 옛날 솔밭 사이로, 솔밭 사이에서의 '몸의 소스라침'은 관능미를 드러낸다. 꽃술을 따 문 그 상태는 여성/남성의 섹슈얼리티가 한데 어우러져 응축되어진 상태이다. 꽃술인 여성의 육체성이 소스라치는 바로 그 순간은 상징질서의 어떠한 언어로도 설명될 수 없는, 그래서 여성의 '쥬이쌍스'이다. 이는 '손길이 흰 사람들'에게는 병풍 속의 박제화된 그림으로, 전설처럼 인식되는 비현실태이지만 여성 주체인 시적 자아에게는 그들이 알지 못하는 '숱한 이야기'들이 있기 때문이다. '꽃술을 따 문 사슴'의 그 이야기는 곧 시적 자아만의 '숱한 이야기들'이며, 기표 아래로 끝없이 미끄러져 산종하고 있기 때문이다.

여기까지의 여성은 '비둘기 같이' 순한 마음을 지닌, 그래서 가부장적 담론을 전복시키는 여성 주체가 아닌 순응하는 여성으로 '지금'도 그 '숱한 이야기들'만을 내부 심리에 간직하고 있는 시적 자아이다. 이제 이러한 여성의 욕망은 '검은 머리채'를 지닌 '동양 여인'으로 전이되어 이야기가 아닌 현실태로 드러나게 된다. 그러한 여인은 '별'이 깃들인 여인이요, 그 여인은 가부장적 담론을 파괴하고 전복시키는 주체가 된다.

전통적인 '계집'의 '높은 절개'는 '옥지환'이요, '천만 년이 지나간들' 그 '옥빛'은 결코 변하지 않을 것이다. 여성의 절개는 예나 지금이나 또 미래에도 여전히 존재할 것이기 때문이다. 하지만 그것은 여성이 욕망하는 주체가 되었을 때 주체로서의 여성이 스스로 추구하는 절개와 가부장적인 담론에서 요구하는 그것과는 사뭇 질이 다른 절개인 것이다. 비둘기 같이 순한 마음의 그 옥빛은 계집의 '옥가락지 위에' '걸어놓은' 가부장 담론의 '아름다운 전설'일 뿐이지 옥지환과도 같은 계집의 절개는 바로 남성 중심의 지배담론(성담론)을 뒤흔들어 놓을 뿐만 아니라 파괴하는 주요 동인이 되기 때문이다.

동양 여인인 계집에게 '형틀'이 씌여 졌다. 그 계집은 '사랑을 위해 달게 형틀을 썼다.' 지독한 패러독스이다. 말하는 주체의 그 목소리에는 무언가 담겨져 전 지층을 뒤흔드는 그 어떤 것들이 내재된다. 그렇다면 그 안에는 도대체 무엇이 담겨져 있는 것일까.

사랑을 위해 달게 형틀을 쓴 '춘향'은 '옥 안에서', '칼을 쓰고도 붉은 사랑을 뱉어버리지 않았던' 여인이다. 이러한 여인의 사랑은 '춘꽃보다도 더 짙은', 그래서 꽁꽁 얼어붙은 삭막한 대지를 뚫고 피어나는 '눈 속의 매화 같은 계집'의 '사랑'이다. 목에 칼을 쓰고서도 붉은 사랑을 토해내는 여성 주체의 그러한 행위는 타자들에게는 지독하다 못해 거부될 대상이 된다. 이는 타자들에게 '급진적 행위'를 보이는 여성이며, 자기 자신에게는 귀한 가치를 가진, 그래서 자신의 생명보다 더 집착하는 '진실된 여성'이 된다. 이때 '형틀'과 '옥'과 '칼', '눈' 등의 기표들은 당대 지배담론 속에 형성된, 즉 남성의 권력이며, 젠더 공간에서 '타자(여성)'들을 억압하는 기표들로 작용을 한다. 다시 말해 이러한 기표들은 남성 권력이 자신들의 정체성을 위해 만들어 놓은 기제들로서 '타자(피지배층인 춘향, 여성)'들을 감금시켜 억압하는 유형,무형의, 혹은 성담론의 상징으로 작용한다. 그러나 한 치 흔들림 없는 진실된 여인의 이드적 욕망은 더 분출하여 흐른다. 형틀이라는 거대한 현실(지배담론), 옥죄고 억압하고 있는 이 엄청난 현실을 여인은 맞받아쳐 단숨에 조각내 버리기 때문이다. 이것은 '달게'라는 시적 자아의 진술 속에서 산종한다. 그것들은 목에 칼을 쓰고도 붉은 사랑을 뱉어버리지 않는 여인의 진정한 욕망 속에서 산종하고 있으며, 얼어붙은 현실의 각질층인 '눈 속'을 뚫고 들어온 '매화 같은' 계집의 욕망 속에서 미끄러지고 있으며, '옥 안'에서 칼을 쓰고도 춘꽃보다 더 짙은 사랑을 드러내는 그 곳에서 끝없이 흩어져 여성의 욕망이 분출하기 때문이다. 이때 욕망은 여인의 급진적인 행위를 하고자 하는 욕망이며, 이러한 욕망은 바로 가부장적, 남성중심의 성담론을 뒤엎어 버리고자 하는 진실된 행위로서의 욕망인 것이다. 이러한 여인의 행위는 분명한 서사로서 '팜므 파탈'적인 양상을 띤다. 이때 팜므 파탈적 양상은 곧 팜므 파탈적 '보이기'로서 바로 '달게 형틀을 썼다'는 그 진술 속에 담겨진다. 곧 남성중심의 성담론에 도전하여 가부장적 정체성을 훼손시키고, 상징질서의 폭력성이나 억압적인 기제들을 무너뜨리는 것이다.

더 나아가 시적 자아는 '한양 낭군 이도령은' '사또'가 되어 오지 않아도 좋았을 게다'라고 당부를 마다 않는다. 시인의 의식 속에서 진정한 팜므 파탈적 양상은 바로 이 발화된 언술에서 배어난다.

사또-고전 문학에서 춘향 수청 사건의 장본인 변사또-는 사대부 계층의 성적 담론을 형성하는 상징적 인물 가운데 하나일 뿐이다. 춘향은 소외된 계층, 혹은 비천한 계층, 곧 지배 권력의 타자로서의 여성을 상징하는 대표적 인물이다.(기녀의 딸) 사또와 '이도령'은 모두들 사대부 계층이며 지배권력 계층이다. 조선조의 '기방'이라는 곳은 공공의 성적 장치라고 할 수 있기 때문에 사대부들에게는 맘대로 드나들어도 사회적 지탄을 받지 않는 공간이었다. 이때 사또와 이도령은 같은 지배 계층으로서 남성 지배적 성담론을 공공연하게 형성하는 주요 상징적 인물이다. 시적 화자는 '이도령'이 '사또'처럼 되기를 진실로 바라지 않았다. 이는 '사랑을 할 줄 아는 유일한 여성'만이, 곧 '진실된 행위'를 하는, 능동적인 주체로서의 여성만이 지닌, 그래서 다원성을 지향하는 여성성의 발로인 것이다.

여기서 '무릇 여인 중/ 너는 사랑을 할 줄 안/ 오직 하나의 여인이었다'처럼, 오직 사랑을 할 줄 안 그 여인은 진정한 행위를 한, 사랑 할 줄 안 오직 하나의 여인만의 그 사랑에 더 주목

해 본다. 이때 '안'이라는 기표에 주목할 때 에로스가 타나토
스[70]와 일치하는 순간을 읽게 된다. 여성은 사랑을 할 줄 '아는'
여인이 아니라 이미 사랑을 알아 버린, 즉 완료형으로서의 '안'
여성이다. 이것은 마치 상상계에서 아이와 어머니와의 관계에
어떠한 억압도 일어나지 않고 어머니의 몸과 아이가 합치되어
원초적 쾌락이 일어나는 그 순간과도 같다. 바로 상징질서가 억
압한, 즉 상징질서의 권력, 규칙, 도덕, 법 등을 뚫고 들어온 기
호계적 인물, 바로 그 주체만의 쥬이쌍스가 시적 자아의 의식
(무의식)에 자리하고 있는 것이다. 이것은 여성이 자신의 육체
를 스스로 체화했을 때 가능하다. 그렇기에 비둘기 같은 순한
마음으로, 꽃술을 따 문 상태로 솔 밭 사이로 끝없이 걸어가던
여인의 이드, 그리고 사랑을 죽음과 맞바꿀 수도 있는, 그래서
칼을 쓰고서도 형틀마저 달게 삼키고 자신의 사랑을 붉게 물들
이는 그 진실된 여인의 욕망은 팜므 파탈적이며, 이 행위로 인
해 남성적 상징질서의 권력(사또)은 모두가 거세된다. 이때 이
도령은 사또가 될 필요도, 더욱 될 수도 없는 것이다. 결국 팜므
파탈적인 양상을 보인 것이지 춘향이, 계집이, 여인이, 시인이
팜므 파탈로서 그 요부노릇을 한 것은 결코 아니다. 바로 계집
의 절개가 말해 주는 것이다. 계집의 절개는 진실된 행위를 한
여인의 절개이며, 이는 남성적 상징질서 체계의 강압에 의해서
가 아닌 주체적인 여성의 욕망으로 이루어진 절개이기 때문이
다. 그야말로 쥬이쌍스를 느낄 줄 아는 여인은, 남성에게 있어서

---

70) '에로스(eros)'는 삶본능, '타나토스(thanatos)'는 충동적 죽음, 또는
죽음본능의 의미를 지닌다. 프로이트는 에로스와 충동적 죽음의 양
가성에 비중을 두고, 라캉은 두 본능의 반복 충동에 더 비중을 둔
다. 같은 무의식을 이드와 언어의 구조로 각각 해석하는 이들과 달
리 크리스테바는 이 두 본능을 사랑으로 그리고 그 사랑은 마주침
속의 대화로 본다.
자크 라캉, 『욕망 이론』, 프로이트, 『창조적 작가의 몽상』, 크리스
테바, 『공포의 권력』등 참조.

는 진정한 행위를 하는 여성 주체가 되기 때문이다.

이것이 동양 여인에게 깃들인 '별'인 것이다. 별은 우주(인간)를 형성하는 근원적인 객체이자 주체이다. 별은 여인의 육체이며, 정신이다. 욕망하는 별은 강력하게 타오르는 불꽃과도 같으며, 그 때의 별은 각질화된 세계- 당대의 사회적, 문화적 부조리, 젠더 공간의 모순된 성담론, 그래서 여성이 처한 현실의 어려운 상황들-를 뚫고 들어와 녹이고 빛을 발하는 '원초적 어머니의 몸'과도 같다. 그 몸에서만이 인간은 원초적인 쾌락을 맛보며 주체에게 있어서나 타자에게 있어서나 어떠한 억압도 일어나지 않기 때문이다. 별은 주체와 타자의 경계가 지워지지 않는 바로 그 곳에 있다. '검은 머리채에 동양 여인의 별이 깃들이다'라는 그 목소리에는 바로 진정한 팜프 파탈이 스며 있으며, 그 목소리는 가부장적 담론을 거스리고 전복시키는 몸으로 글쓰기이며, 곧 시인의 자기 진행형의 글쓰기인 것이다.

이렇게 시적 화자의 언술 속에서 현현되는 여성 주체는 팜프 파탈적 보이기를 함으로써 여성으로 겪게 되는 젠더 공간의 모순성이나 불합리하거나 왜곡된 양상들을 모두 거두어 낸다. 거두어낸 자리엔, 즉 비합리적이고 폭력적이고 일방적이고 억압적인 남성중심의 성담론을 전복시킬 뿐만 아니라 더 나아가 진실된 행위에는, 가부장제의 억압기제들을 전복시킨 그 자리엔 타자를 그러안는 생명력이 자리한다. 이것이 진실한 행위를 하는 여성의 욕망이 몸으로 체화되어, 곧 세계로 나아가는 은밀한 장소로서 발현되는 주체적이고 당당한 글쓰기로서 투명하며, 진실되며 그것은 온몸과 정신을 함께 던진 '논개'의 '여성성'에 체화되어 더 뜨겁게 스며들어 있다.

        논개 치마에 불이 붙어
        논개 치맛자락에 불이 붙어

논개는 남강 비탈 위에 서서
화신처럼 무서웠더란다

'우짜꼬 오매야! 촉석루가 탄다 촉석루가'
마지막 지붕이 무너질 제는
기왓장 내려앉는 소리
온 진주(晉州)가 진동을 했더란다

기왓장만 내려앉은 게 아니오
고을 사람들의 넋이 내려앉았기에
비봉산(飛鳳山)·서장대(西將臺)가 몸부림을 치더란다

조용히 살아가던 조그마한 마을에
이 어쩐 참혹한 재앙이었나뇨

밀어붙인 훤한 벌판은
일찍이 우리의 낯익은 상점들이 있던 곳
할매 때부터 정이 든 우리들의 집이 서 있던 자리

문둥이가 우는 밤
진주사 더 섧게 통곡하는 것을
진주사 더 섧게 두견 모양 목메이는 것을
　　　　　　　　　　－<곡촉석루(哭矗石樓)>전문

　'춘향'과 '논개', 이 두 여성은 조선조-가부장제와 유교적 삼종
지도가 가장 엄격했던-가 배태한 인물이다. 한 여성은 고전문학
텍스트에서 당대 시대성-지배권력의 성담론, 젠더 공간의 모순-
을 대변해주는 인물이며, 다른 한 여성은 가부장적 지배담론-기
녀제도-의 역사 속에 실제로 존재했던 인물이다. 이 두 인물은
오늘날 여러 각도에서 재조명될 수 있는 여성들이다.
　노천명에게 이들의 여성성이 어떻게 체화되어 현현되고 있는

지 분석해 본다.

<춘향>에서 춘향의 '형틀'은 가부장적 질서 체계 속에, 남성의 권력과 성담론이 견고하게 내재해 있는, 그래서 여성 주체를 억압하는 유형,무형의 틀로 여성으로서는 거부해야 할, 넘어서야 할 기제다. 이러한 기제를 전복시키고자 할 때 죽지 않고 진실한 행위, 즉 팜므 파탈적 보이기를 함으로써 지배체제를 위협하여 전복시키는 힘을 발휘한 여성이 춘향이다. 반면에 '논개'의 행위는 역사적 사실이며, 분명한 서사로서 자신의 몸을 남성 지배담론에 스스로 던짐(죽음)으로써 권력 체계를 무너뜨린다. 두 여성 모두가 '팜므 파탈적 보이기'를 한 주체라고 할 수 있다.

'논개 치마'의 '불'은 남성을 유혹해서 남성을 전복시키는 기제로 작용을 한다. 그렇다면 이러한 논개의 여성성은 어떠한 의미로 다가와 지금 여기 시공간을 넘나들고 있는 것일까. 노천명 시인에게 내재되어 있는, '화신'처럼 분출되고 있는 그의 여성성은 어떠한가.

'논개'는 적절한 행위를 한, '진실된 여성'이다. 논개는 '급진적인 행위'를 한 팜므 파탈이다. 논개는 남성적 주체의 필요-조선조 성적 장치인 기방 속의 기녀-에 의해 존재했지만, 이러한 여성의 존재가 그들을 위협하는 인물로 둔갑하였기 때문이다. '논개 치마에 불이 붙어', '논개 치맛자락에 불이 붙'는다. 여기서 '불'은 이중적인 의미를 지닌다. '치마'에서의 불은 두 측면에서의 상징성을 지닌다. 여성적 섹슈얼리티를 드러내어 남성을 유혹하는 동시에 여성 자신의 성을 상품화[71]함으로써 남성중심

71) 조선조 가부장적 담론에서 형성된 공공의 성적 장치 속의 '기녀'들은 우리 여성문학사에서 독특한 위치를 차지한다. 이들 기녀들의 위치는 크게 두 측면에서 조명될 수 있다. 그 한 측면은 여성으로 지녀야 할 정체성, 즉 딸, 아내, 어머니의 위치에서 소외되거나 벗어나 사대부 남성들의 성적 존재라는 것이며, 다른 측면에서 볼 때에 이들 기녀들은 규방의 아녀자들과는 달리 사회, 문화, 정치적 상황 속에서 엘리트적인 요소를 지닌 여성으로 그들만의 독특한

지배체제를 파괴할 수 있는 매개체가 된다. '치맛자락'에 불이
붙은 채 '남강 비탈' 위에 '서' 있는 여성은 시공간을 초월해 지
금 시인에게는 '화신'으로 다가온다. 서구의 신화 속에서 인간을
위해 불을 훔친 신-프로메테우스-은 남성이었는데, 동양에서는
(노천명의 시텍스트) 여성으로 발화되고 있다는 점은 매우 시사
적이다. 이 부분 또한 여성이 대서사 담론을 형성하는데 '남성의
타자'가 아닌 '주체'임을 드러내주는 한 측면이다.

왜 시인은 '화신'과 '논개'를 동일시하여 진술하였을까. 욕망하
는 여성과 여성의 자의식을 담은, 진정한 여성성을 드러내는 기
표로서 작용하고 있는 그것들은 무엇일까.

'치마/서장대'의 기표들은 각각 여성과 남성, 그 상징적 공간의
의미를 갖는다. '논개'(치마)의 몸은 서장대에, 즉 당대 사대부들
의 권력 장치인 서장대라는 공간에 묶인 비주체적인 몸이다. 이
때 논개의 치마는 성애화되는 공간이며, 당대 사회적, 문화적 공
간에서의 젠더 공간을 형성한다. 이 공간에서 논개의 치맛자락에
붙은 '불'은 가부장제하의 남성의 힘과 권력 이데올로기가 여성에
게 완전한 지배력을 행사해왔기 때문[72]에 서장대에서 이루어지
는 각양각색의 행태들, 즉 모순, 억압, 부조리에 대한 저항의 시
발점으로 작용을 한다.

논개 치맛자락에 불이 붙는다. 치마에 '불'을 붙이는 행위는 여
성의 주체적인 행위이다. 철저한 자기 노출이다. 감춤이 없는 여
성성은 투명하다. 숨겨진 게 없다. 때로 이러한 여성 주체의 능동
적인 노출은 인식하는 주체들을 훨씬 더 불가해한 존재로 만들

기녀(여성) 문학(오늘날 21명의 기녀와 시조 61수가 전해짐)을 형
성하였다는 점이다.
임명숙, "페미니즘적 시각으로 본 기녀 시조 연구", 1999, 건국대
석사학위논문 참조.
72) 케이트 밀레트, 『성의 정치학』上, 정의숙. 조정호 공역, 현대사상사,
1979, 66쪽.

수 있다. 왜냐하면 때론 철저하게 솔직해지는 것이 타자를 속이는 데 가장 효과적이고 동시에 가장 교활한 방법이 될 수 있기 때문이다. 더 나아가 여성의 육체성이 세계와 접촉할 때 육체를 매개로 타인과 주변 세계와의 상호 관계의 장을 열게 되고, 이때 육체는 지울 수 없는 진실이 되며, 이해해야 할 비밀스런 지식의 저장소이자 세계와 만나는 접점이 된다. 때문에 논개의 불붙는 육체성은 여성의 리비도적 욕망인 동시에 그것을 초월한, 그래서 권력에 대한 저항으로, 즉 서장대의 여러 불합리한 권력 기제들을 전복시키려는 욕망이 내재된 것으로 다원성을 지닌다. 그 여성 주체는 시인에게 '화신'이 되어 지금 여기에서 현현되고 있다. 그것이 가능한 것은 치맛자락에 불이 붙음으로 해서 남성적 섹슈얼리티를 흥분하게 하고, 그 흥분한 대상을 유혹하여 전복시키는 덫으로 작용을 하기 때문이다. 바로 가부장 권력이 필요했던 여성의 육체성이 가부장 권력의 '적(enemy)'이 된 것이다. 이때 불붙은 여성의 육체와 정신은 자기 자신보다 더 중요한, 그래서 자신의 삶의 중심에 놓여 있는 바로 팜므 파탈적 존재로서 그녀 자신이 된다. 이러한 팜므 파탈은 당대 권력 중심에 있는 그 지배 체제를 현실적이고, 실제적으로 훼손시키는 가장 효과적인 여성성을 부각시킨 것이며, 가부장적 지배체제를 효과적으로 뒷받침해주는 팬터지를 파괴하는 그것이 지금, 여기에서 '화신'으로 시인에게 현현되는 것이다. 남성중심의 사회에서 여성적 섹슈얼리티는 가부장적 성담론과 남성 정체성의 확립을 위한 전제조건이며, 정복되어야 할 실체인데 팜므 파탈적 행위가 먼저 이루어졌기에 가능한 것이다. 이 과정이 시인의 언술 속에서 의미 생성을 하기 때문이다.

온 천지를 뒤흔드는 화신 앞에서 '무서워'하지 않을 자는 없다. '기왓장이', '지붕이 내려앉'는 상태는 가벼운 물리적인 전복만이 아니라 인간의 '넋'을 나가버리게 하는 파괴적인 힘이 내재

78

되기 때문이다. '촉석루'를 무너지게 하고, '온 세상'을 진동하게 하는 '무서운 힘'을 지닌 이 화신 앞에서 권력들과 '사람들의 넋은 내려앉'을 수밖에 없다. 이때 넋이 내려앉는 대상들은 서사의 차원(사회적, 문화적, 정치적, 역사적 상황 등)에서 크게 이분화된다. 그 하나는 아버지의 법, 언어, 남성적 상징질서를 위협했을 때 내려앉았을 남성 권력층인 서장대의 넋들과 이들 지켜보는, 즉 '일찍이 우리의 낯익은 상점들'과 '할매 때부터 정이 든 우리들의 집'이 서 있던 그 '자리'에 지금 서 있는 시적 화자의 넋의 내려앉음이 동시에 내재된다. 그렇기에 넋의 내려앉음의 의미는 상충한다. 다시 말해 화신은 '서장대가 몸부림을 치는'-왜장의 죽음, 당대 정치적, 사회적 권력 등-야만적인 행위들로 가득찬 세력들에게는 넋을 내려앉게 하는 '재앙'으로 대두된다. 반면, 성적 존재로서 지배체제에 순응하며 살아가야만 하는 규방의 아녀자나 '우리의 할매' 등에서조차 소외된 여성인 기녀, 논개가 부당하고 왜곡된 지배체제에 저항해야만 했던 것을 인지해야만 하는 '우리'의 넋이 동시에 주저앉는다. 두 계층의 넋을 한꺼번에 내려앉게 하는 그 강인하고 진실된 여성성은 '죽었지만 죽지 않은', 그래서 영원히 살아 있는 '화신'이 되어 마치 '밀어붙인 훤한 벌판처럼' 원한과 미움과 부조리에 가득한 체제가 사라지게 하는 그 '진동'은 지금 여기 시공간을 초월하여 울린다. 그것은 '진주사'가 '섧게 통곡하는' 그 속에 시적 자아의 목소리가 배어있기 때문이다.

젠더 공간에서 모순되게 살아갈 수밖에 없는 여성(논개, 기녀 집단)의 죽음, 그 육체와 정신은 시공간을 뛰어넘어 여전히 '화신'으로 살아남아 있다. 그러나 이 팜므 파탈의 승리(정신)는 살아 있지만, 자신의 육체를 권력 체제에 모두 희생물로 내 던졌기에 시적 자아는 '목이 메인다.' 이는 분명한 서사로서 역사 속의 한 여성이 주체적으로 살아내기 했던, 죽음을 택했던 여성적 삶이, 진실된 삶이, 즉 '진실된 행의'가 '아버지의 법'으로 명명된 그 영역을 일탈한, 그래서 왜곡된 지배 권력을 파괴하고 전복시킨 기녀라는 성적 존재의 행위에는 다원성이 내재된다. 곧 역사적, 사회적, 문화적 상황 속의 부조리한 것들을 거둬냄으로써 시공간을 초월하여 지금 '나'를 끌어당기고 매혹시킨다. 그것은 '내' 넋을 주저 앉혀 '섧게 울'게 하는 매혹이다. 진실되게, 외상적으로-'문둥이가 우는'-만남으로써 비록 '자신의 것'으로 가정할 수는 없고 더욱 더 자신을 그 행동의 창조자인 동시에 행위자로 전제할 수도 없지만, 주체로서의 여성, 그 몸과 정신 모두를 내던져 자신의 의도에 따라 전복적인 행위를 이루었던 그 사건, 곧 여전히 그 장면에서의 여성성의 현현은 시인을 지배하여 시인의 진술 속에서 현실태로 스겨들기 때문이다. 이것이 노천명 시인의 자기 진행형의 글쓰기로서 이러한 글쓰기는 <감방 풍경>에서 현실태로 드러나고 있다.

> '노천명이 면회'
> 철커덕 감방 문이 열린다
>
> -<면회>일부

> 해산어멈같이 입들이 달아 콩밥이 맛있어
> 오동짓달에 셔츠도 벗어준다
> 한 덩이 밥을 양보하는 건 이 안에서 위대한 일이다
> -중략-

> 좋은 별명을 까닭 없이 싫어하는
> 잘생긴 나폴레옹 할머니
> '오늘은 날이 좋으니
> 말을 타고 알프스 산이나 넘어보시죠'
>
> -<감방 풍경>일부

비둘기가 아니라도
콩이 좋아
꼭 찐은 오등(五等) 콩밥에 노오라니 박힌 걸
빠끔빠끔 빼먹으면
보리밥 덩어리가 보기 좋게 얽는다

이 안의 콩 한 알은 밖의 황소가 한 마리란다
소금을 설탕인 양 맛있게 먹는 족속들이 있다

-<콩 한 알은 황소가 한 마리>전문

문밖에서 '호랑이' 간수의 채찍이 운다

-<짐승 모양>일부

'감방'은 노천명 시인에게 있어 또 하나의 거대한 현실이다. 이러한 현실은 시인의 세 번째 시집 『별을 쳐다보며』에서 글쓰기의 근간을 이루고 있다. 이 부분을 간과하거나 소외시키지 않았을 때, 반쪽만의 시인을 읽는 그 곳에서 벗어날 수 있다. 이 부분은 제4장에서 세밀하게 더 다루어진다.

<감방풍경>은 우리들의 상식을 전복시킨다. 어떤 것이 숨어 있기 때문이다. 시인의 의식 속에서 '감방'은 정치성을 띤 양이데올로기와 그 권력 주체들의 배제논리에 의해서 희생되었거나 소외된 자들, 즉 '타자화'된 자들이 살아가는 곳이다. 이때 시인의 의식 속에서 그 곳은 마치 견고한 '성채'와도 같다. 그 곳은 유한한 현실인데도 불구하고 '감방 문이 열리기 전'까지 지금, 시적 자아에게는 무한하면서도 절대적인 곳이기 때문이다. '오동 짓달에 셔츠도 벗어준' 사람들에게, '한 덩이 밥을 양보하는' 사람들에게, 또 '콩 한 알'이 '밖의 황소 한 마리'로 인식되고 있는 사람들에게, '소금을 설탕인 양 맛있게 먹는 족속들'에게 그 곳은 성채가 된다. 이러한 성채를, 말하는 주체인 시인은 마치 어슬렁거리는 산책자처럼 감방안의 풍경을 그대로 담아내는 것처

럼 보이지만 실은 권력의 배면에 감추어진 추악한 병폐들을 뒤집어 놓고 있다. 자신이 처한 현실. 감방인 그 성채의 풍경을 담아내는 시인의 의식은 타자들에게 굴복한다거나 희생물이 되기를 거부하는 팜므 파탈적인 양상을 보이기 때문이다.

산책자의 눈으로 들어오는 사람들의 입은 '해산어멈같'다. 이들 '입들이' 너무도 달다. 입이 달 때 '콩밥'이 '맛있'는 것은 당연한 이치이다. 중요한 것은 콩밥이라는 물질 자체가 단 것이 아니라 바로 그 물질을 달게 느낄 수 있는 '주체'이다. 내 입은 그 무엇을 욕망하는 입이다. 욕구하는 내 입은 달다. 이때 콩밥은 밖의 세계가 나를 가두고 억압했던, 사회적, 정치적인 세력들이 내게 던져준 물질이다. 이러한 물질이 결코 나를 가두거나 억압할 수 없다. 그래서 감방 안에서도 내 욕망은 억압되지 않고 '달'게 용솟음치는 나라는 주체는 '문 밖에서 호랑이 간수의 채찍이 울'게 하는 주체가 된다. 이러한 주체는 지배담론 앞에서 묘한 웃음을 보이는 그 팜므 파탈과도 같다.

'오동짓달에 셔츠도 벗어준' 그들의 행위를 보자.

오동짓달은 무엇인가. 사전적 풀이를 할 때에 오동지는 '음력으로 동짓달 초순에 든 동지'이며, 오동지(五冬至)는 '동짓달에 오는 눈의 양을 보고 이듬해 오월에 비 오는 양을 헤아릴 수 있다는 데서 상대적으로 이르는 말'이다. 사전적 의미는 표층적인 의미이다. 시적 언어는 심층을 드러내는 언어이다. 시텍스트에서 발화된 오동짓달은 '동짓달에 유난히 눈이 많이 내린 상태'를 말한다고 볼 수 있다. 이는 '셔츠도 벗어준다'는 언술과 연결됨으로 해서 많은 의미들이 미끄러지고 있기 때문이다. 오동짓달의 혹한은 감방 안의 유·무형의 억압('호랑이 같은 간수의 채찍')과도 동일시된다. 이때 자신의 셔츠를 내어주는 자의 그 행위는 억압 상태를 벗어나는 행위이다. 이는 타자를 자신의 몸으로 품는 어머니와도 같다. 이는 상징질서에 의해서 밀려난 어머니이요 여성이요 시인이다. 그들의 어머니는 '할머니'이다. 이 때 할머니는 시인의 의식 속에서 '나폴레옹'으로 몸(정신)바꿈이 된 여성이다. 전 유럽을 정복한 '여성 나폴레옹'이 감방 안에 존재하고 있다.

'오늘은 날이 좋으니/ 말을 타고 알프스 산이나 넘어보시죠'에는 정치적 권력 체제들을 전복시키는 목소리가 미끄러진다. '알프스 산'은 나폴레옹이 넘은 그 산으로서 구체물이 아닌, 지금 그 곳 감방의 또 다른 상징이다. 주체들이 벗어나기를 갈망하는 그 곳이다. 때문에 알프스 산을 넘는 행위는 반역 행위나 다름없다. 이때 시인의 몸은, 소금을 설탕인 양 맛있게 먹는 족속들의 그 몸은 알프스 산 이 쪽에서 자유롭지 못한 몸으로 남아있지만 정신만큼은 산 너머 자유로운 그 곳에 벌써 가 있는 주체가 된다. '철커덕 감방 문이 열릴' 때에, 알프스 산을 정복한 주체 앞에서 '호랑이 간수의 채찍이 울' 수밖에 없다.

이처럼 시인의 욕망은 어떠한 대상에 대한 증오가 담겨있는데도 전혀 드러내지 않으면서도 그 대상들을 전복시키는 힘을 가지고 있다. 그것은 곧 오동짓달에도 셔츠를 벗어주고, 한덩이 밥을 양보하는 마음에서, 콩 밥 한 알을 달게 먹는 몸에서, 소금을 설탕인양 맛있게 먹는 의식에서 '타자들'을 옴짝달싹 못하게 하는, 그래서 소름끼치도록 만드는 '진실된 행위'를 보임으로 해서 중심부를 파기하고 전복시키기 때문이다.

2. 욕망하는 몸과 유동성

그동안 페미니즘이 줄곧 탐구해 온 여성의 불평등이 어디서 유래하였는가하는 문제는 결국 성의 가장 근본적인 차이를 모색하는 데 이르게 된다. 생물학적인 성과 성별의 관계, 그리고

생물학적인 성과 성활동의 관계 등이 작금의 페미니즘의 중심
되는 과제라 해도 과언이 아니다 이러한 성적 정체성의 문제
그리고 성적 욕망과 본능 사이의 관계는 '섹슈얼리티(sexuality)'
라는 범주로 묶인다. 여성성과 남성성의 문제 또한 결국 섹슈얼
리티의 문제로 귀결되고, 섹슈얼리킈는 오늘날 페미니즘의 중요
한 이슈 가운데 하나라고 할 수 있다. 이때 섹슈얼리티는 단순
한 성적 충동을 넘어서 사회적이고 심리적인 성적 정체성의 문
제를 아우르고 있는 것들을 말한다.[73]

글쓰기와 섹슈얼리티 사이에 많은 연관이 있다고 한다면 남
성적 글쓰기는 남근과 리비도적인 유기적 조직에 깊이 뿌리박
고 있는데 반해 여성의 리비도는 우주적이기 때문에 여성적 글
쓰기는 윤곽을 새기거나 구분할 필요가 없어 대담하게 타자(들)
를 건너서 계속 될 수 있다. 그래서 여성의 글쓰기는 이성이 아
닌 욕망에 근거한다. 또한 여성의 섹슈얼리티가 근원적으로 남
성의 그것과 다르며, 이는 여성이 남근의 결여가 아닌, 여성이
결여로 표현되는 것은 여성이 자신의 몸으로부터 소외되었기
때문이라는 것이다.[74]

그렇다면 남녀가 추구하는, 그 섹슈얼리티적 욕망은 무엇인가.
라캉에 따른다면 욕망은 환유이다.[75] 라캉의 '팰루스(phallus)'
는 페미니스트들에게 유용한 분석의 틀을 마련해 준다. 이를 수
용[76]할 때 라캉의 남근(팰루스)은 생물학적인 성의 기관이 아닌
다른 것으로 바꾼, 즉 하나의 기표로서 남녀 간 성차를 극복하
게 한다. 이때 남근은 남성의 상징으로서 여성에게는 없는 결핍

---

73) 수잔나 D. 월터스, 같은 책, 46-48쪽.
74) 위의 책, 79-80쪽.
75) 자크 라캉, 『욕망 이론』 참조.
76) 식수와 이리가라이는 라캉의 '팰루스' 개념을 생물학적 본질론에서
   벗어나지 못한 것으로 강력하게 비판하는 한편, 크리스테바는 어느
   정도 받아들여 자신의 이론을 구축하였다

이 아니다. 만약 그렇다면 태고적 부터 남녀는 왜 끊임없이 대상을 찾아 헤매고 사랑의 욕망은 결코 충족되지 못하는가. 왜 성적 결합 이후에도 욕망은 여전히 남아 있는가. 프로이트의 오이디푸스 콤플렉스와 거세 콤플렉스는 라캉에 오면 상상계와 상징계가 되고 이 둘은 변증법적으로 연결되어 욕망은 여전히 남기 때문이다. 그 까닭은 좀 더 살펴보면 다음과 같다.

주체(아들)는 대상(타자, 어머니)을 남근으로 믿고 자신의 욕망을 타자의 욕망에 종속시킨다(상징계). 그러나 거세콤플렉스, 즉 상징계에 진입하면서 이 타자가 남근이 아닌 허상인 것을 깨닫는다. 결코 자신이 타자의 남근이 아닌 것을 알게 되면서 그는 다시 대상을 추구하고 욕망은 지속된다. 이때 상상계, 혹은 오이디푸스 단계는 타자가 자신의 남근이요, 자신이 타자의 남근이 되리라고 믿는 단계이므로 은유에 해당되고, 그것이 허구였음을 알게 되는 순간, 즉 상징계로 들어서는 순간 다시 타자에 대한 욕망이 시작되므로 실재계는 환유가 된다. 이 은유와 환유로 이루어진 것, 그것이 바로 기표요 무의식이요, 그리고 남근이다. 그렇기에 팰루스는 생물학적 기관이 아니라 기표이고, 이것은 남녀 모두에게 똑같이 적용되는 것이다. 주체는 기표에 종속되기 때문이다. 따라서 여성도 똑같이 남근이 되고 싶고 남근을 소유하고 싶어 하는 것이다. 그런데 이 팰루스는 보이지 않을 때만이 기능을 발휘한다. 그것은 드러나면 허상이요, 억압되면 기능을 발휘하는 진리와 같기 때문이다. 스스로를 감출 때만 기능하는 진리의 모순, 남근이 보이지 않을 때, 그것이 기능을 발휘할 때가 상상계요, 그것이 제모습을 드러내 기능을 상실하는 순간이 상징계이다.

이러한 맥락에서 볼 때에 섹슈얼리티적 욕망은 단 한 번의 성적 결합으로 영원히 종식되는 일회성이 아니다. 그것은 계속 남아 흘러넘치는 희열(쥬이쌍스)의 관계인 것이다. 남녀는 각기

하나(혹은 전체)가 아니고 더구나 둘이 합쳐 '하나'가 되지도 않
는 넘침의 관계이다. 그래서 라캉은 여성이란 단어 앞에 정관사
(the)를 붙였다가 지운다. 'The'를 지움은 아예 안 붙이는 경우
와는 다르다. 있다고 믿지만 씌어지는 순간 지워지는 상상계와
상징계의 변증법적 연결이다. 그래서 '전체 혹은 하나'인 줄 알
았는데 얻는 순간 넘치는 것, 즉 욕망의 또 다른 기호이기도 하
다. 그것은 설명되지 않고 설명할 수도 없이 그저 경험할 수밖
에 없는 '여성의 희열이며', 진리 그 자체인 것이다.77)

이렇게 간략하게 정리해 본 라캉의 욕망 담론은 남성을 남근
으로 여성을 결핍으로 보는 대립적 성차별론, 남근중심주의를
넘어선다. 여성의 희열은 남근과 같이 똑같은 기표요, 무의식이
요, 스스로를 감출 때만 기능하는 진리이기 때문이다.

2.1 '섹슈얼리티'적 드러내기

앞에서 언급한 것처럼 섹슈얼리티는 복잡한 개념이며, 다양한
영역에 걸쳐 적용된다. 단순한 성적인 욕망이나 이성에의 욕구,
즉 본능적 충동에서 더 나아가 사회의 권력 구조에 의해 영향
을 받는다. 또한 가부장적인 권력구조를 형성하는 가장 기본적
인 요소이기도 하다. 이러한 섹슈얼리티가 가부장적 사회에서는
사회적으로 규정된 성적 전형성(stereotype)이 남성의 여성지배
와 폭력을 당연시 하는 데 일조하기 때문에 이때 여성의 섹슈
얼리티는 수동적이고 복종적으로 규정되기도 한다. 그러나 섹슈
얼리티는 인간 의지의 산물로 설정되어야 한다. 이때 섹슈얼리
티는 정치적, 제도적 틀에서 더 나아가 심리적, 철학적, 존재론
적 틀에서 분리될 수 없는 근원적인 요소78)이기 때문에 여성의

---

77) 자크 라캉, 같은 책, 274-282쪽.
78) 이수연, 『메두사의 웃음』, 커뮤니케이션북스, 1998, 53쪽-73쪽 참조.

색슈얼리티는 안정되고 고정적인 경향이 아니며 문화적 영향을
받는 동시에 개인적인 차이를 보이기도 한다는 것이다.79)

　그렇다면 노천명은 한 여성으로서 섹슈얼리티를 어떻게 욕망
하고 있을가. 시텍스트의 의미 작용은 어떠한가. '장미 모양-/
으스러지게 곱게 피는 사랑이 있다면/ 당신은 어떻게 하시죠.'의
이미지들로 가득차 있는, 그 섹슈얼리티적 양상들이 어떠한 의
미 작용을 하고 있는지 살펴본다.

　　　장미 모양-
　　　으스러지게 곱게 피는 사랑이 있다면
　　　당신은 어떻게 하시죠
　　　감히 손에 손을 잡을 수도 없고
　　　속삭이기에는 좋은 나이에 열없고
　　　그래서 눈은 하늘만을 처다보면
　　　얘기는 우정 딴 데로 빗나가고
　　　차디찬 몸짓으로 뜨거운 맘을 감추는

　　　이런 일이 있다면 어떻게 하시죠
　　　　　　　　　　　　　　-<당신을 위해>일부

　'장미모양-' '으스러지게 곱게 피는 사랑'은 시적 화자가 욕망
하는 사랑이요, 인간이라면 누구든 욕망하는 그것이 아닌가. 으
스러지는 그 사랑, 그리고 곱게 피는 사랑, 그 사랑은 과연 상징
질서에서 살아가야 하는 주체들에게 가능한 사랑일까?

　　섹슈얼리티는 급진적 페미니즘 이론에서 중요한 안건으로 부각되
　는 개념이다. 섹슈얼리티는 기본적으로 남성을 위한 것으로서 여성
　의 섹슈얼리티 활동 자체가 남성의 여성 지배가 되풀이 되어 강화
　되는 영역이므로 검토, 재고해야 하며, 이때 이러한 시각이 정치적,
　제도적 틀이라면 라캉과 프로이트의 섹슈얼리티에 대한 개념은 심
　리적이고 철학적이며 존재론적 틀이라고 볼 수 있다.
79) 이수연, 『메두사의 웃음』, 73쪽.

'장미'는 '여인'이다. '으스러지게'에는 관능적이고 육체의 감각적인 것들이, 기표를 훑고 지나가는 '그 무엇'이 담겨진다. '화끈 달아'오르는 그 어떤 것들과 그 어떤 것들을 넘어서 욕망하는 주체들의 섹슈얼리티로 메꾸어진다. 그러나 그것은 순간이다. 상징계에서는 결코 지속될 수가 없다. 으스러지는 그 사랑은 여인의 욕망 속에서 분출되는 상태에서 몸과 정신이 하나로 되는 찰나일 뿐이다. 이러한 여인의 사랑은 '감히 손에 잡을 수도 없'는 사랑이다. 육체가 으스러지는 그 순간은 '쥬이쌍스'이기 때문이다. 그것은 순간이며, 찰나이며, 그래서 으스러지는 그 사랑은 부숴지고, 흩어져 '곱게 피는' 사랑으로 지속 될 수가 없다. 사랑은 결코 손에 잡을 수도 잡히지도 않는 것이다. 왜냐하면 주체가 자신의 결핍을 완전히 채워 주리라 믿기 때문에 상징질서에서 팰루스를 욕망했지만 주체라는 기표는 이것을 계속 훑고 지나는, 그래서 곧 벗겨보면 마치 텅 빈 베일과도 같은, 구멍일 뿐이기 때문이다. 주체가 욕망하는 대상은, 주체의 결핍을 채워 줄 그 대상도 결핍된 대상이기 때문이다. 그런데도 이 텅 빈 베일과도 같은 그 사랑은 자신의 결핍을 채워 주리라 착각하는 시적 화자의 욕망 속에서 끊임없이 솟구친다. 상징질서로 들어 온 주체들이니까. 이것이 인간이며, 상징질서에서 살아가는 인간의 슬픔이요, 기쁨인지도 모른다. 결핍된 인간, 그래서 '나는 타자를 욕망하는 주체'로서의 인간의 슬픔과 기쁨이 뒤섞여지는 것이 삶이다.

이때 시적 화자는 '하늘만을 쳐다' 본다. 왜 하늘을 볼까. 하늘은 명징한 세계이며, 현실태이면서도 비현실태적이기도 하다. 상징계를 벗어난 상상계적인 공간이기도 하다. 그러한 세계에서는 결핍된 주체들의 욕망이 채워질 수 있다. 주체의 어떠한 욕망이 억압되지도 않는 세계이기 때문이다. 때문에 상징질서에서 주체의 '으스러지게 곱게 피는 사랑'을 대상인 '그가 모르'는 것은 당연하다. 시적 화자는 이를 인지하고 있다는 점이 너무도 놀랍기만 하다. '장미 모양-/으스러지게 곱게 피는 사랑이 있다면/ 당신은 어떻게 하지죠'. 라고 처음부터 시적 화자는 대상들에게 물었다. 그 물음은 가정법으로서 가시적일 뿐, 그래서 '현현'시킬 수 있는 사랑이 아님이 내재되어 있는 물음이다. 비록 '곱게 피는 사랑'은 영원할 수 없지만, 사랑은 환상이지만, 그 환상을 뻔히 알면서도 타자를 욕망하는 주체의 감출 수 없는, 그 '으스러지는 사랑' 만큼은, 그 섹슈얼리티적 욕망은 멈출 수 없기에 또다시 <희망>하는 것이 인간의 본능임을 그대로 드러내주는 측면이 된다.

> 꽃술이 바람에 고갯짓하고
> 숲들 사뭇 우짖습니다
>
> 그대가 오신다는 기별만 같아
> 치맛자락 풀 덤불에 긁히며
> 그대를 맞으려 나왔습니다
>
> 내 낭자에 산호잠 하나 못 꽂고
> 실안개 도는 갑사 치마도 못 걸친 채
> 그대 황홀히 나를 맞아주겠거니-
> 오신다는 길가에 나왔습니다
>
> 저 산말낭에 그대가 금시 나타날 것만 같습니다
> 녹음 사이 당신의 말굽 소리가 들리는 것 같습니다
> 내 가슴이 왜 갑자기 설렙니까
>
> 꽃다발을 샘물에 축이며 축이며
> 산마루를 쳐다보고 또 쳐다봅니다
>
> -<희망>일부

이 시보다 더 이드적(본능, 섹슈얼리티)이고, 원초적이며, 관능적인, 그래서 감각적인 글쓰기를 보인 시인(시)을 필자는 아직까지 만나지 못했다. 고려 속요가 어떻다 해도, 조선조 기녀들의 시조가 어떻다 해도, 또 감각적이고 원색적인 단어를 거침없이 그대로 드러내는 현대시(시인)들이 어떻다 해도 말이다.

동서고금을 막론하고 '사랑'(섹슈얼리티)은 문학 텍스트에서 끊임없이 되묻고 되묻는 중심 테마라 해도 과언은 아닐 것이다.

<희망>에서는 '성 담론'을 그야말로 말초적인 상태에서 적나라하게 드러내는데 추잡하고 원색적인 단어를 단 한군데서도 발견할 수가 없다. 그런데도 가장 본능적이고, 감각적이고 육체적(physical)인, 그래서 여성의 쥬이쌍스가 온통 묻어나고 있음을 알 수 있다. '꽃술이 바람에 고갯짓하고/ 숲들 사뭇 우짖습니다'의 언술 속에서 인간의 욕망하는 그 모든 것, 몸과 정신의 섹슈얼리티적 양상을 모두 읽어낼 수 있기 때문이다.

자연성을 띤 '꽃술/바람'은 메타적으로 작용할 때, 곧 '나'/'그대'를 상징하는 기표가 된다. 이때 '숲'은 이 두 기표가 함께 어우러지는 공간이 된다. 꽃술은 가장 섬세하고 가장 원초적인 부분을 가리킨다. 그 꽃술이 바람에 '고갯짓'을 한다. '고갯짓'은 꽃술이 바람에 이리저리 흔들리는 표면적인 것을 벗어나 시 전체를 관통하고 있는 화자의 섹슈얼리티적 욕망이 응축되어진 상태가 된다. 고갯짓에는 몸의 섬세한 흔들림, 정신의 본능적인 움직임이 내재되기 때문이다. '꽃술이 바람에 고갯짓'을 한다. 꽃술, 즉 여성 화자가 주체가 되어 있다는 점이 퍽이나 인상적이다. 바로 타자로서, 또는 수동적인 여성이 아닌 주체적으로 욕망하는 여성을 드러냈다는 점 또한 매우 시사적이다. 꽃술과 바람이 하나로 어우러지는 소리들, 그것은 곧 '우짖음'이다. 이 우짖음은 어떤 것일까. 이러한 것들은 어떠한 언어로도 해석되거나 분석되어지지 않는, 그래서 크리스테바가 말한 '시적 언어의 혁

명'이라고 감히 말할 수 있는 것들이다. 이러한 것들을 욕망하고 또 몸으로 정신으로 모두 체화했던 것이 노천명 시인 자신이 아닐까.

그렇다면 이러한 여성 주체인 '나'는 '그대'를 어떻게 맞이하고 있는가. '그대가 오신다는 기별'도 아닌 '기별만 같아'도 벌써 '내 가슴이 설레'이는 나의 행동을 보자.

'치맛자락 풀 덤불에 긁히며' '그대를 맞으려' 가는 '나'는 꼭 '미친 여자' 그대로의 모습이다. '낭자에 산호잠 하나 못 꽂고' 튀어 나가는 나는 미친 여자나 다름없으며, '갑사 치마도 못 걸친 채' 뛰어 나가는 나는 정말 미친 여자의 모습이다. 기표 아래를 훑고 지나가는 것들이 이를 말해주기 때문이다. 치맛자락 풀 덤불에 긁히는 상태도 아랑 곳 하지 않는 나는, 산호 비녀 하나 꽂을 여유조차 없이 머리카락이 온통 흐트러진 상태의 나는, 갑사치마 조차도 입지 않은 나의 빈 몸은 '유동(遊動)'하는 몸과 정신, 바로 그 자체이다. 나의 몸과 마음은 알몸인 상태나 다름없다. 어떠한 이물질이나 찌꺼기가 없는 투명한 상태, 그래서 원죄조차 들어 올 수 없는 깨끗한 상태 그 자체가 된다. 이는 이드 혹은 초자아가 자아의 지배를 받지 않은 상태, 바로 무의식이요, 상상계적인 몸이요, 정신이다. 이러한 자아는 곧 상징질서로 편입되어도 사라지지 않은 그것, 상상계를 추구하는, 상징계에서 아직도 우수리로 남아 흘러넘치는 그 미친 자의 자아와도 같다. 이것은 '우짖음'의 상태를 들을 수 있는 자만이, 곧 말 할 수 있는 자만의 행위이므로 모든 것이 가능한 것이다.

여기서 감각적이고, 그래서 본능적이고 관능적인 시어를 통해서 자유롭게 유동하는, 곧 여성의 욕망하는 몸을 더 들여다보자. '실안개 도는 갑사 치마'의 상태를 통해서.

실안개 도는 갑사 치마는 여성의 육체성을 드러내주는 구체물이다. 실안개는 촉촉한 상태의 자연물이다. 곧 여인의 육체는 촉촉한 실안개이다. 여인의 몸이 촉촉한 상태를 드러내는, 정말 이보다 더한 관능적인 것이 어디 있을까. 그러나 이것은 겉껍질일 뿐이다. 옷은 나를 감추게 하는, 그래서 나의 퍼소나(persona)를 덧입히는 구체물 가운데 하나일 뿐이기 때문이다. 이때 시적 자아는 그것, 겉껍질마저 벗어버린다. 이렇게 버린 상태는 '이브의 몸' 그 자체가 된다. 선악과를 따 먹기 전의 알몸인 상태, 나뭇잎조차 두르지 않은 원초적인 상태가 된다. 그 상태에서의 몸은 부끄러움이 있을 수 없다. 선과 악의 구분도 존재할 수가 없다. 선과 악으로 이분화된 것은 그 이후의 일(선악과를 따먹은), 곧 상징질서로 편입된 이후이기 때문이다. 그래서 오직 원초적이고, 그래서 가장 태초적인 상태에서 인간의 그 몸, 그 정신 자체인 것이다. 이것은 여성의 감각적(이드적)인 글쓰기의 근본을 이룬다.

그렇기에 그대가 오신다는 기별에도 산호잠 하나 걸칠 새도 없이, 흐트러진 머리로 실안개 도는 갑사 치마도 못 걸친 채, 알몸인 상태로 미친 듯이 그대를 맞으려 가는 '내'가 될 때, '내' 욕망하는 몸은 오염되지 않은 원초적 몸이 된다. 이 몸은 너무나 맑다. 풀덤불에 긁혀도 주체할 수 없이 뜨겁게 욕망하는 내 몸은 너무나 자유하다. 부끄러울 수가 없다. 부끄러움 없는 내 몸과 마음은 '꽃다발'이다. 꽃다발은 '샘물'[80]이다. 샘물은 영원히 메마르지 않는 물이다. 떠 마시고 퍼 마셔도 자꾸만 샘솟기 때문이다. 샘물, 즉 '그 곳(womb)'이야 말로 여성(시적 자아)의 정신, 욕망하는 여성의 몸 전부 다인 것이다. 이 욕망하는 여성은 '산마루를 쳐다보고 또 쳐다보는' 시적 자아이다. 왜 쳐다보고 있는 것일까. '당신의 말굽 소리가 들리는 것 같'아서 이다. 그런데 '당신'은 지금 없다. 부재한 당신이다. 남성 주체의 부재는 무엇을 말해주고 있는 것일까. 이는 결국 뜨겁게 욕망하는 여성의

---

80) 바슐라르에 의하면 물은 재생, 부활, 생명력을 의미하며, 물 가운데 웅덩이가 패인 우물이나 옹달샘 등은 프로이트에 의하면 성적 상징으로서 여성의 'womb'을 의미한다.

몸, 그 쥬이쌍스는 대타자가 결코 알 수 없는, 그래서 여성의 이
드로서 바로 유동하는 몸, 그것을 드러내는 측면이 된다. 이 쥬
이쌍스의 상태가 바로 여성만이 지닌 글쓰기의 힘인 것이다.

> 송이송이 흰빛 눈과 새워
> 소복한 여인 모양 고귀하이
> 어둠 속에서도 향기로 드러나
> 아름다움 열 꽃을 제치는구나
>
> 그윽한 향 품고
> 제철 꽃밭 마다하며
> 눈 속에 만발함은
> 어늬 아낙네의 매운 넋이냐
>
> -<설중매>전문

> 보리는 그 윤기나는 머리를 풀어헤치고
> 숲 사이 철쭉이 이제가슴을 열었다
>
> 아름다운 전설을 찾아
> 사슴은 화려한 고독을 씹으며
> 불로초 같은 오후의 생각을 오늘도 달린다
>
> -중략-
>
> 더불어 꽃길을 걸을 날은 언제뇨
> 하늘은 푸르러서 더 넓고
> 마지막 장미는 누구를 위한 것이냐
> 하늘에서 비가 쏟아져라
> 그리고 폭풍이 불어다오
> 이 오월의 한낮을 나 그냥 갈 수는 없어라
>
> -<오월의 노래>전문

누가 오는데 이처럼들 부산스러운가요
목수는 널빤지를 재며 콧노래를 부르고
하나같이 가로수들은 초록빛
새옷들을 받아들었습니다
선량한 친구들이 거리로 거리로 쏟아집니다
여자들은 왜 이렇게 더 야단입니까
나는 포도(鋪道)에서 현기증이 납니다
삼월의 햇볕 아래 모든 이지러졌던 것들이 솟아오릅니다
보리는 그 윤나는 머리를 풀어헤쳤습니다
바람이 마음대로 붙잡고 속삭입니다
어디서 종다리 한 놈 포르르 떠오르지 않나요
꺼어먼 살구남기에 곧
올연한 분홍 베일이 씌워질까 봅니다
-<봄의 서곡>전문

　'눈 속'과 '어둠 속에도', '폭풍' 속에서 '오늘도 달리며' 욕망하
는 여성의 생명력은 '불로초'와도 같다.
　모든 생명적인 것을 무화시키는 거절, 겨울 '눈 속'의 공간은
생명적인 요소가 전무한 '어둠 속'과도 같은 황폐한 공간이다. ~
의 '속'이라는 기표의 의미는 동심원의 구조를 띠면서 표층과 심
층의 관계를 이룬다. '눈'과 '꽃의 만발함', '어둠'과 '한낮'의 관계
처럼 충돌과 긴장관계를 이루면서 심층부가 표층부의 딱딱한
각질층을 꿰뚫고 나온다. '어둠-눈 속-비-폭풍-'의 심층부는 생
명적인 것이 전재하지 않는 무기질 세계로, 혹한과 어둠과 적막
이 지배하는 곳이다. 반면 표층부의 '향기-꽃-보리-가슴-장미-
꽃길' 등은 역동적인 생명력을 지닌다. 이러한 두터운 심층부의
각질을 뚫으려는 시인의 욕망, '그윽한 향 품'은 '여인'은 '윤나는
머리를 풀어헤치고' '가슴'을 활짝 열었을 때, '아름다운 전설'을
찾아 '꽃길을 걸을 날들'이 성취된다. '살구남기'에 '분홍 베일이
씌워'짐으로 해서 여성적 섹슈얼리티의 절정을 이룬다. 그 성취

의 과정을 본다.

윤기나는 머리를 풀어헤친 '보리'와 '가슴을 연' '숲 사이'의 '철쭉', 그리고 '마지막 장미' 등은 자연성을 드러내면서 육체성을 응축한 메타적 상징의 기표들로 작용한다. 이때 '가슴'과 '머리'는 시적 화자의 욕망하는 몸이자 정신이다. 여기서 '머리를 풀어헤치고 가슴을 여는' 상황을 관념적이 아닌 구체적인 대상(자연물)을 통해 표출한 시인의 글쓰기에 주목하게 된다.

'보리는 그 윤기 나는 머리를 풀어헤치고/ 숲 사이 철쭉이 가슴을 열었다'는 것은 수동태가 아닌 능동태이다. 머리를 풀어헤치고 가슴을 연 상황이, 마치 실제적인 감각을 통해 느끼며 본능적 욕구 또한 육체를 가진 대상으로 자연물인 '보리'와 '철쭉'을 대상화시키고 있다는 점이 퍽 시사적이다. 이는 마치 시적화자가 자신의 몸을 자기 자신이 소유한 상태에서 세밀하게 인식하고 곳곳을 매만지며 느끼는 듯, 이드적인 글쓰기이다. 이는 주체적인 여성, 즉 욕망하는 여성의 몸의 열림이다. 이 몸의 열림 속에는 너무도 자유로우며, 또 관능미를 연출하면서 감각적인 육체적 상황이 모두 내재된다. 이는 진정한 자기 육체를 소유한 욕망에 도달하기 위해 자기 몸을 섬세한 감각과 시선으로 들여다보고 인정했을 때, 또 자신의 섹슈얼리적 욕망을 직시했을 때라야 가능하다. 이때 가슴을 열고 머리를 풀어헤친 욕망은 표면이 아닌, 즉 '메아리만 하는 이름'을 지향하는 것이 아니라 심층을 욕망한다. '아름다운 전설' 속에 들어있는, 그 근원을 향한 욕망이다.

이러한 화자의 내면에 숨어 있는 욕망의 분출은 고요한 것이 아니라 화려하다 못해 폭발할 듯하다. '아름다운 전설을 찾'는 시적 화자의 욕망, 이 욕망하는 근원을 향한 그 심연에서 소용돌이치기를 열망하기 때문이다. 그 소용돌이가 '하늘에서 비가 쏟아져라', '폭풍이 불어다오'라는 진술에 모두 배어난다. 풀어헤친 머리에서 활짝 연 가슴에서의 소용돌이는 아름다운 전설을 찾기 위해서, 더 가깝게 다가가기 위해서 육체와 정신은 유동하고 있다. 폭풍처럼, 퍼붓는 빗속에서 소멸되는 것이 아니라 오히려 분출된다. 이 소용돌이는 화자에게 있어 가슴을 활짝 열고 머리를 풀어헤치고 '오늘도 달리'는 현실태가 된다. 이때 '오후의 생각'에는 화자의 열정이 내재된다. '오후'라는 기표에는 행복하고 따듯한, 그래서 다양한 섹슈얼리티를 드러내는 축제의 시공간성이 내재된다. 때문에 '오늘도 달리'는 오후의 생각은 영원히 꺼지지 않는 '불로초'와도 같은 생명력을 지닌다. 이 생명력은 머리를 풀어헤친 열린 몸, 불타듯이 진홍색을 토해내는 가슴의 열림이 우선하였기에 가능하다. 이러한 열정은 '삼월의 햇볕 아래 모든 이지러졌던 것들'을 다시 '솟아오'르게 하고, '바람이 마음대로 붙잡고 속삭'이는 그 순간 '종다리 한 놈 포르르 떠오르지 않'을 수 없다. 그래서 겨울에 얼어붙었던 온갖 사물들을, 이지러진, 즉 죽어있던 온갖 것들을 태동시키는, 그 욕망하는 육체(정신)는 생명력을 지닌다.

여기서 보다 더 중요한 것은 생명력을 지닌 여성의 섹슈얼리티가 주체적이면서도 그것이 너무도 이타적이라는 점이다. '오월의 한낮'처럼 '하늘은 푸르고 넓'은 그 충만감 속에 꽃길을 '타자'와 '더불어' 걸어가고 싶은, 친밀하고 따듯한 교감을 지닌 그것은 타자('목수')로 하여금 '콧노래를 부르'게 하는 원동력이 되기 때문이다. 더 나아가 '선량한 친구들이 거리로 거리로 쏟아'져 나오게 하는 힘을 지닌다. 거리로 거리로 쏟아져 나오는, '여자들이 야단하는' 그 유동성은 진초록으로 새 옷을 갈아입은 <봄의 서곡>으로 치장된다.

그렇다면 시인이 그토록 찾고자 한 '아름다운 전설'은 궁극적으로 무엇인가? 바로 '살구남기에 글' '씌워질' '분홍 베일'이다. 이 분홍 베일이 바로 '으스러지게 곱게 피는 사랑'인 것이다. 으

스러지도록 곱게 피는 사랑이 바로 응집된 여성적 섹슈얼리티
인 것이다. 그것은 곧 여성만의 쥬이쌍스이다. 그렇기에 아름다
운 전설은 '마지막 장미'가 '더불어 꽃 길을 걸을 날' 속에 있는
시적 화자의 욕망하는 몸이며, 여성적 섹슈얼리티의 결정체인
것이다.

　이처럼 '아름다운 전설'은 비현실태이며 신비한 형태이지만 시
인이 아름다운 전설을 찾는 과정은 현실과 무관한 저 쪽 피안
의 나라로 초월적인 이동을 하지 않고, 오히려 눈 속에서, 어둠
속에서, 폭풍 속에서-당대의 시대적, 개인적, 현실적 어려운 상
황-그것에 치열하게 부딪히면서 그것을 극복하고 결코 도달할
수 없는 아름다운 전설을 현실태로 획득한다. 이는 곧 여성이
자신의 몸을 스스로 체화하였기에 가능하다. 이러한 육체성은
황폐한, 불모의 땅을 딛고 눈 속에서도 '흰빛 눈'을 지녔기에 '고
귀'하며, 그윽한 향을 품고 있는, 너무도 솔직한, 그래서 '열 꽃
의 아름다움'을 뛰어 넘게 하는, 그 유동성을 지닌 여성의 육체
가 여성 경험을 구체화하는 문학적인 토대를 이루면서 시인의
감각적 글쓰기의 한 원형을 이룬다.

　'장미모양-/ 으스러지게 곱게 피는 사랑이 있다면/ 당신은 어
떻게 하시죠'처럼 흐르고 넘쳐 유동하는, '오늘도 달리면서' 욕
망하는 시적 주체의 그것은 불로초처럼 상징계에서 영원히 사
라지지 않을지도 모른다.

> 　　빰이 능금같을 뿐 아니라
> 　　다리가 씨름꾼 같애
>
> 　　내가 슬그머니
> 　　질투를 느낌은
> 　　그 청춘이 내게 도전을 하는 까닭이다
> 　　　　　　　　　　　　　　　　-<소녀>전문

나는 나는 산색시
산에 여[實]노라
붉게 타다 못해
검게 질리며
나는
산에 산에 여노라
눈이 영롱함은 눈물에 젖은 탓
산새도 못 오게
가시 돋치고
산협의 긴긴해를
송이송이
붉게 타노라

-<산딸기>전문

　'오늘도 달리'는 '불로초 같은 오후의 생각'(<5월의 노래>)은 소멸되지 않고 '청춘'의 '도전' 속에서 정신과 영혼에 살아 숨쉬는 섹슈얼리티의 불꽃으로 화한다. 그 열정으로 '산색시'의 열정은 마치 태양처럼 '붉게 타'는, 아니 붉게 타다 못해 '검게 질'리도록 온전히 타 버린다.

　어떤 대상인지 모를, '능금같은 뺨'과 '씨름꾼 같은 다리'는 시인의 '청춘'을 '도전'하게 하는 대상으로서 욕망의 촉매 역할을 한다. 그래서 다리와 뺨의 육체성은 시적 화자가 욕망하는 표상이 된다. 이러한 육체성은 시인의 피상적 인식에서 벗어나 그 이면으로 파고들어 여성적 섹슈얼리티를 흥분하게 한다. '슬그머니/ 질투를 느끼'게 하는 그 육체성은 시적 화자의 '청춘'을 들쑤셔 놓는, 그래서 여성적 섹슈얼리티가 붉게 타다 못해 검게 질리게까지 하기 때문이다. 바로 이 순간은 욕망하는 주체의 에로스요 타나토스가 된다.

　이러한 '나'의 욕망은 아무런 제약도 받지 않는다. '나는 나는', 나의 열정은 '산'에서, '산에 산에' '여[實]'기 때문이다. '산'은 어떠한 제약도 받지 않는 공간이다. 도시성을 벗어난 공간이다. 일반인과도 차단된 공간이며, 쉽게 닿을 수 없는 장소이다. 그 곳에서 '산색시'가 '열매' 맺는 순간은 황홀경의 순간이다. 이 황홀경의 세계는 어쩌면 인간과 자연, 육체와 정신, 남성과 여성이 유비적 조화를 이루면서 합일되는 세계, 그래서 꿈과 현실이 구분되지 않는 저 장자의 호접지몽(胡蝶之夢)과도 같은 세계일 수도 있다. 왜냐하면 '나는 나는 산색시/ 산에 여'는 '나는 송이송이 붉게 타'다 못해 겁게 질리기까지 하는 <산딸기>와 동일시되어, 즉 누가 누구인지, 누가 무엇을 했는지 모를, 구별할 수조차 없는 황홀한 상태인 쥬이쌍스가 되기 때문이다.

시적 자아에게 있어 산딸기는 유기적 인격체이다. 곧 산색시는 산딸기이며 여성의 관능적인 몸으로 자리매김 된다. 산색시의 몸이 붉게 타오르다 못해 시커멓게 질리는 열정을 드러내는 이 순간은 바로 육체와 이성이 분화되지 않은, 그래서 가장 원초적인 여성적 섹슈얼리티가 발현되는 순간이 된다. 붉게 타는 산딸기의 형상이 시적 자아의 욕망하는 육체성과 동일시되어 관능미를 연출하기 때문이다. 붉게 타오르다 못해 겁게 질리기까지 하는 이드의 욕망 분출이 '송이송이' 붉게 물든 산딸기화 되는, 그래서 시인의 글쓰기는 향성을 지님으로써 마치 아메바처럼 유동하는 몸은 붉은 열매를 맺는다. 또 한 번의 쥬이쌍스이다.

그런데 시인의 청춘이 도전하는 그것, 섹슈얼리티적 욕망이 '산새도 못 오게/ 가시 돋'힌, 즉 모가 나 있다는 점에 의구심을 갖게 한다. '산협이 긴긴해를' 붉게 타오르는 그 열정 속에 왜 스스로를 가두려고 하는가. 여기에서 시인이 처한 근대, 즉 사회적, 문화적 상황을 상기하지 않을 수가 없다.-물론 개인사도 포함하여-거대한 남성 중심적 사회에서 시인이 여성으로 처한 상황은 무슨 이유(여성의 이드적 욕망과 섹슈얼리티 드러내기 등)든 시인(여성)

을 근대성의 하나인 '배제의 논리'에서 벗어날 수 없게 만들 수 있다. 이러한 논리는 여성들에게 본능적인 방어가 내재되며, 지금, 이 순간도 그렇게 자유롭지 못하기 때문이다.(성담론의 홍수 속인 현재의 지점) 이때 시인은 제 몸에 스스로 가시를 돋게 하는, 마치 마조히즘의 상태를 취한다. 이렇게 스스로 상처 낸 몸은, 산협의 긴긴해처럼 더 붉게 타오른다. 그래서 제 몸에 스스로 가시 돋히게 하는 그 열정적인 주체는 마조히스트가 되어 스스로 처절한 상처를 동반함으로써 여성의 '쥬이쌍스'의 바로 그 쾌감을 더욱 확장시킨다. 이 때의 쥬이쌍스가 곧 산색시의 '實'인 것이다.

이처럼 시인의 청춘은, 도전하는 그 청춘의 여성적 섹슈얼리티는 그 욕망하는 깊이가 너무도 깊어, 지금 여기 이 곳에서 그 누구도 감히 흉내 낼 수 없는, 그래서 노천명 시인만의 '산딸기'로 표상되는 '산색시'의 관능미가 너무나 아름답게 현현된다. 표상되는 모든 것들의 관능미보다는 자신 속에 내재되어 유동하고 있는 섹슈얼리티적 욕망을 거침없이 채워 나가는 노천명시인. 그의 의식은 참으로 감각적이다 못해 아무런 미적 치장 없이 온 몸으로 쓰는 글쓰기, 바르 유동성을 지닌 진솔된 여성적 글쓰기를 이루고 있는 것이다.

내 마음은 늘 타고 있소
무엇을 향해선가―

아득한 곳에 손을 휘저어보오
발과 손이 매어 있음도 잊고
나는 숨 가삐 허덕여보오

일찍이 그는 피리를 불었소
피리 소리가 어디서 나는지 나는 몰라
예서 난다지… 제서 난다지 ‥

어드멘지 내가 갈 수 있는 곳인지도 몰라
허나 아득한 저곳에
무엇이 있는 것만 같애
내 마음은 그칠 줄 모르고 타고 또 타오

　　　　　　　　　　　　-<동경>전문

눈이 펑펑 쏟아지면
내 속에선 사과꽃이 핀다

　　　　　　　　　　　　-<눈보라>일부

　시적 자아의 육체는 자유롭지 않은 상태이다. '발과 손'이 '매어 있'기 때문이다. 육체가 무언가에 매어 있는 상태에서도 '마음은 늘 타고 있'으며, '눈이 펑펑 쏟아지면/ 내 속에선 사과꽃이 핀다'. 참으로 자유한 마음, 유동하는 그 마음은, '늘 타고 있는' '내 마음'은 도대체 무엇을 욕망하기에 매어있는 상태에서도 그렇게 타고 있는 것일까.

　바로 '피리 소리'를 듣고자 하는, 그것을 욕구하기 때문이다. 피리는 '일찍이 그'가 '불었'기 때문이다. 피리소리는 곧 '그'이다. 그를 욕망하는 '나', '숨 가빠 허덕'이는 나의 상태는 관능적이다. 이때 관능적인 것은 몸이 아니라 '그칠 줄 모르고 타고 또 타'고 있는 '내 마음'이다. 발과 손이 매어 있기 때문이다. 이러한 상황은 시적 자아가 놓여 있는 현실을 말해준다. 몸은 사회적, 문화적 공간 속에서 자유롭지 못한 상태가 된다. 내 몸은 지금 여기에 있지만 내 마음은 저 '아득한 곳', 바로 그가 있는 곳으로 '내가 갈 수 있'다. 이렇게 몸과 마음이 이분화된 상태에서 자아는 분열을 일으키게 된다. 분열된 자아는 실어증의 증상을 드러낸다. '예서 난다지…제서 난다지…'는 의식의 소리에 무의식의 소리가 개입된 상태나 다름없기 때문이다. 마치 환청처럼 들리는 듯한 시적 자아의 불분명한 진술은 상징계에서 욕구가 충족되지 못한 상태가 된다.

때문에 그칠 줄 모르고 타고 또 타는 나의 욕망은 눈 속처럼 차가운 현실 속에서도 억제되지 않는다. 이때 눈 속에서도 타는 나의 마음은 '사과꽃'을 피우게 하는 씨앗이 된다. 그 씨앗(정신과 몸)은 숨 가빠 허덕이며 아득한 저 곳 분명히 무엇이 있을 것만 같은 착각 속에서, 즉 피리 소리를 내는 그가 있을 것만 같아서, '저 아득한 저 곳' 마치 '내가 갈 수 있는 저 곳'인 것처럼 착각하는 그 속에서 유동함으로써 의식의 수면 위로 분출되고 있다.

> 임이 오시던 날
> 버선발로 달려가 맞았으련만
> 굳이 문 닫고 죽죽 울었습니다
>
> 기다리다 지쳤음이오리까
> 늦으셨다 노여움이오리까
> 그도 저도 아니오이다
> 그저 자꾸만 눈물이 나
> 문 닫고 죽죽 울었습니다
>
> -<임 오시던 날>전문

발과 손이 묶여있어도, 눈 속에서도 끝없이 욕망하는 몸과 마음은 극한 상황을 극복한다. 그것은 곧 '눈물'로 승화된 그 모든 것이 된다.

마음은 타고 또 타면서 그렇게도 욕망하던 '임이 오시는 날'이다. 그 순간 버선발로 달려 나가 님을 맞이해도 시원찮을 일인데 시적 화자는 엉뚱한 모양새를 하고 있다. '임이 오시던 날/ 굳이 문 닫고 죽죽 울었습니다'이다. 왜 그랬어야 했을까.

누군가를 기다린다는 것, 특히 사랑하는 '임'을 기다린다는 것은 환희일지도 모른다. 하지만 그 기다리는 시간이 너무도 길어

졌을 때, 그 기다림은 끔직한 통증이 된다. 통증이 지독할 때 '노여움'은 불처럼 일어난다. 그래서 기다리던 사람이 올 때 '버선발'로 뛰어나가지 못하는 그 마음에는 이러한 것들이 자리하고 있는 것이다. 이 순간 시적 자아가 흘리는 '눈물'은 기쁨의 극한점에 도달한 눈물이요 노여움의 극한이기도 하다. 애증이 교차하는 거기, 감정이 통제되지 않는 거기엔 죽죽 흐르는 눈물만이 있을 뿐이다. 어떠한 말이나 행위는 이차적인 문제이다. 말과 행동 대신 눈물만이 기쁨과 노여움의 덩어리들을 동시에 다 풀어 놓을 수 있기 때문이다. 곧 눈물은 시적 자아의 타고 또 타는 욕망이 응축된 덩어리를 풀어내는 바로 그것이다. 동시에 눈물 흘리는 거기는 실어증이 치유되는 지점이 되기도 한다. 다시 말해 시적 자아의 욕망하는 몸과 마음이 현실태가 되는 지점의 확인이다. 이는 곧 여성의 글쓰기의 특징 가운데 하나로 고체가 아닌 액체성을 띰으로써 그 액체성은 논리적이지도 않고, 그래서 비논리적이고, 옆의 것을 계속해서 훑고 지나가는 아메바와도 같다. 바로 향성을 지닌 환유로써 글쓰기인 것이다

때문에 그토록 기다리던 임이 오시는 날에 문 닫고 방바닥에 털썩 주저 않아 죽죽 흘리는 시적 주체에게서 전혀 슬픔이나 고독 등의 단어가 묻어나지 않는다. 왜일까. 이때 흘리는 눈물은 여성의 쥬이쌍스를 느끼는 그 순간과도 같기 때문이다. 임이 오시는 날 너무 기뻐서, 너무 노여워서 죽죽 눈물 흘리는, 욕망하는 시적 주체의 섹슈얼리티는 글쓰기의 한 가운데를 지나서 이제 그 정점에 도달하게 된다.

가을 바람이 우수수 불어옵니다
신이 몰아오는 비인 마차 소리가 들립니다
웬일입니까
내 가슴이 써늘하게 샅샅이 얼어듭니다

'인생은 짧다'고 실없이 옮겨본 노릇이
오늘 아침 이 말은 내 가슴에다
화살처럼 와서 박혔습니다
나는 아파서 몸을 추스를 수가 없습니다
황혼이 시시각각으로 다가듭니다
하루하루가 금싸라기 같은 날들입니다
어쩌면 청춘은 그렇게 아름다운 것이었습니까
연인들이여 인색할 필요가 없습니다

적은 듯이 지나버리는 생의 언덕에서
아름다운 꽃밭을 그대 만나거든
마음대로 앉아 노니다 가시오
남이야 뭐라던 상관할 것이 아닙니다

하고 싶은 일이 있거든 밤을 도와 하게 하시오
총기(聰氣)는 늘 지니어지는 것이 아닙니다

나의 금싸라기 같은 날들이 하루하루 없어집니다
이것을 잠가둘 상아 궤짝도 아무것도
내가 알지 못합니다

낙엽이 내 창을 두드립니다
차 시간을 놓친 손님 모양 당황합니다
어쩌자고 신은 오늘이사 내게
청춘을 이렇듯 찬란하게 펴 보이십니까.
- <추풍(秋風)에 붙이는 노래>전문

　여기까지 오면 시적 주체의 욕망은 정점에 놓여진다. 그 정점
에는 내 욕망하는 '청춘'의 몸과 마음을 '잠가 둘 상아 궤짝'이
있다. 그런데 그것을 '내가 알지 못합니다.'
　이 시는 분석이나 해석이 필요하지 않은, 시 전체가 이미 분

104

석되어져 있다고도 여겨진다.

'신이 몰아오는 비인 마차 소리'를 시적 화자는 듣는다. 신이 준 그 마차는 도대체 무엇이며, 또 그 마차 소리는 어떠한 것들일까. 가을이며, 가을의 소리라 한다면 표층적인 논의가 된다. 신이 몰아다 준 마차는 어떤 찬미의 대상이라거나 휴식의 대상도 아니다. 빈 마차는 곧 인생을 담는 그릇이며, 곧 존재의 집이기도 하다. 신이 준 빈 마차에 이제 '하루하루'의 갖가지 소리들이 담겨지기 때문이다.

먼저 '아름다운 꽃밭을 그대 만나거든/ 마음대로 앉아 노니다 가시오'의 의미 작용을 본다.

'신'이 인간에게 준 '선물' 가운데 가장 아름다운 것 중 하나가 성적 충만감이 아닐까. 그것은 곧 인간만이 느끼는 쥐이쌍스인데, 이것은 번식기 때라야만 단 한번 몸의 부딪힘으로 충만감을 느끼는 여타 동물(짐승)과 다르기 때문이다. '아름다운 꽃밭'을 만난 '연인'들은 '남이야 뭐라든 상관'하지 않고 마음대로 노니는데 '인색할 필요 없이' 섹슈얼리티적 욕망을 맘껏 표출할 수가 있기 때문이다. 이 얼마가 아름다운 선물인가. 그런데 인간의 삶(청춘)은 영원할 수가 없다. 신은 인간을 영원히 자기처럼 살게 내버려 두지 않았다. 그래서 인간들은 '인생은 짧다'고 '실없이' '말'한다.

그렇다면 시인은 짧은 인생에서, '적은 듯이 지나버리는 생의 언덕에서' 무엇을 담아내고 있는가. 마치 인생에 대한 여행자처럼 그의 이야기는 '연인'들의 여정으로 점철되어져 있다. '황혼이 시시각각으로 다가섭니다/ 하루하루가 금싸라기 같은 날들입니다/ 어쩌면 청춘은 그렇게 아름다운 것이었습니다/ 연인들이여 인색할 필요가 없습니다' 처럼, 적은 듯이 지나버리는 생의 언덕에서 만난 '그대'와 나는 아름다운 '꽃밭'에서 용해되어 마음대로 노니기에 남이 뭐라든 상관 할 필요도, 그러한 시간도 없다. 너

무도 짧고 소중한 우리들의 '청춘'이기 때문이다. 청춘의 소리들
은 기쁨이요 희열의 소리들이다. 이 소리들은 '밤'에 울린다.

'눌러보고 싸주어 아름답게만 보아주는/ 밤은 연인'(<캐피털
웨이>)이다. 밤은 섹슈얼리티를 욕망하는 주체(연인)들에게는 관
능적이며 쥬이쌍스의 순간을 담아내는데 낮보다 훨씬 감각적인
시간이다. '젊은 정열들'(<해변>), '하고 싶은 일이 있거든 밤을
도와 하게 하시오'라고 타자에게 명령 혹은 호소하는 듯한 시적
화자의 이 목소리. 거기엔 섹슈얼리티적인 그 양상들이 전부 담
겨진다. 그런데 젊은 정열들의 하루하루가 없어진다. '금싸라기
같은 날들'을 잠가둘 수 있는 힘이 인간들에게는 전혀 없다. 잠가
둘 수 있는 '상아 궤짝'이 없는 것이 아니라 주체(인간, 청춘, 연
인)들은 '모르기' 때문이다. 왜 또 '상아'일까. 상아는 견고함을 떠
나서 현상적인 것이 아니고 비가시적인 어떤 것, 그래서 초월적
인 기의를 내포하고 있는 기표가 된다. 하루하루를, 없어지는 하
루하루를 영원히 멈추게 할 수 있는, 그래서 젊은 그 정열을 영
원히 가두어 둘 수 있는 것은 초월적인 그 어떤 것에 의탁해야만
가능하다. 그러나 인간은 그 초월적인 것을 결코 가질 수도 만질
수도 알 수도 없다. 이때 상아는 신격화(초월적)된 구체물로서 의
미 작용을 한다. 이것은 신만이 지닌 그 것이다. 진정한 존재의
집은 그 어떤 시간의 단절성도 없는, 그 어떤 지배도 없는, 그래
서 마차처럼 유한한 구체물이 아닌, 그래서 유한한 존재들에게
상아 궤짝은 '우리'의 시간을 정지할 수 있는 바로 그것이 된다.
그러나 인간은 그것을 보거나 느낄 수 있는 것은 아닐지라도 추
구할 수는 있다. 마치 팰루스를 욕망하는 인간의 그것처럼. 그렇
기에 결코 현현될 수 없는, 그래서 하루하루를 멈추게 할 수는
없지만 그러고 싶은-'금싸라기 같은 하루하루를 잠궈두고 싶은'-
욕망 속에서 초월적인 그 어떤 것을 요구하는 것이 필연적이기도
하다. 시인은 이것을 욕구하였던 것이다. 이때 비현실태적인 그

존재의 집을 가능태로 만들 수 있는 길은 있다. 바로 지금 내 마차에서 '청춘을 이렇듯 찬란하게 펴 보이'는 그것을 확보하면 된다. 그것을 곧 '총기'가 해낸다. 총기를 지니기 위해서는 그 극복 대상의 중심에서 그것에 철저히 부딪히는 것이다. 그것을 욕망할 때, 처절히 부딪혀 저 아득한 절망의 심연으로 추락할 때 바로 현현될 수 있기 때문이다. '황혼'으로 추락 할 때라야만 '청춘'의 소중함을 느끼는 것이기에. '차 시간을 놓친 손님 모양 당황' 하는 인간의 처절함, 황혼이라는 그 지점에서 처절하게 부딪힐 때, 우리들의 청춘, 금싸라기 같은 젊은 정열을, 그 하루하루를 담아 두고 싶은 욕구가 분출되는 것이다. 이는 곧 시적 화자, 곧 주체 (시인)가 자신의 욕망하는 몸과 정신을 스스로 불태움으로써 얻어지는 가치이기도 하다.

신은 오늘이사 내게 청춘을 이렇듯 찬란하게 펴 보이시는 것이 아니라 '나는 오늘이사 신에게 청춘을 이렇듯 찬란하게 펴 보이'기에 청춘은 이제 영원히 소멸되지 않는 신의 상아 궤짝에 담겨진다. 이는 신이 내게 몰아다 준 그 빈 마차의 주체, 곧 인생의 주인이 됨으로써 이루어지는 것들이다. 이것이 시인이 부르는 '가을 바람에 붙이는 노래'이며, 그 노래의 가사는 인생이라는 아름다운 꽃밭에서 유동하는, 그래서 삶을 긍정하고 주체로서의 여성의 몸으로 쓰는 자기 진행형의 글쓰기로 가득 채워져 있다.

2.2 여성적 이미지 담아내기

가부장제, 즉 전통적인 남성중심 사회에서는 남성과 여성의 특성을 각각 적극적/소극적, 존재/부재, 인정/제외, 성공/실패, 우월/열등, 지적인/상상의, 명확한/모호한, 머리/가슴, 주관/객관, 낮/밤, 독립적/의존적, 논리적/비논리적, 신뢰/변덕, 정신/육체, 하늘/땅, 공기/물, 초월/단련, 이성/정념/ 등 수없이 많은 기표들

로 이분화 시켜 왔다. 여성의 이미지들이 늘 연약하고, 감정적이
며, 구속적인 것, 그래서 수동성·소극성· 순응성 등의 특질로
규정되어 온 것은 남성중심 사고의 구성 개념[81])에 지나지 않은
것이다. 여성의 이미지가 정형화되고 고정되어 있는 것은 남성
적 이데올로기가 여성에게 부과한 상징이고, 혹은 여성 스스로
남성중심 사고를 벗어나지 못한 채 알게 모르게 스스로 체화한
이미지인 것이다.

그런데 때로 여성들은 자신들의 이러한 이미지를 스스로 체
화하고 소비하기도 한다. 혹은 여성들이 바로 자기 자신이 대상
화된 것을 보고 즐기는 관객이 되는 이상한 입장에 서기도 한
다. 그러나 우리 자신의 재현을 목격하는 순간 그 재현의 과정
속에서 우리의 존재와 목소리는 부정된다. 왜냐하면 그 이미지
는 그것을 담아내는 모든 영역에서 여성을 억압하기 때문이다.
부언하면 프로이트식인 '오이디푸스'가 여성과 재현의 관계를 정
의한 지배적인 은유가 되면 복잡한 사회적 실천으로서의 여성
성의 재현도 다만 몇 가지 거대한 은유로 폄하되고 만다. 곧 차
이의 생산은 재현 안에서 일어나지만, 그것을 그렇게 협소하거
나 왜소하게 그저 심리적 과정 안에서 자리개김하면, 차이가 사
회적, 문화적으로 구성되는 젠더에서 존재하는 그 차이들의 이
질성 모두를 다루지 못하기 때문이다. 더 나다가 재현의 작용에
서 오이디푸스식의 거대한 은유를 거대 기표로 사용하면, 특히
서사와 관련해 볼 때 오이디푸스적 위기 자체가 지니고 있는
사회적 구성물들을 놓치게 된다.

때문에 우리는 여성성에 대한 기계적이고 비하적인 개념들을
지우고 난 뒤 또다시 우리 자신 스스로 지배적 이데올로기에
빠지고 있는 것은 아닌가를 스스로 질문해야 한다. 바로 그 질

---

31) 김명혜·김훈순·유선영 공편, 『성. 미디어. 문화』, 나남출판, 1994,
185-186쪽.

문은 그 수많은 여성의 이미지들이 여성 주체가 형성해낸 창조
적 이미지가 아니고, 남성들의 창조물이었기 때문이다. 따라서
가부장적 채널, 즉 남성 지배담론에서 재현되는 여성의 이미지
를 벗어나기 위해서는 여성이 자신 스스로 함몰되는 것이 아니
라 이미지를 새롭게, 즉 주체적으로 여성의 이미지를 새롭게 담
아내야 한다.

　노천명은 여성의 정형화된, 수동적 이미지를 벗기고 여성적
이미지의 표상을 새롭게 담아낸다. 이것은 주체적인 여성성을
드러낸 것으로 새롭게 자리매김 시킬 수 있다. 욕망하는 주체로
서 여성의 육체, 여성성, 여성의식 등의 이미저리들은 여성적 이
미지를 새롭게 담아내는 주요 요인으로 작용을 하는데, 노천명
은 때로 역사 속의 인물이나 고전문학 텍스트 속의 여성들을
시화시킴으로써 이루어 낸다.

　　　　보랏빛 포도알처럼 떫은 풍경-
　　　　애드벌룬에는 '아담과 이브 시대'의 사진 예고다
　　　　아스파라거스처럼 늘 산뜻한 걸 즐기는 시악씨
　　　　오얏나무 아래서 차라리 낮잠을 잤다

　　　　바느질 대신 아프리카종의 고양이를 데리고 논다
　　　　구두를 벗고 파초잎으로 발을 싸본다
　　　　허나 시악씨는 문득 무엇이 생각킬 때면

　　　　붉은 산호 목걸이도 벗어 던지고
　　　　아무도 달랠 수 없이 울어버리는 버릇이 있단다
　　　　　　　　　　　　　　　　　-<슬픈 그림>전문

　　　　댕댕이 넝쿨 위에 팔월이 긴다
　　　　저 너머 산골에선 동배가 한창 여물고
　　　　저마다 바쁜 무성(茂盛)의 계절

아름다운 기운의 제전이여

사슴이 보일 것 같은 산길을
파아란 가랑잎 꺾어 들고
휘이적휘이적 걸어가면
어디서 산꿩이 푸드득 날으는 낮
별안간 황홀해지는 세계

내 가슴에 아로새겨지는
푸른 노리개들-
절렁절렁 흔들며
내가 사슴 모양 가다

-<권두시 2>전문

상징질서에서 살아가는 인간이 '아담과 이브 시대'를 피상적으
로나마 훑어볼 수 있는 것은 이미지-'사진'(성경 구절 등)-를 통
해서만 가능하다.

시인의 '낮잠'은 시인에게 있어 이브의 이미지에 대한 여성(시
인 자신 혹은 여성), 즉 욕망하는 여성의 이미지를 변용시켜 주
는 매개체로 활용된다.

시인이 바라보는 아담과 이브 시대의 사진은 <슬픈 그림>이
다. 왜 슬픈 그림일까? '에드벌룬'에 걸린 아담과 이브 시대의
사진은 우리들을, 욕망하는 주체의 '타자'를 티추어주는 거울 같
은, 그래서 이미지일 뿐 본래 아담과 이브는 진정 욕망하는 주
체로서 만날 수 있는 명징한 세계가 아니다. 사진을 시적 화자
가 바라보든, 혹은 청자들이 바라보든 만날 수 있는 실체가 아
니라 상징질서가 욕망하는 이브는 그저 여성의 조상인 그 이미
지일 뿐이기 때문이다. '나'를 '나'이게 하는, 진정 내가 욕망하는
대타자는 더 이상 실재계에 존재하지 않는다. 그래서 상징질서
속에 살아가는 인간은 이미지 세계를 결코 벗어날 수가 없다.

이때 시인은 그 이미지를 전환시키고자 '낮잠'이라는 행위를 선택한다. 잠은 '무의식(꿈)'82)으로 들어가는 순간이다. 슬픈 그림으로는 결코 아담과 이브 시대가 현현될 수 없음을 시인은 벌써 인지하고 있다는 것 또한 시사적이다.

아담과 이브가 '에덴동산'에서 벌거숭이로 뒹굴고 뛰놀던 그곳은 '시원(始原)의 세계'이다. 본래 인간은 자연과 조화롭게 공존하던 동일성의 상태에 있었다. 그런데 이브로-인류의 조상인 여자, 선악과를 따 먹은 여자, 마녀, 사탄으로 명명되기도 하는 여성-인해 인간은 낙원의 무대에서 쫓겨나고 말았다. 쫓겨난 '이브의 이미지'들은 인류를(특히 남성을 유혹하였기에) 원죄에서 벗어나지 못하게 한 그 죄인으로서의 이미지는 모두가 상징 질서, 남성 중심적 사고, 남성중심의 지배적 이데올로기가 만들어낸 '여성의 이미지'인 것이다. 이러한 여성은 늘 '남성의 타자'로 전락됨과 동시에 오늘날까지 현현되는 대표적인 여성의 이미지인 것이다. 이러한 이브의 이미지의 전형성을 결코 벗길 수는 없는 것일까. 시인은 변형을 꾀하고 있다. 시인의 무의식이 이를 가능하게 하기 때문이다. 무의식은 꿈의 영역이며, 잠의 영역이다.

시인은 '낮잠을 잤다.' 무의식이다. '아담과 이브 시대의 예고'

---

82) 꿈의 작업을 포괄적으로 특징짓는 것이 독일어로 '왜곡 대치 (Entstellung)'인데, 이 단어가 전달하는 의미는 '왜곡'과 '위장' 외에 '자리바꿈'의 뜻이 있다. 이 개념은 대표적인 꿈의 작업 기제인 압축과 치환 현상이 어떤 것을 다른 어떤 것으로 대치해서 표현하려는, 본질적으로 기호화 과정임을 말해준다. 이렇게 볼 때 무의식, 즉 꿈의 표상적 재현 과정, 의식과 무의식의 커뮤니케이션, 해석과 분석 과정이 전부 대치와 치환의 메카니즘에 바탕을 둔 기호화 과정이거나, 이것의 역인 탈기호화 과정으로 설명된다. 이때 우리가 무의식에 대해서 알 수 있는 것은 그것이 의식적인 것으로서의 변형이나 변혁을 겪은 다음에 의식적인 것을 통해서이다.
이에 대해 자세한 것은 권택영 지음, 『프로이트의 성과 권력』, 1998, 문예출판사, 라캉, 『욕망 이론』 등 참조.

가 마침내 열린다. 아담과 이브가 벌거숭이로 살았던 그 곳은 바로 시원의 세계이다. 그 공간은 상상계이며, 아무런 억압이 일어나지 않는, 어떠한 결핍도 없는, 그래서 원초적 어머니의 몸과도 같은 곳이다. 그 곳에는 가부장제, 남성중심의 지배담론, 남성중심의 성담론 등의 '남성 중심'이라는 기표들은 존재할 수가 없다. 결핍되지 않았으며, 어떠한 억압도 되지 않고 이브와 아담에게서는 젠더 공간 또한 발생할 수가 없다. 팰루스를 욕망할 필요도 없다. 남녀 둘 다 주체로서의 몸이다. 하나의 몸이다. 여기서 시텍스트의 의미 작용을 본다.

위의 두 시 전체에서 드러나는 시어들 '아스파라거스, 파초잎, 오얏나무, 산호, 댕댕이 넝쿨, 산골, 동배, 사슴, 산 길, 파아란 가랑잎, 산꿩,' 등은 '황홀해지는 세계'를 상징한다. 이는 에덴동산과도 동일시된다. 반면에 '에드벌룬, 사진, 구두' 등은 인간이 자연을 재가동하여 물적 풍요로움 속의 편리함과 함께 모든 것이 사물화 되고 무기질화 되어가는 각박한 도시적 삶의 상징적 기호로서 작용을 한다. 때문에 시인이 '낮잠'을 통해 획득되는 것들, 즉 '구두'를 벗어 버리고 '파초잎'으로 '발을 싸'는 행위는 무의식의 표상적 재현 과정으로, 섹슈얼리티적 사고를 자유롭게 구성하는 본능의 관념적 표상체로 본능에 대한 일종의 대치이며, 변형체로서 낮잠(꿈, 무의식)의 현상을 통하여 그것에 대한 또 다른 기호적 자리바꿈으로 작용한다.

여기서 시적 화자의 의식 속에 담아내는 여성성을 먼저 살펴본다.

'시악씨'의 육체는 자연으로, 그 시원의 세계 속에 존재하는 원초적 몸이다. 구두를 벗고 '파초잎'으로 발을 싸는 행위는 알몸인 상태로, 즉 자연과 인간이 하나인 상태나 다름없기 때문이다. 그래서 아스파라거스로 즐기는 시악씨의 육체와 정신은 벌거숭이로 부끄러움도 없는, 죄도 없는, 선과 악의 구별이 없는 상태가 된다. 이때 시악씨의 여성성은 곧 자연 그대로이다. 이 황홀한 세계에서 시악씨는 '바느질 대신 아프리카종의 고양이를 데리고 논다.' 시악씨를 데리고 노는 고양이가 아니라 고양이를 데리고 노는 시악씨로 역전이 되는 것이다. 이는 곧 남성의 타자로서 여성의 이미지를 벗겨 놓은 주체적인 상태로서, 구두를 벗고 파초잎으로 몸을 감싼 자유로운 몸, 여성의 욕망하는 몸은 억압되지 않은 상태가 된다. 결핍이 없는, 그래서 곧 자연과 한몸이 된 몸이기에 댕댕이 넝쿨과 동배가 '한창 여문 산 길'에서 '가랑잎'과 하나가 되어 '휘이적휘이적' 걸어가는 여성은 푸드득 날아가는 '산꿩'과 함께, 사슴과도 하나가 되는, 감각적인 여성성을 드러낸다. 이러한 시악씨는 수동적이며 비주체적인 여성의 이미지가 아니라 능동적이고 유동하는 몸을 지닌 이미지로 부각된다. 이 같은 시악씨의 여성성은 시적 화자의 현실적 경험의 시지각을 넘어선 꿈의 영역이기에 가능한 것이다.

그러나 상징질서는 이를 억압한다. '문득 무엇이 생각킬 때'는 낮잠에서, 무의식에서 벗어나 의식의 세계로 돌아오는 바로 그 순간이다. 꿈은 무의식의 세계일 뿐 현실을 지배하는 것은 인간의 의식 세계이기 때문이다. 그래서 시적 자아가 '아무도 달랠 수 없이 울어버릴' 수밖에 없는 것은 곧 시인의 무의식이 상징계에서는 억압되는 필연성이 된다.[83]

이처럼 무의식을 통해 담아낸 여성의 이미지는 시적 자아의

---

83) 무의식은 타자(Other) 속에서 말한다. 그것은 발화에 의존하여야만 환기되는 바로 그 장소를 지시한다. 중요한 것은 지시가 타자에 의해서 이루어지고 발화도 타자가 개입해서 그것과 관련을 맺을 때만 가능하다는 것이다. 주체가 들을 수 있는가의 여부와 관계 없이 무의식이 타자 속에서 말한다면 그것은 주체가 바로 그 타자 속에서 자신의 의미를 실행하기 때문이다. 주체의 의미화 작용은 기의를 만들어내려는 어떤 시도보다도 앞서 있는 것이다. 주체가 바로 그 장소, 즉 무의식 속에서 형성된다는 말은 주체는 형성되기 위해서 분열(splitting)을 그 댓가로 치루어야 한다는 뜻이다.
자크 라캉, 『욕망 이론』, 264쪽.

내면에 육화하고 싶은, 그래서 여성적 삶의 일상적인(수동적이며 순응하는) 이미지들을 지워내고자 하는 것들이다. '바느질'은 여성적 삶을 대변하는 여성성의 하나로서 도구, 즉 물화된 몸으로서의 여성의 일상적 삶을 상징하는 것들 가운데 일부분이다. '구두'는 존재(육체, 퍼소나)의 일부를 담는 그릇과도 같으며, 문명을 상징하는 도구로서 지배적인 사회규범을 상징한다. 이를 벗어나기 위해서, 이브의 삶으로 되돌아가기 위해서, 자연과 동일시되기 위해서는 바느질도 버리고 '구두'도 벗어버려야 한다. 벗어버림의 행위는 나를 둘러싼 유·무형의 이물질들을 제거하는 행위나 다름없다. 이것이 시인의 '가슴에 아로새겨지는' '푸른 노리개들'이며, '절렁절렁 흔들며' '사슴 모양 가'는 '나'는 선악과를 따먹은 대신 부끄러움과 죄악을 짊어진 사진 속의 여성의 이미지가 아니라 자유로운 자기 몸에 대한, 곧 정신에 대한 이미지를 새롭게 체화한 여성인 것이다.

지금, 여기에서 멈춰섬이 아닌, 푸른 느리개-여성적 삶의 일부-들을 절렁절렁 흔들며 지금도 '가는', 그러한 이미지를 지닌 여성, 이 여성은 시인의 '가슴에 아로새겨'져 있다. 시인의 가슴에 아로 새겨진 것이 <슬픈 그림>인 것은 아담과 이브의 이미지가 인류의 문명(에드벌룬)에 도구화되고, 상품화(실낙원, 도구적 이성, 근대화, 남성중심 담론 등)되었기 때문이다. 이러한 여성의 재현이 적어도 그 대단한 데카르트의 대단한 '코기토(cogito, 이성)', 즉 '도구적 이성'에 길들여지지 않은 여성주체에게는 인간(남성지배담론)들을 비판의 대상이 되게 하며, 이것이 시인의 시적 출발점이자 여성적 이미지를 새롭게 담아냄으로써 유동하는 원초적이고 주체적인 여성(이브)을 그려낸 동인이 된다.

미용사에게
결발(結髮)을 익히는 대신-
무릇 여인이여

'온달'에게서 '바보'를 배우라
총명한 데에 여인은
가끔 불행을 지녔다

진실로 아리따운 여인아
네 생각이 높고 맑기
저 구월의 하늘 같고

가슴에 지닌 향낭보다
너는 언제고 마음이 더 향기로워라

여인 중에
학처럼 몸을 갖는 이가 있어 보라
물가 그림자를 보고
외로워도 좋다

-<여인부(女人賦)>전문

남갑사 치마에 홍갑사 댕기를
충충 따 내린 머리 끝에 물리고
그네 위에 흐능청 올라섬은
열입곱 용기렸다

느티나무 잎사귀 입에 따 물며
오이씨 같은 발부리가 창공을 차고
까아맣게 늘였다 들어오는 길은
현기와 함께 신이 나는 법이겠다

오월의 하늘은 월남 옥색인데
힘있게 하늘을 차는 이 땅 처녀들의 기상은
낙랑 시절의 여인인가

-<그네>일부

'평강공주'는 감싸주고 보살피는, 자신의 것을 모두 내어주는 여성의 허여성을 잘 대변해주는 여성이며, '낙랑 공주'는 사랑하는 주체로서, 가부장적 혹은 지배담론이 규정하는 많은 약호들을 거스르는, 그래서 다원성을 지닌 상징적 기표가 된다. 그렇다면 이 여성들의 이미지는 시적 화자의 의식 속에서 어떻게 현현되고 있을까.

시인의 의식 속에 들어오는 여성들은 무릇 '아리따운' 여인, '학처럼 몸을 갖는' 여인, '총명한' 여인과 '남갑사 치마', '홍갑사 댕기', '따 내린 머리', '오이씨' 같은 '발부리'를 지닌 '이 땅'의 '여인들'이다. 이 같은 이미지들은 여성이 처한 사회적, 문화적으로 형성된 젠더 공간에서 남성과 여성의 수직적 관계를 드러내는 것이 아니라 긴장과 충돌을 이룸으로써 수평적 관계와 그 관계를 넘어서, 곧 수동적인 여성의 이미지를 극복한다. 그 극복은 곧 '고전 텍스트(세계)'를 시인만의 감각으로 읽어냄으로써 이루어진다. 다시 말해 텍스트적 인물들의 사상 같은 어떠한 고차원적인 것이 아니라, 창조적인 여성성을 일관되게 실천해온 여성들의 삶을 인식하는 주체가 지향하는 심적 복합체로서 획득되는 것들이다. 그래서 시인이 담아내는 바보 온달의 부인인 '총명한 여인'과 '낙랑 시절의 여인'의 이미지는 주체적으로 살아가는 여성적 삶의 시원이자 모태가 된다. 그렇기에 '지금' '여기'에서 여성적 이미지는 시공간을 뛰어 넘어 그들의 삶이 내린 뿌리들을 찾아 낼 수 있는, 그래서 시적 자아에게는 현재의 여성적 삶과 연결시키는 동인이 된다.

시적 화자에게서 이들 '여인'은 표층(과거)과 심층(현재)을 모두 아우르면서 역동적인 이미지를 띤 여성이다. 이들은 '총명한' 여인이며, '진실로 아리따운 여인'이며, '생각이 높고' '맑'으며 '마음이 향기로'워, '학처럼 몸을 갖는' 여인이다. 이 여인들은 '평강공주'이고, '낙랑공주'이며, '힘있게 하늘을 차는 이 땅의 처녀들'이다. 이들은 수동적이며 비주체적인 여성이 아니라 주체적인 행위를 보였던 여성으로서 젠더 공간의 다양한 억압적 상황을 극복하는, 아주 강인하고 따뜻한 심성으로 타자(사랑하는 대상)를 그러안을 줄 아는 여성성을 지닌 여인들로 표상된다.

시인의 의식 속에 들어오는 두 여인은 '지금', '여기'에 현현된다. 시인은 지금 이 곳에서 과거 속의 여인들을 통해 수동적이고 비주체적인 여성의 이미지를 지워내고 능동적인 여성을 담아내고 있기 때문이다. 그 이미지 담기는 실제로 살았던 여인들의 삶 속에 지닌 총명함과 높은 생각과 향기로운 마음을 지닌 여인의 정신에서, 또 학처럼 고귀하고 깨끗한 몸을 지닌 여인의 육체를 그대로 '배움'으로써, '하늘을 차는 열일곱의 용기'를 지닌 '이 땅의 처녀들의 기상'을 '봄'으로써 이루어진다. 여기서 배움은 '온달'에게서 '바보'를 배우는 것이 아니라 바보를 온전한 사람으로 만든 그 여인의 행위와 마음을 배우라는 것이며, 그래서 '결발', 즉 외적 치장에만 신경 쓰는 '미용사'로서의 여성의 이미지가 아니라 내적 치장을 함으로써 곧 타자를 그러안는 그 위대한 여성성을 배우라는 것이다. '바라봄'은 시적 자아의 자기 응시이며, 이는 곧 과거 옛 여인들을 바라보는 시인의 시선이다. 배움과 바라봄을 통해 이미 사라진 여성의 이미지 혹은 설화 속 두 여인의 당당하고 총명한 여성적 삶의 무늬가 지금 여기의 시적 자아에게 새롭게 부각되는 것이다. 곧 여성적 이미지는 과거 속('물가 그림자')의 두 여인의 삶이 시적 자아의 내면에 육화되어 삭막한 현실('외로운')의 버팀목('외로워도 좋다')이 되어 현현된다.

'미용사'가 결발을 익히고 실행하는 공간들은 현실적 공간에서 일상적이고 관습적이며 속화되고 현대화된 각종 메카니즘의 이미지들로 메워진다. 곧 근대성을 띤 기표로서 작용을 한다. 시인은 자신의 내면에 체화한 두 여인의 이미지로 이러한 여성의 이미지를 거두어낸다. 그것이 '온달'에게서 '바보'를 배우라'는 설교조인데, 요컨대 이 같은 어조는 자칫 시적 긴장감을 잃게 하는 것 같지만, '학처럼 몸을 갖는 이가 있어 보라'로 인해 청정한 빛을 발하게 된다. 학처럼 몸을 갖은 이는 총명하고, 생각이 높고, 마음이 향기로운 여인으로, '바보'를 '천재'로 만든 여인이기 때문이다. 참말로 바보처럼 바보를 자신의 배필로 선택한 평강공주는 시적 화자에게 있어 지고지순한 가치를 지닌 여인이다. 이 여인은 공주의 이미지를 지워내고 강하고 당찬, 당대 지배담론의 모순이나 왜곡된 가치관들을 말끔히 지워낸, 그래서 당당한 여성 주체가 되었기 때문이다. 이와 대조적으로 미용사는 근대적 여성성을 드러낸, 화자의 의식에 설정된 일종의 상징적인 인물로 정신(향기로운 마음)보다는 육체성(가슴에 향낭을 지닌)만 지닌 여성으로 대두된다. 이러한 여인이 마음도 향기롭고 생각이 깊을 때 이 육체성은 '학처럼 몸'을 지닌 총명한 여인이 되는 것이다. 이 총명한 여인의 육체와 정신은 '남갑사 치마'를 입고 '홍갑사 댕기'를 입에 물고 '그네 위에 흐능청 올라' 선 '열입곱 용기'를 지닌 여인에게로 모두 이미지화된다. 이러한 여인의 이미지로 가득 찬 세상은 '낙랑 시절'이다. 지금 여기에서 낙랑 시절을 응시하는 시적 자아는 그네타기 하는 열입곱 처녀의 기상으로 또 한 번 체화함으로써 과거 속 여인들이 현실적 삶의 가능태로 현현되어진다. 사실, 역사 속 여인들은 '현존하는 부재'일 따름이며, 이성과 의식으로부터 비기성과 무의식(꿈)으로 표상되는 것으로 우리의 인식을 질적으로 변용시킬 때라야만 현실에 부재하는 과거의 여인들의 실체를 감지 할 수가 있다. 과거는 우리들 곁에, 우리들 속에 언제나 기억으로 내재해 있고, 또 인식의 전환을 통해 우리는 텍스트적 인물을 언제 어디서라도 회상함으로써 미래에도 여전히 만날 수 있기 때문이다. 이런 점에서 텍스트 속 여성 인물들을 통해 남성중심 지배담론에서 부재, 침묵, 수동, 순응, 억압, 소외 등의 기표를 띠는 여성적 이미지를 지워내고 새롭게 담아내는 여성적 이미지는 근대의 한가운데이자 가장 가장자리에서 시인의 여성적 글쓰기를 이루고 있다.

그렇다면 여성적 이미지로서 여성의 육체, 정신, 섹슈얼리티 등은 어떠한 양상으로 담아내고 있는가. 이러한 양상들을 '그네'라는 기표를 통해 더 들여다본다.

'그네 타기'는 지금 여기의 시공간성을 벗어나는 수많은 기의 중 하나의 기의를 만난다. 그네 타기는 여성성, 육체성의 윤곽을 뚜렷이 드러내는 상징적 사건이 된다. 그네를 타는 순간은 지금의 여기를 벗어나, 즉 일상적 삶을 벗어나 '나'만이 시공을 자유롭게 소유하는 순간이다. 공중에 떠 있는 그 순간은 내 삶의 비상을 하는 순간이다. 나만이 나를 새로운 시공으로 이동시켜 주는 그네는 담장 밖-여성적 삶을 제어하는 여러 상황 들-으로 나가게 됨으로써 현실을 벗어나 세계로 나아가는 기표가 된다. 곧 근대적 지층의 시공에서 일탈해 자유로운 꿈을 가능하게 한다. 창공을 차고 나가는 그네 타기를 통해 지상을 벗어난 또 다른 세계로의 이동이 가능해 진다. 이때 여인의 '기상'은 시적 화자의 '기상'과 병치를 이루며, 이 기상은 내면화된 가부장적 질서를 전복시키고 자기 본래의 욕망과 내면의 진실한 목소리를 담은, 그래서 너무도 당당한 낙랑 시절의 여인들의 당당함과 동일시되는 것이다.

그네 타기하는 '처녀'의 여성적 섹슈얼리티를 더 보자. '느티나무 잎사귀'가 물린 여인의 입술과 '오이씨 같은 발부리'를 지닌 몸, 갑사 치마를 입은 여인이, '흐능청' 그네를 타는 모습은 그 자체가 감각적인 여성의 육체성을 그대로 담아낸다. 창공을 가로지르며 유동하는 이 여성의 몸이 '옥색'을 띤 '오월의 하늘'에서 힘 있게 솟아오른다. 열일곱 용기에는 자신의 욕망에 충실하려는 욕망이 내재된다. '신이 나'서 희열과 환히 속에 맘껏 하늘로 오른다. '그네를 맘껏 늘였다 천천히 들어오'는, 남갑사 치마에, 홍갑사 댕기에, '층층 따내린 머리'에, 처녀의 몸이 하늘로 솟구칠 때의 여성 육체의 감각적 이미지는 추상적이 아니라 구체성을 띤다. 이는 마치 비상하는 한 마리 새처럼, 타자 아닌 주체로서 여성의 몸은 유동성 그 자체, 즉 자유롭게 비상하는 순간이며, 오이씨 같은 날렵한 이 여성의 육체는 창공을 차고 나가는 몸이기에 지상에서 길들여진 온갖 양상들을 지워낸다. 이때 처녀들의 기상, 낙랑 시절의 여인의 기상은 시인의 정신과 영혼 속에 내재되어 여성적 이미지는 지금 여기에서 현현되고 있는 것이다.

이처럼 과거 속의 여성적 삶, 즉 바보를 마다 않고 사랑으로 끌어안았던 여인의 지고지순한 열정과 총명함, 당대 정치적 지배담론, 지배 체제의 권력들에 대항하여 자명고를 울렸던 그 대단한 용기를 지닌 낙랑 시절의 여인(낙랑공주)들의 사랑과 여성성은 지금 여기, 바로 근대로 진입한 시인이 처한 당대성에도 불구하고 자유로운 상상력은 시텍스트의 주요 지표가 된다. 당대 남성중심 지배담론의 전복 혹은 부정한, 그래서 주체적이고 적극적인 여성적 이미지를 담아내고 있는 그 자리에 노천명 시인의 감각적이고 유동성을 지닌, 그래서 온 몸으로 쓰는 자기 진행형의 글쓰기가 당당히 자리하고 있다.

> 하늘은 곱게 타고 양귀비는 피었어도
> 그대일레 서럽고 서러운 날들
> 사랑은 괴롭고 슬프기만 한 것인가
>
> 사랑의 가는 길은 가시덤불 고개
> 그 누구 이 고개를 눈물 없이 넘었던고
> 영웅도 호걸도 울고 넘는 이 고개

기어이 어긋나고 짓궂게 헤어지는
운명이 시기하는 야속한 이 길
아름다운 이들의 눈물의 고개

영지못엔 오늘도 탑 그림자 안 비치고
아사달은 뉘를 찾아 못 속으로 드는 거며
구슬 아기 아사녀의 이 한을 어찌 푸나
　　　　　　　　　　　－<비련송(悲戀頌)>전문

　여성성의 재현은 현현시키는 주체가 어떠한 사회, 문화적 위
치에 있는가에 따라서 특정한 해석을 가능하게 만든다. 다시 말
해 문학 텍스트-설화-를 읽어내는 것에서 머물지 않고 더 나아
가 문학 텍스트를 새롭게 쓰게 하는 것이다. 이는 곧 노천명의
글쓰기가 해내고 있다고 할 수 있다.
　'아사달'과 '아사녀'는 설화 속의 남성과 여성이다. 이 두 사람
의 '한' 맺힌 사랑의 이미지는 지배적인 문화(정치) 메시지로 가
득 차 있어서, 즉 지배 이데올로기의 무게[84]에 눌려 충분한 의
미론적 해석이나 급진적인 거슬러 읽기를 하고자 할 때 녹녹치
가 않다. 이는 재현적인 한계를 그대로 안고 있는 것처럼 보이
는 '구슬 아기 아사녀의 이 한을 어찌 푸나'라고 속앓이를 하고
있는 시적 화자처럼 청자(독자)도 속수무책이 되기 때문이다.
그렇다고 해서 그들의 '한'을, 즉 청자가 설화 속 여성의 이미지
를 그대로 각인시킨다면, 그런 재현을 한다면 이미 그 설화 속
의 담론에 그대로 함몰하게 된다. 문제는 설화의 이미지로부터

---

84) 아사달과 아사녀 설화의 한 화소를 본다.
　　아사달-석가탑을 건축하기 위해 강제로 끌려가다시피 함-을 만나기
　　위해 절을 찾은 아사녀에게 그 절의 주지스님이 하는 거짓말이다.
　　'영지 못에 가서 기다리면 아사달이 올 테니 그 곳에 가라.'
　　주지스님은 아사녀를 영지못에 빠져 죽게 했던 당대 지배 권력층
　　을 대변하는 상징적 인물인 것이다.

의미를 담아내는 시적 화자의 언술을 통해서 담론적 주체와 사회적이고 역사적이고 문화적인 주체 사이의 괴리들, 즉 다층적이고 상호텍스트적인 접근을 할 필요성이 있다는 것이다. 이는 곧 생산과 수용-설화와 지금의 시인과 해석자-사이의 견고한 장벽을 부수자는 것이다.

<비련송>의 특징은 여성의 이미지를 슬퍼하는 것이 아니라 남성과 여성의 사랑이 당대 지배담론에 의해서 철저히 부숴진 그 상태를 슬퍼하는 <슬픈 사랑의 노래>이다. 여기에는 젠더 공간에서 형성되는 지배담론에 저항하는 그 무엇이 담겨있기 때문이다. 이는 곧 남/녀의 대립항을 이루기 쉬운 페미니즘 담론을 휴머니즘적 차원으로 끌고 가고 있다는, 그래서 한 발 앞서서 글쓰기를 한, 진정한 페미니즘적(휴머니즘) 글쓰기를 한 노천명의 글쓰기의 한 축을 형성하는 또 하나의 굵은 선이라고 할 수 있다.

'구슬 아기 아사녀의 이 한을 어찌 푸나'라고 시인은 말한다. 남성(아사달)의 한이 아닌 여성(아사녀)의 한이다. 그래서 아사녀의 한을 '푸'는 주체들은 지금 여기에서 남성 중심적 사고의 틈새를 가시화하고 서사의 비일관성을 찾아내는 시적 화자의 몫이자 여성 주체로서의 몫이 된다. 과연 풀 수 있을까.

'사랑의 가는 길은 가시덤불 고개', '영웅도 호걸도 울고 넘은 이 고개', '아름다운 이들의 눈물의 고개'는 가정적인 고개가 아니라 설화의 서사 속에서 진행되는 사건과 사건 하나하나로서 현실태가 된다. 이때 시적 화자에게 현현되는 아사녀는 '양귀비'의 이미지로 표상된다. 절색 미인(절세가인), 뭇 남성들의 혼을 온통 뒤흔들어 놓았을 정도로 아름다운 여성이다. 육체적 매력을 지닌 이 여성이 그토록 사랑했던 단 한 사람은 '아사달'이다. 그런데 이들의 '사랑'에 개입하여 이들을 영원히 갈라놓은 것은 타자들이다. 곧 지배 담론으로서 여성을 억압하고, 여성성을 짓

누르고 밟아, 죽게까지 한 그들은 아버지의 법의 근간인 오이디
푸스적 위기 자체가 지니고 있는 사회적, 문화적, 정치적 구성체
들이다.

　'영지못'은 한자 풀이 그대로라면 그림자 연못이다. 실체가 없
는 못이기도 하다. '탑 그림자 하나 비추지 않는' 그곳에서 시적
화자는 '사랑'의 소중하고 고귀한 본질을 꿰뚫는다. 아사녀를 따
라 못 속으로 뛰어든 '아사달'의 그 사랑을 본다. 그것은 아사녀
의 사랑-아사달을 애타게 그리다 빠져 죽은-이 선행되었기에
그 사랑은 에로스요 곧 타나토스의 순간이 된다. 두 사람을 포
용하여 느끼고 곧 그것과 일체가 되려는 것, 그것이 아사녀의
한이자 시적 화자의 '한'이다. 이때 '영지'라는 기표는 연못이 아
닌 설화적 서사에서 구체적이고 현실태적이며, 지배담론을 전면
적으로 부정한, 그래서 주변부로서 상징적 작용을 한다. 역설적
이게도 이 주변부는 중심부에 저항하는 바로 그 저항의 구심점
으로 작용한다. 물은 죽음과 생명의 부활을 상징한다. 아사녀가
스스로 못에 빠지는 '죽음'의 행위를 취한 것은 곧 그 곳으로 몰
아부친 지배담론을 거스르고, 전복시키는 가장 강력한 저항의
시도가 된다. 지배담론(석가탑을 쌓도록 명령한 왕과 스님 등)
이 자신들의 정당성을 위해 타자를 몰아 부친 그 지점이 곧 타
자(아사녀)에 의해 자신들이 전복되는 바로 그 지점이 되는 것
이다. 때문에 지금까지 아사녀의 이미지-슬프고 서러운 사랑-는
박제품과도 같은 하나의 이미지일 뿐, 지금 여기에서 시적 화자
에게 살아 숨쉬는 여성의 이미지는 죽음으로 나가감으로써 지
배담론에 응전한 여성이다. 이러한 이미지는 여전히 지배담론과
마주치게 된다. 그 마주치는 것이 '한'으로 자리바꿈 된다. 이때
'한'은 아사달의 한이 아니고 '아사녀의 한'이다. 곧 시인의 한이
며 바로 여성의 한이다. 여성 주체로서의 한이다. 이것은 이루
어지지 못한 사랑, '어긋나고 짓궂게 헤어지는 운명'에 대한 표

면적인 한이 결코 아니다. 이러한 것들은 모두가 거죽뿐인 표피
적인 기호 자체로 이미지들이다.

그렇기에 설화의 서사가 현실태로, 노래로 현현될 때에 주변부
로 밀어내고 타자들을 고통 받게 하고 억압하는 대상들에게 꽂히
는 것이 바로 시적 화자의 '한'이며, 그 한 맺힌 노래가 <비련송>
이며, 그 노래의 멜로디에는 광기어린 지배담론에 의해 거세되고,
밀려난 타자들을 모두 그러안는 여성성이, 여성적 이미지의 표상
이 담겨진다. 이는 시인을 더욱 페미니즘을 넘어서 휴머니즘적이
게 한다. 이는 그것에 대한, 즉 설화의 서사 하나하나에 천착하여
그 틈새를 놓치지 않는 여성만이 지닌 섬세한 분기이며, 이것이
여성이 주체적으로 존재할 때 세계를 인식하고 그 세계로 나가가
는 힘을 지닌, 여성적 글쓰기의 한 특성인 것이다.

제3장 언술 양상과 여성 의식

　여성 의식은 남성적 정신에서 나온 것과는 근본적으로 다른 구조를 생산해 낸다는 측면에서 볼 때, 여성 정체성의 형성 과정은 여성만이 가진 독특한 내면 공간(남성과 다른 생물학적·차이)에서 여성이 외적 성취를 위해 나아가기보다는 내면 공간을 채우고 보호하는 경향을 보인다. 이것은 텍스트에서 통합적인 테마와 같은 역할을 한다. 더 나아가 이 통합적인 테마가 개개 작품들을 종합하여 하나의 일관된 패턴으로 읽게 하는 통일성을 가지듯이 시간과 공간 속에서 자신의 존재를 연속적인 것으로 자각하게 하고, 다른 사람과 외부 사물로부터 구분되는 자기 자신의 다양한 측면들을 통합하여 일관되게 한다.[85]

　앞 장에서 논의된 것들은 여성이 자신을 드러낼 수 있는 적극적인 방법 가운데 하나가 육체에 기반한 글쓰기로서 이때 이루어지는 몸으로 글쓰기는 몸을 쓰는 것이 아닌 자기 진행형으로서의 몸으로 글쓰기이다. 이때 여성의 육체는 언어화된 육체, 곧 언어적 현상과 맞물릴 때 드러나는 여성성을 중시하는 것들이었다. 이러한 여성성을 지닌 육체는 언어가 지시하는 대상을 갖는 것처럼 여성의 의식 또한 언술 행위와 밀접하게 관련된다. 그렇기에 언술 행위는 자신의 존재와 경험을 표현하기 위해 사용하는 모든 언어적 진술양상이라고 할 수 있다. 이때 여성만의 언어가 과연 있을 수 있을까라는 질문을 안게 된다. 실제 언어의 성적인 차이를 사회적 맥락이나 상황을 벗어나 규명할 수는 없다. 때문에 여성의 언어와 남성언어의 다른 점은 추상적 관점에서 연구되기는 어렵다는 것이다.[86]다만 현재 존재하고 있는

---

85) 쥬디스 키건 가디너, 「여성의 정체성과 여성의 글」, 『페미니즘과 문학』, 김열규 외 공역, 228-229쪽 참조.

언어의 불균형은 여성과 남성의 역할이 다르다는 점을 반영하기에, 곧 생물학적인 성의 차이라기보다는 현실, 즉 사회적, 문화적으로 구성되는 젠더 공간에서 갖는 차이를 보여주는 것이다.

페미니스트 언어학은 여성 억압 또는 여성의 성적 특성이 언어사용을 통해서 드러나거나, 조장되지는 않는지에 대한 물음에서 출발한다. 곧 여성의 어법이 과연 존재하는가. 말이 권력이라면, 언어를 지배하는 것이 권력을 쥐는 것일까. 또 여성의 어법이 남성과 달라 그 어법 때문에 여성언어 능력이 제대로 인정받지 못하면, 남성 어법을 배워야 하는 것인가. 과연 여성적 어법과 남성적 어법의 차이가 있다면, 그것은 어디에서 연유하는 것일까 등등의 물음이 과제가 된다. 그래서 여성의 언술은 여성의 육체성과 여성의 위치, 즉 주변성과 밀접한 관련이 있다.

이리가라이가 말하는 여성 언술의 특징은 서로를 만지고 접촉하는 데서 느끼는 희열을 통한 촉각과 액체성과의 친밀성이 중심이 된다. 즉 여성의 생식 구조와 연관하여 남성은 한 개의 페니스에서 단일성, 명료성, 고유성을 갖지만 여성은 두개의 음순이 서로 감싸고 있듯 복수성, 모호성, 다의성을 갖는다. 그래서 여성의 언어는 텍스트를 단선적인 것이 아니라 유동적이며 시적으로 만들기 때문에 확고하게 굳어진 모든 기존의 형식이나 비유, 관념들을 파괴할 수 있다. 이러한 여성의 논리는 계속 다른 대상의 부분적 속성들 속에서 그 대상에 접근하는 환유적 언어에 가깝게 된다. 이러한 시각은 여성의 언어를 생물학적인 특성과 연관시킨 시각이다.

크리스테바가 말하는 여성 언어의 특성은 남성적 상징 질서 안에서 침묵당한 채 억압되어 차이로 설명되어 지는 것들이다. 이때의 '차이'는 여성 주체에게 기호계의 담론을 형성한다. 기호

---

86) 마리나 야켈로, 『언어와 여성』, 강주헌 역, 여성사, 1994, 53쪽.

계적 담론은 상징 언어 속의 침묵, 모순, 부재, 파열 등으로 존재하는 무의식적 언술인데, 이것이 바로 코라이며, 이때 코라라는 공간은 논리정연한 통사적 구조를 갖지 않고 파열, 모순, 부재 등을 그대로 드러내면서 남성언어의 일직선의 구조를 해체하려는 욕망을 담보하고 있다는 점에서 혁명적인 언어가 된다. 여기서 코라는 새로운 언어라기보다는 리드미컬한 맥박이다. 다시 말해서 코라는 전통적 언어 체계 안에서는 결코 잡히지 않는 이질적이고 파열적인 차원의 언어를 이루고 있다. 크리스테바는 이론화 될 수 없는 코라를 이론화하는데 개입된 모순, 다시 말해 기호계적 중심에 놓여 있는 모순을 예리하게 인식하면서 다음과 같이 쓰고 있다.

> 메타 언어적 설명의 힘으로 인해 사회적인 행위자가 됨으로써, 기호계는 사회적으로 소도시키는 관행에 이르기까지 그리고 그런 관행을 포함하여 도든 사회가 모든 것을 이해할 때, 그런 사회가 스스로에게 심어주는 자기위안의 이미지 형성에 도움이 된다. 더 나아가 기호학적 메타 언어의 주체는 잠시나마 스스로에게 이의를 제기하고, 논리적 체계 속의 초월적 자아라는 보호막에서 벗어나야 한다. 그럼으로써 사회적 부호를 파괴하고 갱신하는 부정성-충동이 지배하지만 동시에 사회적, 정치적, 역사적이기도한-으로 자신의 조건을 회복해야 한다.[87]

본 장에서 논의하고자 하는 것은 젠더 공간에서 시인이 '말하는 주체'로서 드러내는 여러 발화 구조, 즉 시인의 의식 속에 내재되어 있는 여러 상황들을 드러니고자 할 때, 그 다양한 언술 양상들이 곧 여성으로 말하기의 한 전략으로서 여성적 글쓰기를 이루는 중앙에 놓이게 된다. 이때 여성의 언술과 여성 의식은 여

---

[87] 토릴 모이, 같은 책, 191쪽에서 재인용.

128

성의 상상력과는 조금 다른 개념으로 본 장에서는 사용한다. 왜
냐하면 여성 시인이 본래 가지고 있는 특징을 가리키는 것이 아
니라 사회, 문화적, 즉 현실의 여러 억압적인 상황인 젠더 공간에
서 여성 주체로서 자기 발견을 해 나가는 과정 속에 창조해내는
시적 언술 양상의 과정을 말하는 것으로 사용된다. 때문에 시인
의 언어와 여성 의식의 관계들, 다른 한편으론 언어와 여성 억압
의 관계를 설명하는 다음 네 가지 기본 문제에 중점을 둔다. 첫
째, 언어에 관해서 말할 경우, 무엇에 관해서 말 할 수 있는가?
둘째, 여자의 언어(혹은 남자의 언어)라는 말로 무엇을 의미하고
있는가? 즉 언어와 젠더의 관계를 어떻게 이해하고 있는가? 셋
째, 언어와 현실의 관계는 무엇인가? 넷째, 언어와 화자가 놓여있
는 불리한 입장, 특히(그것만은 아니지만) 등이 그것이다.88)

　이러한 맥락에서 볼 때에 노천명 시인이 자신의 존재와 경험을
표현하는 모든 언술 행위들은 여성으로서 또는 여성문인으로서
가부장적인 지배질서와 정치적, 사회적, 문화적 상황 등에서 적응
하고 인식하는, 혹은 저항하는 전략들이라 할 수 있다. 때문에 여
성의 '글쓰기'와 '말하기'를 이제 하나의 공적 담론으로 끌어내어
여성이 주체로서 만들어내는 담론 속에 드러나는 것들이 무엇인
가를 밝혀내야 한다. 예컨대 말하는 주체가 말을 더 이상 하지 않
고 말을 멈추거나 또는 자신이 뱉어놓은 말에 덧붙여 말을 할 때,
이는 사회적 관계 속에서 무엇 때문에 왜 무엇을 위하여 그렇게
이야기 하는가, 곧 언술 행위 자체의 정체성에 대하여 중시함으로
써89)여성적 글쓰기를 규명하는데 한 걸음 더 나갈 수 있다.

88) 데보라 카메론, 『페미니즘과 언어 이론』, 이기우 옮김, 한국문화사,
　　1995, 252-253쪽 참조.
89) 김성례, 「여성의 자기 진술의 양식과 문체의 발견을 위하여」, 『또
　　하나의 문화』, 1992, 116-117쪽.
　　김성례는 여성의 진술은 시나 소설 그리고 일기, 편지와 같은 사사
　　로운 문학 형태, 그리고 문자화되기 이전에 일상적인 생활 가운데
　　떠도는 언술 행위인 신세타령, 교훈적 생애 이야기, 옛날 이야기,

1. 가로 막힘의 언술

여성의 언어는 어떠한 철학적 주장이나 극적인 사건보다는 심리적 사건에 대한 자각과 관련되므로 그것에 가장 적합한 양식이 내적 독백이나 의식의 흐름이다.[90)]이때 보다 큰 영역에서 다뤄줘야 할 분야가 성차별(sexism), 그리고 소외(alienation)의 분야이다.[91)]성차별은 젠더 공간에서 드러나는 여러 억압적인 상황에서 주변부, 즉 남성의 타자로서 여성의 위치는 여성으로 말하기에 있어 어떠한 형식을 주로 취하는가 이며, 소외는 여성 언어 자체가 남성언어에서 소외되어 있어 그 억압성이 발화 양상에 여러 양태로 드러나고 있다는 점을 추적하는 것이다.

1930-50년대, 혹은 그 이후에도 여성시인들이 문단 활동을 하던 상황, 즉 남성중심의 문단 상황에서 어느 정도 벗어날 수 있는 시기였다하더라도 당대의 사회적, 정치적, 문화적 양상들에 의해 노천명 시인은 중심부에 위치하기보다는 주변부에 위치하게 되는 것이 부인할 수 없는 현실이다. 이같은 상황들은-친일시, 부역활동 등-노천명의 개인적 삶이 사회적, 문화적으로 형성되는 젠더 공간에서 여성으로서 말하기의 억압성으로 모아진다. 또한 시인의 의식 속에 함께 내재되어 존재와 세계에 대하여 표출하고자 할 때, 즉 대상과의 의사소통의 불가능성, 대화의 부재, 침묵, 독백 등의 상황은 여성의 언어가 밖으로 발산되지 못한, 그래서 언어의 가로 막힌 상태를 말해 주는 것들이다.

비방 전수, 전화로 이야기 하기, 술 마시며 나누는 얘기, 라디오방송을 통하여 전달되는 살아가는 이야기, 또 울음이나 '악쓰기'처럼 말로 구체화되기 이전의 소리도 통틀어 여성이 자신을 표현하는 언어적 기법에 포함시킨다.
90) 조세핀 도노반, 「페미니스트 문체비평」, 『페미니즘과 문학』, 김열규 외 공역, 361쪽.
91) 데보라 카메론, 같은 책, 25쪽.

노천명 시인의 언술 행위 가운데 가장 특징적인 것은, 시텍스
트에서 너무도 많이 사용되고 확고하게 드러나고 있는 기호로
서 '말줄임표'와 '풀이표'이다. 시인의 언술 양상 속에서 사용되
는 이들 기호적 의미 작용을 각각 '말 줄이기'와 '말 늘리기'로
본고는 새롭게 명명을 한다. 이때 이러한 기호적 의미 작용을
통해 시인의 의식을 들여다 볼 수 있으며, 이러한 의식은 시인
의 글쓰기를 이루는 중요한 측면이 된다.

1.1 소통 부재와 통제된 대화

여성들은 말하기를 두려워한다. 그런데도 이야기를 하려 한다.
'말하기의 두려움'이란 사실 거짓말이나 막힌 말의 횡포에 대한 거
부감에서 비롯된다. 이러한 양상들은 '글로 말하기'에 이미 익숙한
여성들(시인, 작가)에게 더 여실하게 드러나기 때문이다.92)
다음과 같은 시에서는 시인이 말하는 주체로서 대상과의 거리를
두고 있는데, 왜 그러한 그 양상을 드러내는지 살펴보도록 한다.

        우물가에서도 그는 말이 적었다
        아라사 어디메로 갔다는 소문을 들은 채
        올해도 수수밭 깜부기가 패어버렸다

        샛노란 강냉이를 보고 목이 메일 제
        울안의 박꽃도 번잡한 웃음을 삼갔다
        수국꽃이 향기롭던 저녁-
        처녀는 별처럼 머언 얘기를 삼켰더란다
                            -<옥촉서(玉蜀黍)>전문

시적 화자의 언술 속에서 인간('처녀')과 자연('박꽃'), 그 모두

---

92) 김성례, 같은 책, 121쪽.

는 '말(웃음)'을 하지 않는 주체들이다.

그렇다면 이러한 행위를 취하게 된 동인은 무엇일까. '아라사가 어디메로 갔다는 소문'을 들었기 때문이다. 왜 소문을 듣고 나서 말을 멈추거나, '웃음을 삼'가고 더 이상 발산하지 않고 있는 것일까. '아라사(러시아)'를 당대성-일제하의 부조리한 세계, 타자를 기만하고 억압하는 주체들-을 드러내는 기표로 읽어낸다면 정치적, 사회적 상황 등을 드러내는 하나의 오브제가 되지 않을까. 시적 화자의 의식 속에서 아라사는 구체적으로 무엇을 상징하고 있으며, 어떠한 의미 작용을 하고 있는 것인지 도무지 알 수가 없기 때문이다. 아이러니컬하게도 말을 하는 자가 아닌 '말을 삼키는 자'들을 통해서 읽어낼 수 있을 뿐이다.

처녀와 박꽃은 아라사가 어디메로 갔다는 소문을 들은 주체들이다. '소문'은 '우물가'에서 떠도는 풍둔쯤으로 그야말로 바람처럼 이리저리 떠돌아다니는 이야기들이며, 타자들이 만들거나 이야기 하는 과정 속에서 진실이 은폐되거나 혹은 진실처럼 부각되어질 수도 있는, 실체면서 실체가 아니기도 하다. 여기서 아라사에 대한 갖가지 소문은 처녀와 박꽃에게는 대화의 소통에 큰 장애를 초래하고 있다는 점이 중요하다. 처녀와 박꽃은 말을 적게 하고, 웃음을 삼가고, 아예 말을 삼킨 상태에 놓여 있기 때문이다. 말이 적다함은 말하는 주체가 대상과 대화를 거부하는 양상이, 그래서 누군가와의 소통 부재의 상황이 내재된다. '번잡한' 웃음을 짓지 않는, 웃음을 삼가는 행위는 웃음 짓게 하는 대상에 대해 비웃거나 혹은 비웃을 가치조차 없음의 상황이 내재된다. 그래서 '별처럼' 머언 얘기를 삼켜버린 화자의 언술 행위는 침묵의 상태나 다름없다. 이때 소문과 '머언 얘기'는 동격이 된다.

왜 시적 화자는 소문을 삼켜버렸다고 언술하였을까. 이것은 당대의 사회적, 정치적, 문화적 공간 속에서 시인의 의식의 표출이며, 그 의식은 밖으로 확산되지 못한 채 언술의 '가로 막힘'

상태를 그대로 드러나게 해 주는 측면이 된다. 그 이유는 무엇일까. 『산호림』에 실린 시점으로 보아 당대성인 사회적, 정치적 상황, 즉 젠더 공간에서의 여성이 말하는 주체-지식인이라는 범주를 차치하고도-가 되지 못한 상태에서 말하기가 이루어지지 못한 그 상태를 드러내는 한 측면이 된다. 다음의 시로 좀 더 가늠하게 된다.

> 아카시아꽃 핀 유월의 하늘은
> 사뭇 곱기만 한데
> 파라솔을 접듯이
> 마음을 접고 안으로 안으로만 든다
>
> 이 인파 속에서 고독이
> 곧 얼음 모양 꼿꼿이 얼어 들어옴은
> 어쩐 까닭이뇨
>
> 보리밭엔 양귀비꽃이 으스러지게 고운데
> 이른 아침부터 밤이 이슥토록
> 이야기 해 볼 사람은 없어
> 파라솔을 접듯이
> 마음을 접어가지고 안으로만 들다
>
> 장미가 말을 배우지 않은 이유를
> 알겠다
> 사슴이 말을 안 하는 연유도
> 알아듣겠다
>
> -<유월의 언덕>일부

말하는 주체가 '마음을 접'은 상태, 그래서 '안으로 안으로만 드'는 상태는 언어의 '막힌' 상태가 된다. 더 이상 말은 분출되지 못하고 '파라솔을 접듯' 닫혀 버릴 때 주체는 '인파' 속에서, '이야기 해 볼 사람은 없'이, 그래서 소외된 상태가 되고, 소외된 상태에서 말하는 주체의 언어는 '얼음 모양 꼿꼿이 얼어' 붙은 상태가 된다. 이 상태에서 말하는 주체가 발설한 언술의 의미는 사라져버리게 하고 무의미만 남게 한다. 무의미란 곧 '장미가 말을 배우지 않은 이유'나 '사슴이 말을 안 하는 연유' 등으로 말하는 주체에게는 어떠한 의미가 부여되지 않기 때문이다. 다시 말해 장미의 말이나 사슴의 말은 더 이상 소외된 주체로서는, 즉 언어의 막힘 상태에서는 대화할 수 있는 대상이 되지 않는다. 소통이나 또는 나눔의 상태는 곧 말을 배우지 않은 자나 말을 안 하는 자와의 관계에서는 성립될 수가 없다. 소통이나 나눔의 관계를 지향한다는 것은 나와 대상, 화자와 청자, 발신자와 수신자 사이에 상호 교환적인, 대화를 나누는 관계를 유지하고 있는 상태에서만 가능하기 때문이다.

여기서 시적 화자가 '장미가 말을 배우지 않은 이유'를 알고 있으며, '사슴이 말을 안하는 연유도 알겠다'고 하는 그 점에 주목해 볼 필요가 있다.

이 시에서 '장미'와 '사슴'은 자연물로서 어떤 형태적 미학보다는 시인이 제시하고 있는 언술 속에서 말하는 주체로, 즉 상징하는 원관념보다는 숨겨진 다의적 의미의 보조관념이 된다. 그래서 그것이 과연 무엇인가 들여다보게 된다. 그것은 시인의 언술 속에서 상징하는 '말'이기 때문이다. 그렇다면 장미도 말을 하고 사슴도 말을 하는, 그 다의적인 것은 또 무엇을 의미하는가. '장미'와 '사슴'은 시적 화자의 의식 속에서 대상화되고 대상화된 것이 곧 시적 자아와 동일시된다. 장미가 말을 배우지 않은 상태는 상징질서의 언어 습득 이전 곧 기호계적인 자아가 되며, 사슴은 상징질서로 편입한 상태이지만 말을 하지 않음으로 해서 곧 상징질서의 언어를 거부하는 상태로서 상상계적인 삶을 추구하고자 하는 시적 자아와 동궤에 놓인다. 이 두 자아의 말 습득이나 말하기의 거부 행태는 사회적이고 현실적인 세계를 차단시킨 채 내면세계로의 응축만을 가져온다. 이러한 응축으로('인파 속에서 고독이 얼음 모양 꼿꼿이 얼어 들어옴은') 대사회적 문맥, 젠더 공간의 극복으로 더 이상 나아가지 못한 채 자아는 그 공간 속에 유폐된다. 더욱 이 상태에서는 나 아닌 다른 누군가와 '이른 아침부터 밤이 이슥토록' 대화를 나눌 수도 없으며 이야기 해 볼 사람이 없는, 그래서 '웃음'마저 '삼가'고, '삼켜야' 하는 것들은 모두가 소통 부재로서, 말하는 존재의 세계에 대한 불화가 된다. 이 불화 앞에서 마음을 접고 '파라솔을 접듯' 안으로만 드는 것은 언어의 흐름이 단절된 상태를 넘어서 이제 시적 화자의 무의식에까지도 침투한다.

밤은 언제부터인지 안식의 시간이 못 되어
눈을 뜨고-
올빼미처럼 눈을 뜨고 깨어 있는 밤

시계 소리를 듣기에도 성가신
해초와도 같이 후줄근해진 영혼이어

샹들리에 밑이 어두워서
나는 내 소중한 열쇠를 못 찾고
손수건같이 구겨진 오늘을 응시하며
한밤중 올빼미 모양 일어나 앉아
낙하산의 현기증을 느낀다
무도회는 언제나 지쳐서들 쓰러질 것이냐

꿈속에서 모양 나는 매가리가 하나도 없고
해감 속에서
한 발자국도 옮겨놔지지가 않는다

　　별도 이제내 친구는 못 되고
　　풀 한 포기 나지 못한 허허벌판에서
　　전투기의 공중 선회적 현기증

　　장밋빛 새벽은 멀다 치고
　　　　　　　　　　　　　　-<독백>전문

　‘한밤중’ ‘올빼미 모양 일어나 앉아/ 낙하산의 현기증을 느끼’
는 자, 그래서 밤에도 ‘눈을 뜨고 깨어 있는’ 자, ‘해초와도 같이
후줄근해진 영혼’과 ‘해감 속에서/ 한 발자국도 옮겨놔지지 않
는’ 육체는 시적 자아의 그것이다. 이 상태에서의 자아는 살아
숨쉬고 있는 유기체라기보다는 박제화된, 혹은 심각한 정신분열
과 육체의 죽음(‘해감 속’)과도 같은 상태가 된다. 곧 시적 자아
의 언술 행위는 제대로 일어날 수가 없다. 때문에 시적 화자의
이 모든 언술 행위는 무의식적인 중얼거림과도 같은, 그래서
<독백>의 상태가 된다. 곧 언어가 제대로 발산되지 않는 상태
에 놓여있음을 드러내는 측면이 된다.
　무의식적인 중얼거림은 상징질서에서 채 언어화되기 이전의
상태로서 말로서는 설명되지 않는 것, 혹은 의식의 상태로 떠오
르지 못한 상태에서의 기호계적 언어이다. ‘시계 소리’도 제대로
듣지 못하는 나, 그래서 ‘꿈’ 속에서처럼 ‘매가리가 하나도 없는’
나는 ‘낙하산의 현기증을 느낀다’. 현기증에 시달리는 사태에서
의 자아의 의식은 현실(‘무도회’)과의 거리조차 소멸한 상태(‘공
중’)에 있게 된다. 그래서 의식 세계로 들어오지 못한 상태에서
내 언술은 밖으로 발산하지 못 한 채 내 안에서 <독백>으로 고
이게 된다. 말이 고여 있는 나는 해감 속에서 옴짝달싹 못하는
자아가 된다. 이는 의식의 상태에서 의사소통 하고 싶은 욕망을
누군가에 의해 억압되어진 상태이다. ‘상들리에 밑이 어두워서
내 소중한 열쇠를 못 찾’듯이 대화하고 싶은 대상(‘내 친구’)은

현실 속에서 찾아지지 않기 때문이다. 곧 대화의 부재 상태가 된다. 이때 나는 '풀 한 포기 나지 못한 허허벌판'의 현실에서 내 언어('후줄근해진 영혼과 한 발자국도 옮겨지지 않는')와 육체는 '손수건같이 구겨진 오늘'을 응시하며, '전투기의 공중 선회'를 할 뿐이다. 그것은 '내 설운 얘기'인 '낡은 손풍금' 소리이다. 그 소리는 미분화된 언어이다. 현기증 속에서 발화되는 소리처럼.

내 설운 얘기로 귀에 살이 진
낡은 손풍금이 하나 우리 집에 있소
어디서 난 것인지 아지 못하오
누가 두고 간 것인지도 모르오

힘없이 내 손이 어루만지면
슬픈 소리를 내오
울고 난 뒤…
마음이 외로운 때…
내가 이 손풍금을 장난하오
                              -<손풍금>전문

수녀원도 뒤 한적한 곳
'루르드 성굴(聖窟)'엔
성모 마리아상이 유난히 흰 밤

검은 묵주 손에 쥐고
조용히 나와 비는 한 처녀
말없는 무거운 마음을 누가 알리…
                              -<수녀>일부

'나'와 '손풍금'과 '처녀(수녀)'의 소리는 동일선상에 있다. 내 얘기는 손풍금 소리이며, 내 육체('손')는 손풍금이다. 나는 '검은 묵주 손에 쥐고 조용히 비는 한 처녀', 수녀이다.

내 손이 힘이 없으면, 내 마음이 외로우면 손풍금은 '슬픈 소리'를 낸다. 슬픈 소리는 울음이다. 울음은 또 하나의 언술 행위이다. 이성적 행위 곧 인간이 말을 하고 행동을 하고 판단을 할 때, 때로 불가피한 상황에 놓일 때, 이성을 감성으로만 대치할 경우가 있다. 다시 말해 어떠한 상황, 즉 이성적 행위를 하는 주체가 극한 상황('마음이 외로운 때')에 놓여있을 때 이성(말)대신 '울음'이 이를 대신하기도 한다. 이때의 울음은 말이 가로 막힌 상태가 된다. '내' 말이 가로 막힌 상태에서 내 육체가 대신 말을 한다. 그 말은 '슬픈 소리'이다. 슬픈 소리는 손풍금이 대신한다. 더욱 슬픈 말은 '성모 마리아상' 앞에서 조용히 기도를 하는 <수녀>의 기도 소리로 구체화된다.

'수녀원' 뒤 '한적한 곳'은 현실태로서 구체적인 장소이지만, '성모마리아'는 비현실태적 인물이다. 이미지(성경 속에서 비현실적인 인물이 현실화되는)로만 현현되기 때문이다. 성모 마리아가 현존하는 세계는 추상적인 공간이다. 반면에 수녀원은 시적 자아가 놓인 현실적인 공간이다. 나의 언술 행위는 현실적 공간에서는 슬픈 소리(울음)만이 전부가 된다. 그러나 추상적인 세계에서는 아무런 제약도 없이 확산될 수가 있다. 성모마리아가 존재하는 그 세계는 초자연적이며, 신적인 어떤 공간이다. 이성과 지성으로는 불가사의한, 그래서 너와 나의 소통부재나 통제된 대화가 모두 해소되는 곳이다. 현실에서 나의 '무거운 마음을 누가 알리'가 없는 그 마음이 이 세계에서는 모두 소통이 된다. 그것은 곧 기도이며, 기도는 나의 언술이며, 무의식적 언술이기도 하다. 그러나 이러한 언어 소통은 현실태에서는 막힌 상태가 된다. 성모 마리아는 현실에서 살아가는 나와는 동떨어진 공간에 있는 대상이기 때문이다. 그래서 현실에서 '말없는 무거운 마음'을 알 자는 없다. 저 관념적이고 불가사의한 세계에서 현실태로 현현되는 성모마리아와 교감하고 대화하는 그것을 알 자는 없다.

때로 인간은 인간과의 관계 속에서 합일되고, 자연과의 교감 속에서도 인간은 합일 될 수도 있다. 그렇기에 '수국 꽃이 향기롭'다고 인식되는 것처럼 대상과의 대화로, 즉 자연과 인간 사이의 교감을 통하여 살아있음을 한층 더 확인하게 된다. 이때 사람과의 관계에 바탕을 둔 대화가 차단된 심리적 상태에서 그 소통 부재의 단절성은 장미'와 '사슴이라는 기표에 의해 의미가 더욱 부각된다. '알겠다'와 '알아 듣겠다'라는 시적 화자의 단호한 어조는 말한 만큼 말 할 수 없는 부분, 어쩜 더 중요한, 그래서 소통 부재의 상황, 즉 대상과('친구') 대화의 단절로 인해 발생하는 억압적인 여성 경험이 담겨진 내밀한 자아의 기록과도 같다. 이렇게 언어의 막힌 상태에서 또 하나의 말하기는 기도('비는')가 되는 것이다.

이처럼 시인의 언술은 끝없이 미끄러지고 확산되어 산종된다. 그것이 신적인 존재에게로 확산되는 것은 현실에서 여성언어의 차단된 상태를 드러내주는 측면이며, 이것이 시인이 처한 당대의 사회적, 문화적으로 구성된 젠더 공간에서 여성의 말하기의 한 특성을 이루는 것이다. 다시 말해 나와 너, 대화의 '가로 막힘'은 곧 세계와 타자와의 거리 두기를 하는데, 말하는 것과 생각하는 것 그러리라고 믿고 있는 것과 뜻하고자 하는 것 모두를 담고 있다. 더 나아가 시인은 의사소통의 부재, 통제된 대화를 객관적 상관물(장미, 사슴, 손풍금)로 제시함으로써 말하는 주체로서 대상과의 가로 막힘, 그 상태를 더 확연하게 부각시켜준다.

1.2 말 줄이기, 그 주변성

흔히 인간은 자신이 처한 상황에서 바라는 이상과 실제와의 사이에서 때로 말하고 싶은 그대로를 드러낼 수 없는 상황에 직면할 수 있다. 이때 언술 양상의 하나가 말없음, 곧 침묵의 어조이다. 침묵은 언어의 또 다른 형태의 하나이다. 때로 침묵은 자신의 언어가 상대방에게 전달되지 못할 때 또 하나의 말이 되기 때문이다. 이때의 침묵은 진실을 표시하거나 혹은 사회적 의사소통이라는 타협된 세계를 거절하는 수단으로 작용 할 수 있다. 또한 말을 더 이상 하지 않고 머물 때, 즉 말을 줄이고, 말 없음의 상태는 침묵과 독백적인 상황을 모두 아우르면서 말하는 주체의 의식의 흐름과 자연스럽게 결합된다.93)

노천명의 시집 4권과 그 밖의 시 17편에서 드러나는 언어적 기호 작용은 말줄임표(…)와 풀이표(-)이다. 특히 말줄임표는 초기 시집인 『산호림』의 거의 모든 시에서 사용하고 있다. 반면 풀이표는 시집 전반에 걸쳐 두루두루 보인다. 이 같은 기호들의 의미 작용은 시인의 말하기의 언술 전략의 하나로 큰 의미를 지닌다고 할 수 있는데, 이는 곧 말하는 주체로서 노천명 시인의 의식의 드러냄의 한 전략적인 측면으로 볼 수 있다. 이 같은 측면은 시인의 글쓰기의 한 축을 밝히는 주요 요소가 된다. 따라서 말 줄이기의 기호적 의미 작용을 살펴봄으로써 말하는 주체가 의식 혹은 무의식 속에 어떠한 것을 담고 있는지, 그래서 그것이 여성적 글쓰기의 한 형태를 어떻게 이루고 있는가를 밝혀보는 것이 본 절의 요지가 된다. 『산호림』 첫 페이지에 실린 첫 시 <자화상>의 '그린 듯 숱한 눈썹도 큼직한 눈에는 어울리는 듯도 싶다마는…'을 비롯하여 말줄임표는 <교정>, <바다에

---

93) 로버트 험프리, 『현대 소설과 의식의 흐름』, 이우건·유기룡 공저, 형설출판사, 1984, 50쪽.

의 향수>, <국화제>, <황마차>, <제석>, <사월의 노래>, <가을날>, <포구의 밤>, <동경>, <구름같이>, <네 잎 클로버>, <박쥐>, <반려>, <가을의 구도>, <말 않고 그저 가려오>, <수녀>, <손풍금>, <조그만 정거장>, <분이>, <여인>, <상장>, <만가>, <국경의 밤>, <출범>, <생가>등에서 나타난다. 시 49편 가운데 거의 절반에 가깝게 드러난다. 그리고 『창변』의 <길>, 그 밖의 시로 수록된 시 <인경의 독백>, <산사의 밤>에서도 드러나고 있다.

『산호림』은 1938년에 출간 되었고, 『창변』은 1945년, 『별을 쳐다보며』는 1953년, 『사슴의 노래』는 1958년에 출간 되었다. 이는 일제강점기와 한국동란 전후, 그 시대의 특수성을 모두 아우르고 있다고 해도 크게 무리는 아닐 듯싶다. 이러한 시대적 상황은 정치적, 사회적, 문화적 맥락과 아우러져 젠더 공간에서 여성으로 말하기를 할 때, 그 주변성을 드러내는데 주요한 작용을 하고 있다고 볼 수 있다.

먼저 말줄임표가 나타나고 있는 시들을 정리해보도록 한다.

큼직한 눈에는 어울리는 듯도 싶다마는… <자화상>
낯익은 섬들의 기억을 뒤적거리리…/ 장엄한 출범은 이 아침에도 있었으리… <바다에의 향수>
내 제복과 함께 잊히지 않는 정경(情景)이여… <교정(校庭)>
맘대로 퍼지고 멋대로 자랐어야 할 것을… <국화제(國花祭)>
휘파람도 못 불고… <황마차(幌馬車)>
가고야 말 것을… <제석(除夕)>
사월이 오면 사월이 오면은… <사월의 노래>
산산한 기운을 머금고… <가을날>
엄마 찾는 듯… 내 애를 끊네/ 마산포(馬山浦)의 밤은 말없이 깊어만 가는데… <포구의 밤>
예서 난다지… 제서 난다지… <동경>
바닷가에서 눈물짓고…<구름같이>

왜 마음은 서운하오… <네 잎 클로버>
정(情)의 칼에 에어지는 아픈 가슴이 있으리… <박쥐>
그래도 너와 함께 가야 한다지… <반려>
잠겨보고 싶구려… <가을의 구도>
… 다만 그것뿐이었소…/ 못 본 쳐 그냥 가려오…
＜말 않고 그저 가려오＞
말없는 무거운 마음을 누가 알리… <수녀>
울고 난 뒤…/ 마음이 외로운 때… <손풍금>
조그만 정거장… <조그만 정거장>
그렇거늘 당신은 내 어린 것을… 내 어린 것을…/ 그렇게 갈
것을… 잘 입히도… 잘 멕이도 못하고… <분이>
어느새 녹음이 이리 짙었소… <여인>
오! 슬픈 장난이여… <상장(喪章)>
요령(搖鈴)을 흔들며 조용히 지나는 덴 낯익은 거리들… <만가>
화롯가에 높고…/ 잠은 머얼고… <국경의 밤>
아무렇지도 않았던 것처럼…/ 마지막 말을 삼키고…/ 물을
차는 제비처럼 가벼웠으면… 하나 <출범>
단오의 명절이 한껏 즐겁고… <생가>
비둘기같이 순한 마음에서… <길>
나 소리 없이 흐느껴 우노라… <인경의 독백>
어늬 선방에선가 목탁 소리…/ 산에도 절에도 붙지 않는 마음…
＜산사의 밤＞

　여성이 말을 뱉어 놓고 그 말에 대해서 더 이상 말을 하지
않는다는 것, 혹은 말을 흐리는 까닭은 무엇인가. 이는 가부장적
담론, 즉 당대 사회적, 문화적 맥락과 함께 읽혀지는 것들로서
억눌려진 감정을 은폐하기 위한 전략적 언술로 작용한다. 침묵
함으로써 그러한 침묵이 오히려 지배담론에 저항의 표식으로서
의 언술이 되기 때문이다. 이러한 측면은 모두 여성의 언어가
가로 막힌 상황의 드러냄이 된다. 왜냐하면 이러한 언술 양상은
남성적 상징질서 속에서 침묵, 부재, 모순 등을 드러내는 전형성

을 제시해주기 때문이다. 그렇기에 말 줄이기 하는 언술 행위는 진실을 표시하거나 사회적 의사소통의 불가능, 혹은 의사소통이라는 타협된 세계를 거절하는 의미도 내포된다. 무언지 모를 억압적인 상황을 드러내지 못하는 상황을 전제로 할 때 말은 더 이상 할 수가 없다. 침묵은 언어 자체가 상대방에게 전달되지 못하는 억압적 상황을 환기시키기 때문이다. 그래서 말하는 주체의 내부 심리에는 말하고자 하는 그 어떤 것들이 숨어 있지만 외부적 억압이나 개인적 경험 등의 이유로 그것을 억눌러 말은 멈출 수밖에 없다. 때론 자신의 내면에 있는 의식들을 밖으로 발산하지 못한 말 없음은 침묵을 넘어서 망설임이 되기도 한다. 곧 자신이 처한 딜레마를 극복하고자 할 때나, 또 자신의 고유한 목소리나 자신의 견해를 공적으로 표명함에 어려움을 느낄 때의 또 하나의 언술 행위인 것이다.

때문에 시인의 말 줄이기 언술 속에는 개인적인 것의 의미를 넘어서 말을 해야 하는데 더 이상 말 할 수 없는 것들로 대 사회적 전언이기도 한다. 말 없는 말, 말 줄이는 말, 말 흐리는 말, 그것들의 공백 속에는 말을 한 것보다 더 많은 부분이 이미 존재하기 때문이다. 꺼내놓지 못한 말 속에 혹은 표면적인 말 없음의 행위를 통해 여성이 처한 주변성에 갇혀 있거나, 혹은 은 연중에 드러내어 폭로하는 역할을 함으로써 하나의 전략적인 언술 행위인 것이다. 이것은 말하는 주체의 의식이 '말 줄이기'하는 그 속에 이미 선재되기 때문이다.

첫 시집 『산호림』(1938년)이 발간된 시기는 일제강점기, 즉 사회적, 정치적, 문화적인 특수한 상황과 남성중심 문단과도 함께 맞물려 여성 문인들에게는 외적, 내적으로 더욱 더 어려운 상황에 놓이게 한다. 첫 시집 전반에 걸쳐 드러나는 시인의 언술 행위가 이러한 측면을 잘 대변해 준다고 볼 수 있는데, 이는 여성이 주변부에 위치하고, 그래서 여성의 말하기가 상당히 남성중심 사회에서 가로막혀 있음을 부각시켜주는 한 측면으로 볼 수 있다.

그렇다면 다양한 시 속에서 매번 드러나는 시인의 '말 줄이기'는 무엇을 '말'하는 것일까.

(…), 말줄임표는 언어적 의미 작용이 침묵이면서도 침묵을 넘어선 언술이라고 할 수 있다. 이러한 언술 행위 속에는 적어도 말을 더 이상 진행시키지 않고, 즉 어떠한 언술 행위를 더 이상 하지 않고 멈춤으로써 객관적인 대상과 거리를 둔다. 이때 말하는 주체가 말을 더 이상 하지 않은 상태는 그 자체로 타자(독자, 혹은 당대 시대적 상황 속의 인물이나 대상)들에게는 스스로 말을 하도록 유도한다. 다시 말해 말하는 주체가 말을 하는 것이 아니라 말하는 주체의 언술 생략으로 인하여 타자(청자)가 그 빈 공간을 채우도록 유도한다. 이것은 시인의 감정의 절제일 수도 있고 아닐 수도 있으며, 또 당대의 상황에 대한 순응의 태도일 수도 있고 또 아닐 수도 있다. 이것은 '여성으로 말하기'의 한 특성으로서 곧 시인의 언술 전략이 된다.

위의 시들에서 드러나듯 말줄임표는 문장 속에서 의미가 확정적인 것이 아니고 더욱 수사적 기법을 떠나서도 무언가 흘려놓은 듯한 의미를 타자로 하여금 느끼게 한다. 곧 더 이상 밖으로 확산되지 못한 채 말을 멈추고 있다는 것은 말하는 주체의 '소외' 현상을 일컫는 것이라고 볼 수 있다. 이때 주체의 소외 현상은 말하는 주체가 더 이상 자신의 언어로는 자신의 생각을 전달 할 수 없는 상황을 노출시킨 상태이거나 혹은 상처받기 쉬우므로 자신의 입장을 표명하지 못할 때 생기는 소외가 된다. 이 같은 양상은 말하는 주체의 의식이 밖으로 확산되는 것이 아니라 말하는 주체의 의식 속에 고이게 됨으로써 이때의 언술 양상은 주체의 말하기의 닫힌 상태가 된다. 곧 말하는 주체의 언어가 어떠한 상황에 의해 가로막혀 있음을 드러낸 상태로서

144

이 같은 언술이 초기 시에 많이 드러나는 것으로 보아 시대성
은 정치적인(한국동란 속의 양이데올로기 문제)상황보다는 당대
(근대의 거대 담론 등)의 사회적, 문화적 젠더 공간에서 노천명
시인이 주변부에 처한 상황으로 읽혀지게 된다. 따라서 노천명
시인의 언술 행위는 여성으로 말하기를 밝히는 주된 요소로 작
용 한다.94)이는 '사회의식 결여'의 맥락에서 논의된, 그래서 시인
을 왜곡시키고 폄하시키는 요소들을 벗어나 시인의 의식을 재
조명하게 한다. 이 부분은 제4장에서 좀 더 심층적으로 논의된
다.

> 들녘 경사진 언덕에 네가 없었던들
> 가을은 얼마나 적적했으랴
> 아무도 너를 여왕이라 부르지 않건만
> 봄의 화려한 동산을 사양하고
> 이름 모를 풀 틈에 섞여
> 외로운 절기를 홀로 지키는 빈 들의 시악씨여
>
> 갈꽃보다 부드러운 네 마음 사랑스러워
> 거친 들녘에 함부로 두고 싶지 않았다
> 한아름 고이 꺾어 안고 돌아와
> 책상 위 화병에 너를 옮겨놓고
> 거기서 맘대로 화창하라 빌었더니
> 들에 보던 그 생기 나날이 잃어버리고

---

94) 여성들은 기존의 남성 언어로는 많은 것을 말 할수록 오히려 자신
의 언어를 더욱 잃게되는 자가당착에 빠질 수가 있기 때문에 여성
은 해방의, 새로운 언어를 탐구한다. 이때 여성의 언어는 가부장적
인 지배질서 안에서의 억압과 저항을 동시에 나타낼 수 있기에 전
략적 언술 행위가 될 수 있다.
크리스 위든, 『포스트구조주의와 페미니즘 비평』, 이화영미문학회
옮김, 한신문화사, 1994, 13쪽 참조.

웃음 거둔 네 얼굴은 수그러져
빛나던 모양은 한 잎 두 잎 병들어가는구나
아침마다 병(瓶)이 넘게 부어주는 맑은 물도
들녘의 한 방울 이슬만 못하더냐?
너는 끝내 거친 들녘 정든 흙 냄새 속에
맘대로 퍼지고 멋대로 자랐어야 할 것을…

뉘우침에 떨리는 미련한 손이
시들고 마른 너를 다시 안고
높은 하늘 시원한 언덕 아래
묻어주려 나왔다 들국화야!
저기 너의 푸른 천정이 있다
여기 너의 포근한 갈 방석이 있다.

-<국화제(菊花祭)>전문

　이 시는 읽는 이에 따라서 달라지겠지만, 마치 한 편의 산문으로 읽혀지는 시다. 여타 다른 시에 비해 시적 긴장감을 더 주는 것도 아닌데 단 한 번의 '말 줄이기'로 인해 시인의 자의식을 첨예하게 드러나고 있다는 점에 주목하게 된다. 이를 통해 말하는 여성, 즉 '여성으로 말하기'를 새롭게 규명하게 되고, 이것은 노천명 글쓰기의 한 축을 이룬다.
　'맘대로 퍼지고 멋대로 자랐어야 할 것을…'처럼 더 이상 말을 하지 않고 시인은 '말'을 멈췄다. 이는 말하는 주체가 말을 줄임으로써 말 이상의 말을 하고 있는 것이다. 말은 말하는 주체의 의식의 산물이다. 말은 밖으로 발산되었을 때라야만 타자들에게 그 말의 의미가 전달된다. 그런데 시인은 전달을 삼가고 있다. 왜 그랬을까. 말 없음에 담겨지는 것들은 무엇을 뜻하는 것일까.
　말하는 주체와 '맘대로 퍼지고 멋대로 자라야 할 것'은 주체와 대타자와의 관계성으로 묶여진다. 이때 주체와 대타자는 모두 말하는 주체가 된다. 말하고자 하는 주체는 시인이자, '들녘'의

146

'국화'이다. 말하는 주체는 의식하는 주체이고, 대타자는 시인의 무의식 속에 있는 주체의 대타자가 된다. 그러므로 이 둘은 동궤의 위치에 있는 것이다. 상징질서에서 말하는 주체는 대타자(주체의 억압과 결핍을 채워주는)를 욕구한다. 이 욕구의 채워짐은 사실 환상이나 다름없다. 왜냐하면 주체가 어떠한 것을 욕망할 때에, 이미 상징질서에 편입되어 들어 온 주체는 상상계를 잃어버렸거나, 또는 억압되었기 때문에 당연히 그 무엇을 욕구하게 되는데, 주체가 요구했던 대상 또한 결핍된 대타자였기에 주체의 욕구는 채워지지 않아 그 욕망은 환상이나 다름없기 때문이다. 주체의 욕구(need)-'맘대로 퍼지고 멋대로 자라고 싶은'-는 주체의 요구(demand)에 의해서 드러난다.95)다시 말해 욕구는 주체가 '말'을 함으로써 이루어진다. 그런데 말하는 주체는 맘대로 퍼지고, 또 멋대로 살기를 욕구하지만 그것조차 더 이상 요구하지 못한다. 더 이상 말을 못하고 멈추었기 때문이다. 이는 무엇인가 그 누군가가 말하는 주체를 가로 막았기 때문이다. 이때의 가로 막음은 당대 지배담론이나 남성적 상징질서의 부조리들이다. 곧 시인이 주변부에 놓여있음을 드러내주는 측면이 된다. 찬찬히 규명해 본다.

주체에게 있어, 즉 말하는 주체인 멋대로 퍼지고 맘대로 살았어야 할 국화에게 있어 '화병'이라는 기표는 닫힌 세계를 상징한다. 반면에 '들녘', '화려한 동산'은 열린 공간이 된다. 이러한 기

---

95) 욕구에서 소외된 것은 1차 억압(primal repression)을 이룬다. 그것은 요구의 차원으로 환원될 수 없는 것으로 인간이 욕망의 형태로만 경험할 수 있는 잔여물이다. 기의가 갖는 효과들이 기표에 의해 규제된다는 것은 인간의 욕구(need)가 인간이 말을 한다는 사실과 분리될 수 있을 때 효과들이 생겨난다. 다시 말하면 욕구가 요구(demand)에 종속되는 한 주체는 소외를 겪게 된다는 것이다. 이것은 주체가 현실적으로 독립심을 갖지 못한다는 뜻이 아니라 오히려 그 자체로 의미 연쇄 속에 편입된다는 것을 의미한다. 주체의 메시지는 나 아닌 타자의 장소로부터 흘러나오게 된다.
자크 라캉, 『욕망 이론』, 265-266쪽 참조.

표들은 옆의 것을 계속해서 붙잡고 미끄러짐으로 해서 많은 의미들을 형성해 낸다. 이것을 시인은 산문화함으로써 스스로 풀어내고 있다.

'푸른 천정'을 바라보며, '이슬' 머금고 '빈들'을 화려하게 채우던, 그리고 '부드러운 마음'을 지닌 '여왕'같은 '시악씨'는 '함부로' '꺾'여져 '책상 위' '화병' 속에 갇힌 몸이 되었다. 해맑게 웃던 얼굴은 '웃음 거둔' '얼굴'로 '수그러'지고 '빛나던 모양은 한 잎 두 잎 병들어'간다. 생기 돌던 몸과 마음은 '병'속에 담겨짐으로 해서 병들었다. 말하는 주체(여왕, 시악씨, 국화)가 맘대로 퍼지고 멋대로 자라기를 욕구했던 그 세계는 정든 들녘의 흙냄새를 맡으며 살아갈 수 있었던 세계이다 그러나 말하는 주체가 들어왔던 세계는 상징질서가 중심부를 이루는 세계이지 흙냄새 그대로를 간직한 세계는 아니다. 책상 위. 병 속의 세계는 상징질서에서 중심부다. 그러나 국화에게는 닫힌 세계이다. 이 세계는 주체에게 있어, 즉 '맑은 물'은 '들녘의 한 방울 이슬만도 못'한, 그래서 '거친 들녘만도 못'한 세계이기 때문이다. 경사진 언덕과 거친 들녘은 상징질서에서 주변부적인 상황을 말해 준다. 이 주변부는 황폐한 황무지나 다름없다. 그러나 이곳은 닫혀진 곳이 아니라 시적 자아에게는 열려진 공간이 된다. 주체가 맘대로 퍼지고 멋대로 살아갈 수 있는, 그래서 욕구가 충족되는 세계가 된다. 상징질서, 곧 지배담론의 틀인 '화병' 속에서는 숨쉴 수가 없어 병들 수밖에 없기 때문이다. 비록 거칠고 경사진 주변부지만, 결코 화려하지는 않지만, 말간 이슬이 있고, 흙냄새가 있으며, 푸른 하늘이 있는 그 곳에서는 어떠한 억압도 일어나지 않는, 그래서 말하는 주체의 욕구가 모두 충족되었던, 바로 그 상상계적 삶을 이룰 수 있다.

그런데 시적 자아가 이곳으로 자발적으로 들어왔다는 점에 다시 한 번 주목하게 된다.

148

'한아름 고이 꺾어 안고' 들어 온 것은 시적 화자이다. 이 의미 작용은 중심부로 스스로 걸어 들어 온 여성 주체를 말한다. 중심부에서 '맘대로 화창하게' 살 수 있기를 '빌었'는데, 중심부로 들어옴으로 해서 결국 '들'에서 지녔던 그 생기를 나날이 '잃어버리'고 말았다. 이는 '화병 안', 곧 중심부에서 맘대로 멋대로 살 수 없었던 시적 화자가 놓인 당대의 사회적, 문화적 젠더 공간에서의 억압된 상황을 드러낸 측면이 된다. 결국 시인은 맘대로 퍼지고 멋대로 자라고 싶은 욕망(요구)을 '말'로 더 이상 드러내지 못한 채 말 줄이기를 함으로써 청자들로 하여금 이를 말하게 한다.

더욱 중요한 것은 중심부를 벗어나 다시 주변부로 나가고자 하는 그곳에 시인의 말하기가 있다는 점이다.

'뉘우침에 떨리는 미련한 손'으로, '높은 하늘 시원한 언덕 아래'로 '들국화'를 '묻어주려'는 시인의 의식은 자발적으로 중심부로 들어왔으나 욕구가 충족되지 못했기에 다시 황폐한 황무지나 다름없는 주변부로의 지향이다. 이는 곧 중심부(당대의 남성 중심의 문단이나 시대적인 여러 억압적 상황)에서 밀려난 여성임을 드러낸 측면이 되고, 여성의 말하기가 억압된 상황을 드러낸 측면이 된다. 때문에 시인이 '말 줄이기'하는 것은 주변부로 다시 가고자 하는 것과 동궤에 놓인다. 말하는 여성으로서, 말하는 주체로서 욕구를 채우기 위해 요구가 이루어지는 바로 그 지점-맘대로 퍼지고 멋대로 자라야 할 것을 말하는 것-으로 향한, 말하는 여성으로서의 욕동은 끊임없이 일어나기 때문에 멋대로 자라고 맘대로 퍼지고자 하는 그 욕구는 잉여적 가치를 갖는 것이다. 비록 상징질서가 이러한 여성의 의식을 억압한다 해도 내부 심리에서 그 욕동은 끊임없이 옆의 것을 붙잡고 미끄러짐으로 해서 주변부에 처한 여성적 글쓰기의 한 특성을 첨예하게 드러내고 있는 것이다.

　　기차가 허리띠만한 강에 걸친 다리를 넘는다
　　여기서부터 내 땅이 아니란다
　　아이들의 세간 놀음보다 더 싱겁구나

　　황마차에 올라앉아 '아가위'나 씹자
　　카츄샤의 수건을 쓰고 달리고 싶구나
　　오늘의 공작(公爵)은 따라오질 않아 심심할 게다

　　나는 여기 말을 모르오
　　호인(胡人)의 관이 널린 벌판을 마차는 달리오
　　넓은 벌판에 놔주도 마음은 제생각을 못 놓아

　　시가도 피울 줄을 모르고
　　휘파람도 못 불고…

　　　　　　　　　　　　－〈황마차(幌馬車)〉전문

　이 시에서 중심성/주변성은 젠더 공간을 넘어서 시인이 처한
시대적 상황, 죽 일제하의 정치적, 경제적 상황과 더 맞물리게
된다.
　'다리'를 사이에 두고 '내 땅'과 이 내 땅이 '아닌' 두 공간에서
중심과 주변성은 드러난다. 내 땅이 아닌 곳의 지명이 분명하게
제시되지 않지만, '카츄샤', '호인' 등의 단어를 통해 러시아 땅이
라거나 아니면 중국의 어느 지점이라고 가늠하게 되는데, 이는
그리 중요하지 않다. 보다 중요한 것은 시인의 의식 속에서 내
땅이 아닌 그 곳은 '아이들의 세간 놀음보다 더 싱겁'다는 언술
이다. 중심부적인 그 곳을 첨예하게 비하시키고 있는 시인의 의
식을 들여다 볼 수 있기 때문이다.
　'카츄샤의 수건'을 쓰고, '시가를 피울 줄을 코르고', '휘파람도
못 부'는 '나'의 의식 속에서, 그 땅의 마차를 타고, 그 땅의 넓

150

은 벌판을 달리는 나는 말하는 주체이지만, 그 땅의 '말'을 모르기에 언어는 닫혀있는 상태이지만 '제생각'은 놓지 않고 있다. 이 때 말하는 주체는 '휘파람을 못 불고…'처럼 말을 흐린다. 시가, 휘파람, '공작' 등은 남성성을 상징하는 기표들이다. '카츄샤의 수건'은 여성성을 상징한다. 시가를 피울 줄은 모르지만, 휘파람도 불 줄 모르는 것은 아니다. 단지 휘파람을 '못' 불 뿐이다. 시인은 '못 불고…'라고 하였다. 불 줄 모르는 것은 어떠한 일을 하고자 할 때 그 방법과 행위를 모른다는 의미를 지니지만, '못'이라는 수식어가 어떠한 행위에 앞서서 붙을 때는 주체의 행위를 막는, 즉 타자가 주체를 가로막을 때 주체는 어떠한 행동을 못하게 되는 것이다. 이처럼 시인의 언술 행위, 단 하나의 단어 쓰임에 따라, 그 '말 줄이기' 하나에 따라 많은 것을 함축하게 된다. 이는 공작이 따라오지 않아 '심심할게다'라고 보충하여 말하기 함으로써 그 의미가 확연히 드러나는데 곧 말하는 주체가 주체적으로 자의식을 드러낸 상태가 된다. 이 같은 시인의 언술 행위를 통해 비록 '여기 말을 모르'는, 언어의 가로막힌 상태에서 일지라도, 그 주변부를 지워내려는(세간 놀음보다 더 싱거운 그 땅)말하는 주체의 의식은 지배담론의 중심부 그 곳으로 자발적으로 들어가는 것이 아니라 오히려 그 주변적 위치에서도 말을 멈춤으로써 더 이상 꺼내 놓지 않은 시인의 그 말 속에 이미 선재하는 것이다. 그 곳(중심부)에서도 시인은 '아가위'를 씹는다. 중심부에서도 '말 줄이기'함으로써 여전히 여성의 말-내 나라 음식(약재)-은 존재한다.

기선(汽船)이 떠나고 난 항구에는
끊어진 테이프들만 싱겁게 구을르고
아무렇지도 않았던 것처럼…
바다는 다시 침묵을 쓰고 누웠다

마녀의 불길한 예언도 없었건만
건너기 어려운 바다를 사이에 두기로 했다
마지막 말을 삼키고…
영영 떠나 보내는 마음도 실은 강하지 못했다
선조 때 이 지역은 저주를 받은 일이 있어
비극이 머리 들기 쉬운 곳이란다

검푸른 칠월의 바닷가 모래불-
늙은 소라 껍데기 속엔 이야기 하나가 더 불었다

물을 차는 제비처럼 가벼웠으면… 하나
마음의 마음은 광주리 속을 자꾸 뒤적거려
배가 나간 뒤로 부두를 떠나지 못하는 부은 맘은
바다 저편에 한여름 흰 꿈을 재우다
                              -<출범>전문

 각 연에 걸쳐 말줄임표가 3번이나 사용되고 있다.
 '아무렇지도 않았던 것처럼…'의 언술에는 화자가 앞서 말한
것, 즉 배('汽船')가 떠나고 난 텅 빈 '항구'에서 '끊어진 테이프
들만 싱겁게 구을르고' 있는 상황들과, '침묵을 쓰고 누워'있는
'바다'의 상황이 동시에 내재된다. 또한 '마지막 말을 삼키고…'
에는 '건너기 어려운 바다' 건너 쪽에 있는 상황과 '더 늘어난
늙은 소라 껍데기 속 이야기'들이 내재된다. '물을 차는 제비처
럼 가벼웠으면…'에는 '마음의 마음은 광주리 속을 자꾸 뒤적거'
릴 수밖에 없는 그 어떠한 상황이 혼재되어 진다. 이 같은 상황
은 구체적으로 어떠한지 청자는 알 수가 없다. 시적 화자의 의
식으로 형성되거나, 혹은 종결되거나, 결정적인 상황을 드러내지
않음으로써, 즉 말을 흐리기 함으로써 그 흐름이 그저 앞 뒤 말
속에 연결되게 하기 때문이다. 이 같은 양상은 타자들에게 유동
(流動)적인 변화를 갖게 한다. 이 유동적인 변화는 여성의 언술

이 비록 단정적이라거나 확신에 찬 말이 아니기에 더욱 그 의미는 아메바처럼 움직여 미끄러지게 한다. 때문에 시인이 확실한 의식을 드러내지 않고 말을 흐림으로써 억압적이거나 어떠한 상황에 대한 해결이 쉽지 않은 문제들-기선을 떠나보내고 텅빈 바다에 혼자 남겨진 상황, 부두를 떠나지 못하는 마음 상태 등-의 불안정성 등을 그대로 드러내는 효과를 지닌다. 이러한 시인의 언술 전략은 다원성을 지향하는 의식이며, 이는 여성적 글쓰기의 한 특성인 공백이나 가능성의 영역을 그대로 드러낸 측면이라고 할 수 있다. 그래서 시인의 말 없음이나 '말 줄이기'를 통해 확인되는 것은 마음속에서 소용돌이치는 감정의 절실함, 억압된 기제들, 자신의 삶을 스스로 확정지을 수 없는 혼란 등이 언표화 된다. 이것이 변화 가능성, 다양성, 자유로움 등과 관련되어 여성의 의식을 보다 다층적으로 드러내는 구실을 한다. 세세히 살펴보기로 한다.

'아무렇지도 않았던 것처럼…'은 침묵에 가까운 언술 양상으로, 더 나아가 말하는 주체가 자신의 감정을 일방적으로 제시하지 않고, 또 자신에 대한 이해를 절대적으로 상대방에게 요구하지 않는다는 측면에서 독백적인 상황도 함께 내재된다. 그것은 시적 화자가 하고자 하는 말이 더 이상 밖으로 확산되는 것이 아니라 안으로 고임 상태로서 말하는 주체의 의식마저 자신의 내면에 고인다. '마지막 말을 삼키'는 말하는 주체의 내부 심리에는 말하고 싶음이 뜨겁게 이글거리는 칠월의 태양 아래 '모래불-', 바로 그것처럼 그것들의 '이야기' 하나가 더 늘어난다. 그것이 다음 언술에 이어지는데, 이는 '바다는 다시 침묵을 쓰고 누운' 것처럼 의식이 내면에 갇혀 있기 때문이다. 이 침묵은 '마지막 말'까지 삼키게 하는 침묵이다. 바로 시인이 실제로 처한 현실과 시인이 바라는 이상 사이의 간극을 드러내 주는 측면이다. 그 간극에는 더 늘어난 '늙은 소라 껍데기 속의 이야기'가 자리하고 있다. '이야기'는 시인이 드러내고자 하는 말, 하고 싶은 말들의 총집적체가 된다. 그런데 그 말을 드러내지 못하고 망설일 때 드러난 말과 감추어진 말 사이의 간극에서 존재하는 말, 이것이 여성의 말하기의 한 특성을 부각시키는 그 지점이 된다. 그것이 늙은 소라 껍데기 속에 이야기 하나가 더 붙었다는 '시인의 말'인 것이다.

더욱, '물을 차는 제비처럼 가벼웠으면…'은 침묵보다는 망설임의 어조로서 더 강하게 작용을 한다. 기선이 떠나고 난 텅 빈 항구, '끊어진 테이프들만 싱겁게 구을르'는 바닷가, 이 지역은 '선조 때부터 마녀의 불길한 예언'과 '비극이 머리 들기 쉬운 곳'이었다. 이런 곳에서 말을 멈추고 있는 주체는 그 누군가 대상을 '영영 떠나 보내는 마음'이 '부두를 떠나지 못하는 부은 맘'과 이분화 되어 망설이면서, 첨예한 갈등을 일으킨다. '마음의 마음은 광주리 속을 자꾸 뒤척거리'기만 하는 부은 마음의 갈등은 반향없이 끊어져 버리거나 '바다 저편 한 여름 흰 꿈'으로 묻혀 버린다. 물을 차는 제비처럼 가벼워지기를 바라는 그 마음은 광주리 속을 뒤척거리는 그 마음의 갈등은 '건너기 어려운 바다' 사이에 둔 시인의 내부 심리이다. 이러한 내부 심리, 즉 한 생각이 다른 생각에 의해 번번이 차단되면서, 그래서 제비처럼 가벼워지고 싶은 마음과 부두를 떠나지 못해 부은 맘은 시인의 의식 속에 자리하지만 드러내지 못한 그 망설임의 언술을 사용함으로써 역설적이게도 화자의 목소리는 타자에게 들리는 것이다.

이처럼 말하는 주체의 말하기 양식이 때로 침묵이나 망설이는 듯한 양상을 드러내는 말 흐리기는 여성이 주체로서 말하기가 단편적으로 혹은 말로써 더 이상 표현할 수 없는 여성 언어의 특성을 보이는 것이다. 이는 여성이 남성중심의 지배 질서 속에서 주변적 존재로서 표면적인 말 없음 속에 내면의 말하기 욕망을 감추고 있는 존재들임을 여실히 드러내주는 측면이라

154

할 수 있다. 그래서 시인의 '말 줄이기'의 언술 행위는 말하는 주체의 행위보다는 다른 사람과의 관계, 즉 타인을 의식할 때, 그리고 자기 주변성을 인식할 때 언어를 멈춤으로써 오히려 언어적 상징질서를 초월한 다양한 소리들의 열린 공간으로 나아가게 된다. 이러한 소리들의 공간에서 말하는 주체가 먼저 말한 부분과 말 하지 않은 부분을 모두 함축하는 동시에 절대적인 목소리를 드러내지 않음으로써 비종결성, 비결정적인 부분과 연결된다. 그래서 상징적 언어 기호보다 훨씬 더 다양한 의미를 함축하게 된다. 다시 말해 말하는 주체에게 있어서 말 줄이기의 언술 행위는 비록 말이 밖으로 더 이상 분출되지는 않았지만, 말하는 주체의 심리적 사건에 대한 인식을 표현하는데 적합한 양상인 내적독백이나 의식의 흐름과 자연스럽게 결합되어 언어화 이전 단계의 비논리적이고 자유연상적인 생각의 흐름을 그대로 나타내 줌으로 여성적인 감수성이나 의식을 표현하는데 아주 적절한 언술 행위가 되는 것이다.

　이는 바로 노천명 시인의 여성으로 말하기의 한 특성이 된다. 때문에 언술 양상 가운에 말줄임표의 기호적 의미 작용은 바로 여성으로서 말하는 주체로서의 하나의 언술 전략이며, 이 언술 전략적 작용의 하나가 바로 말 줄이기로 이루어지는 것들이다. 이는 논리적이거나 이성적인 배열이 모두 무시된 언술 작용이다. 때문에 비록 여성의 말이 밖으로 나가지 못하고, 그래서 젠더 공간에서 여성 문인으로서 겪어야 했던 당대의 여러 제약적인 상황들에 대한 해결책을 쉽게 찾을 수 없다는 불확실함과 갈등을 드러내는데 적절한 언술 전략의 하나가 된다. 비록 말 없음, 말 줄임은 말하는 주체로서 언어가 '가로 막힘'의 상태이지만 '말 줄이기' 자체가 남성적 언어의 인식이나, 남성 지배담론의 검열이나 통제를 받지 않게 되며, 당대 여성 문인으로서 노천명이 처한 '주변성'96)을 드러내는데 효과적인 언술로 기능하는 것이다.

2. 널리 퍼짐의 언술

언어는 언어 주체의 역사적 경험이 구현되는 현장이다.97)

가부장제하에서 여성 문인들의 문화적, 사회적 상황은 소수집단98)의 문학인으로서 지배문화, 즉 남성중심의 문단에서 보이게, 혹은 보이지 않게 여성으로 말하기에 있어 많은 제안을 스스로 혹은 타자에 의해 받아 왔음을 부인하기 어렵다.

노천명 시인의 언술 특성 가운데 하나가 '말 줄이기'였음을 앞절에서 살펴보았는데, 이는 여성으로 말하기가 그만큼 밖으로 확산되지 못하고 안에서 고임의 상태에 있음을 드러내주는 요소가된다. 때문에 이 같은 언술은 여성들이 가부장적 지배 질서 안에서 또 젠더 공간에서 말하는 주체로서 '주변부'에 놓인 상태를 드러내 주는 측면이며, 이러한 억압적인 상황을 효과적으로 드러내는 바로 그 언술 행위가 바로 여성의 전략적인 언술 행위의 한측면으로 작용하고 있었음을 살펴보았다. 이처럼 노천명은 여성으로 말하기 할 때에 말하기가 밖으로 발산되기보다는 가로막혀있는 상황을 드러내는가 하면, 때론 그 가로 막힘의 물꼬를 틈으로써 존재와 세계와의 교감으로 나아가기도 한다.

---

96) 여성의 언어와 자기 진술이 지향하는 해방의 힘은 언술 행위가 억압되고 있는 그 지점에서 분출한다. 해방의 힘은 바로 억압의 위치 곧, 주변 그 자체의 공간적 속성에서 나온다.
de Certeau, 1984, The Practice of Everyday Life. 참조.
김성례, 같은 책, 127쪽에서 재인용.
97) Scott, 1992, "Experience", Feminists Theorize the Political 참조.
김성례, 같은 책, 124쪽에서 재인용.
98) 소수 집단의 문학이란 돌뢰즈와 가타리가 카프카의 작품을 해석하는 가운데 추출해 낸 개념인데, 여성도 소수집단으로서 그리고 주변인으로서 글쓰기를 할 때 언어적 요소들이 탈영토화 됨으로써 혁명적인 힘을 지니고 있다는 것이다.
돌뢰즈·가타리 지음, 『소수 집단의 문학을 위하여』, 조한경 옮김, 문학과지성사, 1992, 참조.

156

2.1 말 늘리기, 그 중심성

　본 절에서는 시인의 언술적 기법에 해당하는 또 하나의 기호
인 '풀이표'를 중심으로 고찰하고자 한다. 시인이 말하는 주체로
서 청자에게 전달하는 언술 양상을 통하여 언술 행위의 특성으
로 자리매김 되어지는 또 다른 부분을 찾아내고자 언술적 기법
에 중점을 두고 작품을 분석한다. 부언하면 그 언어적 기법의
하나인 풀이표의 기호적 의미 작용이 무엇이며, 왜 사용하는가,
그래서 시인의 의식과는 어떠한 연관성이 있는가, 더 나아가 젠
더 공간에서의 여성으로 말하기 자체의 정치성(중심부)에 대하
여 살펴봄으로써 여성적 글쓰기를 규명하는 중간 지점에 놓이
게 된다.

　말줄임표는 초기 시집에 집중적으로 드러나고 있는 반면 풀
이표는 4권의 시집 전반에 걸쳐서 사용되고 있다. 이와 같은 언
술 행위는 시인의 의식이 타인 지향적이거나 혹은 관계 지향적
이라고 할 수 있는데, 이는 말하는 주체가 말을 하고서 다시 그
말에 대한 보충, 즉 한 단어(어절과 어절 사이)가 갖는 의미에
발화자 스스로 다시 의미를 생성해냄으로써 시인의 의식은 청
자나 미래를 향해서 열려있는 상태가 된다. 이 상태는 말하는
주체가 계속해서-풀이표를 연달아 사용하는 경우-말 늘리기를
함으로써, 즉 전달하고자 하는 의미를 공백으로 남겨두지 않음
으로써 청자(타자)와의 경계가 모호한 상태를 벗어나 밀접한 관
계를 이루게 된다. 바로 이것이 노천명 시인의 언술 특성의 또
한 부분을 차지하고 있다고 할 수 있다. 이때 시인의 말 늘리기
는 여성으로 말하기의 유동성과 개방성을 드러내주는 측면이며,
이것이 여성적 삶과 연결되면 불변적이며 확신에 찬 남성적 인
식에 대응하는, 그래서 중심성에 도전하는 언술 전략의 하나로
서 기능하게 된다.

앞 절에서 살펴보았던 말 줄이기는 언어가 밖으로 발산되지 못하고 고임의 형태를 띰으로써 일련의 언어 현상들은 시인이 여성으로서 곧 여성으로 말하기에 있어 말하는 주체의 주변성을 드러내는 한 측면이었다면, 이러한 주변성을 거두어내는 일환으로 볼 수 있는 것이 풀이표가 지니고 있는 기호적 의미 작용이라고 할 수 있다. 이 풀이표의 다양한 의미 작용은 주변성을 극복하고 더 나아가 여성의 말하기가 젠더 공간과 연관되어 언술 행위의 '중심성'을 드러내는데 포괄적으로 작용하고 있음을 시텍스트를 분석함으로써 확인하게 된다.

먼저 풀이표가 사용된 시 구절을 정리한 후에 세밀한 분석을 하기로 한다. 풀이표의 사용은 크게 셋으로 구분하여 정리가 된다. 그 하나는 한 문장이나 한 어절과 어절에서 연달아 풀이표를 사용하는 경우와, 단 한 번만 사용한 경우, 그리고 마지막 구절의 마지막 단어에 풀이표를 사용한 경우가 그것이다.

늠실거리는 파도 - 바다의 호흡 - 흰 물새 - <바다에의 향수>
길바닥엔 장미꽃이 피었다 - 사라졌다 - 다시 핀다 <돌아오는 길>
믿음과 - 소망 - 사랑과 - 행복을 <네 잎 클로버>
그 깨끗함을 - 그 향기를 - 겨누나니 <밤의 찬미>
점퍼- 노타이- 루바슈카의 청년- <호외>
물방아 소리 - 들은 지 오래 - <저녁 별>
팔을 자르다니 - 다리를 둘 다 자르다니 - <상이 군인>
삼일의 정신 - 민족의 맥박 - <삼월의 노래>
내 청춘의 배는 - 내 청춘의 배는 - <내 청춘의 배는>
바다로 - 바다로 - 나는 바다로 가리 <약속된 날이 있거니>
거리 - 거리에 - <약속된 날이 있거니>
앞으로 - 앞으로 - <약속된 날이 있거니>
펀 - 한 길에 걸음이 안 걸려 <돌아오는 길>
저 라일락 아래로 - 라일락 아래로 <사월의 노래>
녹음 - 소망의 정령인 그가

던졌으니 그만일 것이 - 왜 마음은 서운하오...... <네 잎 클로버>

눈물을 삼키고 떠나던 밤 - 그 밤의 광경이 <박쥐>

모래알만한 불의에도 화차(火車)처럼 달린다- 부순다 <맥진

그러나 '내일'을 위해 또 말을 몬다- 달린다 <맥진>

자 - 잔들을 높이 드시오 <첫눈>

초록물이 똑뚝 듣는 나무들이 그늘진 곳에 활나물 대나물

미일대를 보며 - 나는 배암이 무서워 칡순을 따 머리에 꽂

던 일이며 파아란 가랑잎에 무릇을 받아먹던 일이며

<하일산중(夏日山中)>

그까짓 것이 다 - 무엇입니까 <별을 처다보며>

너는 내 그림자 - 나를 따랐구나 <검정 나비>

오- 나의 마지막 날은 언제나 <검정 나비>

옛 것은 나가라- 종을 울려라 <송년부>

아이 어른은 대답 대신 와 - 울음이 터져버렸다 <이산(離散)>

휘 - 하니 묘지처럼 적적하구나 <산사의 밤>

오늘도 내 마음을 차지하다 - <바다에의 향수>

진주처럼 빛나는 오후 - <교정>

보랏빛 포도알처럼 떫은 풍경 - <슬픈 그림>

네온 사인이 밤을 음모(陰謀)하고 - <낯선 거리>

가라는 이가 없어서 섧단다 - <낯선 거리>

수국꽃이 향기롭던 저녁 - <옥촉서>

함부로 친할 수도 없는 것 - <고독>

맑고도 고요한 아침 - <가을날>

이 바다 물결에 내 노래 띄워 - <포구의 밤>

무엇을 향해선가 - <동경>

따서 옷가슴에 꽂았소 - <네 잎 클로버>

박쥐의 날개를 얼리는 밤 - <박쥐>

젊은이가 떠난 뒤 이런 밤이 세 번째 - <박쥐>

몸 둔 곳 알려서는 드을 좋아 - <귀뚜라미>

그 길이 험하다 사양했으리 - <말 않고 그저 가려오>

내 다리 떨렸음은 - <말 않고 그저 가려오>

이런 델 거닐면 떠오르는 그날들 - <여인>

모퉁이 약국집 새장의 라빈도 우는데 - <만가>

하늘엔 흰구름이 흘러 흘러가고 - <성지(城址)>

들국(菊)이 핀 언덕 - <성지>

동(東)으로 낮 차가 달리는 곳 - <성지>

슬픈 얘기는 이제그만 하자 - <야제조(夜啼鳥)>

검푸른 칠월의 바닷가 모래불 - <출범>

거기 - <길>

목화꽃이 고운 내 고향으로 - <망향>

그 자그마한 키를 하고 - <작별>

활나물 홑잎나물 젓갈나물 참나물을 찾던- <푸른 오월>

맘속 붉은 장미를 우지직끈 꺾어 보내놓고 - <장미>

기와들이 유난히 빛나고 - <새날>

봄이 나른히 기고 - <촌경(村景)>

결발(結髮)을 익히는 대신 - <여인부(女人賦)>

춘향 "야야 그것이 뭔 소리라냐 - <춘향>

그리하여 형제들은 다행(多幸)하고 - <창변(窓邊)>

고운 정경을 한참 마시다 - <창변>

지금도 생각하면 눈이 뜨거워 - <동기(同氣)>

그곳은 늘상 마음에 그리운 곳 - <동기(同氣)>

빨간 고추가 타는 듯 널린 지붕이 - <아무도 모르게>

쨍이를 잡는 아이들의 모습이 - <아무도 모르게>

'설' 상은 차리는 다경(多慶)한 집 뜰 안에도 - <새해 맞이>

걸인들의 남루 위에도 - <새해 맞이>

발라 먹던 산골 얘기를 생각해낸다 - <하일산중>

'숙(淑)'은 산나물 꺾는 게 좋고 난 '송충'이가 무섭고 -

<하일산중>

뛰어넘어 들던 날 - <무명 전사의 무덤 앞에 - 유엔 묘지에서>

아름다운 농원에서 일하던 이들 - <무명 전사의 무덤 앞에>

첨탑이 높이 선 대학의 청년들이 - <무명 전사의 무덤 앞에>

그대 황홀히 나를 맞아주겠거니 - <희망>

귀신이 뿔을 돋혔기에 - <아름다운 얘기를 하자>

내 가슴을 펼 수 있는 네 가슴이었기에 - <어떤 친구에게>

겁먹은 눈을 뜬 채 또 쓰러져버렸는지 - <산염불(山念佛)>

검은 망토 자락 같은 날들 - <송년부(送年賦)>

오늘은 북으로 북으로 - <북으로 북으로>

우리의 원수를 찾아서 - <북으로 북으로>

북으로 다시 북으로 - <북으로 북으로>

어느 문서에 있는 죄목이기에 - <조국은 피를 흘린다>

두 눈을 없이 한다 - <상이 군인>

이렇듯 몸둘 곳이 없어졌다 - <이산>

마음은 언제나 푸른 하늘을 - <마음은 푸른 하늘을>

대한의 푸른 하늘을 - <마음은 푸른 하늘을>

후유 - <지옥>

머리에 떠오르는 친한 얼굴들- <면회>

고도에라도 좋으니 차라리 머언 곳으로- <고별>

거기 자유가 닫히지 않는 곳이라면 - <고별>

사랑하던 이들 - <장미는 꺾이다>

아끼던 것들 - <장미는 꺾이다>

저마다 내가 죄인이노라 무릎 꿇을 - <아름다운 새벽을>

저마다 참회의 눈물 뺨을 적실 - <아름다운 새벽을>

곱기만 한데 - <유월의 언덕>

자는 듯 조용한 밤 하늘인 것을 - <낙엽>

눈을 뜨고 - <독백>

1945년 8월 15일 - <불덩어리 되어>

척을 진 친구와도 입을 맞추던 그날 - <불덩어리 되어>

산에 메아리만 하는 이름 - <오월의 노래>

첫날 색시의 가마처럼 - <슬픈 축전>

괜히 가슴 철썩 내려앉는 것 - <어머니>

푸른 노리개들 - <권두시 2>

장미 모양 - <당신을 위해>

스스로 에누리없이 뉘우쳤거니 - <8.15는 또 오는데>

당신의 고초스러운 생 - <성탄>

하늘은 도무지 넓기만 한데 - <유월의 목가>

원수도 아니요 이방(異邦) 사람 더구나 아닌 -

<약속된 날이 있거니>

밤이 피는 게 서러워서 - <정(靜)의 소식>
잠은 멀고 달은 밝고 - <산사의 밤>
못생긴 것 - <가난한 사람들>
못생긴 것 - <가난한 사람들>
두 소녀가 있는 내 집 안방이 이렇게도 그리울 수야- <흰 오후>
말없이 옆에서 부축해주는 이 - <흰 오후>

이처럼 노천명은 시 곳곳에 풀이표를 사용하는데, 읽는 이에 따라서는 혹 습관처럼 보이기도 한다. 습관이든 아니든 이러한 풀이표는 시인의 언술 행위의 한 특성이므로 시인의 의식 속에서 어떠한 의미를 지니고 있는가 파악할 필요가 있다.

여성이 말을 하고자 할 때 말을 하고 그것도 모자라 그 말에 대하여 더 보충하는 말, 말을 계속해서 쏟아 내는 것, 마치 수다 떨기처럼 계속해서 말을 하는 것, 이는 여성의 억압된 욕망, 말하고 싶은 욕구로서 또 하나의 분출이라고 할 수 있다. 그러므로 풀이표의 기호적 의미 작용은 자신의 내부에 가로막혀 있던 말하는 주체의 억압적인 상황을 벗어나게 한다. 이는 침묵이나 망설임, 그리고 독백적인 언어 양식을 벗어나 타인과의 소통을 지향한다. 더 나아가 언술적 기법이 지니는 의미는 말하는 주체가 하고자 하는 말, 전달하고자 하는 말을 세세하게 스스로 풀이해 줌으로써 청자로 하여금 말하는 주체의 '말' 속으로 끌려 들어가게 한다. 이것은 말하기 자체가 역동성과 내면성을 확보함으로써 말하는 주체의 목소리가 타자들에게 전달 가능성을 확보한다. 때문에 시인이 스스로 던진 말에 대하여 또 한 번 덧붙여 말함으로써 곧 타자와 직접 연결되기도 하고, 이야기 하고 싶은 욕구를 스스로 풀어내게도 한다. 이때 말하는 주체가 청자에게 직접 말을 전달해 줌으로써 청자와의 관계가 더 친밀하거나 적극적인 관계를 형성해 주는, 정치성을 지니게도 되는데, 이는 말하는 주체의 자기 체험을 상대와 공유하려는 의지를 적극적으로 드러내기 위한 언술 행위의 한 전략으로 작용한다.

때문에 풀이표는 글(시)을 쓰면서 말을 하고 싶은 것들을 담아내는 기호적 작용으로서 노천명 시인의 언술 전략의 하나로 볼 수 있으며, 이러한 전략적 언술은 거침없이 흘러넘치는 여성의 말하기의 한 특성으로 매김 된다. 곧 글을 쓰면서 말하고 싶은 욕구를 계속해서 풀이하는 언술 행위는 여성의 말이 '널리 퍼짐'의 상태가 된다. 그럼으로써 말하는 주체의 언어적 욕망이 타자들과 나눔의 관계를 지향하게 되고, 더 나아가 의식마저 동일시하게 한다. 이 같은 상황은 '말'하는 주체가 주체적으로 '말'을 풀이함으로써 확보되는 것들이다.

> -중략-
> 거리의 플라타너스도 눈물겨운 밤
> 일부러 육조(六曹) 앞 먼 길로 돌았다
>
> 길바닥엔 장미꽃이 피었다- 사라졌다- 다시 핀다
> 해저의 소리를 누가 들은 적이 있다더냐
>   - <돌아오는 길>일부
>
> 삶의 즐거움이여! 삶의 괴로움이여!
> -중략-
>
> 미움과 시기의 낚시눈도 감기고
> 원수와 사랑이 한 가지 코를 고나니
> 밤은 거룩하여라 이 더러운 땅에서도
> 이 밤만은 별 반짝이는 저 하늘과
> 그 깨끗함을 - 그 향기를 - 겨누나니
>
> -중략-

밤이여 네 거룩한 베개를 빼지 말고
고요히 고요히 잠들어버려라

-<밤의 찬미>일부

위의 시들에서 '장미'와 '밤'은 시인의 의식 속에서 만나는 대
상이고 또 현장이 된다. 말하는 주체, 즉 시적 화자가 두 기표의
의미를 능동적으로 통제하고, 혹은 드러내어 결정하기 때문이다.
이것이 시인의 '말 늘리기'의 한 특성이다.

시인의 의식 속에서 '장미'는 '해저의 소리'를 관통하는 주요
기표가 된다. '기차 소리', '당나귀 울음', '길바닥', '육조 앞   먼
길' 등과 결합되면서 그 특성을 구체화 한다. 장미의 언어, 밤의
언어로 제시되는 것들은 곧 화자의 언어이며, 화자의 목소리이
며, 화자의 의식 세계인 것이다.

'먼 길'로 돌아가는, 혹은 돌아오는 그 길에는 장미가 있다.
'길바닥'에 있는 장미다. 길바닥에서 '장미꽃이 피었다- 사라졌
다- 다시 피'는 장미의 모양새. 길바닥은 잘 닦여진 정원도 아
니요 청정한 세계는 더욱 아니다. 또한 '육조'가 있는 공간도 아
니다. 여기서 육조는 남성중심의 지배담론이 형성되는 상징적인
공간으로서 작용한다. 여성을 억압하는 젠더 공간을 형성하는
또 하나의 기표로서 권력과 지위를 행사하는 힘을 지닌, 곧 남
성 중심적 이데올로기를 재생산하는 구체적이고 현실적인 장소
이다. 이는 시인이 처한 시대적 상황 속에서 여성이 '육조'에서
일을 할 수 있다거나 주체적으로 어떠한 역할을 담당할 수 있
는 공간이 아닌, 그래서 여성에겐 가부장적 냄새가 가득 고인
남성중심의 상징적 질서이기도 하다. 이러한 공간은 말하는 주
체에게 있어 그 주체가 공간을 차지하였을 때는 긍정적으로 작
용하게 되지만, 주변부에 놓인 말하는 주체로서는 개인적이고
사회적인 상처와 억압을 겪기에 부정항일 수밖에 없다. 이를 벗
어나고자 시인은 '일부러 육조 앞'을 '가로' 지른다. 피하지 않고

당당하게 가로지르는 행위다. 행위는 곧 시인의 언술이다. 이때 시인의 '길바닥'은 상징질서를 벗어난 여성만의 공간으로 자리한다. '일부러 육조 앞 먼 길을 돌아' 나왔기 때문이다. 돌아 나온 뒤에 곧바로 만나고 보이는 것은 길바닥의 '장미꽃'이다. 꽃이 핀 장미에 의해 시적 화자의 언어는 생명력을 얻었다가 잃었다가 다시 얻기를 반복한다. 피었다- 사라졌다- 다시 피는 장미의 생명력은 시인의 언술적 기법인 '말 늘리기'(풀이표)가 현장성, 변혁성을 지님으로써 변경에 위치한 여성적 말하기, 타자로서의 여성의 말하기를 전복시키는 의미를 지닌다.

이러한 말 늘리기의 언술 속에서 장미는 결코 죽지 않는, 그래서 장미의 생명력의 울림은 '해저의 소리'로 퍼진다. 해저는 육조라는 남성적 상징질서 또는 남성적 언어(소리)가 판을 치는 공간이 아니다. 해저는 비현실적 공간이며, 초현실적 공간이기도 하다. 하지만 살아 숨쉬는 자연적 공간으로서 자연이며, 자연의 생명체와 인간이 교류하는 공간이기도 하다. 그 공간의 소리는 기호계적 소리이다. 이 해저의 소리는 장미가 폈다- 사라졌다- 다시 피는 소리를 듣는 시적 화자의 언술 속에 배어든다. 그 소리는 곧 시인의 목소리이며, 시인의 언술로 드러나는 명징한 소리로 변환된다. 그 소리에는 '삶의 즐거움'과 '삶의 괴로움'이 교차되는, 또 '미움과 시기'가, '원수와 사랑'이 함께 어우러지는 '밤'의 세계가 담겨지며, 이 밤은 '거룩한 밤'으로 '깨끗함을- 그 향기를 - 겨누'는 시인의 말 늘리기 속에서 다시 한 번 그 의미들을 배태하기 때문이다. '밤의 향기'는 미움과 시기의 낙시눈도 감기우게 하고, '원수'와도 '사랑'을 나눌 수 있게 하고 더 나아가 이 '더러운 땅'에서 유독 이 밤, 거룩한 밤만은 '깨끗한', '향기'를 지닌 그 밤의 향기는 곧 다시 피어난 장미의 향과 동일시된다.

이때 육조를 피해 먼 길을 돌아 온 시적 화자가 길바닥에 핀 장미에게서 해저의 소리를 듣는, 그 화자는 거룩하고 깨끗한 밤

의 향기 속으로 들어가 '고요히 고요히 잠들어 버려라'고 명령을
한다. '해저의 소리를 들은 적이 있느냐'고 따지는 듯한 언술과
함께 이러한 언술 행위는 모두 자기 스스로에게 내리는 자족적
인 언술이 아니라 타자에게 향한, 그래서 말하는 주체의 언어가
세계로 널리 퍼져 나가는 양상이 내재된다. 이러한 언술 행위는
타자들의 언술 행위를 꼼짝 못하게 하거나 혹은 뒤흔들어 놓는,
그래서 말하는 주체로서 주변성에 도전하게 되고, 스스로 드러
내고 표현함으로써 시인은 말하는 주체로서 언술 행위에 권위
를 갖음과 동시에 지배적 담론인 중심부를 전복시키는 힘을 지
니게 되는 것이다.

　　　은빛 장옥을 길게 끌어
　　　왼 마을을 희게 덮으며
　　　나의 신부가
　　　이 아침에 왔습니다

　　-중략-

　　　자- 잔들을 높이 드시오
　　　빨간 포도주를
　　　내가 철철 넘게 치겠소

　　　이 좋은 아침
　　　우리들은 다 같이 아름다운 생각을 합시다
　　　　　　　　　　　　　　　　　-<첫눈>일부

　위 시에서 말하는 주체는 곧 행위자의 주체가 되고 더 나아
가 담론의 중심부에 놓인다. 그 까닭을 분석해 본다.
　'왔습니다', '자- 잔들을 높이 드시오', 철철 넘게 치겠소', '아
름다운 생각을 합시다'는 모두 '내가' 주체가 되어 경험하고 느

끼고, 말하고 행동하는 언술들이다. 곧 시인이 '말'하는 주체로서 자율성을 드러내어 청자들에게는 말하는 주체의 그 말을 청취하게 하고, 또 그 말 속으로 들어가게 한다. 이러한 시인의 언술은 여성으로 말하기 담론을 새롭게 형성한다. 다시 말해 권위적이고 전지전능적한 듯하며, 논리적이고 일직선적인 남성의 언어적 특성을 전복시키는 역할을 한다. 이는 여성의 말하기가 넘쳐흐르는 상태를 띠기 때문이다. 이것이 언술 공간의 확보를 위한 일련의 정치적 과정으로 자리하게 된다.

> 구름장을 찢고 화살처럼 번지는
> 새 날빛의 눈부심이여
>
> '설' 상을 차리는 다경(多慶)한 집 뜰 안에도-
> 나무판자에 불을 지르고 둘러앉은
> 걸인들의 남루 위에도-
> 자비로운 빛이여
>
> 새해 늬는
> 숱한 기막힌 역사를 삼켰고
> 위대한 역사를 복중(腹中)에 뱄다
>
> 이제
> 우리 늬게
> 푸른 희망을 건다
> 아름다운 꿈을 건다
>
> -<새해 맞이>전문

'구름장을 찢고 화살처럼 퍼지는/ 새 날빛의 눈부심'은 '설' 상을 차리는 '다경한 집 뜰 안에' 그리고 '걸인들의 남루 위에' 모두 한결같은 '자비로운 빛'이다. 이 빛은 '숱한 기막힌 역사를 삼

킨', '위대한 역사를 복중에 밴' '늬'의 빛으로 자리한다. 새해 복
중에 밴, 그 배에는 숱한 기막힌 역사를 삼키고 위대한 역사가
배어 있다. 이때 '우리'는 '푸른 희망을 걸'고, '아름다운 꿈을 거'
는 우리가 된다.

'설 상을 차리는 다경한 집 뜰 안'으로 향하는 시적 화자의 시
선, 의식은 섬세하다. 관조적인, 그래서 마치 방관자적 자세로
대상을 바라보는 것이 아니라 '나무 판자에 불을 지르고 둘러앉
은 걸인들의 남루'까지도 읽어내는 의식은 시인의 세밀한 내면
의 시선이다. 이것이 진실이든 아니든, 또 양심이든 비양심적이
든 그 내면의 시선, 곧 의식은 기막힌 역사를 삼켜버린, 그래서
위대한 역사를 복중에 배었다고 말하는 시적 화자의 의식인 것
이다. 더 나아가 집 뜰 안에서의 여성의 말하기가 거리의 걸인
에게까지 밖으로 향하고 있는 여성의 말하기가 '자비로운 빛'이
되고, 푸른 희망을 걸고 아름다운 꿈을 거는 인지적 주체가 된
다. 이러한 인지적 주체의 내부 심리는 막힘이 없으며, 말하기
또한 자비로운 빛처럼 널리 퍼져 <새해 맞이>하는 바로 그 날,
화살처럼 퍼져 나가 '새 날빛'의 공간을 형성한다. 그 공간이 여
성의 언어와 육체가 분리되지 않는 공간인 '복중'인 것이다. 그
런데 그 숱한 기막힌 역사를 삼킨 복(정신과 육체)- '자신없는
훈장이 내게 채워졌다/ 나는 무엇을 위해 이 고초를 받는 것이
냐/ 누가 알아주는 투사냐/ 붉은 군대의 총부리를 받아 대한 민
국의 총부리를 받아/ 새빨가니 뒤집어쓰고/ 감옥에까지 들어왔
다.'(<누가 알아주는 투사냐>) '어제 나에게 찬사의 꽃다발을 던
지고/ 우레 같은 박수를 보내주던 인사들/ 오늘은 멸시의 눈초
리로 혹은 무심히/ 내 앞을 지나쳐버린다/ 청춘을 바친 이 땅/
오늘 내 머리에는 용수가 씌워졌다.'(<고별>)-, 즉 시인의 말하
기는 어떻게 진행되고 있는가를 다음의 시를 통해 좀 더 구체
적으로 살펴보도록 한다.

168

　노천명은 세 번째 시집인 『별을 쳐다보며』를 출간하면서 다음과 같은 말을 하였다.

　　6.25 사변은 실로 내게서 여러 가지를 앗아가 버렸다. 수십년을 닦아는 여러 가지들을- 말할 나위도 없는 것이 내 청춘까지를 앗아가 버렸음에라-
　　그러면서도 빼앗기지 않은 것이 있느니 바로 문학 그것이다. 내게 남아 있는 오직 하나의 행(幸)이 아니랄 수 없다.
　　그 담장이 높은 집 속에서 나는 몇 번인지 '여기서 나가는 날엔 문학이고 무엇이고 다 집어 던져버리겠다'고 마음을 먹었던 것이 막상 나와 놓고 보니 문학에의 정열은 불사조 모양 잿더미 속에서 퍼덕거리며 일어나 다시 내게 안겨졌다.
　　잘하나 못하나 행이든 불행이든 나는 문학과 더불어 걸어가기로 했다.99)

　이와 같은 시인의 말하기를 통해 우리는 시인이 처한 당대의 시대적 상황, 즉 정치적, 사회적, 문화적 상황을 어느 정도 가늠할 수가 있다. 6.25 사변은 일제하의 그 식민지 상황과는 또 다르게 시인에게 있어 통증을 겪게 한 대혼란이었음을 부인하기란 쉽지가 않다. 그것이 시인의 행동(부역활동을 했다는 이유로 감옥살이를 한)이 진실이든 아니든, 또는 타당한 이유가 있든 없든, 본고는 한 작가와 작품을 역사주의적 관점이나, 또는 문학 사회학적인 측면에서 연구하고자 하는 것이 아니기에 시텍스트에서 발화되고 있는 언술 양상의 특징만을 통해서 시인의 말하기와 관련된 측면만을 살펴보는 것으로 제한을 둔다.

　　나무가 항시 하늘로 향하듯이
　　발은 땅을 딛고도 우리

---

99) 『노천명 전집 1』, 112쪽.

별을 쳐다보며 걸어갑시다

친구보다
좀더 높은 자리에 있어본댔자
명예가 남보다 뛰어나본댔자
또 미운 놈을 혼내주어본다는 일
그까짓 것이 다 - 무엇입니까

술 한잔만도 못한
대수롭잖은 일들입니다
발은 땅을 딛고도 우리
별을 쳐다보며 걸어갑시다

-<별을 쳐다보며>전문

시인의 말하기는 참으로 담대하다 못해 '별을 쳐다보며 걸어가'
는 당당한 자의식을 드러냄으로써 널리 퍼진다. 이는 '그까짓 것이
다 - 무엇입니까'라는 언술 속에 모든 것을 담아내기 때문이다.

노천명이 처한 시대성은 여성으로 뿐만 아니라 한국인이라면
모두가 힘든 상황이었음을 부인하기란 쉬운 일이 아니다. 6.25
사변은 여성 문인으로서 '감옥 생활'을 하게 하는 동인- 이것이
'부역 행위'라는 죄명으로 인한 것이든 또 정치적인 어떤 또 다
른 의미가 부여되든-이 되는데, 이 '감옥'이라는 공간은 자유로
운 언술 행위가 억압되는 부자유한 공간이 된다. 이러한 공간이
역설적이게도 시인의 언어와 의식이 지향하는 또 하나의 '힘'을
발휘하는 공간으로 작용을 한다. 여성의 언술의 힘은 바로 언술
행위가 억압되고 있는 바로 그 지점에서 분출하고 있다는 것을
확인시키고 있는 측면이 된다. 다시 말해 언술의 힘은 말하는
주체의 억압적 위치, 곧 주변성 그 자체에서 나온다는 것을 부
각시킨 셈이다.

시적 자아는 '좀더 높은 자리에 있는' 자들로부터, 또 '명예가

뛰어난' 자들, 즉 중심부를 이루는 자들로부터는 거리가 먼, 그래
서 주변적 위치에 놓여 있다. 이때 시인은 '그까짓 것 다- 무엇입
니까'라고 말을 늘리기 한다. 그까짓 것, 별거 아닌 그까짓 것에
서 그치지 않고 말을 더 늘린다. 그까짓 것 '다', 바로 '전부' 다
소용이 없다. 결국 '혼내' 줄 가치조차 없는 '일'이고, 그 무엇도
아닌 존재라는 것이다. 이처럼 시인은 말하는 주체로서 스스로
'말 늘리기'를 통해 보이지 않고 드러나지 않는 그 권위와 권력
등의 기제들, 즉 중심부를 다 거두어낸다. 비록 명예, 권력 등 높
은 자리에 놓이지 못하는 주변부적 존재이기도 하지만 말하는 주
체에게 있어서는 그들은 '술 한잔만도' 못한 존재들로 폄하되고
있는 것이다. 이러한 존재들을 거두어내고, 시인은 가치가 없는
중심부적 위치-명예, 높은 자리 등-를 벗어나 '발을 땅에 딛고 별
을 처다보며 걸어가'는 주체가 된다. 곧 시인의 의식은 여성으로
서의 주체적인 말하기를 통해 자아 정체성을 형성해 나가는 과정
의 일부분을 드러내주는 한 측면이라고 할 수 있다.

2.2 존재 확인과 세계로 나아감

여성의 말하기와 글쓰기는 새로운 언술 공간의 확보를 위한
일련의 정치적 과정이다. 역사적으로 사회, 경제, 문화적 현장에
서 주변적인 위치에 있어온 여성작가들은 말하기 하는 과정에
서 형성되는 현장성을 가진다. 더 나아가 고정 불변의 자리가
사회적으로 정해져 있지 않기 때문에 여성의 주체성은 상상된
자아의 영역에서 생산된다. 그래서 주어진 여성의 영역 변두리
에 서서 상상하는 세계는 시공간과 역사적 차이를 초월하여 변
혁의 시발점이 될 수 있는 가능성을 가진다는 것이다.100)
정체성(identity)이란 말은 용어면에서 더 모호한 쌍둥이적 개

---

100) 김성례, 같은 책, 126-127쪽 .

넘인 자아(self)라는 말과 더 유사한 의미로 함께 쓰이면서 당대
문화 및 문학비평의 중심 개념 역할을 했으나 뜻이 명백치 않은
진부한 표현이 되어 버렸다. 역설적이게도 동질성과 변별성의 의
미를 모두 담고 있는데, 그 말이 여성들에게 적용되었을 때는 그
모순의 의미가 더욱 증식된다. 그래서 독특하고 전체적이며 일관
된 느낌을 갖는 정체성은 사회적 관계들을 통해서 형성되고 또
명시되어 개인적 성격의 핵심적 형태와 그 형태에 대한 개인의
의식, 그 둘 다 포괄하게 된다. 그리그 본래 타고난 조건, 고유의
본능적 욕구들, 또는 특혜받은 능력, 의미있는 동일시, 효과적인
방어, 성공적인 승화, 일관성 있는 역할들을 모두 통합한다. 이
때 여성과 남성의 인격 구조(personality structure) 차이에 대한
통찰을 확장시킴으로써 여성의 경험이 남성적 모델과는 다르다
는 측면에서 여성 정체성은 '하나의 과정'이 된다. 여성 저작물의
다양한 특징들 특히 창조 영역의 관습성이나 상투적인 인물묘사
에 대한 도전적 태도를 조명하는 것이다. 또 여성 정체성의 형성
은 모녀의 관계성의 탁월함 때문에 이 유대감에 의존하여 '여주
인공은 작가의 딸'이라는 은유를 설정하게 된다. 그래서 여성작가
들의 어머니 은유는 여성 독자와의 유추적 관계가 있어 문학에
대한 여성들의 '사적(私的)' 친밀감을 새로운 관점에서 재조명해
야 한다는 것이다.101)때문에 여성 정체성은 자아, 즉 존재 확인의
하나의 과정으로서 여성들이 지니는 유동적이고 탄력적인 측면
들을 강조하게 된다.102)

---

101) 쥬디스 키건 가디너, 「여성의 정체성과 여성의 글」, 『페미니즘과
     문학』, 김열규외 공역, 218쪽, 220-221쪽.
102) "여성 저작물들, 특히 자서전, 일기, 편지 등 같은 것은 남성들에
     비해 덜 線型的이고, 덜 통일적이며, 덜 연대기적인 성격을 덜 지
     니고 있다. 자아와 타자 사이의 교차가 끊임없이 교차되기 때문에
     여성 저작물들은 公과 私가 희미해지기도 하고, 완성된 틀을 거부
     하기도 한다."고 여성들의 삶에 대해 새로운 면을 기술하고 있는
     도리스 랫싱의 「어머니와 見者(Mother & Seer)」에 응답하는 글

172

맘속 붉은 장미를 우지직근 꺾어 보내놓고-
그날부터 내 안에선 번뇌가 자라다

늬 수정같은 맘에
나
한 점 티 되어 무겁게 자리하면 어찌하랴

차라리 얼음같이 얼어버리련다
하늘 보며 나무 모양 서버리련다
아니
낙엽처럼 섭게 날아가버리련다

-<장미>전문

이 시와 더불어 다음의 시들에서는 청자로 하여금 시적 화자
가 욕망하는 내면의 진정한 목소리를 들을 수 있게 한다. 그 내
면의 소리는 시적 자아의 의식이고 곧 여성으로서 말하기이며,
이는 존재 확인으로 나아가는, 그래서 자아 정체성을 찾는 과정
이 되기도 한다.

'붉은 장미'는 말하는 주체의 존재 확인을 위해 제시되는 일련
의 구체물로서 시적 자아와 동궤에 놓이는 기표가 된다. 화자는
'맘속' 붉은 장미를 꺾어버렸다. 이때 '꺾'는 행위는 대상에 대한
해체나 소멸시키고자 하는 행위이다. 더 거칠게 표현하자면 이
는 자해 행위나 다름없다. 화자가 자신의 '맘 속'에 있는 붉은
장미를 스스로 꺾어버리기 때문이다. 때문에 '꺾어 보내 놓'은
상태는 자아를 버린 상태나 다름없게 된다. 자아를 버리고자 하

에서 마가렛 드래블은 "우리들 대부분은 마음 속으로 '이 글은 내
삶에 대하여 무엇을 말해 주는가?'와 같은 질문을 던지며 책을 읽
는다"라고 지적하고 있다.
Margaret Drabble, 『Saturday Review』, 21, May 1976, pp. 54-56.
쥬디스 키건 가디너, 같은 책, 229쪽에서 재인용.

는 행위는 지금 여기에서 벗어나기를 갈망했을 때 현실태적인
것들을 변형시키거나, 초월하기 위한 자의식에서 비롯된다. 그것
은 시적 화자 앞에 놓인 '늬 수정같은 맘'에 '한 점 티 되기' 싫
은 '나'라는 자의식이다. 나는 나를 버림으로써 즉 자아의 상실
과 아픔을 통해서 새롭게 나는 획득된다. 곧 순환론의 의미를
지닌다. 그래서 시적 화자의 의식의 전환을 이루기 위한 이러한
과정들은 통과의례 같은 일종의 제의가 된다. 이 같은 모든 과
정은 화자 스스로 말하기를 통해 이루어내고 있으므로 존재 확
인이 되는 것이다. 시적 자아의 의식이 새롭게 자라기 시작한
것은 말하는 주체의 언어의 일차적 의미처럼 '늬 수정 같은 맘
에 한 점 티 되어 자리하'는 바로 그 지점이며, 벗어나고자 하는
자의식에서 시작되어 그 지점을 벗어날 수 있는 것은 '얼음처럼
얼어버리'거나 '나무 모양' 그 자리에 정지해 있거나 아예 '날아
가 버리'면 이루어질 일들이다. 여기까지는 시인의 언어의 일차
적 의미만 부각시킨 부분인데, 구체적으로 말하기 속에 내재된
것들이 어떠한지 파악해 보아야 한다. 그럼으로 해서 시적 자아
의 존재 확인과 더 나아가 세계로 그 의식이 어떻게 확산되는
가를 확인하게 된다.

　여기서 주목되는 것은 시인이 처음부터 '말 늘리기' 함으로써
자의식을 한층 더 명확하게 부각시키게 된다는 점이다. 시적 화
자는 '맘속 붉은 장미를 우지직근 꺾어 보내놓고-'처럼 말을 더
늘리고 있다. '그 날'부터 '내 안에' '번뇌'가 '자라'기 시작했음을
자세히 풀이해줌으로써 청자들에게는 시인의 의식 전환 과정을
분명하게 들여다보게 한다. 내 안에 번뇌가 자라고 있다는 것은
내부에서 일어나는 자신과의 갈등이다. 이 갈등을 벗어나기 위
해서는 '나'를 둘러싸고 있는 바로 그 물리적이고 가시적인 것
들, 즉 '한 점 티 되어 자리하'는 것은 곧 왜곡된, 추한 자아나
다름없기에 벗어버려야 한다. 벗어 버림은 주체의 소멸로 이는

'낙엽'처럼 사라짐이며, '날아가 버'림으로 주체는 다시 회복된다. 때문에 여기, 지금, 이 공간에서 날아가 버림의 상징은 화자 자신의 육체와 정신의 근원으로 되돌아가고자 하는, 즉 자아 정체성을 찾는, 그래서 존재로의 확인을 하는 과정이 된다.

이러한 일련의 과정들을 드러내고 있는 말하기가 모두가 주체적인 어조라는 점은 시인의 글쓰기와 여성으로 말하기가 주체적으로 이루어지고 있음을 드러내는 주요한 요소가 된다. 맘속의 붉은 장미를 우지직끈 꺾어 버렸다. 그리고는 얼음처럼 얼어버린다. 나무처럼 우뚝 서기도 한다. 그러더니 아예 낙엽처럼 날아가 버린다. 말하기가 모두 주체적이다. 이때 '런다'라는 어조는 말하는 주체의 확고한 다짐, 의지가 매우 뚜렷하게 부각시키는 종결형이다. 얼음처럼 얼어버리는 정신, 나무처럼 멈춰버리는 육체성, 아예 낙엽처럼 날아가 버리는 육체와 정신은 시적 화자의 자의식 속에서 소멸과 생성의 순환론적 의미를 지닌다. 소멸시켰던 자아, 즉 꺾어버렸던 장미가 다시 새롭게-'마음속엔 한아름 장미가 피어오릅니다'-부활하기 때문이다. 이것이 시적 화자의 진정한 목소리이며, 이러한 목소리는 여성이 말하는 주체로서 여성의 언어가 막히지 않고 널리 퍼져 더 나아가 세계로 흘러 넘치기까지 한다. 널리 퍼져 흐르는 시인의 의식은, 즉 말하기는 <새날>의 각오에 확고하게 배어난다.

고운 아침입니다

파아란 하늘 아래
기와들이 유난히 빛나고-

마음속엔 한아름 장미가 피어 오릅니다

오랜만에

부드러운 정과 웃음과 흥분 속에 다시
사람들은 안에서 '희망'이
포기포기 무성하고

나 이제호수 같은 마음자리를 하고
조용히 남창(南窓)을 열어 수선(水仙)과 함께
'새날'의 다사로운 날빛을 함뿍 받으렵니다

-<새날>전문

시적 화자가 꺾어 버렸던 자아(장미)가 다시 부활('마음 속엔 한아름 장미가 피어오릅니다')한다.

이 시 전체에 흐르는 시어들의 이미지들은 단 한군데 중첩된 것이 없이 하나로 흐른다. 그 하나의 이미지가 참으로 '맑다.' 그 맑은 이미지는 '수선(水仙)'으로 구체화된다. 그렇다면 시인의 말하기 속에 드러나는 의식은 어떠한가. 의식의 성장과 변화, 즉 존재 확인을 화자는 자신의 '마음 속에 한아름 장미가 피어' 나게 함으로써 시작한다. 그 의식은 '호수'라는 자연물과 '하늘'이라는 절대물에 둠으로써 인간/자연을 대립항이 아니라 조화로운 질서 속에서 세계로 나아가게 된다. '우지직근' 꺾어 버렸던 과거의 '장미'는 시적 자아에게 있어 버리기 이전, 즉 관습적이며 비주체적인 역할에 묶인 억압기제들로서, 내 맘속에서 나를 묶이게 하는 기제로서 작용을 한다. 타자들에게는 한 점 티가 되어 버릴지도 모르는 자아였기 때문이다. 그렇기에 꺾어버리는 행위는 '지금' '여기'의 내 공간을 벗어나려는 몸짓이며, 유형,무형의 억압적인 양상들이나 부정적인 현실적 공간을 벗어나고자 하는 주체적인 의식이다. 이러한 억압적인 것들을 파괴하고 버린 후에 비로소 자신만의, 자기 존재를 인식하게 되는 것이다. 비본질적인 것, 부정적인 것을 버린 자아는 역설적이게도 버림으로써 되찾게 된다. 이때 부활한 자아('마음')는 '호수'가 된다.

호수 같은 마음이 자리한 나의 눈으로 '파아란 하늘'과 '유난히 빛나는 기와'들이 들어오고, 나의 오감으로는 '부드러운 정'을 느끼면서 '웃음과 흥분'속에 '희망'이 '무성'한 '사람들'을 느낄 수 있는 '나'는 '내가' 존재함으로써 인식하는 '나'로 되어진 것이다. 이러한 나는 이제 '남'쪽 '창'을 열어 물 속의 신선들과 함께 하는 나이다. 이러한 나는 '새날의 다사로운 날빛을 함뿍 받는' 나인 것이다. 이제 나의 시선에는 '기와들이 유난히 빛나고- 한아름 장미가 피어오른다.' 파아란 하늘 아래에 있는 말하는 주체의 의식 속에 장미가 한아름 피어오르는 그 상황은 모두가 청자에게 그대로 전달된다. 이것이 시인의 말 늘리기의 효과가 주는 또 하나의 말하기이다. 그래서 여성적 글쓰기의 특성을 부각시켜주는 측면이 되는 것이다. 그렇다면 이러한 시인의 말하기 특성으로 인해 무엇이 더 드러나는 것일까. 시인의 말하기 속에 담긴 것들을 좀 더 짚어보기로 한다.

나를 담고, 그래서 외부로부터 보호되는 나를 존재하게 하는 '집'은 '기와'가 덮여있는 집이 아니라 '남쪽'으로 '창'이 있는, 그래서 '水仙'과 함께 하는 집인 것이다. 나를 보호하고 지켜주는 집이 때론 지나친 보호가 되어, 나를 가두게 하는 공간이 될 때 그 곳을 벗어나게 하는 곳[103]또한 집이 가진 속성인데, 시적 화자는 수선과 함께 하는 마음을 드러낸다. 이때 화자의 말하기 속에 기와 '집'은 인간 존재의 육체를 담는 집과 수선과 함께 하는 집, 즉 남쪽 창을 가진 '집'으로 그 집은 인간과 자연이 동일성을 이루고 화평하게 살아 갈 수 있는 자연적인 집이며, 존재의 뿌리에 해당하는 집이 된다. 비록 비현실태이며, 신비한 형태의 집이지만 오늘날 근대로 진입한 인간에게는 물신화된 집에서 벗어나고자 하는, 그래서 물신화된 삶에 내재되어 있는 존재

---

103) 임명숙, 「젠더 공간에서 여성 의식 양상 연구」, 한국어교육 제18호, 한국어문교육학회, 2002, 300쪽.

를 벗어나 다시 내 존재를 담고자 욕망하게 되는 집이기도 한다. 시인의 말하기처럼 그러한 집을 욕망할 때 '부드러운 정과 웃음이 가득하고 희망만이 사람들에게 무성해'질지도 모른다. 때문에 시인이 물 속의 신선과 함께하고자 하는 의식은, 말하는 주체의 그 말하기에는 가공적인 목소리가 개입되지 않은 상태가 된다. 이 상태는 상징계적 집- '유복한 부인은 물건을 왼종일 고르고(<창변(窓邊)>)-을 거부하고 상상계적인 집- '꽃다운 꿈이 뒹굴고/ 하늘 가는 길처럼 밝'은/ '집'(창변<窓邊>)- 에 머무르게 한다. 그래서 곧 상징화된 언어의 이차적인 작용, 즉 <'새날'>의 그 '날빛'을 '함뿍 받으렵니다'라는 다짐 속에서 물 속의 신선과 함께 하고자 하는 시적 화자의 상상력은 시공간을 벗어나 세계로 나아가는 의식의 흐름으로 확산된다. 그것은 '호수 같은 마음자리'를 했기에 가능하며, 이러한 마음자리는 한 점 티 되어 살아가는 삶을 탈각했기에 가능하며, 번뇌로 가득 찼던 자아를 버렸기에 가능한 것이다. 이러한 자아만이 상상계적인 삶, 즉 수선과 함께하는 것이 가능하다. 이때 이러한 것들을 함께 공유하고, 체험하는 화자의 의식이 확산되는 현재의 시공간이 바로 '아침'으로 구체화 된다.

이러한 '아침'이 참으로 곱다. 하루의 시작인 그 고운 아침에 '푸른 하늘'과 '태양'을 볼 수 있는 눈과 자유롭게 산보 할 수 있는 두 다리가 있으며, 부드러운 정을 느낄 수 있는 오감이 있다. 이를 지닌 시적 화자의 말하기에는 '신에게 감사할 수 있는' '마음'의 충만함이 자리한다. 그 충만함은 존재의 확인이며 세계로 나아가는 자아를 드러낸, 곧 널리 퍼지는 말하는 주체의 말, 그 말 속에 선재한다.

저 푸른 하늘과
태양을 볼 수 있고

대기를 마시며
내가 자유롭게 산보를 할 수 있는 한

나는 충분히 행복하다
이것만으로 나는 신에게 감사할 수 있다

-<감사>전문

여성의 자기 창조는 말을 하는 과정에서 이루어져104)푸른 하늘과 태양을 볼 수 있는 눈의 촉각성, 대기를 마시는 가슴의 미각성, 산보를 알 수 있는 육체의 감각성들은 모두 다 자기 존재 확인의 구심점으로 작용을 하면서 이 순간 시인의 말하기는 세계로 나아가는, 그래서 언어의 막힘 상태를 벗어나 '널리 퍼짐'의 언술이 된다.

푸른 하늘을, 태양을, 대기를 향한 화자의 의식은 결코 즉물적이 아니다. 단지 '자유롭게 산보를 할 수 있'어 '충분히 행복'할 수 있는 '나는' 확신에 찬 육체와 정신을 가진, 그래서 '신에게 감사할 수 있'는 나이다. 이때 시인의 의식 속에 자리한 단 하나의 단어가 이 모든 것을 허락하게 한다. 그것이 '자유'이다. 인간이 상징질서에서 과연 자유함을 갖는 것이 수월할 수 있을까. 그런데 시인은 행복하다고, 자유롭다고, 감사하다고 감히 말하기를 하고 있는 것이다. 이는 오감을 지닌 시인의 정신과 육체가 의식의 수면으로 분출될 때 의지하고 있는 것이 자연이기 때문에 가능한 것이다. 그 자연과 인간이 분리되는 것이 아니라 자연을 알고, 자연을 느끼고, 자연과 합일됨으로써 시인의 말하기는 분출하여 널리 퍼지는 것이다. 곧 얼음이 되고, 나무가 되고, 낙엽이 되고, 호수가 되어 수선과 함께 하는, 그래서 인간의 부드러운 정과 웃음과 희망을 지닌, 태양과 푸른 하늘과, 대기 속에서 자유롭게 산보하는 것으로 '충분히 행복'하다고 존재 확인

---

104) 김성례, 같은 책, 119쪽.

을 하는 시인의 의식은 세계로 나아간다. 이렇게 '신에게 감사할' 수 있는 그 자유함은 인간이 가지는 최고의 행복 조건임이 다음의 시에서 더욱 구체적으로 드러난다.

> 온 방안 사람이 거지를 부럽단다
> 나도 거지가 부러워졌다
> 빌어먹으면 어떠냐
> 자유! 자유만 있다면
>
> 저 햇볕 아래 깡통을 들고도
> 저들은 자유로울 것이 아니냐
> 네가 무엇을 원하느냐 묻는다면
> 나는
>
> 첫째로 자유
> 둘째로 자유
> 셋째도 자유라 하겠다
>
> ─<거지가 부러워>전문

시인이 단정하는 말, 그것은 종결형 어미인 '겠다'이다. 시인의 말하기는 모호하다거나 비규정적이지도 않다. 이 같은 언술은 여성의 언어와 삶, 그 존재 양식이 맞물려 이루어지고 있음을 드러내주는 측면이 된다.

앞의 시와 마찬가지로 세 번째 시집인 『별을 쳐다보며』(1953)에 실린 시로 미루어 보아 '감옥'이라는 기표가 보이지 않지만 시텍스트 틈새에 내재되어 있음을 간과할 수 없다. 시인은 진정한 자유를 찾기 위한 그 미학적 근거를 단 세 단어로 제시한다. 그것은 곧 '깡통', '거지', '햇볕'이다. '자유'에 대한 갈망은 시적 화자의 경험적 시지각으로 포착되는 구체물로서의 '방안'을 이미 지화하는 곳에서 벗어나고자 하는 바로 그 지점에서 찾을 수가

180

있으며, 이 이미지의 단계는 거지의 깡통에 투시됨으로써 사물의 표상을 통하여 자아의 내면을 정화시키게 된다. 더 나아가 현실에서 불가능한, 즉 시지각의 경계를 넘어 보이지 않고 들리지도 않는 근원적인 시적 화자의 자유와 동궤에 있다.

'거지'를 '부러'워 하는 '사람' 들이 모여 있는 곳, 그 '방'은 폐쇄적이고, 집단적인 삶을 이루는 공간으로서 의례적이고 반복되는 삶의 공허, 삶의 권태, 타인들과의 실존적 상호교통의 불가능성, 더 나아가 고립되어 무의미한 의식만을 반복하는, 그래서 버려졌거나 소외된 익명의 개인들이 살아가는 공간이다. 이때 익명의 개인('온 방안 사람들'-감옥 속의 죄수들)은 하나 같이 거지를 부러워한다. '방 안'의 닫힌 공간에서, 즉 고립되고, 유폐된 공간으로부터 벗어나고자 하는 갈망, 그것은 '자유'롭고자 하는 인간의 욕망이며 본능적 욕구이다. '자유'가 없는 곳에서는 사회적 삶뿐만 아니라 개인적 삶 또한 무력해질 수밖에 없기 때문이다. 무력해진 방안의 삶은 어둠과도 같다. 이 어둠은 방 '밖'의 '햇볕'과 대치된다. 이때 시인의 의식은 어둠의 공간을 벗어나 햇볕을 만나고 '깡통'으로 향한다. 이 깡통은 지금까지 시적 자아를 뒤 덮었던 퍼소나의 두터운 껍질을 벗기고 본래적 자아로 돌아가게 하는 매체가 된다. 이때 돌아감은 곧 자아의 해체와도 같으며, 이로써 존재 확인을 한다. 그것은 '첫째로 자유/ 둘째로 자유/ 셋째도 자유라 하겠다'는 화자의 단호한 언술로서 강조를 넘어 억압의 무게와 단절의 경계(방 안과 밖)를 허무는 힘을 지닌다. 그것이 방안을 벗어나 세계로 나가 흘러넘치고, 널리 퍼져 흐른다. 이것이 시인의 목소리로서 그 목소리의 원천은 기호계적 어머니의 젖과 함께 섞여 흐르는 그 목소리이다. 이는 상징계, 아버지의 법이 지배되지 않은 그 곳(<이름없는 여인이 되어>)에서 여성의 말하기인 것이다.

이처럼 시인은 감금, 소외, 고통에 대한 대응 방식으로 깡통을

든 자유로운 상태105)를 부각시킴으로 해서 '네가 무엇을 원하느
냐 묻는다면 첫째로 자유 둘째로 자유 셋째도 자유라 하겠다'고
스스로 묻고 대답하는, 분명하고 단호한 목소리가 삶의 근원적
인 존재 양식에 대한 인식으로까지 나아가게 한다. 그래서 이러
한 시인의 의식은 세계로 나아가 타자들을 끌어안음(<아름다운
얘기를 하자>)으로 해서 여성의 말하기가 중심부를 이루는 바
로 그 힘이 정치성-주변부로서의 위치를 변혁하는-을 갖는다.

> 어느 조그만 산골로 들어가
> 나는 이름없는 여인이 되고 싶소
> 초가 지붕에 박 넝쿨 올리고
> 삼밭엔 오이랑 호박을 놓고
> 들장미로 울타리를 엮어
> 마당엔 하늘을 욕심껏 들여놓고
> 밤이면 실컷 별을 안고
>
> 부엉이가 우는 밤도 내사 외롭지 않겠소
> 기차가 지나가버리는 마을

---

105) 이때 '깡통'이라는 기표는 객관적 상관물로서 작용할 때 깊이와
느낌을 통일시키고, 그래서 감정과 정서를 한층 더 환기시킨다.
때문에 빈민가적 삶의 편린들을, 혹은 타인의 간섭을 전혀 받지
않는, 바로 그 '자유함'을 상징한다. 이는 시적 화자의 시각에 포
착되는 구체적인 이미지 또는 사물로서 청자로 하여금 주관적 정
서의 개입에 의한 판단을 생략하게 하는데, 그 일련의 이미지들
로 해서 특정의 사상과 정서를 환기하게 되고 또 만나게도 된다.
때문에 '햇볕 아래 거지의 깡통'은 도시 혹은 사회라는 공간(방안,
정치적, 사회적 상황, 젠더 공간 등)에 만연된 공허감, 권태, 의식
의 마비, 반복적인 삶, 심화된 개인의 고립감 등의 정서를 벗어나
게 할 수 있는 객관적 상관이 되는 것이다.
깡통 하나만 들고 거리를 배회하는 자는 자유로운 자다. 몇 겹으
로 싸여진 퍼소나가 필요 없다. 햇볕과 깡통만의 그 '자유함'은 바
로 '디오니소스'적 삶과도 같은 것이다. '시원의 세계' 속에서 살
수 있는 유일한 삶으로써 말이다.

놋양푼의 수수엿을 녹여 먹으며
내 좋은 사람과 밤이 늦도록
여우 나는 산골 얘기를 하면
삽살개는 달을 짖고
나는 여왕보다 더 행복하겠소

-<이름없는 여인이 되어>전문

　이 시는 대부분의 평자들에게 비슷한 맥락에서 읽혀져 왔던 시이다. 그것은 표층 구조, 혹은 일차적 언어 상징화 체계에서의 논의들이라고 여겨진다. 본고는 다시, 거스르며 읽기로 한다.

　'기차'라는 단 하나의 기표로 도시/시골, 인간/자연, 이성/감성, 낮/밤, 비순수(속화)/순수(정화) 등의 이미지들과 함께 근대성(상징계)/원시성(상상계) 등으로 이분화 되는 그 어떤 것들을 떠올리게 되는데, 여기서 주목되는 점은 '여성으로 말하기'가 이러한 경계를 모두 지워내고 있다는 점이다. 자연성의 이미지를 자아의 내면에 육화할 때, 그 육화된 이미지를 통해 청자로 하여금 속화된 일상의 이미지들을 지워내게 하기 때문이다.

　시인은 자연에 있는 표층적 이미지-'초가지붕, 삼밭, 박 넝쿨, 오이, 호박, 부엉이, 수수엿, 여우 나는 산골' 등-들을 자아의 내면에 모두 육화하고 있다. 이 상태에서 자연성은 곧 삶의 근원이 되고, 이 자연성은 도구적 이성으로만 살아가는 인간들에겐 듣고 싶고, 말하고 싶고, 느끼고 싶고, 살고 싶은, 그래서 자기인식의 지평을 열어가는 가능태로서 작용을 한다. 이때 시인의 말하기는 막혀 있는 것이 아니라 인간의 원초적 고향, 바로 그 시원의 세계이자 어머니의 몸과도 같은 세계로 향하는 인식으로서의 근원적인 힘을 지니고 있다. '하늘을 들여 놓은 마당'이 있는 곳, '별을 안'는 그 곳은 상징질서가 개입되지 않은, 그래서 기호계적 그대로를 간직한, 모든 사물을 있게 하는 근원이 되기 때문이다. 그곳은 부재하는 현존과도 같다. 그러나 시인의 의식

속에서 이 공간은 떠나지 않고 자리하고 있기 때문에 공허하지
가 않다.

  자연성으로 꽉 채워진 곳에 정착된 삶은 그야말로 '여왕보다
더 행복'한 삶일지도 모른다. 이러한 삶은 실낙원('아담과 이브
시대'<슬픈 그림>)을 할 수밖에 없었던 인간이 오늘날도 다시
되찾고 싶은, 반드시 회복해야 할 그 삶인지도 모른다. 이러한
세계는 '기차'라는 가공적이고, 기계적이고 상징질서 냄새가 가
득 배어 있는 세계조차 그냥 '지나가 버리는' 세계이다. 기차가
멈추지 않는, 순수 자연 그대로인 시원의 세계인 그 곳은 하늘
을 들여 놓은 마당이며, 별을 안고 있는 사람들만이 기거하는
세계이다. 이 세계에서 '삽살개는 달을 짓고', '좋은 사람과 밤늦
도록' 나누는 '여우 나는 산골 얘기'는 경험적 시지각이나 객관
적 시공간을 넘어선, 바로 '실낙원' 하기 이전, 인간과 자연이 이
분화되지 않은 상태에서의 아담과 이브의 원초적인 목소리가
담긴, 그래서 인간의 언어 습득 이전의 삶, 아버지의 법을 습득
하기 이전의 기호계적 언어, '바로 그것'과 동궤에 놓인다. 이때
'바로 그것'은 상징질서에서, 즉 아버지의 법을 습득한 인간의
영원한 결핍으로서 그토록 추구하는 바로 영원히 되찾을 수 없
는 상상계적 삶, 잃어버린 팰루스, 혹은 어머니의 몸을 욕구하
는, 그래서 라캉이 말하는 바로 그 '환상'이 된다. 손에 넣을 수
도 없고, 또 넣었다 싶은 그 순간에 신기루처럼 사라지고 마는
바로 그 환상일지도 모른다. 하지만 이를 빤히 알면서도 끊임없
이 욕망하는 인간에게는, 상징질서에 몸담고 살아갈 수밖에 없
는 근대적 인간들에게는 바로 그것이 비현실태적이지만 시인은
자신의 '말하기' 속에서 그 말하기의 힘으로 스스로 용해시킴으
로써 현실적 삶의 버팀목으로 삼는다. 그것이 곧 '이름 없는 여
인이 되고 싶다'는 시적 화자의 목소리이며, 이는 퍼소나를 벗어
버린 상태, 그래서 기호계적인 소리들이 내재 되어진다. 이때 자

184

연성의 이미저리들을 내면에 온전히 육화하였을 때에 그 육체와 정신은 '여왕보다 더 행복'할 수 있는 존재가 된다.

　이처럼 시인의 언술은 기호계적 말하기가 내재된 말하기로서 그것은 존재 확인으로서의 글쓰기를 이룬다. 더 나아가 시인의 말하기는 남성/여성이라는 이분법적 대립을 지워내고 화해와 나눔의 열망(<아름다운 얘기를 하자>)으로 나아가는, 향성을 띔으로써 언술 양상은 널리 퍼져 흐르고 있음이 확연히 드러난다. 이것이 노천명 시인의 여성으로 말하기의 큰 특성인 것이다.

　　-중략-
　　닷 돈짜리 왜떡을 사 먹을 제도
　　살구꽃이 환한 마을에서 우리는 정답게 지냈다

　　-중략-
　　늬 안에도 내 속에도 시방은
　　귀신이 뿔을 돋혔기에-

　　병든 너는 내 그림자
　　미운 네 꼴은 또 하나의 나

　　어쩌자는 얘기냐 너는 어쩌자는 얘기냐
　　별이 자꾸 우리를 보지 않느냐
　　아름다운 얘기를 좀 하자
　　　　　　　　-<아름다운 얘기를 하자>일부

　시인의 '아름다운 얘기'들은 '나'와 '너'의 경계마저 지워 버린다. 시인의 언술 속에서 '병든 너', '미운 꼴인 너'는 '나'로 체화되고 육화되고 있기 때문이다. 너와 나의 경계가 없어질 때 '우리'는 네가 되고 내가 되어 '정답다.' 이 때의 내 말은 타인과 하나가 되어 그 삶에 참여하게 하는 열린 말이 된다. 그래서 내 얘기는 네 속으로 네 얘기는 내 속으로 용해되어 그 순간은 '별'이 내려다보이는 그 세계 속에 위치하게 된다. 내가 별을 보는 것이 아니라 '별이 우리를 보는' 상황을 드러낸 시인의 언술, 바로 이것이 시인의 의식이며, 시인의 여성으로 말하기이며 여성적 글쓰기의 또 하나의 특성을 보이는 측면이다. '별이 우리를 보고 있지 않느냐'는 확신에 찬 언술, 이는 타자에게 말하는 주체의 확신과 확인을 동시에 부각시키고 있기 때문이다.

이처럼 시인은 말하는 주체로서 그 말하기가, 즉 그 의식이 인간에게 머문 것이 아니라 자연물, 절대물에 둠으로써 그 의식은 말할 수 없이 확산되어 세계로 나아감의 양상을 띤다. 또한 이러한 별이 내려다보는 그 시점은 의미 이전의 소리의 세계, 기호계적 시점으로서 어떠한 억압('닷 돈짜리 왜떡을 사먹는')도 이루어지지 않은 상태나 다름없다. 그런데 '귀신이 뿔을 돋혔기에', 즉 아버지의 법을 습득할 수밖에 없기에 '우리'는 언어적 상징질서 속에서 병들고 미운 꼴로 각인 되는 너이고 나이며, 나는 너를 통해 '또 하나의' 나를 응시한다. '어쩌자는 얘기냐 너는 어쩌자는 얘기냐/ 별이 자꾸 우리를 보지 않느냐/ 아름다운 얘기를 하자'고 하는 나의 말하기의 힘은 병든 네가 내가 되는, 미운 꼴이 바로 내가 되는 그 융화의 힘이며, 이는 시인이 여성으로 말하기의 정치성(크리스테바의 윤리성, her ethies)이며, 바로 타자를 그러안는 여성성(허여성)이다. 그래서 이러한 여성적 글쓰기는 결코 고이지 않고 널리 흘러 퍼지는 힘을 더욱 강하게 지닌다.(<송년부>와 '여공은 얼마나 잘하는 일이냐/ 오늘도 말 없이 웅장한 기계 소리를 낸다.'<기계소리>)

소돔 고모라도 아니건만 재앙이 내려
꽃봉오리 같은 젊은이들이
산 제물로 바쳐 졌나니

마지막 이 저녁
너는 무엇을 주고 떠나려느냐
아우성 치는 저 군중들에게
무엇을 가지고 위로할 것이냐
어둠과 불안이 충충한 거리를
숱한 사람들의 대열이 무겁게 흐른다
가나안 복지를 향해서가 아니란다

하나같이 낯 없는 날들이었다
검은 망토 자락 같은 날들-
어느 구석에 꽃 한 송이라도 피워보았느냐

너와는 작별이 좋다

아름다운 얘기도 있을 수가 없지 않느냐
종을 울려라
제야의 종을 울려

우렁차게 울려라
성 안팎 속속들이
옛 것은 나가라 - 종을 울려라
　　　-<송년부(送年賦) -신묘년(辛卯年)에 부치는>전문

　시적 화자는 '옛 것은 나가라'를 - '종을 울려라'로 풀이를 하고 말을 맺는다.
　'옛 것은 나가라'에서 '나가라' 어조에는 타자에게 명령을 하듯, 그래서 말하는 주체의 단호한 의식이 내재된다. 그렇다면 '옛 것'은 무엇이며, 왜 나가라고 했을까. 또 종의 울림은 무엇인가. 그 해답을 찾기 위해 먼저 양 극단에 있는 '소돔 고모라'와 '가나안'의 배경-성경, 혹은 이미지로-에 주목할 필요가 있다.
　'소돔 고모라'의 세계는 흔적도 없이 사라진 땅이다. 그 땅은 어둠이 혼재했던 세계이다. 소돔과 고모라의 세계는 더럽고 너무 추한, 그래서 아주 불쾌한 배설물이 가득 고인 환멸스러운 세계다. 아마도 문명화된 이후에 인간이 쾌락을 추구하고자 세상을 온갖 탐욕으로 물들여 도덕이 깡그리 무너져버린, 그래서 타락할 대로 타락한 상태, 성(性, sexuality)이 쓰레기로 뒤범벅이 된, 성의 문란이 최대치를 이루던 시대의 땅이었을 것이다. 그래서 세속적인 도시의 최대치가 바로 소돔 고모라이지 않은가. 그런데 그 소돔 고모라 그 땅. 그 땅은 유한한 현실을 초월한 자리에 있는 것도 아니고 더욱 무한하면서도 현재(근대)에 밀착되어 있는, 그래서 지금 바로 이 곳에 도래했는지도 모른다. '소돔 고모라도 아니건만 재앙이 내렸'기 때문이다.

그 곳은 지금 이 곳에서 현현되고 있다. '어둠과 불안이 충충한 거리'에서, '검은 망토 자락 같은 날들' 속에서, '하나같이 낯 없는 날들' 속에서, '어느 구석에 꽃 한송이라도 피워'내지 못한 채, '재앙'이 내려져도 여전히 아우성치며 살아가는, '마지막 이 저녁'에 '군중들'의 '대열이 무섭게 흐르'고 있는, 그래서 '성 안팎'에서 '속속들이' 살아가는 '너'이자 '나'의 이 곳이 바로 그 곳이다.

시적 화자는 바로 이곳에서 '저'들에게 '무엇을 가지고 위로할 것이냐'고 묻는다. 시적 화자 자신이 묻고 자신이 대답을 하고 있다는 점에 다시 한번 주목하게 된다. 누군가를 향해 따지는 듯한 어조는 바로 여성의 말하기가 당당하고 당당함을 넘어서 세계로 나아가고 있음을 드러내기 때문이다. 그것은 '옛 것은 나가라-종을 울려라'는 언술로 시인 스스로 당당하게 해답을 제시하고 있기 때문이다.

그렇다면 '제야'와 '종'과 그 종의 '울림'은 시인의 언술 속에서 어떠한 의미를 지니는가. 울림은 제야의 울림이자, 종의 울림이요, 시적 화자의 말하기요 의식이요 그것은 곧 시인의 말하기의 '울림'으로 현현된다. '제야'는 섣달그믐 날 밤이다. 화자가 종이

188

울리기를 원하는 그 날은 한 해의 마지막 날이자 한 해가 시작되는 바로 그 순간이다.('송년부-신묘년에 부치는') 종이 울리는 그 순간은 과거와 현재와 미래가 모두 한 순간에 사라지고 한 순간에 다가오는 바로 데리다의 '차연'과도 같은 언어적 작용이 일어난다. 이 차연과도 같은 거기에 소돔과 고모라와의 '작별'이 지나가고 '아름다운 얘기가' 다시 다가온다. 어둠과 불안이 충충한 황폐한 거리에서의 숱한 사람들의 '행렬'은 이제 모두 '옛 것'일 뿐이다. 새로움은 '울림' 속에 있다. 그 울림은 세계로의 나아감이다. 그 나아감은 '가나안 복지'로 향해서이다.

그렇다면 가나안은 시적 화자의 의식 속에서 어떠한 의미 작용을 하는 것일까.

'가나안'은 젖과 꿀-성경 속에서-이 흐르는 땅이다. 이는 인간이 추구하는 땅 가운데 가장 온전한 땅의 원형이 된다. 검은 망토 자락 같은 날들처럼 암담한 시간 속에서, 하나같이 낮 없는 날들 속에 살아가는 자들에게는 '가나안 복지'가 명징한 세계인데도 불구하고 아우성치는 군중들은 이곳을 인식하지 못한다. 이를 시인은 인지하고 있다. '너와는 작별이 좋다/ 아름다운 얘기도 있을 수가 없지 않느냐'고 말하기를 하고 있기 때문이다. 이제 그 황폐한 구석에서 꽃 한송이 제대로 못 피웠던 인간이 그 곳을 소멸시켜야만 아름다운 세상이 도래하는 것을 암시한다. 이는 '종'이 '우렁차게' 울림으로써 가능하다. 작별하는 소리와 아름다운 얘기 소리가 동시에 내재된 울림이다. 이는 당대 사회의 어두움, 모순, 부조리-'꽃 봉오리 같은 젊은이들이 산 제물로 바쳐진' 역사적 사실-등을 폭로하고 비판하는 것만이 아니라 전망 부재를-어둠과 불안 속에서 아우성치는 군중들의 대열이 흐르는 그 길은 가나안 복지를 향해가는 것이 결코 아니기에-먼저 암시하고, 그 부재가 아닌 전망을 제시하고자 하는 울림이다. 이때 전망을 제시할 수 있는 주체는 주변부가 아닌 중심부를 이루는 주체이다. 그 주체는 여성이요, 시적 화자이자 노천명 시인이다. 결국 '옛 것은 나가라- 종을 울려라'는 말 늘리기 속에 담겨지는 것은 전망 부재인 '옛 것'인 소돔 고모라를 전복시키고 가나안 복지를 향하고자 하는 시인의 의식이 담겨 있다. 그 의식은 시적 자아가 세계로 나아가는 바로 그 곳에서 울리는 소리이다. 그 소리는 '아름다운 얘기'이며, 그 속에는 여성으로 말하기의 당당함이 배어난다.

그렇기에 '너와는 작별이 좋다'/ 종을 울려라/ 우렁차게 울려라/ 성 안팎 속속들이/ 옛 것은 나가라- 종을 울려라'처럼 시인의 말 늘리기는 곧 여성이 말하는 주체로서 그 말하기가 대사회적 문맥으로 퍼져 나가는 언술이며, 노천명 시인의 글쓰기의 또 하나의 특성으로 부각되어지는 주요한 요소가 되는 것이다.

제4장 여성 주체와 '아브젝션'의 의미 작용

　본 장의 주된 논의는 시텍스트를 성산하는 여성 주체와 아브젝트의 다양한 기호적 의미 작용을 살펴보려는 것이다. 그동안의 문학 연구, 특히 구조주의적 분석에서는 말하는 주체는 에고이고, 시적 자아나 화자, 시인 자신으로 불리워져, 즉 초월적 자아로서 불리워져 왔다. 그러나 정신분석학과 언어학을 조합한 라캉의 주체이론에서부터 기호분석을 정립한 크리스테바는 현상텍스트가 아니라 발생텍스트(genotext)에 관심을 갖는다. 즉 구조가 아니라 구조화(structuration)로서 간주된 텍스트, 완성되고 닫혀진 텍스트로서가 아니라 충동에 무한히 구축되고 허물어지고 또 다시 구축되는 기호106)들의 총체로서의 텍스트를 대립시킨다.107)이때 말하는 주체에 의해서 텍스트를 구축하는 것들, 즉 의미 생성은 결코 닫히지 않는 생성과정으로 그것은 언어를 향하여, 언어 안에서 그리고 언어를 가로지르는 욕동, 즉

---

106) 크리스테바가 말하는 기호를 요약하면,
　　기호는 어떤 단일한, 독특한 실재에 대응하지 않지만 연상된 이미지들이나 사고들의 집합을 환기시킨다. 표현적인 것으로 남아있으면서, 그럼에도 불구하고 그 자신을 지탱해주는 초월적인 기호(그것은 자의적이다)로부터 거리를 취하려고 하는 경향이 있다. 또 기호는 의미(조합)의 특정한 구조의 일부분이고 그런 의미에서 상호관계적이다. 그것의 의미는 다른 기호들과의 상호작용의 결과다. 그리고 기호는 변형(transformation)의 원리에 정박되어 있다. 이런 영역 안에서, 새로운 구조는 영원히 생성되고 변형된다. 결국 의미란 기호 개개적인 것의 문제가 아니라 한편으로는 기호계적이고 또 한편으로는 상징계적인 과정에 의해 생산되는 것이다.
　　줄리아 크리스테바, 『시적 언어의 혁명』 참조.
107) 김승희, 「이상시 연구」, 서강대 박사학위 논문, 1986, 9-10쪽.

교환가치와 그 주역들-주체와 그 제도들-을 향하여, 그 안에서 그리고 그것들을 관통하는 욕동의 끊임없는 기능 작용이다. 곧 의미 작용은 무질서하게 분할된 토대도 아니고 정신분열증의 폐색도 아닌 이 이질적인 과정을 구조화와 탈구조화의 실천, 즉 주체와 사회의 한계를 향한 극한에로의 이행이다. 그리고-오직 이러한 경우에만-그 과정이 향락이고 혁명이라는 것이다.108)

이러한 맥락에서 노천명 시인을 말하는 주체로 보고, 시를 말하는 주체의 텍스트적 실천의 의미 작용으로 할 때, 시텍스트에서 발화되는 여성적인 특징을 '아브젝션'의 기호적 의미 작용 속에서 밝힘으로써 기존 연구의 한계성을 극복하게 될 것이다.

무의식이 갖는 언어적 구조를 라캉은 인간의 주체성 형성 과정에 그대로 적용하였는데, 그것은 주체가 하나의 텍스트로 나타난다는 말이다. 이는 '무의식은 언어처럼 구조화 된다'는 말로서 곧 언어 습득 이전과 후를 각각 상상계와 상징계의 영역에서 설명되어 진다.109)이러한 영역은 곧 프로이트의 오이디푸스

---

108) 줄리아 크리스테바, 같은 책, 211쪽.
109) 라캉의 인간 주체 형성과정과 욕망의 관계는 '상상계' 즉 '거울단계'에서 잘 드러난다.
　　거울단계는 '주체'가 '오인된 주체'를 '주체'로 착각하는 단계, 그래서 '오인된 주체'를 말한다. 그 이유를 간략하게 정리하면, 태아는 어머니의 몸과 완전한 결합으로 주체와 객체의 분리가 존재하지 않고 결핍이 없다. 그런데 생후 6개월에서 18개월 사이에서 아이는 거울 속에 비친 자신을 바라보며 놀란다. 이것이 거울 단계인데, 이때 아이는 거울에 비친 자신의 모습(허상, image)을 보고 자신(자신의 몸 인식, 자아인식)과 동일시하여 자신의 몸으로 인식한다. 이것은 오인인 것이다. 이렇게 거울 속의 자신을 실재적 자아로 인식하는 오인을 바탕으로 즉 자아에 대한 이미지만을 인식하고, 이것을 바탕으로 인간은 주체를 형성해 간다.
　　예컨대 '거울단계'에 침팬지와 어린아이를 비교해 볼 때, 침팬지는 거울 속 자신의 이미지가 허상에 불과하다는 것을 알고 더 이상 관심을 갖지 않지만, 아이는 기쁨에 차 환호성을 올리며 동일화(identification)의식을 갖는다.
　　자크 라캉, 『욕망 이론』, 30-40쪽 참조.

전,후 단계와 같은 맥락인데, 프로이트의 이러한 무의식이 라캉에 오면 언어로 드러난다는 점에서만 다를 뿐이다. 라캉의 언어로 설명되어진 이 부분은 전적으로 크리스테바가 자신의 논의에 끌어들인 부분인데, 그녀는 언어의 토대를 오이디푸스 전단계의 어머니와 아이의 관계에 둠으로써 오이디푸스 단계의 아버지에 주목하는 프로이트의 남근 중심적 사고를 벗어나며, 이때 오이디푸스 전단계를 '기호계'라고 이름 붙인다. 이 단계에서는 의미화 과정을 구성하게 될 최초의 자취들이 확립된다. 기호계에서 일어나는 언어적 의미는 상징계로 진입하여 습득하는 언어와 뗄 수 없는 과정, 즉 두 양태의 변증법적 과정이 담론(시, 서사, 메타언어, 이론 등)의 형태를 결정한다. 예컨대 과학적 언어와 수학적 언어는 기호계의 친입을 허용하지 않고 치밀하게 규정된, 고정된 의미를 추구한다면, 기호계의 침입을 허용하는 언어들이 바로 '시적 언어'이다.110) 특히 리듬감, 소리 패턴의 강조, 구문의 와해, 이질성 등의 언어를 그 특징으로 하는데, 여성들은 아버지에 대한 상징계적 동일시와는 반대로 기호계에 고착된다. 이때 말하는 주체는 기호계와 상징계로 분열되어 있는 주체로 의식과 무의식, 비의식(지배적 이데올로기, 사회의 신화들과 편견들의 체계)까지도 포함한 주체이다.111)

---

110) 『시적 언어의 혁명』에서 크리스테바는 일상어가 논리에 의해 의미를 전달하는 것임에 비해 시어는 그것에 의해 소외된 언어라고 말한다. 예컨대 러시아 형식주의자들이 시어와 일상어를 구분하며 일상어가 의사소통을 위한 언어라면 시어는 의사소통을 방해하는 단어이다. 그는 좀 더 정치적이 되어 "소외"라는 낱말을 쓴다. 이때 소외는 무의식으로 일상 언어의 경계를 허무는 전복성을 지닌다.

111) 크리스테바는 무의식적 욕망('나는 내가 좋아하는 것을 말한다')과 사회적인 것('나는 너 또는 우리를 위해 말하고 그래서 우리는 서로를 이해 할 수 있다') 사이의 '대화'를 강조하면서 이 무의식적인 것과 사회적 형식들 간의 '상호텍스트적' 또는 대화적 상호작용이 언어를 늘 '과정 중에 있는' 발화로 만들기 때문에 정체성 역시 이 둘 사이의 상호텍스트성을 토대로 형성된다고 한다.
   팸 모리스 지음, 「형성되어가는 정체성들」, 『문학과 페미니즘』,

194

모든 사물들을 인식하고 다루는 이성은 그것을 번복시키려는
쾌락의 소음들이나 웃음, 그리고 시들의 소음에 의해서 위협을
받는데, 육체 안에 있는 본능적 충동들과 심리적 충동들이 흘러
다니는 공간이 곧 코라인 것이다.112)이러한 기호계적 특성은 어
머니의 몸과 동일시된다. 즉 타자(아이)를 품는 '어머니의 몸
(chora)'인데, 상징계-통사론, 가부장적 기능, 문법적이고 사회적
속박들, 아버지의 이름의 부권 상징 등-사회와 현실은 그것을
쫓아내고 비천한 것으로 천시한다. 이때의 대상은 여성이자 어
머니의 몸으로 곧 '아브젝션(abjection, 대상천시)'된다.113)

주체도 대상도 아닌 아브젝션에는 자신을 위협하는 것에 대항
하는 존재의 격렬하고도 어렴풋한 반항이 있다. 게다가 사유 가
능한 세계, 견뎌낼 수 있는 세계 저편으로 몰려나 있던 엄청난
안과 밖이 마치 육박해 올 때와 같은 주체의 반항이 있다. 그것
은 아주 가까이 있지만 동화될 수 없는 곳에서 욕망을 불러일으

238-243쪽 참조.
112) '코라'는 크리스테바가 처음으로 사용한 말이 아니다.
플라톤의 만년의 대화편 『티마이오스』(장인. 창조자. 신이라는 뜻)
에 따르면, 세계의 형성자인 신이 세상을 창조할 때, 우리 이전에
존재하던 우주가 파멸할 때 생긴 파편(4원소를 구성하는 삼각형)을
재료로 세상을 만들었는데, 그 재료는 수용체(receptacle, 모성적인
것, 장소) 등 11종의 다양한 물질이었다. 그것은 다양성 자체로 인
해 설명할 수 없고, 알 수 없는 성질을 지닌다. 즉 논리적 사고의
바깥에 위치하며, 추측이나 지각의 대상도 아니므로 그것을 추측하
는 행위 자체는 하나의 몽상이다. 즉 모성처럼 생성을 받아들이는
수용체를 플라톤은 코라라 지칭하였던 것이다.
크리스테바는 플라톤의 코라를 프로이트의 이드나 자신의 상상계
의 자리에 위치하는 충동의 장소로 간주한다.
줄리아 크리스테바, 『공포의 권력』, 324쪽에서 재인용.
113) "파리에 처음 발을 내디뎠을 때, 나는 이 장소에서 뭔가 효율적이
고 기댈 수 있는 부분이 있다는 것을 느꼈다… 프랑스의 문화적
삶은 은둔적인 어떤 것, 온갖 종류의 이상함이나 괴상함을 허용하
고 관용하는 것을 그 특징으로 한다." 크리스테바의 말이다.
Kristeva, Memoire, L'infini, no. 1, L'hiver, 1983, p42.
줄리아 크리스테바, 『공포의 권력』, 319쪽에서 재인용.

키고, 우리를 욕망과 불안과 유혹에 빠지게 한다. 그러나 이때 욕
망은 결코 유혹당하지 않는다. 또한 어떤 절대성이 욕망으로 하
여금 치욕에 빠지지 않도록 보호해 주며, 욕망 또한 그 사실에
긍지를 느끼고 절대성에 매달린다. 그러나 동시에 이 경련하는
도약은 또 다른 세계, 죄짓고 단죄 받고자 하는 욕망에 사로잡힌
다. 마치 통제할 수 없이 자신으로 돌아올 수밖에 없는 부메랑처
럼 지치지 않고, 문자 그대로 충동과 혐오의 양극에 놓인 자들을
자신의 바깥으로 몰아낸다.114)이러한 아브젝션은 모호한 것이다.
왜냐하면 모든 방해를 제거하면서 주체를 위협하는 것으로부터
주체를 분리시키는 대신, 반대로 주체에게 끊임없는 위험을 고백
하기 때문이다. 그것은 아브젝션 자체가 판단과 정서, 심정의 토
로, 기호들과 충동들의 혼합물이기 때문이다.115)

　아브젝션이 '나'를 점령할 때, 이 정서로 이루어진 덩어리는
사실 어떤 정의된 대상(object) 자체가 아니다. 아브젝트는 나와
의 관계항이 아니다. 그것이 대상이라면 나에 대항하는 가치만
을 갖는다. 그것은 내가 명명하고 상상할 수 있는, 내 앞에 있는
대상이 아니다. 내가 타자나, 혹은 다른 사물들에 기댐으로서 적
어도 초연하고 자발적인 존재가 되도록 도와 하나의 대상에 하
나의 자아가 있듯이, 하나의 초자아에는 하나의 아브젝트가 있
는 것이다. 그것은 바로 '내'가 길들여진 야수적인 고통인데, 주
체가 그 고통을 아버지로 바꾸기 때문에 숭고한 동시에 광적이
다. 즉 타자의 욕망을 상상하기 때문에 주체는 그 야수적인 고
통을 지탱한다. 전에는 불투명하고 잊혀졌던 삶 속에 친근하게
존재했던 그 이질성은, 이제는 나와 분리되어서 혐오스러워지고
나를 집요하게 공격한다. 그러나 적어도 아브젝트 상태 속에서
승화라는 작용은 일어난다. 내가 아니고 그것도 아니고 그리고

---

114) 크리스테바, 『공포의 권력』, 21쪽.
115) 크리스테바, 같은 책, 32쪽.

더 이상은 아무것도 아닌 '무엇인지 알 수 없는 어떤 것'인 아브젝트는 무의식과 의식의 대립처럼 아브젝트에서는 '나'와 '타자', '안'과 '밖'의 대립이 존재한다. '의식'과 '무의식' 사이의 대립을 포함하기 때문이다. 그 알 수 없는 무와 환각, 그리고 현실의 가장자리에서 내가 현실을 인식하려 하면 나는 전멸된다. 아브젝트와 아브젝션은 바로 그런 내 존재의 축, 문화의 도화선, 바로 그 곳에 존재하기 때문이다.116)

아브젝션은 상징계의 전조건이며 부산물이며 상징적 기능에 의해 이용되지 않은 잔여물이다. 그것은 안정된 주체의 위치에서 말해지지 않은 것이며 주체의 정체성의 경계선 바로 거기에 세워진 심연이다. 주체는 자신을 주체로 세우기 위해 확실한 통제력을 가져야 되는데, 아브젝션은 주체의 육체성에 대한 불가능한, 그러한 필요불가결한 초월의 인식에 대한 반동이고, 더럽고 통제할 수 없는 물질성으로서 상징질서에서는 불결한 요소들이다. 그것에 대항하여 사회적 타부가 세워지는 비천함의 범주는 충동들에 대응하는 것으로 이때 아브젝트들 가운데 가장 비천한 것이 시체가 된다. 그런데 상징계가 밀어내고 천시하는 이 아브젝션의 대상인 어머니의 몸, 즉 천시된 여성은 이 천시의 경험을 극복하여 자신감을 갖는데 사용한다. 이것이 '공포의 힘'이다. 이것이 여성의 사랑이며, '타자 의식'이다. 이 힘은 곧 성을 초월하여 타자를 품을 수 있는, 바로 크리스테바의 정신분석학이 말하는 주체로서의 '윤리성'이다.117)

---

116) 크리스테바, 같은 책, 22쪽.
117) '아브젝트'가 되는 것은 부적절하거나 건강하지 않은 것이라기보다 동일성이나 체계와 질서를 교란시키는 것에 가깝다. 그것 자체가 지정된 한계나 장소, 규칙들을 인정하지 않는데다 어중간하고 모호한 혼합물인 까닭이다. '아브젝션'은 도덕(상징질서)을 알면서도 그 가치를 인정하지 않고 부정하는 것이어서 훨씬 더 우회적인 어떤 것이다. 예컨대 자신을 숨긴 테러 행위, 미소짓는 증오, 껴안는 대신 품는 육체에 대한 욕망, 비수로 '나'를 찌르는 친구

더욱 아브젝트가 되는 것은, 부적절하거나 건강하지 않은 것이라기보다 동일성이나 체계와 질서를 교란시키는 것에 가깝다. 배설물, 찌꺼기, 반역자, 거짓말쟁이, 구하는척 하면서 살해하는 자 등은 아브젝트에 가깝다.118)이러한 아브젝트가 주체를 유혹하고는 단숨에 전멸시키는 것이 사실이라면, 그것은 주체가 자기 바깥에서 스스로를 인식하려는 헛된 시도에 지쳐 자신 속에서 불가능을 발견할 때 최고의 힘을 발휘한다는 것을 이해하여야 한다. 불가능을 발견한다는 것, 그것은 자신이 아브젝트와 다름없다는 것을 발견하는 것이고, 아브젝트야말로 자기 존재 자체라는 것을 인식하는 것이다. 게다가 주체가 겨냥한 모든 대상들의 존재가 최초의 상실에 단초할 뿐이라는 사실을 깨닫게 될 때의 주체의 경험에서 그 절정의 형태를 가질 것이다.119)사실 존재, 의미, 언어, 그리고 욕망을 가능케 하는 결핍을 인지할 수 있도록 하는 데는 자신의 아브젝션에 필적한 만한 것이 없다.120)

노천명 시인은 한일합방 이듬해에 태어나 일제하에서 생의

등을 크리스테바는 '아브젝션'의 예로 들고 있다. '시체'처럼 천하고 공포스러운 '아브젝트'는 무의식의 저편, 희열과 정서, 성스러움(종교적), 도덕성, 숭고함, 예술성 등을 다 품고 있다. 그렇기에 '아브젝트'는 주체가 자신의 존재, 의미, 언어 그리고 욕망을 가능케 하는, 결핍을 인지할 수 있도록 하는 것이며, 그래서 주체의 경험에서 그 절정의 형태를 갖는다.
크리스테바, 『공포의 권력』, 21-43쪽 참조.

118) 크리스테바는 아우슈비츠 박물관의 어두운 것을 보면서 나치 만행의 아브젝션이 자신의 삶 속에 섞여질 때 그 절정을 이루어 그 죽음을 구원함을 드러낸다.
크리스테바, 같은 책, 26쪽.

119) 여기서 최초의 상실은 라캉의 주체형성 이론에서 드러나는 것으로 주체가 언어습득을 함으로 해서 상징계로 들어 온 이후 그 이전의, 즉 상상계적(어머니의 몸과 동일시, 거울단계에서 주체에게 어떠한 억압이 일어나지 않은 그 상태) 주체가 잃어버린 '팰루스'이며, 그것을 되찾기 위해 인간은 영원히 결핍된 존재로서 늘 '타자를 욕망하는 주체'인 것이다.

120) 크리스테바, 같은 책, 26-29쪽.

반 이상을 살았고, 한국동란을 겪으면서 생의 마지막을 처절하
게 보낸 시인이라 해도 과언이 아닐 것이다. '일제식민지하'와
'한국동란'이라는 거대한 시대적 상황은 노천명 시인에게 있어
아브젝션되는 주요한 기표로 작용을 한다. 남성중심의 문단에서
여성시인, 최초의 여성 기자로서의 엘리트적인 생활과 주변상황
들, 그리고 해방 바로 직전 친일시를 써야만 하는 상황, 그리고
한국동란 속에서 부역이라는 행위의 댓가로 감옥생활 등의 역
겨움은 상징계에서 밀려난 주체의 '아브젝트(비천화)'들이다. 이
때 이러한 역겨움은 주체의 승화적 작용을 일으키는 아브젝트
라고 할 수 있다. 과거의 비천함을 떠올려 현재의 비천함과 싸
우는 힘이 크리스테바가 말하는 아브젝션이 갖는 '정치성'이고,
해체를 넘어선 '윤리성'이며, 이는 곧 여성(시인)으로서 자존심을
회복하는 바로 그 지점이기 때문이다.

　본 장에서 분석대상으로 선택한 시들은 <포구의 밤>을 제외
하고 대부분 세 번째 시집인 『별을 처다보며』(1953)에 실려 있
는 시들이다. 이 시집에 실린 대부분의 시들은 낭만적인, 즉 여
성적 감성이라 자주 붙여지는-일종의 페이소스, 우수에 찬, 향
수, 고독 등-양상에서 벗어나 말하는 주체로서 우리 속에 있는
방어기제나 습득, 또는 언어 같은 것을 피하게 만들거나 혹은
그것에 대항하여 싸우도록 하는 무엇인가를 담고 있다. 이는 당
대의 정치적, 사회적, 문화적 상황이 젠더 공간과 맞물려 말하는
주체로서 노천명의 시텍스트에서 드러나는 대상들의 의미들, 즉
기호성의 의미 작용에 있어서 흔적, 몸짓, 목소리들이 마치 자신
을 증언하듯 때론 타자들의 사고를 증언하듯 그 울림이 다양하
게 의미 생성을 하고 있기 때문이다.

1. 부유하는 '아브젝트'의 양상

마술사 같은 어둠이 꿈틀거리며
무거운 걸음새로 기어드니
찌푸린 하늘엔 별조차 안 보이고
바닷가 헤매는 물새의 울음 소리
엄마 찾는 듯… 내 애를 끊네

한가람 청풍(淸風) 물위를 스치고 가니
기슭에 나룻배엔 등불만 조을고
사공의 노랫가락 마디마디 구슬퍼
호수같이 고요하던 마음 바다에 잔 물살 이니
한때의 옛 곡조 다시 떠도네

이 바다 물결에 내 노래 띄워-
그 물결 닿는 곳마다 펼쳐나 보리
바위에 부딪히는 구원(久遠)의 물 소리

내 그윽한 느낌에 눈감고 듣노니
마산포(馬山浦)의 밤은 말없이 깊어만 가는데…
　　　　　　　　　　　　-<포구의 밤>전문

이 시는 첫 시집 『산호림』(1938)에 실린 것이기에, 시텍스트를 생성해내는 시점이 당대의 시대성 즉, 정치적, 사회적, 문화적 상황이 일제강점기였음을 먼저 가늠하게 되는 것은 그리 어렵지가 않다.

일제강점기는 모든 것을 얼어붙게 하였다. '어둠'과 '무거운 걸음새'와 '별조차' 없는 '찌푸린 하늘' 등의 기표들 아래로 얼어붙게 하는 기의들이 무수히 미끄러지고 있다. 어둠만이 꿈틀거리는 세상에서 존재해야 하는 주체, 말하는 주체에 의해서 의미 생성은 닫히지 않는 그 생성과정은, 말하는 주체의 언술 안에서 그 언어를 가로질러 주체의 욕동 안에서, 그리고 주변적 상황 속에서 끊임없이 의미 생성을 한다.

　말하는 주체(시인, 시적 자아)의 욕동은 곧 '물새의 울음 소리'와 동일시된다. 그 울음소리는 시원의 세계를 잃어버린 울음소리이다. 그 울음은 '애를 끊는' 지독한 통증이다. 이 통증은 의식 세계에서의 통증이기 때문에 치유가 불가능하다. 그래서 말하는 주체의 욕동이 끊임없이 의미 생성을 하고자 할 때에 이성적인 행위를 하는 의식은 무의식의 세계와 넘나들 수밖에 없다. 꿈속에서처럼 '내 그윽한 느낌에 눈감고 듣'고자 하는 것은 의식적인 행위를 초월하는 행위이며, 이는 곧 '구원의 물소리'를 듣고자 함이기 때문이다. 이러한 행위는 상징질서의 검열을 피할 수 있는 유일한 방법이다. 이때 구원의 물소리는 현실세계가 아닌 초월적 공간에서의 소리들이다. '나룻배'와 '사공의 노랫가락'으로는 결코 들을 수 없는 것, 그래서 모두 무의식 세계에서 무의식으로나 가능한 것들이다. 구원의 물소리는 억압된 자, 억압받는 자, 혹은 자신이 처한 현실에 부딪혀 상처받은 자만이 추구하는, 그래서 그러한 자만이 볼 수 있고, 들을 수 있는 소리이기 때문이다. 이는 상징질서로 들어오기 전, 바로 원초적 어머니의 몸과 합일되었던, 그래서 어떠한 억압도 일어나지 않은 바로 그 기호계적인 소리들이다. 그 소리는 언어습득을 하기 전 기호계적 소리들로 자장가처럼 흥얼거림과도 같다. 논리정연한 소리가 아니기 때문이다. 사공의 노랫가락처럼 상징질서의 논증이나 추론, 입증 같은 것이 가능한 소리도 더욱 아니다. 기원적인, 그래서 원초적인 어머니의 몸, 그 몸에서 나오는 목소리이다. 바로 그 목소리는 아브젝트하지만 숭고하다.121) 그 비천하고 숭고한 소리가 바로 '내 노래' 소리인 것이다.

---

121) 만약 아브젝트가 이미 원초적인 억압의 경계선에 위치한 비대상을 위한 기호의 미끼라면, 그것의 한 면은 육체적인 증상에, 다른 한 면은 승화 과정(sublimation)과 나란히 한다. 승화 과정은 명명

이는 상징질서에서는 밀려나고 상징질서가 허락하지 않는, 그래서 상징질서에 의해 아브젝트되는 소리들이다. 이 소리에는 상징질서의 체계를 교란시킬 수 있는 힘이 내재된다.

여기서 '바위'와 '바다 물결'은 시적 화자의 언술 행위 안에서 서로 대립된 상황을 드러내는 기표들로 작용 한다. '바위'는 말하는 주체가 놓여 있는 거대한 현실, 즉 각질화된 억압된 상징질서의 구체물 가운데 하나이며, 곧 시대적, 사회적 상황과 동궤에 있다. 때문에 '바다 물결'은 시텍스트를 구축하는 것들로서 제도들, 즉 말하는 주체가 '바위'라는 거대한 상징질서를 향하여 그 안에서 그것들을 거스르고, 관통하는 욕동의 끊임없는 의미 작용을 하고 있다. '바위에 부딪히는 구원의 물소리'가 바로 '바다 물결에 내 노래 띄워 보내-'는 그 소리이기 때문이다.

그런데 구원의 소리, 내 노래 소리는 거대한 현실인 '바위에 부딪'힌다. 상징질서가 억압하고, 천시하고 밀어내기 때문이다. 그래서 상징질서에서 아브젝션된다. 그러나 '바다 물결에 내 노래 띄워 그 물결 닿는 곳마다 펼쳐나 보리'라는 시적 주체의 욕동 속에서 결코 사라지지 않고, 그래서 한계를 향한 극한에로의 이동을 한다. 이 이동이 곧 '향략'이고 '혁명'이 된다. 처절하게 부딪혀 상처 나고 고통스러워도 '그 물결 닿는 곳마다 펼치'겠다고 말하는 주체의 사그러들 줄 모르는 욕동의 분출은 상징질서를 전복시키는 것이나 다름없기 때문이다. 이는 '내'(시적 자아, 말하는 주체) 억압된 삶 속에서(일제강점기의 고통스러운 상황들이나, 남성중심의 문단 등) 잊혀졌던, 그래서 그 옛날 아늑하고 친근하게 존재했던 것들로서, 의식 세계의 이질성들('사공의 노랫가락')을 가로지르는 그 소리들로서 상징질서에서는 현현될

화되기 전의 것이나, 대상이 되기 전의 것에 이름을 붙일 수 있는 가능성에 다름 아니다. 아브젝트와 숭고함은 과정이 같지는 않지만, 그 존재 자체가 똑같은 언어와 주체에 의존하고 있다.
크리스테바, 같은 책, 35쪽.

202

수 없지만 '내'게는 결코 사라지지 않고 현현되는 가능태가 된다. 그래서 처절하게 부딪혀 깨지고 상처받아도 언제나 사라지지 않고 또 그 자리로 되돌아 와 있는-'이 바다 물결에 떠워 내 노래 떠워/ 내 그윽한 느낌에 눈감고 듣노니'- 이것, 시인의 아브젝션은 곧 비천함이요 승화인 것이다.

이처럼 비록 상징질서를 교란시키지는 못했지만, 끊임없이 거스르며 비켜가지 않고 그 자리에서 다시 욕동하는 그것, 즉 시인이 처한 시대적, 문화적, 사회적 상황에서 밀려나 천시되어 각질화된 현실-어둠, 찌푸린 하늘, 별조차 안보이고, 무거운 걸음새로 존재하는 - 속에서 치열하게 부딪히는 그 육체와 정신은 '말없이 깊어만 가는' '마산포의 밤' 속에서 여전히 사라지지 않고 부유하고 있다.

> 잘 드는 비수로 가슴속 샅샅이 헤쳐보아도
> 내 마음 조국을 잊어본 일 정녕 없거늘
> 어인 일로 나 이제 기막힌 패를 달고
> 여기까지 흘러 왔느냐
>
> 단잠을 앗아간 지리한 밤들이
> 긴 짐승 모양 징그럽게 감겨들고
> 밝기를 기다리는 괴로운 시시각각
> 한숨과 더불어 몸 뒤적이면
>
> 철창은 바람에 울고
> 밤이슬 소리 없이
> 유리창에 눈물짓는 새벽
>
> 별은 창마다

-<별은 창에>전문

'철창'과 '패'는 모두 아브젝트한데, '패'는 그 강도가 더욱 커

시인을 아브젝션시키는 기표로 작용을 한다.

　'가슴 속 샅샅이 헤'치는 '비수', 유·무형의 폭력이 가시화된 그 비수로 가슴을 파헤치는 시인의 의식은 자해하는 행위나 다름없다. 비수로 파헤쳐진 육체는 가사 상태가 된다. 이 육체는 '마음은 조국을 잊어 본 일 정녕 없'는, 그 가슴이다. 그 가슴에 '조국은' '패를 달'아 놓았다. 이때 '조국'은 상징질서, 아버지의 법으로서 나를 억압하는 기제가 된다 억압하는 기제임이 드러나는 것은 곧 '패'로 인해서이다. 이 상태에서 '나'는 조국을 욕망하는 것이 아니라 견딜 수 없는, 그래서 증오의 대상으로만 의미 작용을 한다.

　조국은 '단잠을 앗아가'는 대상, 그래서 그 대상에 대한 증오는, 즉 내 몸을 '짐승 모양 징그럽게 감겨' 들게 하는 대상이기에 증오할 수밖에 없다. ('참고 보자니/ 오장이 터질 것만 같아라/ 나를 왜 창살로 둘렀다냐'<인경의 독백>) 증오 속에서, '한숨'과 더불어 몸 뒤적이'어야만 하는 견딜 수 없는 현실에서 '기막힌' 패를 단 '나'의 육체와 정신은 아브젝션된다. 상징질서에 의해 대상천시된 나는 사람이 아닌 마치 짐승의 모양새를 한 상태로 전락되기 때문이다. 그러한 존재는 지금 '여기까지 흘러와' 있는 존재이다. 이러한 존재는 '철창' 속에 갇힌 몸이며, 열등한 몸이요 지배받는 몸이다. 이때 나의 의식은 나를 감금하고 비천하게 하는 기제들을 극복하기 위해 꿈틀거린다. 그 꿈틀거림은 내 몸에 스스로 비수를 꽂아 샅샅이 헤치는 움직임으로 가능하다. '비수'는 또 한 번 아브젝트하다. 아브젝트는 나의 자아로서 고통이며, 살해된 자아이며 진실한 아브젝트가 된다. 이것이 아브젝션된 자아를 극복할 수 있는 힘의 원천으로 작용하는 것이다. 그런데 비수로 파헤쳐진 가슴, 그 육체 곁(철창)에, 즉 '별은 창마다'라는 시인의 언술의 그 생략적인 흔적 속에서 뭔가 똬리를 틀고 있다. 그 똬리를 틀고 있는 것들의 의미 생성

204

과정을 다음의 시를 통하여 살펴보도록 한다.

자신 없는 훈장이 내게 채워졌다
어울리지 않는 표창이다
오등(五等) 콩밥과 눈물을 함께 씹어 넘기며
밤이면 다리 팔 떼어놓고 싶게
좁은 잠자리에 주리 틀리우고
날이 밝으면 날이 날마다 걸어보는 소망
이런 하루하루가 내 피를 족족 말리운다
이런 것 다 보람 있어야 할 투사라면
차라리 얼마나 값 있으랴만

나는 무엇을 위해 이 고초를 받는 것이냐
누가 알아주는 투사냐

붉은 군대의 총부리를 받아
대한 민국의 총부리를 받아
새빨가니 뒤집어쓰고
감옥에까지 들어왔다
어처구니없어라 이는 꿈일 게다
진정 꿈일 게다

밤새 전선줄이 잉잉대고 울면
감방 안에서 나도 운다
땟국 젖은 겹옷에서 두고 온 집 냄새를
움켜 마시며 마시며
어제도 꿈엔 집엘 가보았다
                    -<누가 알아주는 투사냐>전문

조국이 시인에게 쥐어 준 그 억압적인 '패'의 기호성은 더 뚜
렷한 의미 생성을 하여 '표창'과 '훈장'으로 가시화된다.

지금 시인이 존재하고 있는 장소는 '감옥'이다. 감옥은 고통이
요, 공포스러운 곳이기도 하다. 이때 시인에게 주어진 '훈장'과
'표창'은 아브젝트한 것들이 된다. '붉은 군대의 총부리'에 의해,
'대한 민국의 총부리'에 의해 채워진 훈장과 표창은 시적 자아에
게는 '어울리지 않는', '값' 없는, 그래서 떼어버리거나 소멸시켜
야 할 대상이다. 훈장이 붙어있는 육체를, 어울리지 않는 표창이
드리워진 의식을 제거해야 한다. 제거시킴은 육체와 정신의 소
멸이며, 소멸은 곧 죽음이다. 육체의 절단은 죽음과도 같다. '팔
다리'가 '떼어'지고, '주리 틀리우고' 있는 조각난 육체의 덩어리
들, '피를 족족 말리우'는 끔찍스러운 몸과 정신은 아브젝션된
시체나 다름없다. 그런데 대상천시된 주체에게는 그 아브젝션이
확실한 희열을 보장한다. 증오의 대상인 권력의 휘두름을 방해
하고, 거스르며 교란시켜 그들을 조롱하기 때문이다. 이것이 대
상천시를 극복하는, 그래서 아브젝션이 갖는 힘이요 공포이다.
그 힘은 곧 대상천시된 주체의 승화가 된다. 이 지점에서 필자
는 아주 잠깐 동안이나마 못박힌 그리스도와 부활한 그리스도
를 떠올리게 된다.

그렇다면 어떻게, 무슨 방법으로 거스르며 교란시켜 승화되고
있는 것일까. 팔다리 떨어져 나간, 조각나 너덜너덜한 살갗의 안
과 바깥(육체와 정신)을 관통하는 붉은 군대의 총부리는 견고하
기만 하다. 주리 틀리우고 있는 그 끔직스러운 살덩이들을 관통
하고 있는 대한민국의 총부리 역시 견고하기만 하다. 이때 안이
요 밖인 육체와 정신 혹은 안도 밖도 아닌 그것이 '고초' 당한
그 내부가 뒤집히는 곳, 그곳은 바로 시적 자아의 '현실'이요,
'진정으로 꿈'이기도 하다. 시적 자아에게 이 두 층위는 교차되
어 자아를 분열시킨다. 자아가 현실을 못 견뎌 할 때 무의식, 즉
상상계로 고착되어지면 자아는 분열 증세를 띠기 때문이다. 꿈
과 현실을 구별하지 못하기 때문이다. 이때 자아는 현실, 즉 상

징질서가 억압했기 때문에 마치 십자가에 못박힘이 선행됨으로써 부활한 그리스도처럼 억압된 팔 다리를 떼어내고 주리 틀리우고 피를 족족 말리움이 먼저 선행됨으로써 육체와 정신은 부활할 수 있다. 그 부활이란 곧 '두고 온 집 냄새'를 맡을 수 있는 육체와 정신으로의 부활이다. 마침내 분열된 자아는 회복된다. 또 한 번의 승화 작용이다.

때문에 소멸시켰을 때 다시 살아나 전복성의 힘을 지니는 아브젝션, 다시 말해 대상천시된 육체와 정신이 '집'에 있는 한 그 집은 붉은 군대의 총부리도, 대한민국의 총부리도, 즉 정치적, 사회적인 강압적인 어떠한 행위가 침범할 수 없을 뿐만 아니라 아브젝션된 시적 자아는 이 기제들을 와해시키게 되는 것이다. 이것은 '내일 가 보겠다'는 의지의 미래형이 아닌 '어제도 집엘 가 보았다'는 경험적 확신형의 언술에 모두 담겨진다.

이처럼 시인의 글쓰기가 바스러지거나 간히거나 덧없는 것이거나 또는 고착되어지는 것이 아니라 언술 주체와 언어 기호적 의미 작용을 통해 그 의미는 터져서 마치 저쪽에서 벼락 맞는 순간처럼 한 순간 섬광처럼 번뜩이면서 쿵 소리를 낸다. '전선줄이 울 듯' '감방 안에서 나도 우'는 그 소리에는 양이데올로기 어느 한 쪽에 치우쳐 있는 것이 아니라 그 상황을 가로질러 뒤집고 위협하는 한 순간의 그 어떤 울림들이 가득 담겨진다. 마치 '별은 창마다'라는 언술의 흔적처럼.

시인의 이러한 울림은 아브젝션된 목소리인데, 가장 혐오스럽고 가장 더럽고 천하며, 가장 구역질나는 아브젝트인 '시체'를 '향기'로 담아내는 시인만의 목소리에 더 확연히 드러나고 있다.

> 일찍이 걷던 거리엔 그날처럼 사람이 오고… 가고…
> 모퉁이 약국집 새장의 라빈도 우는데—
> 이 거리로 오늘은 상여가 한 채 지나갑니다

요령(搖靈)을 흔들며 조용히 지나는 덴 낯익은 거리들…
엄숙히 드리운 검은 포장(布帳) 속엔
벌써 시체된 그대가 냄새납니다

그대 상여 머리에 옛날을 기념하려
흰 장미와 백합을 가드윽히 얹어
향기로 내 이제 그대의 추기를 고이 싸려 하오
                              -＜만가＞전문

젖 먹는 아가의 머리를 쓰다듬으며
엄마는 시름없이 한숨을 지었다
'아가! 아버지 언제오시니'
젖을 삼키던 아가는 얼른 머리를 긁었다
찬바람에 벽의 시래깃단이 휘날리고
여인의 머리 속엔
남편의 돌돌 말린 베옷이 떠올랐다
                              -＜아내＞전문

분석하기 전에 기존 평자의 말을 잠깐 짚어 본다.

신경림은 노천명의 이러한 시(감옥에서 쓰여진 시들 모두 『별을 쳐다보며』)들을 모두 "넋두리, 신세타령, 원망의 시 등으로 재미없다"고 평가했으며, 이인복은 "고독과 향수를 노래할 때에 구사했던 반어와 생략의 기교가 죽음이란 대상 앞에서는 어째서 제대로 활용되지 못하는 것일까? 일상언어의 관습적인 표현이 생경하게 노출된 죽음의 시를 보면 거기에는 범상한 여인이 죽음이 두려워 내뱉는 상스런 푸념이 있을 뿐이다. 노천명은 '喪章'이란 단어를 아주 즐겨 쓴다. 그러나 그는 상장이 내포하는 의미를 인내라든가 고통의 초극, 또는 영원과 합치되는 침묵 같은 것으로 승화시키지 못하고 고독을 장식하는 악세서리의 기능밖에는 나타내지 못하고 있다. 열려진 의미를 통하여 정서의

208

순수화를 꾀할 수 있을 때 시가 생명을 갖는다는 시학의 기초적인 개념이 노천명의 죽음 시, 내지는 그가 즐겨 쓴 상장에 오면 무참하게 무너져 버린다."122)고 평가하였다.

이러한 평가는 객관성을 확보하지 못할 뿐만 아니라 더욱 시텍스트를 전혀, 심층적으로 분석하지 않은 상태에서의 평가이기 때문에 인상비평의 한계 그대로를 보인다.

노천명은 결코 '상장 이란 단어를 아주 즐겨' 쓰지 않았다. 또한 '죽음이 두려워 상스런 푸념'도 결코 늘어놓지 않았다. 심층적인 분석을 통하여 이를 확인해 본다.

'상여', '요령', '포장', '시체', '추기', '베옷' 등의 기표들은 가장 비천한 것, 그래서 혐오스러움 가운데 최고 정점에 있는 아브젝트한 것들이다. 이러한 아브젝트 상태 속에서 승화 작용이 일어나는 것은 주체의 욕동 속에서 발화된 '향기'이다. 이때 향기 또한 말하는 주체의 아브젝트가 된다. 그 의미 작용은 다음과 같다.

'일찍이 걷던 거리'의 '모퉁이'를 가로질러 요령을 흔들며 지나가는 상여는 '옛날'을 '기념하려'는 '죽음'이며, 그 '죽음'은 아브젝션된 상태가 된다. 왜냐하면 '無'라는 시련을 가로질러 주체가 자신의 비대상을 잃어버린 채 길을 잃고 상상하는 이상야릇한 상태를 가장 격렬하게 그려 주는 것이 곧 죽음이기 때문이다.123)그것은 '내', 곧 나라는 존재 자체가 죽음의 공포인 바깥으로부터 안을 분리하지 않거나 바깥에서 안으로, 혹은 안에서 바깥으로 한없이 들이마시는 숨막힘이다. 이 숨막힘은 곧 '추기를 싸는' 그 '향기'와 동궤에 있다. '흰 장미와 백합을 가드윽히 얹'은 향기로 채워진 '포장 속의 시체', 즉 돌이킬 수 없을 만큼 전락해버린 '냄새나는 시체'(cadaver; 라틴어cadere(떨어지다)에서 유래)는, 그 죽음 같은 것들은, 연약하고 위선적인 우연으로만 그것에 대항하

---
122) 이인복, 같은 책, 40쪽에서 재인용.
123) 크리스테바, 같은 책, 54쪽.

는 동일성을 격렬하게 뒤집어 놓는다.124)그것은 아브젝션 자체-냄새나는 죽음-가 판단과 정서, 기호들과 충동들의 혼합물로서 말하는 주체를 '향기'로 점령하기 때문이다. 이때 아브젝션이 주체를 점령할 때 이 정서로 이루어진 덩어리들, 즉 '한 채'의 '상여'와 '요령 소리' 그리고 '엄숙히 드리운 검은 포장'은 사실 내(시적 주체, 화자)가 명명하고 내가 상상할 수 있는 대상이 아니다. '나'와 관계항이 아니라 대상으로서 그것은 나와 분리되어서 혐오스러워지고 나를 집요하게 공격한다. 더욱 요령을 흔들며 상여 한 채가 지나가는 거리, 그 거리는 '낯 익은 거리'이며, 나와 분리되었던 것들인 혐오스러운 시체, 추기 등의 아브젝트한 상태들이 놓여있는 거리이다. 좀 더 세세히 분석해 본다.

죽음은 살아있음과 대치되는 기표이다. 살아있음은 곧 상징질서에서의 삶이요, 죽음은 상징질서를 벗어난 삶으로서 우리가 알지 못하는, 그래서 상징질서의 어떠한 언어로도 설명되어지지 않는 세계로의 이동이기도 하다. 이때 삶과 죽음은 말하는 주체의 욕동 안에서 분리되지 않고, 그래서 삶 속에서 죽음이 혐오스러운 것이 아니라 승화된다. 말하는 주체가 '시체'에서 '향기'를 인식했기 때문이다. 그 향기는 시체와 동궤에 있다. 향기는 살아있음이요, 살아있음은 역설적이게도 '벌써 시체된 냄새'이기 때문이다. 그렇기에 '흰 장미와 백합' 또한 대상인 '추기'를 고이 싸는 그것들 모두가 아브젝트하다. 그래서 '향기로 내 이제 그대

---

124) 피고름으로 엉겨붙은 상처, 땀이나 썩은 것에서 나는 달콤하고도 자극적인 냄새 같은 것들이 죽음을 의미하지는 않는다. 거짓 없고 가식 없는 생생한 드라마처럼 시체와 같은 쓰레기들이야말로 끊임없이 살아남기 위해 멀리해야 할 것들을 가르쳐 준다. 이 고름과 오물과 배설물들은 삶이 가까스로 힘겹게 죽음을 떠받치고 삶을 유지해 나가도록 하는 조건이다. 그리고 그 곳이야말로 '내' 삶의 조건의 한계이다. 그 한계들은 살아있는 내 육체에서 발산된 것이기 때문이다.
크리스테바, 같은 책, 24쪽에서 재인용.

의 추기를 고이 싸'는 말하는 주체의 욕동은 삶과 죽음의 경계, 주체와 타자, 그리고 의식과 무의식, 동과 정, 있음과 없음 등의 기의들을 지니면서 이들 모두가 경계선상에서 동시에 존재하기도 하고 없어지기도 한다. 다시 말해 이것도 아니요 저것도 아닌, 또 이것이고 저것이기도 한, 내가 아니고 그것도 아니고 그리고 더 이상은 아무것도 아닌 '무엇인지 알 수 없는 어떤 것'인 그 아브젝트는 곧 상징질서와 상상계의 경계선 안과 밖을 넘나들게 된다. 경계선의 안과 밖의 넘나듦, 경계 안도 아니요 바깥도 아닌 그것은 곧 내 존재, 말하는 주체인 시인은 축, 문화의 도화선 바로 그 곳에 존재하고 있다.

그렇다면 죽음이 지나가는 그 '덴'은 어디일까? '일찍이 걷던 거리, 사람들이 오고… 가고…' 하는, '낯익은 거리들'이 있는 그 '덴'은 어디일까?

지금, 상여가 '한 채 지나가는', '요령을 흔들며 조용히 지나가는' '덴'을 만약에 오고가는 문상객들이나 '모퉁이 약국집'이 있는 곳으로 상징질서에서의 한 지층만을 형성하는 표피적인 해석을 한다면 이 시에서 말하는 주체의 언어 작용에 의해서 끊임없이 욕동하는 그 어떤 것을 읽어낼 수 없을 뿐만 아니라 이 시는 그저 <만가>라는 표층만을 읽어내는 것과 같다. 시적 언어는 그런 것이 아니라고 크리스테바는 말하지 않았던가.

그 '덴'은 말하는 주체에게 있어 어쩜 일찍이 너무도 친근한, 아늑한 공간으로 기호계적인 공간일지도 모른다. 태초에 에덴동산에서 이브가 선악과를 따 먹기 전, 그래서 선과 악의 구별도 없고 더더욱 존재하지도 않는, 어떠한 억압도 일어나지 않는 공간, 주체와 타자의 경계가 없는, 끝없는 욕구 속에 요구하고 욕망하는 결핍된 주체가 있는 공간이 아닌, 삶과 죽음이 구별되지 않는 바로 그 '시원의 공간'이다. 결핍된 주체가 죽기 전까지 그렇게 추구하며 욕망하는 공간, 늘 채워지지 않아서 다시 허덕

거리며 채우려는 욕망은 환상으로 끝이 나는데도 다시 또 욕망하는 주체가 원하는 그 곳은 바로 '어머니의 몸'이요 아늑한 공간인 어머니의 자궁 '코라'와도 같은 곳이다. 이는 상징질서에서 살아있는 한 갈 수 없는 곳이다. 상징질서로 편입되기 위해서는 코라를 멸시하고 버리고 밀어내야만 하기 때문이다. 그렇기에 상징질서 속에서 살아가는 시인인 말하는 주체는 심연 속에서 끊임없이 욕망하는 것이다. 이 욕망의 끝간데는 없다. 바로 죽음만이 끝내게 한다. 때문에 이미 죽음이 된 그것만이 이를 소유하게 된다. 그래서 사람들이 오고 가는 '낯익은 거리'에서 상여가 지나가는 그 '덴'은, 바로 그 지점은 말하는 주체(시인)가 존재하는 곳에서 어떠한 경계를 지을 수 없는 곳이자 시인의 자아가 머무는 바로 그 곳이 된다.

이처럼 말하는 주체에게 있어 시체야말로 내 삶이 가까스로 힘겹게 죽음을 떠받치고 삶을 유지해 나가도록 하는 조건이며, 한계이다. 이 한계는 살아 있는 '내' 육체에서 발산된 것이기 때문이다. 그래서 삶을 유지하기 위해 끝없이 발산되는 이 오물들, 쓰레기의 한계를 넘어선 가장 역겨운 '추기'는 아브젝션의 절정이며, 이는 삶 속에 죽음이 들끓게 한다. 바로 지금 '젖' 먹는 아가의 머리를 쓰다듬으며 '남편의 돌돌 말린 베옷'을 떠올리는 '여인'의 '시름'과 '한숨'을 가로지르는 바로 그 곳('덴')이기도 한 것이다.

이처럼 노천명의 시 텍스트에서 드러나는 아브젝트는 가장 천하면서도 숭고한 것이 되어 말하는 주체의 삶이 가까스로, 힘겹게 죽음을 떠받치고 삶을 유지해 나가도록 하는 조건으로 의미 생성을 하고 있다. 추기를 통해 말하는 주체로서의 끊임없는 욕동이 아브젝트를 가로지르기 함으로써 기호적 의미 작용의 분출은 계속되기 때문이다. 가장 혐오스럽고 끔찍스러운 대상인 시체, 추기, 상여들은 '향기'로서 내 삶을 지탱해주고 '나'를 침범

하여 내 삶과 절정을 이루고 나를 구원해주는 죽음, 바로 그 아
브젝션이야 말로 시적 자아 존재 자체가 되는 것이다. 이는 노
천명 글쓰기의 또 하나의 큰 축을 이루는 부분이 된다.

다음의 시에서는 아브젝트가 좀 더 구체화되는데, 곧 토해내
는 '구정물'과 '레몬'이 그것이다.

> 하루는 또 하루를 삼키고
> 내일로 내일로
> 내가 걸어가는 게 아니오 밀려가오
>
> 구정물을 먹었다 토했다
> 허우적댐은 익사를 하기가 억울해서요
>
> 악(惡)이 양귀비꽃 마냥 피어오르는 마음
> 저마다 모종을 못 내서 하는 판에
> -중략-
>
> 말도 안 나오고
> 눈감아버리고 싶은 날이 있소
>
> 꿈 대신 무서운 심판이 얼른거리는데
> 좋은 말 해줄 친구도 안 보이고!
>
> 할머니 내게 레몬을 좀 주시지
> 없음 향취 있는 아무거고
> 곧 질식하게 생겼소!
>
>   -<나에게 레몬을>일부

아브젝트에 의해 점령당한 사람은, 스스로를 인식하거나 욕망
하거나 어딘가에 속한다기보다는 밀려나고 분리되고 방황하는
존재이다.[125]

지금, 시인에게 있어 시체 다음으로 가장 천한, 너무도 역겨운 아브젝트인 '구정물'은 시적 자아를 점령하고 있는 아브젝트이다. 그것에 점령당하지 않기 위해 자아는 분열된 상태를 보인다. '하루는 또 하루를 삼키고/ 내일로 내일로' '밀려'가는 '내' 자아는 정상적이지 못한 상태에서의 자아이다. 하루를 하루로 삼키는 상태, 내일로 내일로 떠 밀려가고 있는 주체에게는 어떠한 의식의 변용이나 행위가 이루어지는 것이 아닌, 그래서 어떠한 대상에 의해서 주체는 그저 아득한 절망의 심연으로 추락하는 상태나 다름없게 된다. 바로 '구정물을 먹었다 토했다/ 허우적' 대는 행위는 곧 아브젝트에 빠져 헤어나지 못하는 '익사' 직전의 자아가 의식과 무의식의 경계를 뚜렷하게 인식하지 못한 상태이다. 이러한 상태에서의 자아는 아브젝트에 점령당할 수밖에 없다. 점령당한 자아의 심연에서는 그 아름다운 '양귀비꽃'도 '악'처럼 '피어오르는 마음'이 자리하고, '말'도 제대로 하지 못하는 자아는 마치 정신분열증 환자의 그것처럼 '질식하'기 직전에 놓인, 의식의 불투명한 상태가 되기 때문이다. 이때 자아가 의식의 상태에 도달하지 못한 채 '말'을 할 때, 즉 '악이 양귀비꽃 마냥 피어오르는 마음' 상태는 실어증126)의 상태가 된다. 그래서 구정물을 먹었다 토해낸 육체는 하나의 증상이 됨으로써 시적 자아의 의식은 말과 육체 양 쪽에 영향을 미쳐 그것이 곧 하루는 또 하루를 삼키고 내일로 내일로 '내가 걸어가는 게 아니'고 '밀려가'는 환각상태127)처럼 된다. 이러한 상태에서 의식과 무의

---

125) 크리스테바, 같은 책, 30쪽.
126) 실어증은 '말실수'로 프로이트의 무의식 이른에서 정립되는 개념이다. 일상적인 수면에 무의식적 욕망이 분출되는 정신병의 한 형태이다. 이는 주체가 의식상으로는 관계를 맺는 사회, 문화적 체계가 욕망을 충족시켜주지 못할 때 생기는 것이다.
127) 무의식 이론은 정서나 재현 같은 것들에 대한 억압에 관한 개념들인데, 프로이트는 이때 억압에 관해서 '부인'과 '배척'의 개념을 썼으며, 라캉은 '아버지의 이름의 배척'이라고 해석한다.

식이 대립된, 그래서 주체로서의 자아는 분열된다. 여기까지가 분열된 자아의 증상으로 이것은 자아가 아브젝트에 점령당한 상태를 보이는 것이다.

이와 같이 무의식과 의식의 대립처럼 의식 속에서 뱉어내는, 언술과 무의식 상태에서 발화되는 언술에는 나와 타자('친구'), 안과 밖의 대립이 존재한다. '먹었다/ 토했다, 악의 양귀비꽃 피어오르는 마음/ 모종을 못 내는, 무서운 심판이 얼른거리는/ 좋은 말 해줄 친구도 안 보이고'처럼 대립되어 의미 생성을 하고 있기 때문이다. 이때 이러한 대립된 상태를 벗어나는, 곧 말하는 주체가 점령당한 아브젝트를 거두어내고 승화시킬 수 있는 것은 바로 '레몬'이라는 기표로 인해 이루어진다.

이 부분에서 좀 더 심층적으로 짚어 본다. '할머니 내게 레몬을 좀 주시지'라는 언술에 주목해야 할 필요성이다.

'레몬'을 '욕구'하는 시인. 왜 레몬이었을까. 그 다양한 과일 가운데 하필이면 열대성 과일이라니. 표층만 먼저 짚어보자. 레몬은 당대 사회-시인이 살았던 시대성인 경제적 상황-에서 소시민들이 흔히 먹는 과일은 결코 아니다. 이때 이 레몬이라는 기호적 의미가 시인의 엘리트(부르주아적)적인 면모를 보인 것이라고 논의한다면 그것은 아주 표피적이고 말초적인 해석에 가깝다고 여겨진다.

이 시는 마지막 시집인 『사슴의 노래』(1958)에 실린 시이다. 시 발표 년도로 보아 시인이 죽기 전의 시기와 그리 멀지 않음을 가늠하게 되고, 이 지점에서 시인의 정신과 육체는 피폐할 만큼 피폐한 상태나 다름없다고 보아도 크게 무리는 아닐 듯싶다. 예컨대, 팽팽한 양이데올로기의 쟁점 속에서의 상황으로 시인의 삶(시세계)을 논하지 않더라도 경제적으로나, 문화적, 사회적 젠더 공간 속에서 적어도 한 개인(여성 시인)이 존재할 수 있는 여건이 그리 녹록치 않은 상태라고 볼 수 있기 때문에 왜 시인이 이

'단어'를 썼는가에 더 주목해야 할 필요성이 있다. '레몬을 부르다 죽어간 시인(이상)'처럼 노천명 시인에게도 묘한 감정적 전이가 된 것일까. 그러한 추론도 아주 가볍게 해 봄직하다.

본고는 시텍스트를 형성하는 많은 주변적 상황, 즉 당대의 사회적, 문화적 젠더 공간에서 한 여성 시인으로, 말하는 주체로서 끊임없는 욕동이 언어화되고 그 언어 활동을 하는 과정 속에서 기호적 의미 작용이 어떠한가에 주안점을 두고 분석하기로 한다. 이는 기존의 논의를 거스르고, 또 심층구조 분석으로, 페미니즘적 시각에서 노천명의 시를 새롭게 다시 읽고자 하는 목적과도 부합되기 때문이다.

말하는 주체가 욕구-아브젝트들에 점령당하지 않기 위해, 익사 직전의 처절한 고통 속을 벗어나고자 하는-하는 것은 '레몬'이라는 기표 하나로 인해 많은 의미 생성을 함으로써 노천명의 시는 지금까지 논의된 것을 모두 거스를 수 있으며, 그래서 새롭게 부각시킬 수 있는 측면이 된다. 세세히 분석해 본다.

이 시에서 '레몬'은 또 하나의 '아브젝트'로 작용을 한다. 레몬은 분열된 자아의 '결핍'을 채워 줄 수 있다고 믿는, 그래서 말하는 주체가 욕구하는 당위성을 띤 구체물이다. 그러나 상징질서에서 주체의 욕구는 결코 채워질 수 없다. 상징계에서 주체의 욕구를 채워 줄 대상(대타자) 또한 결핍된 주체로서 언제나 텅 빈 그것, 즉 라캉이 말하는 텅 빈 구멍이며, 환상이기 때문이다. 그렇기에 레몬의 충족은 현실태에서는 불가능하고 기호계, 즉 '꿈'에서나 취득할 수 있는 구체물로서 작용을 한다. '꿈'/레몬, 현실/'무거운 심판'이 분화되어 확실히 의미 생성을 하고 있기 때문이다. 상징질서에서 자아를 점령하고 있던 아브젝트는 상징질서의 억압적 행위인 무거운 심판을 거두어낼 수가 없다. 이때 시인, 즉 말하는 주체는 자신의 '욕구'를 채우기 위해, 레몬을 '요구'하는 대상을 바로 '할머니'로 선택한다. 할머니는 젊지 않

216

다. 왜 또 '늙은' 이에게 요구를 하는 것일까.

할머니는 여성이다. 할머니는 나의 어머니의 어머니이다. 그 어머니의 어머니의 어머니이기도 하다. 이 어머니들은 상징질서에서 구정물을 먹었다 토해내며 익사 직전, 질식하기 직전에 놓인 어머니들이기도 한다. 그래서 할머니는 아브젝션된 대상이 된다. 이러한 대상은, 즉 할머니는 상징질서에서는 아무런 힘을 발휘하지 못하는 대상천시된 존재이다. 하지만 상상계, 즉 기호계에서는 타자를 무조건적으로 그러안는 바로 그 '원초적 어머니'인 것이다. 그런데 상징질서는 이 원초적 어머니의 몸인 '코라'를 밀어내고 거부하여 대상천시 한다. 밀어내고 거부해야만 주체는 대상천시된 몸에서 떨어져 아버지의 법, 곧 상징계로 편입할 수 있기 때문이다. 그런데 시인은, 상징질서에서 질식하기 직전의 말하는 주체는, 그 분열된 자아는 기호계를 욕망한다. 분열된 자아를 회복하는 것은 상징계가 아닌 기호계로 다시 들어가야만 하기 때문이다. 상징질서가 밀어낸 그 원초적 어머니에게 '레몬'을 요구했을 때 주체의 욕구의 채워짐은 상징계에서는 불가능한 일이다. 불가능한 것을 가능케 하는 힘을 지닌 것이 곧 아브젝션의 힘이다. 그래서 레몬은 아브젝트하지만 '어머니의 젖'이며, 그 젖은 바로 '어머니 자궁 속의 물'이 된다. 이는 곧 상징질서에서의 억압, 즉 '질식(무거운 심판)'을 막아주는 생명수가 된다. 어머니의 자궁은 모든 생명을 잉태하여 생명력을 불어넣는 그 장소이기 때문이다. 따라서 '레몬'은 상상계 즉 기호계적인 상징이요, 그 상징은 아브젝트하며, 상징질서로 편입하기 전, 주체의 완전한 욕구를 채워주었던 기표(phallus)로 작용을 하는 것이다.

하지만 말하는 주체(시인)의 삶 주변에는 아무도('친구도') 없다. 그저 하루가 하루를 삼키는, 밀려가는 삶이다. 이러한 삶은 주체적으로 하루를 영위하는 삶이 아니다. '말도 안 나오고 눈감아 버리고 싶은 날'들 속에 살아가는 삶이기 때문이다. '무거운 심판'만이 '어른거리는' 삶. 그 무거운 심판은 '꿈'이 아닌 말하는 주체의 현실이다. 이러한 현실은 말하는 주체를 질식시킨다. 질식시키는 주체는 상징질서요 곧 지배담론(양이데올로기)이다. 질식당하는 주체는 시텍스트에서 발화하고 있는 말하는 주체로서 시적 자아(할머니, 여성, 시인)인 것이다. 이러한 시적 자아의 '무거운 심판', 즉 질식 직전의 '내' 모든 아브젝트들은 상징질서를 거스르거나 침범해서 그들을 방해하고 고약하게 하는 것들이기 때문에 나는 원초적 어머니를 욕구하고 요구한 것이다. 이것이 바로 주체가 가지는 아브젝트의 비천함이요, 그 비천함의 숭고함이자 그 숭고함은 '공포의 힘'으로 작용한다.

때문에 '할머니 내게 레몬을 좀 주시지/ 곧 질식하게 생겼소'라는 시적 자아의 목소리에는 구정물을 먹었다 다시 토해낸 그 구정물인 아브젝트가 점령한 목소리로서 상징질서에서는 밀려나고 분리되어 타자들에게 도달할 수 없는, 그래서 그 구역질나고 더러움을 벗어나려는 순간 말하는 주체(육체, 정신)는 다시 대상천시된 그 것(곳)을 지향함으로써 더럽고 추하고 숭고한 것(의식)들이 동시에 흐르고 있는 것이다.

시인은 '여성'이다. 여성이 여성의 여성에게 자신이 욕구하는 것들을 요구하였다. 그들은 곧 시인이 부르는 '할머니'였으며, 할머니는 상징질서에서 아브젝션된 그 여성들이었다. 그들은 곧 시인이다. 그들의 몸은, 자궁은 상징질서에서 점령당한 아브젝트를 승화시키는 아브젝트로 가득 채워진다. 더럽고 추한, 그 구토물은 육체의 구멍들로부터 야기된 그 아브젝트는, 육체(썩은 시체 냄새)의 한계를 넘어서 '향기'로 승화시키는, 비천함의 힘은 모두가 숭고함이요 이는 곧 여성적 글쓰기의 힘인 것이다.

이처럼 노천명 시텍스트에서 말하는 주체로서 아브젝션의 기호적 의미작용은 경계선상에 위치하고 있음이 드러난다. 곧 경

계선 상에서의 드러냄은 비천함과 숭고함을 동시에 지니는 힘
으로써 너와 나를 가로질러 우리 속에서 아브젝트들에 대한 어
떠한 방어기제나 습득, 혹은 피하게 만들고 또 그것에 대항하여
싸우도록 하는 무엇인가를 불러낸다. 혐오스럽고, 구역질나고,
더럽고, 불쾌스러운, 그 천한 그것들을. 바로 이 지점이 노천명
시인의 여성적 글쓰기의 큰 축을 이루고 있는 것이다.

덧붙여서 말한다면 세 번째 시집 『별을 쳐다보며』에서 '감옥'
을 빼놓고는 노천명의 글쓰기를 말하기 어렵다. 시텍스트의 의
미 생성 작용, 즉 시인의 글쓰기는 고통이 극대화된 '감옥'에서
의 죽음을, 삶을, 조국 있음을 혹은 조국 없음이라는 경계선상의
안과 밖을 길어 올리고 있기 때문이다.

2. 타자의 시선 밀어내기

앞 절에서 살펴 본 것은 노천명 시텍스트에서 말하는 주체의
발화된 기호적 의미 작용을 통해 그 의미 생성 과정의 양상들
을 살펴 본 것들이다.

본 절에서는 '아브젝트'한 것들이 젠더 공간에서 어떠한 양상
으로 드러나고 있는가. 다시 말해 그러한 것들은 타자들의 시선
과 응시를 벗어나 여성시인이 주체로서 여성의 시선과 응시로
지각될 때 어떠한 의미 생성을 하게 되는가에 대한 논의이다.
이것은 노천명 시인의 시텍스트성을 새롭게 밝혀내는 또 하나
의 주요 논점이 된다.

아브젝트에 점령당한 사람은, 스스로를 인식하거나 욕망하거
나 어딘가에 속한다기보다는 밀려나고 분리되고 방황하는 존재
에 더 가깝다. 반면, 영토나 언어, 작품의 구축자로서 던져진 자
는 유동성의 경계를 지닌 자신의 세계를 한계 지으려 하지 않

는다. 비대상으로 이루어진 아브젝트는 끊임없이 자신의 견고성을 찾아내고 새로이 시작하기 때문이다.128)이때 텍스트에서 발화된 양상들은 의미를 생성하는 말하는 주체의 시선과 응시에 의해서 다양하게 변용된다. '시선(looking)'이나 '시각(sight)'은 이미지 수용에서 매우 중요한 부분이기 때문에, 어떠한 대상을 바라보기가 성별의 차이와 가부장적 권력 관계에 의해 어떻게 구성되는지, 혹은 남녀의 권력이 불평등한 가부장적 문화 속에서 여성이 어떻게 남성의 응시 속의 수동적 대상의 위치에 놓이는가129)는 상징계적 시선과 응시130)에 의해서 밀려나고 분리되는 여성적 존재를 자리매김하게 하는 주요한 요인으로 작용한다.

<사슴>은 시텍스트에서 말하는 주체가 자신의 존재를 묻는 것이 아니라 자신의 위치에 대해 밝히는 데 기호적 의미 작용을 한다. 즉 '나는 누구인가'라기 보다는 '나는 어디에 있는 것인가'이다. 이는 싱징질서 곧 '타자'의 '시선' 속에 형성된 주체의 이미지들을 말하는 '주체'의 '응시'로 밀어냄으로써 주체가 바라는 그 곳에 위치시키기 때문이다.

---

128) 줄리아 크리스테바, 『공포의 권력』, 30쪽.
129) 수잔나 D. 월터즈, 같은 책, 72-73쪽 참조.
　　　남성은 보고 여성은 보여진다. 남성은 여성을 바라본다. 여성은 바라보이는 자신을 쳐다본다. 이것이 대두분의 남녀 관계를 결정지을 뿐 아니라 여성들 간의 관계를 결정짓는다. 여성 안에서 여성을 관찰하고 있는 자는 남성이다. 그리고 관찰되는 사람은 여성이다. 이러한 과정을 통해 여성은 스스로틀 시각의 대상 즉, 볼거리를 바꾸어 버린다.
130) '시선'이란 보는 사람의 시선에 선행하는 발아라는 것의 은유에 불과하다. '응시'는 시선에 앞서 존재한다. 즉, 나는 한곳만을 바라보지만 나는 모든 방향에서 보여지기 때문기다. 응시는 사물과의 시각을 통해 이루어지고 재현의 여러 형태들로 배열될 때, 무엇인가가 빠져나가고, 사라지고, 단계별로 전달되며, 숨겨져 드러나지 않는다. 시각의 영역에 충동(drive)이 나타나는 곳은 바로 시선과 응시의 분열이다.
　　　자크 라캉, 『욕망 이론』, 194-195쪽.

그간 가장 많이 논의되었던 시 <사슴>은 논자들 대부분의 시각이 '나르시즘적 고독의 표출'이라는 맥락에서 더 이상 벗어나지 않고 있다. 이 같은 시각은 가부장적, 남성 중심적 사고를 크게 벗어나지 못하고 여성적 감성을 나르시즘으로 천착시킴으로써 노천명을 '고독의 시인'으로 한계 짓는데 큰 구심점을 이루어 왔다고 해도 과언은 아닐 것이다. 이 같은 시각을 거둬내기 위해 본고는 기존의 평가를 거스르며 다시-보기로 한다.

> 모가지가 길어서 슬픈 짐승이여
> 언제나 점잖은 편 말이 없구나
> 관이 향기로운 너는
> 무척 높은 족속이었나 보다
>
> 물 속의 제 그림자를 들여다보고
> 잃었던 전설을 생각해내곤(들여다보며)
> 어찌할 수 없는 향수에
> 슬픈 모가지를 하고 먼데 산을 쳐다본다
>   -<사슴>전문

<사슴>은 <자화상>과 같은 계열에서 읽혀지는 시로서, 그래서 기존의 논의를 거스르거나 다시-보기 한다. 이는 젠더 공간에서 여성 육체와 욕망, 여성성, 그리고 여성 주체로서 말하기(글쓰기)의 문제에 논의의 중점을 두었을 때, 즉 텍스트의 의미 생성, 말하는 주체가 발화한 그 기호적 의미 작용에 중점을 두고 페미니즘적 관점에서 다시 읽기 함으로써 고착된 시인의 시 세계를 벗어나 노천명의 글쓰기를 새롭게 정립할 수 있기 때문이다.

'주체'와 그 대상이 될 것으로부터 '아브젝트'를 부착시키거나 혹은 떼어 놓는 공간이 '타자'에 의해 정해진다면, 그것은 이른

바 1차적(원초적) 억압이 자아와 그 대상, 혹은 재현들의 출현에 선행하여 작용하기 때문이다.[131] 제목이자 시에서 의미 생성의 중심을 이루는 <사슴>은 '바라보는' '주체'와 '보여지는' 주체와의 거리를 지닌 기표가 된다. '모가지가 긴' '짐승'은 바라보는 주체 곧 시적 자아에 의한 것이 아니라 보여지는 주체로서, 즉 '타자'들의 '시선'과 '응시'에 의해 출현되는 대상('사슴')일 뿐이다. 그래서 이때의 대상은 주체에게는 '슬픈,' 아브젝트한 상태가 된다. 때문에 본질적, 실제적인 자아로서 주체는 타자와의 관계성, 타자의 시선과 응시를 밀어내었을 때 '관이 향기로운/ 무척 높은 족속'으로, 아브젝션된 자아를 벗어버린 자리에 위치하게 된다. 대상천시된 주체가 자신의 시선으로 자신을 응시함으로써 타자의 시선과 응시를 모두 밀어내게 되는 그 과정을 세세히 분석해 보도록 한다.

'모가지가 긴 짐승'과 '관이 향기로운 너', 그리고 '제 그림자를 들여다보고' 있는 지금 여기에서의 '나'는 <자화상>에서처럼 모두 '자아'라는 기표로서 기호적 의미 작용을 한다. 그러나 <자화상>에서의 말하는 주체로서 '나'는 나의 '응시'가 타자의 시선과 응시보다 먼저, 선재한 나이며, <사슴>에서의 말하는 주체로서의 자아는 '타자'의 시선과 응시가 먼저, 선재함으로써 자아의 시선과 응시로 비주체적인 존재를 극복하고 있다는 점에서 그 차이를 갖는다.

모가지가 긴 짐승은 주체의 응시로 보는, 즉 시각의 대상이 아니라 '타자의 응시' 속에 묶여진, 그래서 시적 자아의 시선으로 보는 대상이다. 이는 곧 '물'이라는 기표를 통해 기호적 의미 생성을 하고 있기 때문이다.

'물'은 주체를 비추이는 거울이다. 이때 물이라는 스크린-거울-에 비추인 것은 대상의 '제 그림자'일 뿐, 실재의 '제'가 아니다.

---

131) 크리스테바, 같은 책, 34쪽.

주체의 시선에 의해 비추어진 모가지가 긴 짐승은 타자의 응시가 전제된 이미지일 뿐이다. 이미지는 곧 '그림자'이다. 이러한 그림자를 통해 주체는 마치 자기 존재를 확인하고 있는 것-기존 연구에서의 논의들인 고독, 나르시시즘-같지만 결코 아니다. 다시-보기로 한다.

지금, 여기에서 물 속에 제 그림자를 들여다보고 있는 주체의 시선 속으로 들어오는 것은 물 속에 반사되는 그림자인 모가지가 긴 짐승이다. 이는 마치 주체가 거울단계에서 거울 속에 비친 자신의 이미지와 자신을 동일시하는 것과도 같다. 이때 자아인 주체는 '오인된 주체'이다. 이 오인된 주체는 '관이 향기로운 족속'인 자신의 본래 모습을 볼 수가 없다. 그렇기에 물 속에 비추인 제 그림자를 바라보는 '시선'은 곧 시적 자아의 '응시가 배제'된 오인된 눈이며, 그 눈은 곧 '타자화'된 눈이 된다. 타자화된 눈은 상징질서 체계, 지배적 담론에 의해 고통으로 길들여진 ('슬픈') 눈이지 본래적 자아의 눈이 아니다. 상징질서는 가부장적 남성중심의 담론이며, 사회적 현실이며, 언어 질서인 아버지의 법이다. 이러한 상징질서에 의해 모가지가 길어서 슬픈 짐승, 즉 말하는 주체인 시적 자아는 논증이나 추론, 입증 같은 상징적인 질서를 배척하고 분리하고 '아브젝트'하기를 되풀이함으로써 '아브젝션'된다. 때문에 남성적 질서 속에서는, 즉 젠더 공간에서 주체는 상징적 분신으로 일차적인 의미 작용을 하지만 실은 자아에게는 찌꺼기, 이물질로서 밀어내거나 버려져야만 할 것들, 그래서 극복되어져야 할 대상이 된다. 이때 아브젝션된 주체는 억압과 그 판단의 벽을 무너뜨리면서 타자의 시선을 밀어내어 '나'를 되찾기를 욕구한다. 다시 말해 그곳-타자의 시선과 응시, 상징질서-으로부터 튕겨져 나온 혐오스러운 아브젝션의 한계를 극복하려고 한다. 이는 아브젝션된 주체가 주체를 응시하고 시각화함으로써 아브젝트한 것들을 밀어내는 힘을 갖는다.

그 힘은 바로 주체가 '먼 데'를 응시함으로써 이루어진다.

따라서 '관이 향기로운 족속'은 상상계인 거울단계 이전의 기호계적 주체(주체와 객체로의 분리 이전)이며, 물 속에 비춰진 '모가지가 긴 짐승'은 언어 습득을 거쳐, 즉 상징계로 들어와 있는, 결핍되고 분열된 주체이다. 그렇기에 모가지가 긴 짐승을 바라보는 주체의 눈은 다만 상징계적인 시선으로 이것은 주체의 응시를 억압한다. 바로 향기로운 관을 지닌 높은 족속이 억압(대상천시)되었던 것이다. 이때 말하는 주체는 '여성 부재의 주체'가 된다. 이러한 것들은 파편화된 육체의 이미지들로서 광범위하게 걸쳐있는 일련의 환상들과 관련을 맺는다. 그래서 모가지가 길어서 '슬퍼'해야만 하는 당위성이나 '잃었던 전설을 생각해내곤/ 향수에 젖는' 의식에는 본래 주체였던, 즉 거울 단계 이전으로 가고자 하는 욕망과 상징질서에서 형성된, 곧 타자의 응시에서 그리고 자신의 오인된 시선에서 벗어나고자 하는 욕망이, 곧 자신을 되찾고자 하는 움직임이 내재된다.

이 움직임의 시작이자 완성은 바로 '먼 데'라는 기표를 통해서 이루어진다. '먼 데'를 바라보는 시적 자아의 시선은 주체적으로 자신을 '응시'하는, 눈(의식)이기 때문이다.

그렇다면 이 '먼 데'는 과연 어디인가. '먼'과 '데'는 지금 여기의 시공간성을 벗어난다. 때문에 기표 아래를 무수히 미끄러져 계속 모호하게 한다. 모호한 것은 마치 무의식의 세계로 진입하는 상태처럼 바로 대상이 천시되지 않은, 기호계적('전설')인 상태를 드러낸다. 이는 상징계를 뚫고 들어오기 전, 혹은 상징계가 주체를 억압하기 이전의 의미 작용이다. 결국 내게(시적 자아, 주체) 있어 더 이상은 동화될 수 없고, 세상에서 나를 억압한 혐오적인 대상을, 그 기호들을 먼 데에 시각을 둠으로써 그 곳에서 대상과 기호들이 새롭게 부각된다. 다시 말해 먼 데로 향하는 주체의 시선은 변형되는 자아로서, 내 속에 있던 아브젝트

224

를 내가 응시하는 그 속에서 나는 다시 출현하게 된다. 다시 출
현한 나는 타자의 시선 속에서 동화되지도 결코 합쳐지지도 않
는, 그래서 그것들을 밀어내고 내 응시 속에서 주체는 바로 '향
기로운 관을 지닌 높은 족속'의 위치에 있게 된다. 이러한 의미
작용이 가능한 것은 나의 출현에 선행하는 나의 소유. 그것은
아버지(상징질서)라는 존재가 주체 속에 각인되건 그렇지 않건
간에 상징계의 전재가 의미작용을 하면서 인간 육체(정신) 속에
내재하기 때문이다.[132]

이처럼 시적 화자는 상징적 질서 속에서 어떠한 언어로도 설
명되지 않는 기표 하나를(먼 데) 설정함으로써 자신의 응시로
상징질서 체계에 의해 형성되어진 주체의 찌꺼기인 아브젝션된
(모가지가 긴 짐승)오인된 주체를 밀어내고 마침내 본래적 자아
로(관이 향기로운 높은 족속) 자리매김 된다.

더욱 시인이 상징질서의 잔여물을 밀어내는 응시의 구심점은
'말'이다. '말 없'음은 또 한 번의 자기 응시이다. 이를 통해 상징
질서의 억압들을 밀어내고 당당한 주체의 자리를 되찾게 된다.
때문에 <사슴>에서는 어느 한 군데 조금의 외로움이나 고독,
나르시즘적 같은 요소들은 찾아지지 않고 오히려 주체로서 당
당함이 묻어난다. 이것이 여성 주체로서 상징질서의 지배적 담
론의 시선과 응시에 의해 형성된 주변부적인 자리를 거두어내
고, 그래서 '모가지가 길어서 슬픈 짐승'이 아닌 '향기로운 관을
지닌 높은 족속'으로서 위치하게 되는 것이다. 이것이 시텍스트
에서 발화된 기호적 의미 작용에 의해 의미 생성을 새롭게 구
축하고 있는 노천명 글쓰기의 한 특성인 것이다.

　　엊그제도 이 호지(胡地)에선 비적(匪賊)이 났단다
　　먼 데 개들이 불안스레 짖는 밤

---

132) 크리스테바, 같은 책, 33쪽.

허룩한 방안엔 사모바르의 끓는 소리가
화롯가에 높고…

잠은 머얼고…
재도 장난할 수 없는 마음
온밤 사모바르의 물 연기를 응시하며
독수리 같은 어떤 인생을 풀어보랴

－〈국경의 밤〉전문

이 시는 첫 시집 『산호림』에 실려 있다.

끊일 줄 모르는 '비적'이 난무하는 땅 '호지'에서 주전자의 물 끓는 소리, 즉 '사모바르' 속에서 물 끓는 소리가 말하는 주체의 응시 속에 모두 들어와 있다.

그렇다면 말하는 주체, 시인의 응시로 들어오는 것들과 밀어내는 것들은 무엇이며 어떠한 의미 작용을 하고 있을까. 비적, 그 도둑 떼들은 아브젝트한 대상들이다. 사회 체제의 질서를 교란시키고 방해하는 흉측한 대상이다. 오랑캐 땅은 음험하고, 오염된 현실적 공간이다. '먼데 개들'도 불안스레 짖는 밤', '허룩한 방안'의 '사모바르의 끓는 소리'들 모두가 음침한 분위기를 자아낸다. 그칠 줄 모르는, 곧 '엊그제도' 비적들이 난무하는 현실은 아브젝트의 팽팽한 기운에서 벗어날 수가 없다. 이때 말하는 주체는 '독수리 같은 어떤 인생을 풀어'본다.

독수리 같은 인생은 무엇일까. 또한 어떤 대상을 '푼다'는 것은 어떠한 것들을 함의하고 있는가. 어떠한 대상을 풀어내는 행위는 엉켜있거나 뒤섞여 있는 혼합물들을 순수물로 걸러내 분리를 하는 작업이다. 분리 작업은 어떠한 혼합물이나 이물질로 뒤섞인 대상에서 순수한 물질을, 순수한 대상을 찾거나 만들기 위해 반드시 필수 조건이다. 이때 '풀어' 볼 수 있는 것, 즉 분리가 가능한 것은 주체의 시선으로, 곧 주체의 응시가 대상에 대

해 선행되었을 때 가능하다. 그렇기에 '독수리 같은 어떤 인생'
은 타자의 시선과 응시가 먼저 내재된다. 이 인생을 풀어보는
것은 주체의 시선과 응시에 의해 가능하다. 이는 곧 아브젝트를
밀어낼 수 있는 응시이기 때문이다. '독수리'는 짐승 가운데 날
짐승, 날짐승 가운데 가장 날카롭고 가장 포악스러운 짐승, 곧
날개를 가진 새 중에 가장 큰 새, 땅이 아닌 하늘에 거주하는
날짐승 등으로 무수히 많은 기의들이 기표 아래를 훑고 지나가
면서 의미 생성을 한다. 이는 곧 '타자'를 짓누르는 아주 거칠고
포악스러운 자로서 타자를 억압하는 자로서 어떤 '인생'이다. 오
랑캐 땅에서 난무하는 비적들, 일제하의 정치적, 사회적, 문화적
인 상황 속에서 주체가 되어 타자를 억압하는 유형,무형의 기제
들로 작용한다. 때문에 시적 화자가 인생들을 '풀어'보는 것이
가능한 것은 시적 자아의 응시가 선행되었기 때문이다. '온밤 사
모바르'에서 끓는 '물 연기'를 바라보는 그 응시 속에는 이미 아
브젝트가 들어와 있고 그 들어와 있는 아브젝트를 밀어내는 힘
은 바로 시선보다, 즉 말하는 주체가 '독수리 같은 어떤 인생을'
먼저 응시하였기 때문에 풀어내는 것이 가능한 것이다.

　이처럼 시인의 글쓰기는 표층에서 드러나는 것이 아니라, 즉
언어의 일차적 의미 작용에서 벗어나 당대의 상황을 드러내지
않고도 드러내는 교묘한, 바로 그 자리에 위치하고 있다.

　　높은 담장이 가로막고
　　무거운 철문이 나를 넣고 잠궜어도

　　마음의 창문은 열려 있어
　　나는 이 누더기 속에 있지 않다
　　이 붉은 계열 속에 있지 않다

　　마음은 언제나 푸른 하늘을-

대한의 푸른 하늘을-

－＜마음은 푸른 하늘을＞전문

유명하다는 건 얼마나 거북한 차림차림이냐
이 거추장스런 것일레
나는 저기서도 여기서도
걸려 넘어지고
처참하게 찢겨졌다

아무도 관심을 안 해주는 자리는
얼마나 또 편한 위치냐

－＜유명하다는 것＞전문

　말하는 주체인 '나'의 '마음'은 '대한 민국'이 아닌 '대한'의 '하늘'에 있다. 이 시에서 유독, 왜 시인은 '민국'을 소외시켰을까? 의식적이었을까 무의식적이었을까. 라캉의 말을 빌리자면 '무의식은 언어처럼 구조화된다.' 그 언어는 야콥슨이 말하는 은유와 환유로 이루어져 있다. 이는 프로이트의 압축이고 전치이다. 이들의 말은 곧 무의식으로 언어화되고 있다는 말이다. 무의식은 의식의 전재의식이므로 시인의 '민국'은 의식적, 무의식적 둘 다를 포괄하고 있음이 드러난다. 또한 시인의, 말하는 주체의 '마음'이 있는 그 '편한 위치'는 곧 '푸른 하늘-'인데 그 곳은 어디일까. 이것이 바로 노천명 시인의 글쓰기가 '경계선'상에 있음을 드러내는 주요 지점 가운데 한 지점이 된다. 찬찬히 분석해 본다.
　'높은 담장'과 '무거운 철문'은 주체를 아브젝션시키는 기표가 된다. 얼핏, 그리고 가볍게 표층구조만 읽어내어도 '감옥'임이 드러나며, 이는 정치적, 사회적 상황에서 시인을 대상천시하여 억압하고 짓누르는 기제들이기 때문이다. 이 때 억압적인 기제들이 주체를 아브젝션시킬 때, 그것들은 곧 주체에게 있어 대상천시된 주체를 승화시켜 극복하는 힘으로 작용을 한다. 이것이 크리스테바가 말하는 아브젝션이 갖는 공포이자 힘이요 윤리인 것이다. 그것은 문학이요, 시인이요, 시텍스트인 것이다. 이것이 노천명의 글쓰기인 것이다(다시는 쓰여지지 않고 더 이상 볼 수도 없는 시-죽은 시인)

높은 담장이 '가로막고', 무거운 철문이 '나를 넣고 잠궜어도' '나는', 곧 주체에게 있어 '마음의 창문은 열려 있'다. 때문에 '나는 이 누더기 속에 있지 않다/ 이 붉은 계열 속에 있지 않다.' 이렇게 두 번 발화된 언술에서 많은 의미 생성과정을 밝혀낼 수 있다.

'누더기/붉은 계열'은 시적 자아에게는 가해자(정치적 상황)가 되고, 그 가해자인 기표끼리는 서로가 대립되어 있는 상태가 된다. '이 둘'은 서로가 대립된 기표들로서 모두가 한결같이 주체를 대상천시하여 '높은 담장' 안으로 밀어 넣어 가둬놓은 가해자이며, 곧 상징질서에서의 부조리(양이데올로기)이다. 주체의 시선과 응시 속에서 누더기와 붉은 계열은 각기 다른 기표지만 기호적 의미 생성은 모두가 한결같이 주체를 억압하는 기제들로 작용하기 때문이다. 누더기는 '감옥'이며 감옥은 '대한 민국'에 있다. 감옥에 들어오게 된 것은 '붉은 계열' 때문이며, 또한 대한민국으로 인한 것이다. 그래서 '나는' 바로 '여기서도', '저기서도' '처참하게 찢겨진, 아브젝션된 몸이 된다. 이렇게 두 기표들은 나의 육체를 철저하게 가두고 억압하여 처참한 존재로, 즉 대상천시 하였다. 그러나 시인의 정신, 곧 주체는 결코 억압적인 기제들의 '안'으로 편입하지 않고 그것들을 오히려 교란시키고 있다. 교란시키고 밀어내는 것이 '마음의 창문은 열려 있어'라고 말하는 주체의 그 언술 속에 이미 들어가 선재하고 있기 때문이다. 여기에는 여기서도 저기서도(양이데올로기) 걸려 넘어지고 처참하게 찢겨진 마음, 고통스러운 상징질서를 벗어나고자 하는 주체의 욕망 속에 모든 욕구와 요구들이 모두 스며있다. 때문에 대상천시된 육체를 대상천시된 정신을 극복하고자 하는 욕망하는 주체는 여기서도 저기서도가 아닌, 곧 누더기 속도 붉은 계열도 아닌 곳에 존재하게 된다. 이것이 대상천시된 주체가 갖는 힘이요, 아브젝션이 갖는 공포의 힘인 것이다. 이는 '민국'에 속하지 않은 존재를 드러냈기 때문에 주체가 공포스러운 존재로 변용되어 두 대립된 이데올로기 체계를 교란시키기 때문이다. 때문에 '민국'에 존재하지 않는다는 것은 바로 저 너머 세계인 '푸른 하늘'을 응시함으로써 누더기 속이나 붉은 계열을 파괴하고 교란시키고 그것을 밀어내고 있는 주체를 드러내게 되는 것이다.

그렇다면 시인이 응시하는 그 '푸른 하늘'은 또 어디인가, 다시 말해 의미 생성 과정은 어떠한가. 저 푸른 하늘 저 너머에는 억압이 없고, 어떠한 결핍도 일어나지 않는다. 결핍이 없다는 것은 원초적 어머니의 몸, 곧 시원의 공간에 있는 주체에게만 가능하다. 이러한 공간은 상징질서로 들어오기 전 상상계, 즉 기호계적인 공간이다. 이러한 것들이 '언제나 푸른 하늘-'의 풀이표에 담겨져 시인의 무의식, 의식 세계는 미끄러져 분출하여 흐르게 된다. 때문에 시인에게 있어 푸른 하늘은 응시함으로써 획득되는 공간이며, 지금 이 곳, 즉 누더기 속인 대한의 감옥도 아니요, 붉은 계열도 아닌, 그래서 이 모두를 거두어내고 밀어내는, 즉 바로 상징질서를 교란시키는 곳에 위치하게 된다. 그곳은 시적 아에게 있어 '얼마나 편한 위치'인가. 그 위치는 바로 양이데올로기의 경계 안도 아니요 바깥도 아닌 곳이기에 경계선상 바로 거기에 위치한 시인의 글쓰기가 대상들에게는 공포의 힘으로 작용을 하며, 이것이 바로 아브젝션된 주체로서 시인의 글쓰기의 큰 힘인 것이다.

어제 나에게 찬사와 꽃다발을 던지고
우레 같은 박수를 보내주던 인사들
오늘은 멸시의 눈초리로 혹은 무심히
내 앞을 지나쳐버린다

청춘을 바친 이 땅
오늘 내 머리에는 용수가 씌워졌다
고도(孤島)에라도 좋으니 차라리 머언 곳으로-
나를 보내다오
뱃사공은 나와 방언이 달라도 좋다

내가 떠나면
정든 책상은 고물상이 업어갈 것이고
아끼던 책들은 천덕구니가 되어 장터로 나갈 게다

나와 친하던 이들 또 나를 시기하던 이들
잔을 들어라 그대들과 나 사이에
마지막인 작별의 잔을 높이 들자

우정이라는 것 또 신의라는 것
이것은 다 어디 있는 것이냐
생쥐에게나 뜯어먹게 던져주어라

온갖 화근이었던 이름 석 자를
갈기갈기 찢어서 바다에 던져버리련다
나를 어니 떨어진 섬으로 멀리멀리 보내다오

눈물 어린 얼굴을 돌이키고
나는 이곳을 떠나련다
개 짖는 마을들아
닭이 새벽을 알리는 촌가(村家)들아
잘 있거라

별이 있고
하늘이 보이고
거기 자유가 닫히지 않는 곳이라면-

-〈고별〉전문

이 시는 여타 다른 시에 비해 연이 매우 긴데, 이 시 한편을 읽음으로써 노천명 시인이 처한 당대의 시대적, 사회적, 문화적 상황 속을 짚어볼 수 있을 뿐만 아니라 시인이 처한 상황이 곧 주체와 타자의 피폐한 관계성으로 묶여짐을 알 수 있다. 시텍스트에서 말하는 주체가 현존하는 현실과 그 현실을 벗어나고자 하는 의식이 각각 상징계와 기호계적 공간으로 크게 이분화되고 있음에 주목하여 분석한다.

'어제 나에게 찬사와 꽃다발을 던지고/ 우레 같은 박수를 보내주던 인사들'이 있는 곳, '뱃사공'과 '정든 책상과 고물상', '책', '장터' 그리고 '우정', '신의', '생쥐', '이름 석자' 들은 '개 짖는 마을'과 '닭이 새벽을 알리는 촌가'들로 이루어진 상징질서의 기표들이다. 반면에 '고도'와 '별이 있고', '하늘이 보이'는 '머언 곳'은 '거기 자유가 닫히지 않는 곳'으로 이는 곧 언어의 일차적 의미만을 보더라도 상징질서와 대립되는 공간으로서 기호적 의미 작용을 하고 있음이 드러난다.

시텍스트에서 말하는 주체의 삶은 어떠했는가? 찬사와 꽃다발을 받기도 했다. 우레 같은 박수를 받기도 했다. '나와 친하던 이들'과 우정이 있었으며 신의도 있었다. 이러한 삶은 '청춘을 바친 이 땅'에서, 곧 상징질서에서의 삶이었다. 그러나 '오늘 내 머리에는 용수가 씌워졌다.' 이것이 '청춘을 바친 이 땅'에서의 '이름 석 자'를 가진 주체이다.

여기서 용수가 씌워진 것을 시인의 부역활동의 댓가라고만 해석해 버린다면 이 시는 이것으로 분석이 끝이 난다. 시텍스트에서 말하는 주체의 발화된 것들을 통해 의미 생성이 어떠한가를 밝혀내야만 시인의 글쓰기를 알 수 있기에 기호적 의미 작용을 추적해야 한다.

시인에게 있어 '청춘을 바친', 바로 그 한 가운데에는 '책상'과 '책'이라는 매개체가 있다. 그런데 '용수'가 씌워진 오늘, 시인에게 그것들은 허접스러운, 한갓 쓰레기 같은 것들이다. 고물상에서 '천덕구니가 되어 장터로 팔려갈 것'들로 전락되기 때문이다. 왜인가. 용수가 씌워졌기 때문이다. 가장 치욕적인, 가장 비천한 존재가 되었기 때문이다. 주체는 상징질서에 의해 대상천시 되었기 때문이다. 이제 용수가 씌어진, 아브젝션된 주체는 상징질서에서 벗어날 때라야만 아브젝션을 극복할 수 있다. 그러기 위해서 '머언 곳으로-' 이동해야 한다. 그 머언 곳은 '고도'이다. 고도에는 '뱃사공'의 언어, 즉 상징질서의 언어 체계가 있을 수 없다. 때문에 고도에서의 나의 언어는 기호계적인 언어이며, 그 언어는 상징질서로 편입되기 전, 즉 언어습득 이전의 언어이므로 '방언'과도 같기 때문에 내 언어는 뱃사공과 결코 의사소통은 이루어질 수 없다. 이때 상징질서의 언어를 잃어버리거나 혹은 버리거나 가로지르기 하고, 단절시켜야만 아브젝션된 육체를 벗어날 수 있는 것이다.

때문에 상징질서를 벗어나는 것은 아브젝션된 용수가 씌워진 주체가 자신을 소멸시켜야만 가능하다. '이름 석자'는 아브젝션된 주체의 육체와 정신이다. 타자들의 시선과 응시로 인해 불려지는 '나'의 육체요 정신이다. 이러한 나를 '갈기갈기 찢어서 던져버릴 때'라야만 비로소 아브젝션된 몸은 승화될 수 있다. 다시 말해 타자들의 시선과 응시로 아브젝션된 육체인 이름 석자는 상징질서에서 '온갖 화근이었던' 이름 석 자 일뿐이다. 이제 겹겹이 싸인 나의 퍼소나, '나를' 지워버려야만 한다. 바로 갈기갈기 찢어서 바다에 던져버리는 주체의 주체적인 행위를 통해서 아브젝션된 몸,

용수가 씌워진 몸을 비워내게 된다. 이 소멸되는 순간은 '머언 곳'으로 들어가는 바로 그 순간이다. 그 곳으로 들어가기 전 시인은 상징질서와 기막힌 '작별'을 한다. '나와 친하던' 이들, 또 나를 시기하던 이들'에게 '잔을 들어라'고 고한다. '그대들과 나 사이에' 놓인 '우정'과 '신의'는 모두 '생쥐에게나 뜯어먹게 던져주어라'고 고한다. 이는 가학적인 행위이다. 주체의 사디즘적인 행위는 타자들인 '그대들'을, 상징질서를 섬뜩하게 할 수 있다. 이때 말하는 주체는 '개 짖는 마을'에 존재하는 그대들은, '닭이 새벽을 알리는 촌가'에 존재하는 그대들은 상징질서 체계 속에서 '내'게 '멸시의 눈초리를 보낸 그대들이며, 주체는 그대들이여 '잘 있거라'고 당부를 한다. 이 언술의 의미 생성은 상징질서여 잘 있거라 일까. 상징질서여 잘 행동하거라 일까. 가학과 함께 자학적인 행위(갈기갈기 이름 석자를 찢어버리는)가 동시에 선행되었을 때 묻어나는 그 섬뜩함이 내재된 언술로 인해 상징질서 체계에 대한 냉소와 조소가 가득 배어난다. 당대성을 교란시키고 가로지르고 전복시키고자 하는 의식이 내재된다.

이제 개 짖는 마을들을, 닭이 새벽을 알리는 촌가들을 밀어낸 '나'는 '별이 있고 하늘이 보이'는 머언 그 곳에 닿는다. 거기 그 곳은 '자유가' 결코 닫히지 않는 곳이기에 시원의 공간이나 다름없다. 이때 시인은 자유가 '닫히지 않는 곳이라' 발화하였다. 이는 자유가 없을 때 곧 열림의 의미가 있는 것이기에 자유가 '닫히지 않음'이란 곧 자유 그 자체라는 의미 생성을 하고 있기 때문에 시인이 상징질서를 벗어나 지향하는 그 곳은 이미 자유함이 내재된 공간임이 드러난다. 이렇게 자유가 닫히지 않는 그 곳은 머언 곳에 있으며, 그 머언 곳에 드달하기 위해서 주체는 상징체계가 대상천시한 그 아브젝션된 육체를 응시하고 그 응시한 육체를 철저하게 밀어내고 소멸시킴으로써 정신(의식)은 승화되고 있는 것이다. 이것이 사회적, 문화적, 정치적 상황을,

즉 상징질서의 체계를 가로지르고 있는 시인의 글쓰기로 그것은 지적 담론(팽팽한 양이데올로기)과의 <고별>이 되는 것이다.

하늘에 불이 났다
하늘에 불이 났다

도무지 나는 울 수 없고
사자같이 사나울 수도 없고
고운 생각으로 지녀 씹을 것은 더 못 되고

희랍적인 내 별을 거느리고
오직 죽음처럼 처참하다
가슴에 꽂았던 장미를 뜯어버리는
슬픔이 커 상장(喪章)같이 처량한 나를
차라리 아는 이들을 떠나
사슴처럼 뛰어다녀보다

고독이 성처럼 나를 두르고
캄캄한 어둠이 어서 밀려오고
달도 없어주

눈이 내려라 비도 퍼부어라
가슴의 장미를 뜯어버리는 날은
슬퍼 좋다
하늘에 불이 났다
하늘에 불이 났다

-<사슴의 노래>전문

'하늘에 불이 났다/ 하늘에 불이 났다'고 네 번이나 반복해서, 그것도 시 초입과 끝에서 발화하고 있는 언술은 대상에 대한 주체의 응시가 먼저 내재되어 있는 목소리이다. 그렇다면 목소리를 가로지르는 거기에는 도대체 무엇이 담겨져 있는 걸까.

'도무지 울 수 없고, 사자같이 사나울 수도 없고, 고운 생각으로 지녀 씹을 것은 더 못 되'는 '나는' 어떠한 대상에 의해 고통의 한계를 넘어서, 증오와 죽음에 대해 충동으로 넘쳐나게 된다. 이때 충동이 넘쳐나면, 이미지가 욕망이나 악몽으로 응집되는 것을 막아서 감정의 고통이나 파기의 공포, 시신경이나 청각(불, 야단법석)적인 충격 속에서 그같은 충동이 다시 터지게 한다.133) '눈이 내려라, 비도 내려라'는 감정적 호소, '가슴에 꽂았던 장미를 뜯어버리는' 행위는 즉물적이며 광기적이며 파괴적 행위이다. 바로 그 '날'이 '슬퍼 좋다'는 역설과 함께 그 모두가 하늘에 불이 났다/ 하늘에 불이 났다'는 충격적인 응시 속에서 시인의 충동은 터지고 그 터진 것이 다시 또 터지고 있기 때문이다. 이 충동 속에서 '희랍적인 내 별을 거느리고' 있다고 말하는 주체는 아브젝션의 절정을 이룬다. '죽음처럼 처참하'기 때문이다. 이러한 아브젝션된 나를 거둬내고 마침내 내가 된다. 희랍적인 별에서 관이 향기로운 높은 즉속인 '사슴이 되어 뛰어다니'는 그 과정을 찬찬히 분석해 본다.

인간 존재의 탄생과 죽음의 비밀을 모두 간직한 '별',134) 그 별은 너와 내가 욕망하는 자연적인 집이다. 이는 존재의 탄생이며, 죽음이며, 그래서 존재의 뿌리에 해당하는 비밀을 간직하고 있기에 상징질서의 시선 속에서는 전설이고, 신화이다. 그래서 기호계적인 집은 곧 '희랍적'인 '별'이 된다. 이것은 오늘날 구체물로서 상징질서에서 살아가는 인간들에게는 현실태가 아니다. 비현실태이며, 신비한 형태이지만 오늘 인간의 삶에 내재되어 있

---

133) 크리스테바, 같은 책, 234쪽.

134) 현대 물리학 이론대로라면, '빅뱅'으로 인해 우주의 이천여 억 개의 별 가운데 하나의 별이 지구이다. 별에서 생명체가 탄생되었으며, 이는 약 150억 년 전이고, 인간은 약 400만 년 전 지구상에 존재하기 시작하였다는 것이다.

는 가능태이기도 하다. '희랍적인 내 별을 거느리고' 있기 때문
이다. 이 별을 거느릴 수 있는 것은 상징질서 체계('아는 이들을
떠나')를 밀어낸 '나'이기에 가능하다. 시적 자아인 '나'는 어떤
대상들, 즉 상징질서에 의해 울 수도 없고, 사자처럼 사나울 수
도 없고 더욱이 고운 생각으로 그 대상들을 씹을 것도 못되는
상태는 주체로서는 미치기 직전과도 같은 절망적인 상태가 된
다. 대상에 대한 충동 욕구는 반드시 이루어져야 하는데, 시적
자아는 그 분출을 하지 못하기 때문이다. 이때 주체는 욕구가
채워지지 않을 때에 파기하거나 떠날 수밖에 없다. 그 파기 행
위는 곧 나를 소멸시키는 것으로 가슴에 꽂았던 장미를 뜯어버
리는 행위이다. 또한 '고독이 성처럼 두르'고 있는 현실, '캄캄한
어둠이 어서 밀려오는' 현실은 고립되고 유폐되어 있는 나의 현
실이다. 이러한 공간에서 나는 나만의 존재의 집을 욕망할 수밖
에 없다. 이때 시적 자아는 '달도 없어 주'라고 욕망의 씨앗을
던진다. 달은 상징질서에서 바라보이는 구체물이다. 희랍적인
별에서는 오직 그 별만이 구체물이 되기 때문이다.

'슬퍼 좋다'는 언술의 의미 작용은 어떠한가. 수사적으로는 역
설법이다. 이를 떠나 시텍스트에서 발화되고 있는 기호적 의미
생성에 주목한다. 상징질서를 벗어나는 것은 곧 존재의 잃음을
말한다. 존재의 잃음은 슬프다. 존재의 잃음은 죽음과도 같기
때문이다. 그러나 죽음은 또 다른 세계로의 이동이다. 그 세계
는 바로 '별'로의 이동이다. 그렇기에 너무 슬퍼서 너무나 좋은
것이다. 이렇게 슬퍼 좋은 날은 상징질서를 떠나는 날이다. 육
체를 파괴하는 날이다.(가슴의 장미를 뜯어버린 날) '눈'과 '비'가
동시에 '퍼붓'는 그 날의 상태는 카오스(Chaos)와도 같다. 축제
이자 대혼돈이다. 눈과 비가 함께 오는 날은 하늘에 불이 나는
축제가 벌어진다. '하늘에 불이 났다.' 큰 혼돈이 도래한다.

여기서 '났다'라는 언술에 또 한번 주목할 필요성이 있다. '났

다'는 '나다'처럼 현재 이루어지고 있는 현재 진행형이 아니라 시적 자아의 내면에서 이미 이루어진 상태, 곧 완료형이 된 상태가 된다. 이는 시인의 현실-오직 죽음처럼 처참한-속에서 이미 고통을 벗어나고자 하는 욕망이 충동을 넘어섰다는 의미가 된다. 그 충동은 삶과 죽음을 넘어서게 한다. 그 넘어섬은 시인의 응시 속으로 이미 들어와 있는 그 '하늘에 불이 났다'고 하는 그 지점에서 존재한다. 이것이 곧 '희랍적인 별을 거느리고' '관이 향기로운 높은 족속인 사슴'으로, 그래서 상징질서에서 죽음처럼 처참한, 아브젝션된 자아를 밀어낸 시인의 목소리인 <사슴의 노래>를 가로지르고 있는 그 모든 것들이다.

이처럼 시인은 아브젝션에 고착되어 있는 것이 아니라 즉물적인 파기 행위를 통해 그것을 밀어내고, 아브젝션은 곧 자신을 극복하는 힘으로 작용을 한다. 이것이 바로 노천명의 글쓰기의 원천을 이루는 것이며, 이는 곧 시인의 의식 속에서 언제나 자신에 대한 응시가 선재하고 있기 때문에 가능한 것이다.

3. 자기 응시로 그러안기

라캉대로라면 시선이란 보는 사람이 시선에 선행하는 '발아'라는 것의 은유에 불과하다. 반면에 응시는 시선에 앞서 존재한다. 응시는 시야에서 우리가 발견한 것을 상징하며, 신비로운 우연의 형태로, 갑작스럽게 접하는 것을 상징하며, 신비로운 형태로, 갑작스럽게 접하게 되는 경험, 즉 거세공포를 형성하는 결여로 우리에게 제시된다. 그래서 대상과의 관계가 시각을 통해 이루어지고 재현의 여러 형태들로 배열될 때 무엇인가가 빠져나가고, 사라지고, 단계별로 전달되며, 숨겨져 드러나지 않는다. 이것이 응시이다. 나는 한 곳만을 바라보지만 나는 모든 방향에서

238

보여지기 때문이다. 이러한 시선과 응시가 가부장적 담론에서는 주로 남성이 '시선의 담지자'이며, '시각양식'을 구성하는 과정에서 특권을 점하고 있다.135)이는 여성이 응시의 주체라기보다 대상이라는 것으로서, 이때 여성은 언술에 있어서도, 스토리에 있어서도 권위 있는 시선을 가질 수 없다. 이때의 여성은 남성의 시선을 모으는 스펙터클의 역할을 하는 동시에 상징질서를 구조화하고 남성의 시선을 붙잡아 놓는 결핍으로서 기능한다.

　노천명은 상징질서의 시선과 응시 속에 있는 자신을 결핍으로 기능하도록 내버려 두지 않았다. 고통과 슬픔, 처참한 자기극복의 과정은 주체적으로 응시함으로써 아브젝트를 밀어내어 승화하는 면모를 보인다. 여기서 더 나아가 여성 주체로서 여성의 응시로 상징질서 체계 속에 드러나는 모순된 상황들을 밀어낸 것에서 그치는 것이 아니라 그것들을 '그러안기'하고 있다. 바로 이러한 점이 노천명의 글쓰기의 또 하나의 큰 특성이며, 이것은 그의 글쓰기가 지니는 힘인 것이다.

　　삶의 즐거움이여! 삶의 괴로움이여!
　　이제는 아우성 소리 그쳐진 밤
　　죽은 듯 다 잠들고 고요한 깊은 밤

---

135) 라캉이 "시각예술"에서 시선과 응시를 주체의 욕동과 충동과정에서 설명하였다면, 멀비는 "영화"라는 장르를 통해 남성적 시선과 응시에 의해 여성이 수동적 입장에 서 있는 문제를 날카롭게 집어내고 있다. 즉 시각 쾌락증(scopophilia), 관음증, 물신주의 등의 심리학적 현상으로 남성적 응시의 개념을 설명하는 멀비는 그 지배력을 영속화시키는 것은 무엇인가라는 문제에 심도 있게 논의를 하고 있다. 그의 논지를 아주 간략하게 말한다면, 영화 속에서 여성은 남성적 시선과 응시의 대상으로 존재하기 때문에 이를 거두어 내는 데 여성 관객-타자로서의 주체-이 이를 극복해야 한다는 것이다.
수잔나 D. 월터스, 같은 책, 117-120쪽 참조.

미움과 시기의 낙시눈도 감기고
원수와 사랑이 한 가지 코를 고나니
밤은 거룩하여라 이 더러운 땅에서도
이 밤만은 별 반짝이는 저 하늘과
그 깨끗함을-그 향기를- 겨누나니

오! 밤 거룩한 밤이여
영원히 네 눈을 뜨지 말지니
네가 눈뜨면 고통도 눈뜨리
밤이여 네 거룩한 베개를 빼지 말고
고요히 고요히 잠들어버려라

-<밤의 찬미>전문

이 시는 교차되어 분석하는 시가 된다. 제3장에서 살펴 본 것처럼 작품 전체에 걸쳐 드러나는 이미지들이 서로 대립된 상태에서 팽팽한 긴장관계를 이루는 것만이 아니라 중첩되고 있다는 점에 주목하여 본 절에서는 좀 더 심층적인 분석을 한다.

이 시에는 괴로움:즐거움, 아우성 소리:그쳐짐, 원수:사랑, 땅:하늘, 더러움;깨끗함 등의 이미지들이 중첩되어 있다. 이러한 이미지들이 중첩되는 것은 그저 낮은 수준의 단순한 병치관계가 아니라 '삶의 즐거움과 삶의 괴로움'이, '원수와 사랑이 한 가지'가 되는 동심원의 구조를 이루고 있다. 중첩되는 이미지들이 서로 긴장관계에 있으며 충돌관계에 있는 이 모두를 시적 화자의 응시 속에서 동심원으로 의미 작용을 함으로써 '하나'로 그러안게 되기 때문이다. 이러한 '그러안기'는 시적 화자의 의식이며, 그 의식은 응시하는 '눈'이 있어 가능한데, 화자의 눈은 곧 '밤'을 욕망하는 눈('정신')이다. 왜 밤을 욕망하는 것일까.

'괴로움-아우성소리-미움-원수-더러움-땅'등의 이미지들은 피폐한 상태로서 시적 화자가 놓인 현실을 드러내는 표층부이다. 이는 구체적인 시대적 상황과 무관하지만은 않다. 이 상황들이

240

시인이 처한, 개인적이든 사회적이든 혹은 추상적 인식에서 비롯된 것이든, 보다 중요한 것은 '밤'처럼 미래가 보이지 않는, 그 어둠 속으로 끌고 가고 있다는 것이다. 이때 화자의 의식 속에서 '어둠'은 '어둠'의 상태를 드러내는 것이 아니라 어둠은 고요하고 깨끗하여 곧 고통을 사그러들게 하는 '거룩한 밤'이요, '향기'를 지닌 밤으로 구체화된다. 화자의 응시가 선행하기 이전의 어둠은 어둠 그 자체로서 아브젝트하다. 그런데 이 아브젝트한 것을 화자는 승화시키고 있다. 그것은 화자의 응시 속에서 중첩되는 이미지들이 동심원의 구조를 띠면서 의미 작용을 하고 있기 때문이다.

'즐거움-그쳐짐-사랑-깨끗함-하늘' 등의 이미지들은 유기체가 생명력을 지닌 상태로 시적 화자의 의식 속에서 앞의 표층부와 하나로 섞임으로서 용해된다. 더럽고 추하고 미운 원수의 땅과, 즐겁고 깨끗하고 사랑인 하늘이 동심원 속에서 하나로 용해된다. 이 용해를 통해 하나로 내면화되어 화자의 응시 속에 자리잡게 되고, 그 응시가 바로 외화 되면서 '삶'의 괴로움이 삶의 즐거움이 되는, 원수가 사랑이 되는 '그러안기'의 양상을 보이는 것이다. 하나로 용해시킬 수 있는 것, 그러안기가 가능했던 것은 화자의 응시가 '밤'을 욕망하기 때문에 가능한 것이다. 더러운 땅과 하늘을 함께 '겨누'고 있는 용해되는 밤은 현실 세계에서의 모순과 온갖 추악한 이물질들인 표층부와 깨끗하고 사랑이 가득한 심층부의 이미저리들을 하나로 용해시킴으로써 무화되거나 혹은 두 층의 경계를 지워낸다. 그래서 밤은 어둠이 아니라 '별처럼 반짝'인다. 향기를 지닌 밤이 된다. 더럽고 추한 땅의 아우성 소리들과 원수까지 사랑으로 품는 밤, 그 밤의 향기는 땅으로 하늘로 동심원상에서 퍼진다. 그 밤은 이 쪽 세상, 즉 시적 화자의 현실인 유기체가 고통스럽게 살아가는 더러운 땅과 시원의 공간이며 기호계인 원초적 어머니의 몸과도 같은 공간인 하늘인 저 쪽 세상의 모든 것을 그러안기 때문이다. 그래서 삶의 즐거움과 삶의 괴로움이 모두 사라지게 하는, 세상의 모순된 아우성 소리도 그치게 하고, 원수와 사랑이 서로 경계를 짓지 않는 밤은 '거룩'할 수밖에 없다.

'오! 밤 거룩한 밤이여/ 영원히 네 눈을 뜨지 말지니/ 네가 눈 뜨면 고통도 눈뜨리/ 고요히 고요히 잠들어버려라'는 목소리에서 더러운 땅의, 그 현실의 모순이나 추악한 것들을 극복하고자 '밤'을 욕망하는 시적 화자의 응시를 만날 수 있다. 밤은 아브젝트하지만 그것을 시인만의 시선으로 먼저 응시함으로써 타자들을, 즉 당대의 정치적 지배담론이나 사회적, 문화적 양상들의 더럽고 추한 것들을 무화시키고 승화시키는, 노천명 시인만의 '그러안기'인 것이다.

> 같은 별 아래 태어난 여인이기에
> 너와 나는 함께 울었고 같이 웃었다
> 너를 찾아 밤길을 간 것도
> 눈 덮힌 벌판을 걸어서 찾은 것도
> 내 가슴을 펼 수 있는 네 가슴이었기에-
>
> -중략-
> 그대와 나는 자매별 모양 빛났더니라
> 나를 보는 이 네가 떠올랐고
> 너를 대하는 이 또 나를 생각해냈다
> -중략-
>   -<어떤 친구에게>일부

> 성모 마리아를 비롯해서
> 어머니는 괴로워야 했다
>
> 어디서 무슨 일이 났다면

괜히 가슴 철썩 내려앉는 것―
두더지는 햇볕이 싫어 땅속으로 땅속으로 든다지만

어느 세상에서나 지하로 지하로만 드는 아들이 있어
모진 바람이 눈 위에 소리칠 때마다 더운 방에선 잠을
못 자고
어머니는 늙었다

너도 남들처럼 너도 좀 남처럼
넥타이 매고 행길로 빼젓이 훨훨 다녀보렴
어머니가 죽기 전에
한번만 이런 모양 보여주렴

―<어머니>전문

   앞의 시에서 시인이 시대적 상황을 그러안았다면 위 시들에서는 젠더 공간의 불합리한 양상들을 여성성의 하나인 '허여성'을 드러내어 개개인, 즉 '타자'들을 '그러안기' 함으로써 여성적 글쓰기는 더 힘을 지니게 된다. 이것이 노천명의 글쓰기의 힘인 것이다.
   '같은 별 아래 태어난', '함께 울었고 같이 웃었던' '너와 나'는 '성모 마리아'이며, '어머니'이며, '더러운 땅'의 여인들이다. 그런데 그 '어머니는 괴로워야 했다.' 괴로워야 했던 '어머니는 늙었다.' 이러한 어머니는 괴로운 것이 아니고 괴로웠던 것도 아니고 '괴로워야 했다.' 괴로워야만 했던 그 당위성은 도대체 어디서 기인하는 것일까.
   '밤길'을 걸어서 '눈 덮힌 벌판을 걸어'서 찾은, '내 가슴을 펼 수 있는 네 가슴 나였기에' 나이고 너이자 어머니의 가슴이다. 나는 네 가슴을 응시하고 너는 내 가슴을 응시 하였을 때 너와 나는 '자매별처럼 빛났던' 여인들이다. 그 여인들은 '성모 마리아'다. 눈 덮힌 벌판과 밤길을 가야했으며, '모진 바람이 눈 위에 소리칠 때마다 더운 방에선 잠을 못 자'는 이 여인들은 우리들의 '어머니'들이다. '허여성'을 지닌, 아무런 댓가없이 그저 내어주기만 하는 바로 그 '사랑' 그 자체이다. 이것은 바로 같은 별 아래 태어난 성모마리아의 가슴 속에, 늙은 어머니의 가슴 속에, 너와 나의, 여인들의 가슴 속에 죽지 않고 영원히 살아있는 '생명의 불씨'인 것이다. 곧 '햇볕'이기 때문이다. 햇볕은 유기체들을 살아 숨쉬게 하는 원동력이다. 이 원동력은 모진 바람이 눈 위를 휘몰아치는 혹한에서도 따뜻한 방, 그 방에서도 잠을 못 자는, 그 지독한 사랑은 바로 허여성을 지닌 '어머니의 몸'이기에 가능하다. 이 사랑이 가슴 속에서 용솟음친다. 그런데 그 용솟음과 함께 '어머니는 늙었다.' 왜 늙었을까.

어머니를 괴롭히는 아들이다. 아브젝션시키는 대상인 상징질서의 타자('아들')들은 '지하로 지하로만 드는' 그 아들은 어머니를 자꾸만 자꾸만 밀어낸다. 어머니의 '가슴을 내려 앉'게 한다. 햇볕이 아닌 지하를 추구하기 때문이다. '지하'라는 기표는 많은 것을 함축하고 있다. 어머니의 몸과 대립된 세계, 곧 상징질서이며, 이는 기호계적인 어머니의 몸을 거부하는 것, 그래서 모성적인 권한을 배제하고 밀어내는 것으로 기호적 의미 작용을 한다. 왜냐하면 주체('아들')는 상징질서로 편입가기 위해 어머니의 몸을 대상천시해야만 하고, 주체(아들)는 어머니의 몸과 분리되어야만 하기 때문이다. 이때 상징질서에서 주체는 어머니의 가슴을 내려앉게 한다. 때문에 햇볕과도 같은, 그래서 영원히 꺼지지 않는 생명수와도 같은, 그 가슴이 내려앉은 늙은 어머니는 '괴로워야 했다'는 언술 하나만으로도 상징질서를 가로지르는 그 당위성을 갖는다. 그러나 실재계에서 이러한 어머니의 괴로움은 '넥타이 매고 행길로 뻐젓이 훨훨 다'니지도 못하는 그 아들 때문에 괴로워했던 것이다. 이 괴로움은 상징질서가 대상천시한 그 몸으로 상징질서(아들, 타자들)를 '죽기 전' 까지도 '그러안기'

하고 있는, 희생하는, 그래서 무조건 내어주기만 하는 어머니의 사랑 그 자체인 것이다.

이렇듯이 상징질서가 대상천시하고 밀어낸 어머니의 그 천시된 가슴은, 아브젝션된 몸은 오히려 그 상징질서를, 아들들을 죽을 힘 다해서 늙도록 그러안기 때문에 숭고한 것이다. 이것이 바로 여성의 힘이요 허여성이요 여성의 윤리성인 것이다. 그것은 '어머니'라는 고유의 이름 저편에 있는 오랜 모성적인 권한을 내포하고 있는 그 아브젝션에 시인과 시적 화자와 청자가 모두 주체가 되어 그것과 대면하게 하고 있기 때문이다. 그렇기에 '성모 마리아를 비롯해서/ 어머니는 괴로워야 했다'는 노천명의 글쓰기는 모성적인 권한으로, 아브젝션된 몸으로 타자를 '그러안기'하는, 그래서 상징질서를 가로지르는 힘을 지니고 있는 것이다. 그 힘은 지금, 여기에서 존재하고 있는 바로 '같은 별아래 태어난 여인'들을 응시하고 있는 시인만의 글쓰기인 것이다.

이제, 모진 바람이 눈 위에 소리 칠 때마다 더운 방에선 잠을 못 자는 그 어머니들은 공장에서도 <기계 소리>를 낸다.

　　　공장은 소리쳐 시민들을 흔들어 깨우고
　　　벌써 오늘의 전열(戰列)에 들어섰다
　　　왕왕대는 기계 소리 동력의 피대(皮帶) 소리

　　　음악에 끌려 다방으로 빠진다는 아씨처럼
　　　기계 소리에 신이 나 숙(淑)이는 공장으로 든다

　　　한낮이면 날개를 펴 구경시키는
　　　거리의 병든 공작들은
　　　언제나 수치를 배울 수 있을런지

　　　기계 소리 사람을 삼키려드는 속에
　　　숙이는 영웅처럼 돌아간다

나를 뽑아달라는 지루한 연설보다
여공은 얼마나 잘하는 일이냐

모터가 돌아간다
장부책엔 생산량이 기입된다

묵묵히 조국의 동맥이 되는 사람들
오늘도 말없이 웅장한 기계 소리를 낸다.
                                    -<기계 소리>전문

　시인은 마치 도시의 하루를 산책하는 산책자 같다. 이때 산책
자는 말하는 주체로서 그저 아무 생각 없이 거리를 이리저리
어슬렁거리는 그런 자가 아니다. 산책자의 시선으로 들어오는
대상들의 배면에 숨어 있는 그 어떤 것들을 날카롭게 응시하는
그것이 있기 때문이다.
　시적 화자는 <기계 소리>가 '왕왕대'며 돌아가는 '오늘'을 응
시함으로써 표층적으로는 근대 자본주의 사회로 진입하는 당대
의 사회적, 문화적 병리 현상을 짚어낼 뿐만 아니라 심층부에서
는 젠더 공간에서 지배담론의 토이지 않는 그 행태들을 비판하
고 뒤엎어 버리는 그것들을 담는다. 그 담는 그릇이 시인의 언
술이며, 그 목소리에는 어머니의 원천적인 목소리가 배어있다.
시텍스트에서 발화되는 자, 곧 말하는 주체의 목소리는 곧 여성
이자 '淑이'자 시인인 것이다.
　케이트 밀레트의 말대로라면 남성과 여성의 관계 안에는 힘
과 지배의 개념이 정치에 작용됨으로써 한 집단이 다른 집단을
지배할 때 양성의 관계는 지배와 복종의 관계로 고착된 상태에
서 가부장제는 완전한 지배이데올로기가 된다.136)이러한 구조

---

136) 케이트 밀레트, 『성의 정치학』, 66쪽 참조.

246

속에서 '공작'을 뒤엎어버리는 또 다른 집단은 '공장'의 동력이 되는 '여공'들이다. 시인의 응시 속에서 이들은 어떠한 의미 생성을 하고 있을까. '여공/공작'은 곧 여성/남성으로 이분화되는 기표가 된다. 여공과 공작은 그것들의 시니피에들로 이루어지는 상대적인 비하, 즉 공장에서 일하는 여성과 공작은 주변부와 중심부를 이루는 지배 계층과의 관계성이다. 이 두 관계는 이질성을 띠고 있다. 이 두 이질적인 기표를 동시에 응시하고 있는 시적 화자의 의식을 따라가 본다.

'공장'은 근대 자본주의가 배태한 구체물 가운데 하나이다. 공장은 무서운 파시스트 속도로 질주하면서 '시민들을 흔들어 깨우'고 '소리쳐' 새로운 진보적인 산업 사회의 '전열에 들어섰다.' 이 전열에서 여공은 '오늘도 말없이 웅장한 기계 소리' 속에서 '영웅'이 되는 자리에 있으며, 공작은 '병든' 공작이 되어 '거리'에 있다. 한 집단은 '조국의 동맥이 되는 사람들'로서 영웅이 되고, 다른 집단은 '수치' 조차 '배'우려 하지 않고 '나를 뽑아달라고 지루한 연설'이나 하는, 정치적 집단으로 전락된 상태에 있기 때문이다. 이때 영웅에게는 지배담론, 즉 가부장적 힘이나 권력이나 지배 논리가 내재되어 있지 않다. 그저 '기계 소리'에 '신'이 난 그 신바람 하나로 영웅이 되었기 때문이다. 그 '신'이 난 상태는 아버지의 이름, 법의 논리가 배제되어 있는 바로 그저 내어주기만 하는 허여성이 내재된다. 그 여성성을 지닌 여성은 어떠한 여성인가.

'음악에 끌려 다방으로 빠지'는 '아씨'는 아브젝트하다. 이때의 더러움은 밖으로부터, 한 집단으로부터 떨어져 나온 다른 집단들인 '아씨'의 행위는 개인의 일시적인 행위가 아니다. 아씨는 여성이다. 사회와 모종의 특성 집단(남성적 지배담론, 성담론)사이에서 주체가 타자(아씨, 여성)를 오염시킨 상태를 드러내 주는 총체적인 의미를 지닌 기표이다. 이를 거세시킨 여성이 곧 '숙'

이다. '기계 소리에 신이 나' 아브젝트를 거세시키고 자신의 면 모를 성스럽게 하고, 새로운 질서('조국의 동맥')를 세우는 주체 가 되기 때문이다. 근대화의 한 복판에 선 당당한 주체이다. 무 서운 속도로 내어 달리는 자본주의라는 이름의 '기계', 그 기계 소리의 실제적 동력이 되고 있는 자는 남성이 아니라 바로 여성 (淑)인 것이다. 이 여성은 아브젝트한 육체를, 아브젝트한 몸으 로 아브젝트를 거두어 내고 조국의 동맥이 되는 주체로서 자리 매김 된다. '장부책엔 생산량이 기입'되게 하는 주체가 되기 때 문이다.

　이러한 여성 주체의 저 쪽, 근대화의 한 쪽에는 병든 집단들 이 존재하고 있다. 병들었다 함은 공작이 견고하고 화려한 날개 를 지닌 모습을 잃은 상태가 된다. 공장이 아닌 근대화의 한 복 판, 그 거리에서 병든 공작들은 근대화의 전열 속에서 조국의 동맥이 되기는커녕 거리에서 '오늘도 한 낮이면 날개를 펴 구경 시키는' 정치적 권력에 몰두한 자, 곧 '나를 뽑아달라는 지루한 연설'이나 하는 자들이다. 연설이 지루하다는 것은 가부장적이 고, 타자를 억압하는 지배적 담론이나 늘어놓는, 규범적인 척 하 는 자들이다. 더욱이 행동이 아닌 말, '공장에서 일하는 자'가 아 니라 '입'으로 지루한 말들이나 뱉어내는, 형편없는 자들은 건강 한 자가 아니라 병든 자일 수밖에 없다. 적어도 건강하게 일하 는 자 앞에서 이들은 그렇다. 이러한 공작은 근대화의 한 복판 에서 조국의 동맥이 되는 주체들에게는 한낱 부속품만도 못한 가치 없는 존재, 그래서 무능력한 병든 존재로 전락된다.

　이러한 병든 공작은 시인이 응시하고 있는 근대, 즉 당대의 사회, 정치적, 문화적 공간 속에서 여성과 성이 다른 한 쪽인 지 배담론을 상징하며, 그 집단의 면모를 샅샅이 파헤쳐지게 하는 상징물이기도 하다. 이때 그 대상들을 향한 시인의 눈은 냉소와 조소가 뒤섞여 대상들의 작태를 슬쩍 건드리는 한편 '염려'를 잃지 않는다. 비판 의식과 함께 '그러안기'를 하고 있는 것이다. 이는 '죽기 전까지 어머니가' 아들에게 상징질서에서 잘 살아가기를 그토록 간구하는 그 사랑이다. '언제나 수치를 배울 수 있을런지', 그 '있을런지'에는 한 집단이 또 다른 한 집단을 지배하고 억압하여 교육하는, 그래서 주체와 타자라는 종속적인 관계가 배제된 즉, 여성/남성이라는 대립항을 구축하는 사고 체계가 아니라 지루한 연설이나 해대는 인간에 대한 연민같은, 그래서 반성적 사유를 권면하는 시인의 목소리, 마치 원초적인 어머니가 타자를 염려하면서 껴안고 있는 그 목소리가 흐르고 있기 때문이다.

이처럼 한 상징체계 질서를 형성하는 한 집단-근대, 상징질서의 병든 공작들-을 염려하는, 그래서 시인의 성과 다른 한 쪽, 상대적인 그 집단을 염려하는 그것은 결코 부드러움만이 아닌, 날카로운 응시 속에서도 그러안는 그 모든 것들이 이제 '지하'의 '아들들'에게까지 퍼지고 있다.

우물거리는 것들은 땅의 벌레가 아니라
하늘의 아들들이오
충계는 실로 천층만층

'만년필 사보시죠'
'오늘 아침 신문입니다'
'고무줄 삽쇼'
다음 것이 오기 전에 현기증이 난다

다리 다리 다리
광풍(狂風)이 뿌리는
빗발 같은 다리들이
소나기처럼 지나간다

두꺼비 모양 엎드리고 있는 것은
빵장수 영감
두고 온 고향의 사과밭이 생각났나 보다

아침 해도 안 드는 지하도
나비가 날아들면 당장 숨이 막힐 곳
많지도 않은 욕망들인데
머리 위에 전차를 이고
저들은 서커스를 한다
-<남대문 지하도>전문

시적 화자가 '하늘의 아들들'이라고 명명한 그들은 '땅'이 아닌 '지하'에서, '머리 위에 전차를 이고' 있는 존재들이다. 참으로 역설적이며, 예사로운 인식이 아니다. 이는 시텍스트에서 발화되는 대상들이 곧 말하는 주체의 응시 속에서 의미 생성을 하기 때문이다.

'만년필 사보시죠 고무줄 삽쇼'의 소리들, '두꺼비 모양 엎드리고 있는 빵장수 영감, '우물거리'고 있는 이러한 존재들은 벌레('나비')만도 못한 존재이기에 더럽고 추한, 그래서 상징질서를 오염시키는 이물질로서 땅에서는 배제되어 지하에서 존재하는 아브젝트한 존재들이다. 이러한 존재들이 시적 화자의 응시 속에서는 '땅의 벌레'가 아닌 '하늘의 아들들'인 것이다. 참으로 아이러니컬하다. 땅/지하, 벌레와 나비/하늘의 아들은 서로 대립되어 두 지층이 한결같이 매몰찬 현실을 그대로 드러내기 때문이다. 땅은 지하가 아닌 지상의 공간이다. '전차'가 지배하는 세계이며, 상징질서의 체계 속에서 근대화가 이루어지고 있는 현실적 공간이다. 이러한 곳에서 살아가는 '땅의 벌레'들은 근대의 한가운데 서 있는 인간들이다.

시인은 '아침 해도 안 드는' <남대문 지하도>라는 어둠의 세계를 귀로 듣고 눈으로 보는 현상적이고 가시적인 차원에서 벗어나고 있다. 그 세계에 존재하는 대상들의 현상들을 그저 시화시킨 것이 아니라 그들에게 내재된 본질적인 '어떤 것'들을 응시하고 있기 때문이다. 이때 우리에게는 보이지 않고 들리지 않는 것들, 그 어떤 것들은 보고 듣고 느낀 시인의 '현기증'이 말해준다. 이때 '현기증' 나게 한 것이 표면적으로만 보이고 들리는 것으로, 즉 대상에 대한 연민이라거나 헐벗은 가난한 자들이라는 현상적인 것이 아니라 시지각의 경계에 드러나지 않는 것들이기 때문이다.

만년필 한 개를 팔고, 고무줄 몇 가닥 팔아서 생계를 유지하는 '많지도 않은 욕망들', 두꺼비 모양 엎드리고 있는 빵장수 영감. 이들은 '땅'의 질서에서 배제된 대상들이다. 이들을 '지나가'고 있는, '다리 다리 다리/ 빗발 같은 다리들이/ 소나기처럼 지나가'는 그 행적들은 '광풍(狂風)이다. 광풍은 온전한 바람이 아니다. 잘못 되어진, 그래서 그야말로 미친 바람인 그 광풍의 근원은 도대체 어디인가? 바로 근대('전차')에서 갈팡질팡하는 바로 '이 땅의 벌레'들이다. 지상적인 이것들은 나를 붙들고 내가 붙드는 타자의 담론이며, 그래서 내겐 더럽고 징그러운 벌레들로서 '나(시인)'를 현기증 나게 하는 대상들이 된다. 이때 시인에게 있어 이들은 혐오스러운 대상이 된다. 곧 아브젝션된다. 한편 만년필과 고무줄 팔리기만을 욕망하는, 아주 작은 욕망을 가진 그들도 땅의 벌레들에 의해서 버려진 아브젝션된 존재들이다. 이때 이들을 느끼는 시인. 이 느낌은 시인의 현기증이다. 이야기를 하는 저 편에서 현기증은 자신의 언어를 발견한다. 그것은 어머니의 목소리가 웅크리고 있는 상상적인 리듬과도 같다.137)그렇기에 보이지 않고 들리지도 않는데, '두고 온 고향의 사과밭이 생각났나 보다'라는 것은 시인이 진실로 보고자 했고

---

137) 크리스테바, 같은 책, 221쪽.

들고자 했기 때문에 가능한 것이다. 그 진실은, 그 상상은 바로 현기증으로 현현되는, 시인의 리듬 같은 언술은 시인의 글쓰기의 한 특성을 드러내 준다.

그렇다면 '고향의 사과 밭'은 어디일까. 고향은 존재의 본질을 담는 그릇이다. 존재가 탄생한 곳이다. 생명의 근원을 이루는 공간이다. 그곳은 지하가 아닌 지상에 있다. 지상은 미친바람의 근원인 땅도 아닌 곧 '하늘'이다. 고향은 곧 하늘인 것이다. 이곳은 하늘의 아들들이, 지하도에 존재하는 그들이 결코 갈 수가 없는 곳이다. 시인이 지향하는 '하늘'을, 그 '하늘의 아들들'은 지금 여기에 있기 때문이다. 갈 수도 없는 고향을 지향하는 하늘의 아들들은 '머리 위에 전차를 이고' '서커스를 한다.' 왜 서커스였을까? 서커스는 '곡예', '곡마단'이다. 신기한 재주를 부리는, 혹은 말을 타고 재주를 부리는 그 둘 다를 포괄하는 기표가 된다. 이들은 머리 위에 전차를 이고 있는, 신기한 재주를 하고 있는 이들이다. 전차는 당대의 근대성을 드러내는 구체물 가운데 하나이다. 지하가 아닌 지상에서 마치 미친 바람처럼 파시스트적인 속도가 근대 속으로 잠식해 들어 온 구체물이다. 이는 지하 세계에서는 필요 없고, 쓸모도 없는, 그래서 재주나 부릴 때 사용되는 허접스런 물건 밖에는 되지 못한다. 즉 '땅의 벌레'들만이 욕망하는 구체물 가운데 하나일 뿐이다. 이때 이것을 갖고 노는 '저들'인 하늘의 아들들이 상징질서, 곧 지상에서 지하로 소외되고 천시된, 바로 아브젝션된 대상들이 갖고 노는 그 서커스는 매혹적인 아브젝트인 것이다.

이처럼 시인은 당대(근대)사회적 상황-비참하게 소외되고 버려진 계층들-을 '현기증'을 일으킴으로써 전복시킨다. 현기증은 어머니의 목소리가 담긴 리듬이요 그 리듬은 가슴앓이요, 연민이면서 분노이기도 하다. 그 가슴앓이는 거대한 정치적 이데올로기의 드러냄이요 가림이기도 하다. 그래서 특정한 외부 대상

등에도 얽매여 있지 않는 원초적 어머니 가슴 속에서의 앓이다. 더욱 시인이 아픔을 같이 나누지 못하는 현실, 그래서 현기증의 가시적인 것 저 너머인 '하늘' 세계를 통해서 '많지도 않은 욕망'을 욕구하는 사람들을 진정으로 보고 듣고 느끼는 것, 그 자체가 바로 '그러안기'인 것이다. 상징질서에 의해 버려졌던 아브젝션된 대상들을 그러안기 하는 그 주체는 숭고할 수밖에 없다. 시인이 어떤 것을 추구하고 어떤 대상을 인식하는 그것이 보다 중요한 것은 그 대상을 통한, 즉 시텍스트에서 발화되는 것들이 주체와 치열하게 부딪칠 때, 그래서 시적 진실과 시대적 진실이 우리들에게 공감대를 이루고 시의 가치는 배가 되고 진한 감동을 받게 된다.

　노천명은 일상에서, 특히 엘리트 의식을 지닌 자들의 일상에서 자칫 소외되거니 외면되는 하찮은 대상들에게조차도 그냥 지나치지 않았다. 그냥 지나치지 않았던 것은 시인이 대상들에 대하여 진실로 응시함으로써 가능한 것이다. 그 응시는 우리들이 (청자들, 타자들) 보지 않고 듣지 않고 느끼려고도 하지 않았던, 근대성이 진입하고 있는 그 한 복판으로(<남대문 지하도>), 그 세계로 끌고 들어가 보고 듣고 느끼게 하고 있다. 이것이 노천명의 그러안기이며, 그의 글쓰기가 지닌 또 하나의 힘인 것이다.

　이렇게 '딸'이 아닌 '아들들'까지도 그러안기 하는 시인, 그 여성의 '흰 손'은 <가난한 사람들>을, 더 나아가 세계를 그러안는, 그래서 '탑'을 싸 올리는 어머니의 손, 이는 페미니즘을 넘어서 휴머니즘적인 주체가 된다.

　　　우리끼리 모이니
　　　훈훈하구나
　　　화로 하나 끼고도 이렇게 훈훈하구나

　　　못생긴 것-

어디로 싸다녔기에
꽁꽁 얼어 왔니

외롭고 또 처량하고
늬 꼴이 오죽 병신스러웠겠니
못생긴 것-

창 너머로 하늘이 보이잖니
어머니의 옥당목 치마 빛을 한
얼마나 아름다운 우리들의 하늘이야

김가와 이가가
침을 사뭇 퉤퉤 뱉아도
진정 더러울 수는 없는 이 땅

우리끼리 모이니
훈훈하지 않으냐
어디로 넌 싸다녔니

약하고 가난하고 무력한 주변에
우리들 온김이 좋지 않으냐
친구야 구수한 얘기 좀 해보렴

-<가난한 사람들>전문

　'땅/하늘'의 기표는 <가난한 사람들>의 현실과, 그 현실을 극
복하는 공간으로 작용한다. 땅과 하늘은 서로 대립되어지는 기
표지만, 시텍스트에서 말하는 주체의 발화를 통해 등가를 이룬
다는 것이 앞의 시와는 차이가 있다. 다시 말해 땅과 하늘 가운
데 어느 한 쪽만을 지향하는 것이 아니라 그 둘을 모두 그러안
고 있다는 점에서 시인의 글쓰기가 경계선상에 있음이 드러난
다. '꽁꽁 얼어'붙게 하는 혹한의 현실인 이 '땅'에서 살아가는

주체에게 있어서는 '외롭고' '처량'한 삶이다. 이렇게 황량하고 메마른 현실 속에서 '하늘'을 응시함으로써 '약하고' '가난한' 사람들이 살아가는 땅은 '진정 더러울 수 없는 이 땅'이 된다.

땅에는 두 지층의 현실이 있다. 한 지층에서는 '외롭고 또 처량하고', '병신스러'운 '못생긴 것ㅡ'들이 살아가고 있는 현실이 있고, 또 하나의 지층에서는 '침을 사뭇 퉤퉤 뱉어'대는 '김가와 이가가' 살아가는 현실이 있다. 침을 퉤퉤 뱉어대는 김가와 이가라는 대상들은 당대의 사회적, 문화적, 정치적 상황 속에서 지배 담론의 주축을 이루는 상징적 대상들이다. 이때 두 지층은 각각 주변부와 중심부적인 삶을 이루는, 그래서 주체와 타자들의 관계성이 얽혀져 있다. 두 지층의 의미 생성 과정을 살펴보자.

말하는 주체인 시인의 시선 속으로 들어오는 못생긴 것들은 병신스러운 것들이다. 이들은 아브젝트한 존재들이다. 이때 아브젝트한 존재들과 반비례하는 또 다른 계층은 중심부가 아닌 '무력한' 존재들로 비춰진다는 점, 이 점이 노천명의 글쓰기의 힘이다. 가난한 자들인 '우리끼리 모여서' '우리들 온김'으로 다른 한 계층(무력한 자)을 그러안기 때문이다. 이때 가난한 계층은 다른 계층을 '훈훈하'게 해 주는 주체가 된다. 역전이 된 것이다. 이러한 것이 가능한 것은 '우리들의 하늘'이 있기 때문이다. 우리들의 하늘은 거저 얻은 하늘이 아니다. '하늘', '어머니의 옥당목 치마 빛을 한 하늘'이 보이는 것은 어머니의 치마 빛을 인식하는 여성적 '응시'가 먼저 선행됨으로써 가능하기 때문이다.

때문에 시인은 외롭고, 처량하고, 약한 자들과 동궤에 있다. '창 너머의 하늘'을 볼 수 있는 눈이 있는 자이다. 이들에게는 못생기고, 병신스럽지만, 꽁꽁 얼어붙은 육체를 지녔음에도 불구하고 하늘을 볼 수 있는 '마음'이 있다. 이때 '창'은 이들이 처한 현실의 안과 밖의 경계를 넘나들게 해 주는 구체물이 된다. 창은 말하는 주체, 즉 가난한 사람들의 삶의 안이고 밖이다. 창 안에서의 삶은 육체적인 삶이고 창 밖을 지향하는 삶은 정신적인 삶이다. 창 안은 병신스럽게 살아내기 하는 공간이다. 그래서 꽁꽁 얼어붙은 육체는 비정상이며, 생명적인 요소가 전무한 상태나 다름없다. 피폐해진 육체는 병신스러운 육체이기 때문이다.

그러나 병신스러움은 육체적 장애이지 정신적인 장애는 결코 아니다. 마음은 '창 너머' 바깥 세상에 있기 때문이다. 창 밖, 창 너머에는 이 병신스러운 현실을 모두 거두어 낼 수 있는 '하늘'이 있다. 그 하늘은 원초적 어머니의 몸이다. 코라, 곧 '옥당목 치마 빛을 한 어머니이다.' 그래서 하늘은, 그 어머니의 몸은 우리들이, 가난한 사람들이 타자들에 의해서 소외되고 버려지고 밀려난, 아브젝션된 '우리들의 하늘'이다. 우리들은 이 하늘을 얻기 전 꽁꽁 얼어붙은 병신스러운 자들이었다. 이러한 우리들은 우리들의 하늘로, '어머니의 몸'으로 무력한 자들까지 모두 '그러안기' 한다. 이는 우리들의 하늘이, 타자를 억압하지 않고 무조건적으로 끌어안는 어머니의 몸이기에 가능한 것이다. 이제 그러안겨진 우리들의 몸은 꽁꽁 얼어붙었던 몸이 아니라 '화로'처럼 따뜻한, '우리들 운김'인 사랑만이 가득하다. 우리들의 몸은, 나를 대상천시한 타자들을 아브젝션된 그 몸으로 그러안았기에 이 세상을 승화시키는 힘을 지닌다. 그래서 '진정 더러울 수 없는 이 땅'이 되는 것이다. 이제 이 땅은 어머니의 옥당목 치마 빛을 한 하늘과 동궤에 있다. 곧 하늘과 땅은 등가를 이룬다. 우리들의 삶으로 들어왔기 때문이다. '우리끼리 모이니' 이제 땅과 하늘은 하나로 된다. 이 모든 것들은 <가난한 사람들>이 '무력한 주변'에 '우리들 운김'을 불어넣었기 때문에 가능하다. 그 운김 곧 우리들의 운김, 그 어머니의 운김은 얼마나 '좋은가.'

정말 정말로 '우리들 운김이 좋지 않으냐', '친구야 구수한 얘기 좀 해보렴.'

256

시인은 '친구'에게 '구수한 얘기'를 청하고 있다. 이 언술에는 도
대체 무엇이 담겨져 있는 것일까. 시인은 친구에게 구수한 얘기가
왜 듣고 싶은 것일까. 친구는 구수한 얘기를 과연 할 수 있을까.

<가난한 사람들>의 '운김', 그 사랑이 어둠과 혹한 앞에서 '화
로'처럼 온 주변을 한 곳에 모아 따뜻하게 하는 볼록렌즈 구실
을 하였다고 얘기하면 안 될까. 한 곳으로 빛을 모아 꽁꽁 얼어
붙은 육체와 정신을 녹여주는 그 힘은 바로 어머니의 몸, 사랑
그 자체가 아닌가. 이 얘기는 너무도 건조하다. 시인이 듣기를
그토록 원하던 '구수한 얘기'가 결코 될 수는 없다.

그렇다면 "어머니의 옥당목 치마 빛을 한 우리들의 하늘이 있
기에 진정 더러울 수는 없는 이 땅"이라고 노천명의 그 '구수한
얘기'를 되받아 친구는 우리들에게 이야기해야 하는 것이 아닐까.

노천명의 시텍스트성 새롭게 밝혀내고, 그의 글쓰기를 규명하
는 데 있어서 정점에 놓여 있는 시가 바로 <여원부>이다. <여
원부>에는 여성의 육체와 정신, 바로 여성성의 그 모든 것이 담
겨져 있기 때문이다. 여성의 육체, 정신 그 모든 것을 아무런 대
가도 없이 그저 다 내어주기만 하는 어머니. 그 어머니는 가장
천시된 몸, 아브젝션된 여성이요 원초적 어머니이다. 그런데 대
상천시된, 그 어머니는 너무도 숭고하다. 그 어머니는 남자가 아
닌 여자인 '女'이며, 여성의 몸인 '苑'이며, 어머니의 정신인 '賦'
이다. 이것이 바로 노천명의 글쓰기의 가장 큰 특성이며, 여성적
글쓰기의 힘이요 탄생과 긍정의 글쓰기, 바로 그것이다.

　　　밤마다 번뇌의 숲을 헤치고
　　　여왕처럼 모시는 나의 고독이여

　　　모든 굴욕은 나에게로 보내주시오
　　　어머니께서 받은 유산이었습니다.

찬비 뿌리고 바람 후두들겨도
쓰러지지 않고
씻겨준 얼굴 오히려 곱게 치듦은

우러러보는
마음의 푸른 하늘 지녔음이오

헐벗은 나는 이 땅의 딸
비바람 부짖는 속에 탑을
싸 올리는 흰 손이오

-<여원부(女苑賦)>전문

<여원부>는 4권의 시집 가운데 어느 한 곳에 실린 것이 아니라 『노천명 전집』의 <편자의 말>어 실린, '발굴 시'이다. 시집에 실리지 않았다는 것은 무엇을 말해주고 있는 것일까.

말하는 주체로서 시인이 상기시켜 주는 '어머니'는 천사처럼 이상화되고, 그래서 남성중심 사고 속에서 '신화화'되는 대상이 결코 아니다. 너무도 비참한 현실, 그래서 너무도 천한, 아브젝션된 어머니이다. 그 어머니는 '밤마다 번뇌의 숲을 헤치고', '모든 굴욕'을 뒤집어 쓴 '헐벗은' '이 땅의 딸'이다. 그 어머니는 비현실태의 인물이 아닌 현실적인 여성이다. 그렇다면 이러한 여성의 몸과 정신과 여성성은 어떠할까. 그 '어머니께서 받은 유산'은 무엇이며, 또 그것은 어떻게 되는가.

이 땅의 딸들인 '나', 나와 너의 어머니가, 또 그 어머니의 어머니가, 그리고 어머니의 어머니인 '할머니'들께서 받은 '유산'은 오직 '굴욕' 뿐이다. 더럽고 추하고 냄새나고 오물 같은, 그래서 아브젝트한 것들만 '딸'들은 '유산'으로 받았다. 이때 고통, 희생제의 등의 기표들과 연결되는 어머니의 굴욕스러운 몸과 정신은 '탑을 싸 올리는' 숭고한 '흰 손'이 된다. 그 의미 생성 과정을 세세히 분석해 본다.

'찬비 뿌리고 바람 후두들겨'대는 거대한 현실이 있다. 이 가혹한 현실은 시인이 놓인 당대의 시대성, 즉 정치적, 사회적, 문화적 젠더 공간을 모두 형성하는, 그래서 시적 자아가 굴욕으로 살아내기 하는 척박한 현실이며, 더 나아가 상징질서의 어떤 대상들이기도 하다. 굴욕스러운 여성 주체를 더 힘들게 하는 것은 '찬비'와 '바람'이다. 이때 시인이 발화한 '비'는 '찬' 비다. '찬'이라는 접두사에 의해 혹독한 현실을 청자로 하여금 더욱 더 인지하게 한다. 시적 자아인 '나'는 세찬 비바람 속, 그 가혹한 현실에 굴욕스럽게 부딪혀야 한다. 그러나 나는 찬비와 바람에 결코 굴복하지 않는다. 처절하게 부딪히는 것 같은데도 결코 처절하지가 않다. 거센 바람과 세찬비가 내리쳐도 '쓰러지지 않'을 뿐만 아니라 '얼굴'을 곱게 '씻겨준'이라고 발화하고 있기 때문이다. 이는 '우러러 보는', 곧 시적 자아의 응시가 선재했기 때문에 가능하다. 응시는 '마음의 푸른 하늘을 지니'게 한다.

여기서 말하는 주체가 하늘을 보는 것이 아니라 '하늘 지녔음'이라고 발화하고 있다는 점에 더욱 주목할 필요가 있다. 과거 완료형이다. 이미 응시를 통해 하늘은 내 것이 되었다는 말이다. 다시 말해 말하는 주체는 하늘을 보는 자가 아니라 하늘을 '가진 자'이다. 하늘을 지녔음은 곧 말하는 주체의 소유다. 땅은 상징질서요, 하늘은 기호계적인 세계이다. 시원의 공간이다. 시원의 세계를 소유하고 있는 자는 아무리 험한 현실이라도 거뜬히 이겨낼 뿐만 아니라 오히려 타자들을 그러안을 수도 있다. 이때 '그러안기'는 바로 거친 현실이 '씻겨'주었다고 하는 그 정점에 놓이게 된다.

이러한 '그러안기'에는 비바람에 부딪혀 상처를 입음으로 해서 그 상처에서 꽃을 피우는 방식처럼('비바람 부짖는 속에 탑을 싸 올리는 흰 손') 자신을 혹사시켜 마치 마조히즘적인, 그래서 비바람, 즉 억압하는 대상들, 굴욕적인 현실을 향한 씨니컬한 시적 자아의 목소리가 함께 내재되는데, 결코 가볍지 않게 지나가고 있다. 가혹한 현실을 그러안음과 동시에 상징질서 체계를 전복시켜 꼼짝 못하게 하는 목소리이기에 결코 가볍지 않은 것이다. 시적 자아의 '얼굴'은 육체이다. 육체는 곧 목소리이다. 이제 이러한 몸과 목소리를 지닌 이 땅의 딸들은 아브젝트한, 굴욕적인 존재들은 매혹적인 존재로 탈바꿈된다.

왜 아브젝트한데 매혹적인가. '밤마다 번뇌의 숲을 헤치고' 있는 비참한 시적 자아의 영상. 이것은 집요하게 나를 따라 다니는, 그래서 '여왕처럼 모시는 나의 고독'이다. 이 비참함 속에서도 시인은 '여왕'처럼 고독을 끌어안는다. 더 나아가 지독한 말을 뱉어내고 있다. '모든 굴욕을 나에게로 보내주시오'라고 진술한다. 너무도 자괴적인 언술이다. 여기서 청자들을 옴짝달싹 못하게 하는 또 한 번의 마조히스트의 목소리를 듣게 된다. 도대체 무슨 목적으로 시인은 자신을, 어머니를, 이 땅의 딸들을 이렇게 진술하고 있는 것인가? 이것은 바로 내가, 어머니가, 이 땅의 딸들이 혐오스럽고 아브젝트한 존재이자 매혹적인 존재, 즉 '헐벗고', 굴욕적인 존재지만 결코 굴욕스럽지 않은, 그 양가성을 드러내기 위한 전조건이 된다. 이렇게 발화된 양상은 양가성을 드러내는 극점에서 전복되어 승화되는데, 그 극점에는 바로 '탑'이 위치하고 있다.

'탑' 쌓는 행위는 예술적인 행위이다. 이는 표면적인 행위일 뿐이다. 탑을 쌓는 그 행위의 순간은 예술적이든 비예술적이든 모두가 성스러운 순간이다. '탑'은 평면적이 아닌 입체성을 지닌 기표이다. 평면은 공간이 아니다. 그래서 이 물질들이 담겨질 수가 없다. 입체적일 때, 입체적인 사물은 공간이 되고, 그 공간에는 다른 물질이 담겨질 수 있다. 이때 '탑'은 주체이고 담겨지는 그 물질은 '타자'(세계)가 된다. 탑은 주체의 몸이다. 주체의

몸에 타자를 담는 그릇은 곧 '원초적 어머니의 몸'이나 다름없
다. 고통과 사랑을 모두 그러안는 어머니의 몸, 코라이다. 타자
들을 억압하지 않고, 무조건적으로 받아들이기만 하고 결코 마
르지 않는 어머니의 자궁이다. 자궁은 생명수이다. 이렇게 그저
내어주기만 하는 원초적 어머니의 몸과 정신은, '싸 올리는 흰
손'은 깨끗할 수밖에 없다. 깨끗한 상태는 죄가 들어오지 않은
상태이다. 이 상태에서의 '흰 손'은 굴욕적인 손이 아니라 아름
다운 손으로 승화된다. 그렇기에 상징질서가 대상천시한 굴욕스
러운 그 몸은, 아브젝션된 어머니의 몸은 너무도 숭고하다. 숭고
한 것은 누구에게나 매혹적일 수밖에 없다.

이것이 시적 자아, 곧 말하는 주체로서 노천명 시인의 <여원
부>인 것이다.

'女' 여자, 굴욕을 유산으로 받은 이 땅의 딸들이다.

'苑' 동산, 세찬 비바람에 부딪혀도 그 부딪힘 속에서도 타자
를 무조건적으로 그러안는 원초적인 어머니의 몸이다.

'賦' 깨끗한 정신, 아무런 대가 없이 그저 자신을 송두리째 내
어주기만 하는, 타자를 품는 허여성은 여성의 윤리요 숭고함, 어
머니 그 자체인 것이다.

이처럼 <여원부>는 시인의 의식에 내면화된 여성, 주변부를
지워내고 중심이 되는 여성, 그래서 아브젝션된 몸과 정신이 '매
혹적인' 것으로 탈바꿈되는 여성 주체의 그 모든 것들이 담겨
있다. 이들은 여성으로서 시대적으로 부조리한 공간 속에서 살
아내기 한 '헐벗은' 시인(여성)이며, 곧 '이 땅의 딸'들인 우리들
의 '어머니의 어머니'인 것이다. <여원부>는 바로 노천명의 글
쓰기의 한 가운데이자 처음부터 마지막까지 가로지르고 있는,
시인의 몸으로 쓰는 자기 진행형의 글쓰기이며 여성으로 말하
기이며, 그래서 '여성적 글쓰기'의 힘, 그 힘의 숭고함을 드러내
는 바로 그 핵심인 것이다.

제5장 노천명 문학과 페미니즘:
'경계선'상에서의 글쓰기

　문학 작품에 대한 논의는 해명이나 비판(도그마에 대한) 사이
에서 왕복할 수밖에 없다. 필자 또한 노천명의 시텍스트를 분석
하는 데 그것을 그대로 적용할 수밖에 없다. 도그마를 형성하고
그 도그마를 다시 부수기를 반복하는 것이 연구의 목적 가운데
한 역할이기 때문이다.

　역사와 문화를 가로질러 여성들을 하나로 묶는 공동의 정체
성이라는 견고한 토대는 없다. 다만 현재, 지금 바로 이 순간에
도 과거에 형성된 문학 작품 속에는, 특히 여성 작가(시인)의
텍스트들은 그 시대의 세계관이나 이데올로기가 불가피하게 얽
혀 들어가 있으며, 그 결과 시인의 목소리는 시공간 차이의 심
연을 뛰어넘어 우리(독자)에게 무엇인가 계속해서 발언을 하고
있다.138)

　여성의 글쓰기를 회복시키려는 페미니즘적 욕망은 여성의 목
소리가 필연적으로 어떤 한 부분에서든 진리를 말한다는 인식
론적 주장이 아니라 잃어버렸거나 간과되어 있었거나 또는 소
외되어 있어 미처 찾아내지 못한 그 부분, 곧 여성의 목소리를
되찾으려는 것이며, 실현되는 과정의 하나인 것이다. 또한 남성
텍스트와 여성 텍스트를 구별하여 논의하는 것은 남/여의 대립
적인 관계가 아니라, 또 근대성에 대한 여성의 관점이 언제나
남성의 관점보다 더 정확해서도 아니라, 페미니즘 비평이 적어

---

138) 예컨대 정비석의 『자유부인』이나 입센의 『인형의 집』 그리고 강
　　경애의 『인간 문제』 등에서 여성성, 여성 의식 등은 당대의 지배
　　이데올로기의 상황과 현재 지금의 이데올로기와는 괴리감을 갖게
　　한다.

도 그러한 관점에 비슷한, 혹은 같은 무게를 주면서도 여성의 글쓰기 특유의 특성들에 대해서 보다 주의 깊은 관심을 기울이고 있기 때문이다. 이론의 가치, 즉 과거의 문학 텍스트와 현재의 페미니즘 이론이 서로 연결되는 지점을 찾아내고, 의미 있는 것들을 창출해 내는 과정, 곧 심층 있는 분석으로 새롭게 논의하는 것 자체가 곧 도그마를 형성하는 그곳에서 벗어 날 수는 없다.

본 장에서는 기존의 평가(논의)에서 무언가 부족한 것을 발견해 내고, 또 간과된 것이나 미처 보지 못한 것들을 찾아내고자 노천명 시인의 시텍스트를 근대성, 문학, 여성이라는 패러다임 속에 가두고 무반성적으로 투사함으로써 발생하는 여러 요인들을 스스로 안고 출발하였으며, 끝맺음 차원에서 정리하고자 한다.

1. 근대, 그 가장자리와 한가운데

노천명의 산문에 대해서 김윤식 교수는 다음과 같이 언급하고 있다.

> 그녀의 시단 등단은 근대시의 영역을 가리킴이지만 그녀는 근대성에 대한 기질적 저항에 부딪치고 있지 않았을까. 시골의 유년기에 대한 강한 집착이 근대성의 덜미를 잡고 있는 형국이었을 터이다. '근대성으로 나아가지 않으면 안 되지만 동시에 나아갈 수 없음'에 그녀의 문학이 엉거주춤하게 놓여 있었다. '억지다'라고 정지용이 지적한 것은 이를 가리킴이 아니었겠는가. 노천명의 정신 구조를 '처녀성을 지키면서도 여인 되기'와 '근대성 추구에 몸을 담고 있으면서도 이를 거부하기'의 등가를 이룬 곳에서 찾아야 되는 것은 이 때문이다.139)

"시골의 유년기에 대한 강한 집착 때문에 근대성의 덜미를 잡고 있는 형국이었을" 것이라고 단언한 것에 수긍할 수 있는 부분은 있지만, 그것 때문에 "그녀의 문학이 엉거주춤하게 놓여 있었다"는 것은 역시 남성 중심적 사고에서 벗어나지 못한 평가라고 여겨진다. 근대성의 큰 패러다임 속에서 '유년기'에 대한 개인의 집착은 그야말로 한 개인의 소중한 감성이며, 근대화에 접어든 개인의 의식, 즉 심리 구조에는 무엇이 왜, 무엇 때문에 그렇게 자리하게 되었는가를 놓쳐서는 아니 될 것이다. 근대성을 남성에 의해 지배되는 특수한 공적, 제도적 구조와 동일시함으로써 결과적으로 여성의 삶, 관심사, 전망 등을 거의 전적으로 배제하고 있기 때문이다. 더욱이 "시골 유년기에 대한 강한 집착 때문"이라는 것은 여성성을 노골적으로 과거에 대한 향수 어린 관점에서만 바라보는 시각이다. 이러한 관점은 끝없이 재포장 되어 왔다고 해도 과언이 아닐 것이다. 외관상 근대적 삶의 소외와 파편화에 의해 손상되지 않은 무시간적 진정성의 영역을 구현하는 존재로서 시인의 여성성, 여성 의식을 신화화하고 또는 칭송시(호평과 혹평) 해 온 것도 주지되는 사실이다.

본고는 기존의 논의를 거스르며 다시 보기 하는 것이 목적이었으며, 그것은 철저한 시텍스트의 분석과 기호적 의미 작용을 통해 이루어지는 것이었으므로 이에 대한 결과론적 접근을 하고자 지금까지 각 장에 걸쳐서 분석한 작품을 토대로 하여 시인의 여성적 글쓰기를 정립하는 것이 본장의 주된 역할이다.

노천명 시인은 여성이다. 여성시인이 처한 당대의 상황, 즉 근대성은 시인의 개인적 현실이 당대의 정치적, 사회적, 문화적 상황과 맞물리면서 젠더 공간은 결코 무시할 수가 없게 된다.

---

139) 김윤식, 「송충이와 나비의 몸짓-노천명 소묘-」, 『노천명 전집』2, 솔, 1997, 477쪽에서 재인용.

264

근대는 시대를 구분하는 용어 중에서 가장 널리 퍼져 있으면
서도 가장 파악하기 어려운 개념이다. 근대 시기에 대한 설명은
학술적이든 대중적이든 일반적으로 역사적 과정을 극대화하거
나 인격화함으로써 일종의 형식적 통일성을 획득한다. 이때 개
별적(시인)인 혹은 집단적(문단)인 인간 주체는 시간적 의미의
전형적인 담지자로서 상징적인 중요성을 부여받는다. 그래서 이
들 주체를 여성으로 가정하는가 아니면 남성으로 가정하는가
하는 것은 서사의 성격에 중대한 결과를 초래할 수가 있다. 성
별은 역사적 지식의 사실적 내용에만 영향을 끼치는, 그래서 무
엇이 포함되며 무엇이 생략되는가 하는 점에서 뿐만 아니라 사
회적, 문화적 과정의 본질과 의미를 해석하는 토대가 될 수 있
기 때문이다. 이때 젠더는 텍스트의 분석을 이끌어가는 주요 토
대가 된다. 예컨대 남성 정전이라 불리우는 수많은 작품에 대하
여 평가하고 논의 되어진140)것들 속에서 근대성을, 소위 남성성
을 위주로 하는 권위의 전횡에 대항하는 오이디푸스적 반란으
로 해석하는 고착된 것을 접하는 일은 아주 쉬운 일이다. 더 나
아가 서구, 혹은 한국의 근대성은 자율적 차이(시대적 상황)를
부정하는 동일성의 논리에 입각해 있다는 점에서 근본적으로
가부장제적인 토대를 지니고 있다. 때문에 젠더 공간적 요소들
을 간과한 상태, 즉 남성중심의 지배담론이나 가부정적 사고를
간과한 상태에서, 소위 주체라고 스스로 일컫는 그들이 타자를
종속시키려는 욕망 속에서, 그리고 여성적인 것으로 치부되는
의존성을 두려워 한 나머지 근대성의 한 축을 이루고 있는 여

---

140) 아주 어려서부터 알게 모르게 교육받아 온 것이 분명히 있다. 그
   것은 서구 문학이나 한국 문학이나 마찬가지로 그 속에서의 주인
   공은 항상 남성이며, 남성성의 권위를 드러내는 기표로 읽혀져 온
   여성이 혹 주인공일지라도 늘 '결함있는 남성'-오이디푸스 콤플렉
   스 단계로 인한-이나 마녀(창녀), 혹은 순종하는 여성만이 부각되
   어져 왔음을 부인하기란 쉽지가 않다. 예를 들면, 『마담 보바리』,
   『날개』, 『감자』 등에서 드러나는 여성/남성의 관계성이다.

성 주체를 소외시키고 있었음을 놓쳐서는 안 될 것이다. 부언하면 남성 지배적인 공적 담론을 액면 그대로 근대와 동일시함으로써 여성의 근대성이 갖는 특수하고도 독특한 특징들을 간과해 버리는, 그래서 오류를 남기게 되어서는 아니 될 일이다.

노천명 시인은 이러한 요소들을 몸으로 체화하고 또 몸으로 글쓰기 함으로써 적나라하게 드러내었다고 해도 과언은 아니다. 그것은 근대로 진입한 상태에서 중심부적 담론과 주변부적인 담론 양 쪽을 넘나들기도 하고, 혹은 양 쪽 그 어느 곳에도 정착하지 못한, 그래서 스스로 그렇게 안한 것이 아니라 못한 상태에서의 글쓰기라고 할 수 있다. 노천명의 글쓰기에서 근대는 여성 주체로서 혹은 남성의 타자로서 여성성, 여성 의식 등과 밀접하게 관련되어 있다. '전시대 같으면 환영을 받았을 삼단 같은 머리'(<자화상>)처럼 여성의 육체성은 타자(근대화되고 있는 사회적, 문화적 상황, 남성중심의 문단)들에게는 환영받지 못했다. 하지만 당당히 시인은 전시대의 모습을 고수하면서 중심부로 뛰어 들었다.(작품 활동과 기자 생활 등) 이때 중요한 것은 중심부적 담론을 전복시키고 타자성을 벗은 여성 의식을 드러냈다는 점이며, 이는 시인의 글쓰기의 특성을 형성하는 첫 지점이 된다. 다시 말해 시인은 여성성과 근대성의 깊은 상호관계를 자신의 육체성으로 드러냄으로써 개인 곧 사적 영역이 근대화 양식이나 사회변화 과정과 긴밀하게 관련되어 있는, 그래서 당대의 억압적인 조건에 대해 외부 지향적 반응의 표출임과 동시에 근대의 모순이 펼쳐지기 시작하는 그 중심 무대에 과감하게 도전을 하였다는 점이 매우 시사적이라는 것이다. 이는 곧 시인의 의식 밑바탕에서부터 근대성의 성격을 가지고 있다는 인식에 도달하게 해 주는 측면이 된다. 곧 여성의 근대성이 갖는 특수하고 독특한 특징들을 드러내는 측면이 된다. 그것이 곧 팜므 파탈적 양상과 남성중심 사고로 고착된 수동적인 여성의 이미지에서 벗어난 주체적인 여성이며, 더 나아가 욕망하는 주체로서 섹슈얼리티적인 양상들이다. 이러한 특성들은 흔히 남성중심(이성중심주의-형이상학의 코기토)에 의해 형성된 전형적인(수동적) 여성성을 부정하고, 여성 주체로서 여성적 이미지의 표상을 과거 여성을 통해서 새롭게 부각시키고 있었다는 점에서 더욱 의미가 있다.

'사랑을 위해 달게 형틀을 썼다/ 옥 안에서 그는 춘꽃보다 더 짙었다'(<춘향>)처럼, 시인은 수동적이고 비결정적인 여성을 넘어서고 있다. 여성 주체로서 사회적 역할, 주체의 자율성, 성숙한 심리적 충동 등이 탈중심화된 연결점으로서 근대적 개인(여성 주체)을 상정한다. 왜냐하면 지조와 절개[141]라는 여성성의 기대치는 과거가 안고 있는 모순이며 신화임에도 불구하고 상징적 표현으로 널리 통용되어 왔으며, 현재에도 여전히 주체에게는 강력한 반향을 불러일으키고 있기 때문이다. '검은 머리채에 동양 여인의 별이 깃들'인, 그 '별'의 전부가 되는 것은 바로 지배되지 않는 여성성, 곳곳에 퍼진 권력 체계로부터 벗어나는 여성성의 상징 기능으로서의 역할 때문이다. 그렇기에 가부장적인 담론으로 산출되는 여성 육체의 물신화, 리비도화, 상품화 등의 여성성을 전복시키는 팜므 파탈적인 목소리는 젠더 공간의 모순성이나 불합리성이나 왜곡된 양상들을 모두 거두어 냄으로써 서구적(당대성) 근대성의 배제논리를 뒤엎는 시인의 목소리인 것이다.

또한 '논개' 치맛자락에 붙은 불이 서장대가 몸부림을 치게(<곡촉석루>)하는 여성의 행위는 시인의 심리에서 구현되는 여성이며, 이러한 자아는 여성의 육체성, 곧 여성성이 관능적이고

---

141) 여기서 '지조'와 '절개'라는 기표에는 한 개인, 즉 사랑하는 대상과는 별개로 여성 주체에게 있어서 수많은 기의들이 미끄러진다. 전근대적인, 남성중심의 사고-강압적이고 일방적인 남성의 성담론이나 지배 계층의 성문란 등-를 전복시키는 메타포가 있기 때문이다.

표현 불가능하며 미적인, 가부장 중심의 이성에 의해 억압된 타자로 환원되었던 것을 모두 벗겨내는 구심점으로 작용을 한다. 가부장적 지배라는 논리로 환원시켜버린 여성적인 것, 그 모두를 전복시켰다는 의미가 된다. 이는 역사 발전을 주도하는 주체로서의 남성이 어김없이 주체가 되는 반면 여성은 역사적 서사의 주체가 아닌 대상으로서, 즉 타자로서 고착되어 온 사유 체제(근대성, 이성중심주의)를 전복시킨 여성이다. 가장 하찮고 비천한 계층인 한 여성이 역사적 과정에서 뚜렷한 역할을 담당한 것을 통해 역사적 서사에 주체로서의 여성으로 자리매김 된다. 이때 시인은 근대성이 지니고 있는 한 특성인 배제의 논리에 대응할 수 있는 한 가지 방법을 고전 텍스트 속의 여성의 이미지에서 찾아냄으로써, 혹은 신화 속 여성인물들을 통해 여성이 근대성과 맺는 독특한 관계의 단일한 의미에서 벗어나 유동성, 다원성으로 전달하고 있는 점이 매우 시사적이다. 그것이 근대, 거기에서 여성적 이미지의 표상을 새롭게 현현해내는 것들이라고 할 수 있다.

시인은 '아담과 이브 시대'의 '사진' 속에서, '바느질 대신 아프리카종의 고양이를 데리고 노'는 여성, '구두를 벗고 파초잎'(<슬픈 그림>)으로 육체를 감싸고 있는 여성을 구체적으로 현현시킨다. 이 여성은 남성중심 사고 속에서 형성된 여성성의 신화를 막연하게 재현시키는 여성이 아니라 근대성이 여성성과 맺는 관계를 보여주는 매우 다양하고도 복잡한 그 어떤 것들을 함축하고 있는 여성이다. 이브는 근대성의 메타 속으로 들어와 여성 의식을 유동적으로 변화시키는, 그래서 성차 공간을 무화시키는 현실태로 작용한다. 이는 곧 근대화가 여성(인간 모두)의 삶을 확실히 개선시켰다고 가정하는 어떠한 진보 서사도 '에덴의 동산'처럼 소외되지 않은, 그래서 인간으로서는 최대치의 욕망이 충족되는 그 시원의 세계에 대한 신화를 깨뜨려 부술

수는 결코 없는 것이기 때문이다. 근대화로 인해 인간은 더욱 더 파시즘의 속도로 기계화 되었고, 자연을 재가공하고 개개인의 심리는 원자화되고 파편화되는 모순성을 확연히 드러내었기 때문이다.(<남대문 지하도>) 이브의 이미지는 매혹 혹은 반감-아담을 꼬인 마녀, 유혹하는 창녀-을 동시에 지닌 여성이다. 이러한 이미지는 근대성이 대변해 주는 여성의 이미지로서 본질적이고 천부적인 여성다움이라는 개념을 신화화한, 그래서 가부장적 담론들의 욕망을 재구성하는 것으로 읽혀지는 것들이다. 시인은 이러한 여성의 이미지를 지워내고 여성성을 새롭게 담아낸다. 그것은 기술 복제시대에 아우라(aura)가 상실된 예술 작품처럼 사진으로 이브의 이미지를 복제시키는 것이 아니라 시인의 의식 속에서 자연과 동일시된 원초적인, 능동적인 주체로서 여성적 이미지의 표상인 것이다. 이러한 행위는 무의식(잠, 꿈)을 통해서 구현되는 것들이다. 이렇게 현현되는 여성 인물들은 시텍스트 속에서의 아사녀와 평강공주와 낙랑의 처녀들인 실제여성 인물로 더욱 확산된다.

'아사녀'의 서사를 통해 지배 세력의 문화적(사회적, 정치적)과정을 진단해 내게 하며, 동시에 그것을 재생산하면서, 근대화 속에서 현존하는 상징적, 제도적 구조의 경계를 넘어 존재하는 진정한 여성성을 담아낸다. 곧 시인의 의식 속에서 소외되지 않고 파편화하지 않은 정체성의 표상으로서 여성인물에 대한 현현은 근대성의 본질 혹은 모순성142)을 드러내는 데 중요한 모티프로

---

142) 데카르트의 '코기토(cogito, 이성)'는 소위 진보, 이성, 민주주의 편에 서서 안정, 통합 등의 기표 속에 '절대적 진리화'시켜 세계를 변혁하고 무제한 속도로 발전시켜왔지만 근대화의 배면에 '합리적 이성'이라는 기표는 그것이 도구화된 이성으로 탈바꿈되고, 무질서, 파괴(1.2차 세계대전), 절망, 무정부 상태 등 무수히 많은 요소들이 미끄러지고 있음을 부인할 수는 없다. 더 나아가 남성/여성, 인간/자연, 백인(피식민)/흑인(식민) 등으로 이분화시킴으로써 이성중심주의는 남성중심의 지배담론을 견고하게 다져 왔음을 부정

작용하고 있는 것이다. 이는 시인이 근대의 자기 구성 속에서 비역사적, 혹은 타자로 규정되어진 여성성을 벗기고 주체로서의 여성을 드러낸 것이라고 할 수 있다.

'평강 공주'의 행위(의식)는 여성의 경험에서 자아와 세계와의 조화가 깊이 뿌리내리고 있음을 드러낸 것으로 이는 여성이 사회의 모순이나 억압에 의해 지배받지 않고 오히려 남성을 그러안음(허여성)으로 해서 남성보다 우월한, 그래서 자율적인 여성성의 핵심적 역할을 한다. 곧 수동성을 벗어난 여성적 이미지의 표상이 되는데, 이는 낙랑 시절의 처녀들에서 더 확연하게 부각시키고 있다. '낙랑의 여인'(공주)은 설화(역사적 서사) 속에서 욕망하는 여성 주체로서 위대한 열정(섹슈얼리티)이 초월적인 힘으로 작용하여 사적인 것의 영역을 넘어서 세계로 확대되고, 세계(당대 지배담론)를 고양시킨 여성 주체이다. 부언하면 남성 중심적 위계질서를 전복시킨, 그래서 정치적이고 공적인 것이 사적인 것과 감정적인 것에 따르는 부수 현상으로 변형되며, 그에 따라 지금 여기에서 재규정되고 있다. 더 나아가 낙랑 공주의 낭만적 사랑의 힘은 정치적 갈등도 무의미하게 한다. 이는 역사의 구속을 넘어서 형언할 스 없이 풍요로운 여성 의식으로 확산된다. 그것이 유동하는 여성의 육체성으로 드러내어 오늘날 '그네 타는 오늘의 열입곱 살' 여성으로 현현된다. 이러한 여성의 의식은 근대적 경험의 핵심에 자리 잡고 있는 것으로, 무언가 모를 불만과 불안-당대 시인이 처한 상황, 즉 '산도야지'처럼 처세하는 자-은 곧 인간이 근대화로 진입하면서 겪게 되는 갈등을 전면적으로 드러낸 것으로, 시인의 의식은 근대의 한 가운데에 서서 근대의 안과 밖 혹은 앞면과 뒷면의 가치나 모순을 모두 읽어내고 있는 것이다.

이처럼 시텍스트에 현현되는 여성의 이미지들을 통해서 실제

___

할 수 없다.

대상에서 유추되고 있는 이미지들을 넘어서 시인의 의식 속에서, 즉 근대적 여성성이 남성적 환상이나 편견에 의해 형성되었던 여성의 경험(역사의 사실적 서사, 혹은 설화)을 시화함으로써 진정한 '여성적 행위'를 한 여성성을 근대 한가운데로 현현시키고 있는 것이다. 이때 여성적 행위는 단순한 활동과는 대립되는 것이다. 활동은 지배적 담론의 팬터지, 곧 여성이 타자로서 그대로 그 담론에 의존하는 반면, 진정한 행위에는 그 팬터지를 가로지르는 과정이 수반되기 때문이다. 그것은 상징질서, 곧 근대화로 진입하는 남성 지배담론의 기능을 지탱해주는 타자로서 부속물이 아니라 그것을 건드려 파괴하고 또 맹렬하게 비판하는 여성 주체로서의 욕망이 부각되기 때문이다. 이러한 여성성의 표상들이 텍스트적, 제도적 바깥에 존재하는 동시에 시인의 의식 속에 있으므로 남성중심, 그 상징질서의 경계 안으로 들어와 그것들을 거스르고 파괴하고 전복시키는, 형언할 수 없는 다원성으로 작용을 하는 것이다. 그래서 시인의 의식, 언술 속에서 구현되고 있는 여성의 육체성, 여성의 욕망은 사회적, 문화적 젠더 공간에서 권력(당대의 남성중심 문단, 일제강점기, 양이데올로기)이나 위계질서와 교차하는 근대, 거기 한가운데를 가로지르기 하면서 동시에 가장 가장자리에서 그것들을 복합적이고 다양하게 존립시키게 된다. 왜냐하면 시인의 글쓰기는 남성중심 담론의 한 가운데를 가로 질러 있지만, 시인이 처한 위치는 여성으로서 가장자리(남성중심의 문단)에 놓여 있었기 때문이다.

결국 시인의 근대, 거기에는 여성이 주축을 이루고 있다. 이는 신화적 대상이 아닌, 진정한 기원으로 사회적, 문화적 상황, 즉 상징질서의 젠더 공간에서 훼손되지 않은, 그래서 근대의 한 중심에 존재하고 구체화되기 때문이다. 때문에 시인의 근대가 유년기 때문에 덜미를 잡힌 것도 아니고 더욱 엉거주춤하고 있는 것이 아니라 아주 명징하게 근대로 들어와 진보의 서사로서 유

기적인 여성 정체성이 근대화의 모순에도 훼손되지 않은 채 온
전히 보전되어 있는 상태를 드러냄으로써 시인의 글쓰기는 근
대성, 그 가장자리에 놓여 있는 동시에 가장 한가운데 위치하는
것이다.

이러한 것들은 일정한 시간의 흐름 속에 정지해 있는 것이
아닌, 언제나 과정 속에 있다. 그것은 그의 글쓰기요 문학이다.
그것은 노천명의 불행이자 행이기도 하다.

2. 문학, 그 불행과 행

노천명 시인의 문학을 생각하면, 깊은 상처와 질곡에 빠져
신음하는 눈이 맑은 사슴을 떠올리게 된다. 그녀는 우국지사
와 같은 삶을 살지도 못했고, 또 그렇게 살기도 힘든 역사를
살았으며, 그녀의 문학은 그런 상처와 고독을 자신의 불행한
운명으로 받아들여 이를 깊은 위안과 민족적인 공감의 문학
으로 드높여 승화시킨 한국 현대 문학의 '슬픈 상징'이었다.
그녀의 문학이 '슬픈 상징'일 수 있었던 것은 그녀의 문학이
작가 개인사적 질곡과 불행을 넘어서 한국의 뼈아픈 현대사
의 질곡과 불행을 고스란히 보여주고 있다는 점, 더욱이 자
신의 존재를 현대 한국 여성의 일반적 정서 속에 상징화함
으로써 한국 현대 여성시사의 한 중요한 출발점을 이루었다
는 점에 있을 것이다.143)

노천명 만큼 고색창연한 베일을 쓰고 있는 시인도 드물
것이다. '남색 치마 반회장 저고리로 외롭게 살다 간 시인',
'태어날 때부터 고독했던 여자', 잦아드는 눈물의 시인. 그녀
를 둘러싼 수사들은 그녀가 남긴 몇 장의 흑백 사진만큼이

---

143) 『노천명 전집』1. 4쪽. 편집자의 변에서

나 아련한 향수와 미감을 느끼게 한다. 어쩌면 그것은 한 시
인에 대한 이미지가 아니라 이화여전 출신의 지식인으로 신
문사 기자 생활을 했던 신여성. 평생 독신을 고집했던 고독
벽을 지녔던 추억 속의 한 여성에 대한 그리움이다.144)

문학을 하는 나이가 들수록 나는 내 문학에 대한 불만과
부단의 의혹을 품게 된다.
그러면서도 또 이 길을 버리고 다른 데로 들지 못하는 까
닭은 문학 자체에의 신념을 버리지 못할 뿐더러 그것은 또
점점 더 강렬하게 박혀지기 때문이다.
6.25 사변은 실로 내게서 여러 가지를 앗아가 버렸다. 수
십 년을 닦아논 여러 가지들을-말할 나위도 없는 것이 내
청춘까지를 앗아가버렸음에랴-
그러면서도 빼앗기지 않은 것이 있으니 바로 문학 그것이
다. 내게 남아 있는 오직 하나의 행(幸)이 아닐 수 없다.
잘하나 못하나 행이든 불행이든 나는 문학과 더불어 걸어
가기로 했다.

위의 글들을 통해서 노천명의 문학과 삶에 대해서 바라보고
느끼는 일반인들과 진지하게 연구한 논자와 그리고 시인 자신
의 생각을 동시에 들여다 볼 수 있다. 그래서 필자 또한 연구자
로서 그 속으로 들어가 그 안과 밖을 보게 된다. 이때 본고의
자세는 무반성적이고, 그래서 또 하나의 도그마를 다시 형성하
는 눈이 내재되어 있음을 전제한다.
김현자 교수처럼 "추억 속의 한 여성에 대한 그리움"이-연구하
는 자에 따라서 다르겠지만-절절하다 못해 가슴이 꽉 미어져 오
는 그 어떤 것을 연구자라면 느끼지 않았을까. 마치 정신분석에
서 분석가와 피분석가 사이에 이루어지는 '전이', 바로 그것처럼.

---

144) 김현자, 『식물적 상상력과 절제의 미감(美感)』, 『노천명 전집』1,
    295-317쪽.

때로 문학은 인간의 삶에 나타나는 현실적 모순들을 문제 삼으면서 사회의 결손이나 빈약함이 대해 보완적이고 수정적인 기능을 지닌다[145]고 한다면 현실적 모순들은 노천명 시인에게 있어서 어떠한 것들이었을까. 커다란 범주에서는 시대성인 일제하와 한국동란이 주축을 이루겠고, 작은 범주들은 여성으로 겪어야 했던 당대 남성중심의 문단이나, 여성 기자로서의 활동 등으로 묶여질 수 있을 것이다. 이러한 것들은 시인이 처한 외적 현실이며 또한 내적 현실이라고 할 수 있는데, 이는 '문학'이라는 카테고리 속에서 시로 형상화되고 있는 다양한 의미들이라고 할 수 있겠다. 이 둘을 아우르고 있는 것이 곧 시인의 글쓰기이다. 이러한 시인의 문학은 불행이며 행이다. 불행과 행은 근대성과 함께 한국의 정치적, 문화적 상황 속에서 한 개인(여성문인)이 처한 현실이 내재된, 그래서 젠더 공간에서의 시인의 삶이 중심부도 아닌 그렇다고 주변부도 아닌 그 '경계선'상에 놓여 있었다고 할 수 있다.

노천명의 문학이 '슬픈 상징'으로 고착되어진 것은 그의 문학이 한국 현대사의 질곡과 맞물리면서 6.25 사변은 실로 시인의 청춘까지를 앗아가 버렸기에 그리하겠지만 왜 '행복한 상징'으로는 읽혀지지 않고 있을까. "담장이 높은 그 감옥에서 나온 뒤 빼앗기지 않은 것이 있으니 바로 문학이 그것이다. 내게 남아 있는 것이 오직 하나의 행(幸)이 아닐 수 없다"는 시인의 말에서 '행복'을 읽어내면 아니 되는 것일까.

무슨 이유에서든 전쟁은 실로 모든 것을 얼어붙게 만든다. 모든 것은 한 개인의 자아이면서 세계이기도 하다. 이 모든 것은 피폐해진다. 승자나 패자나 할 것 없이.

'이 인파 속에서', '곧 얼음 모양 꼿꼿이 얼어 들어옴' 속에서, '이야기해볼 사람은 없어/ 마음을 접어가지고 안으로만 드'(<유

---

145) 허창운, 『현대 문학의 이해』, 창작과비평사, 1989, 48쪽.

274

월의 언덕>)는 시인은 '장미가 말을 배우지 않은 이유를 알겠다, 사슴이 말을 안하는 연유도 알겠다'고 단언을 하였다. 이는 곧 비이성적인 인과-당대의 상황-속에서 시인의 언어('말')가 재현의 기능을 상실하고, 즉 가로 막힌 언술로서 자기반사적 기능을 획득한다. 그것은 '현기증'(<독백>)으로 공중에서 선회를 하는, 그래서 지배담론과 마주칠 때에 일어나는 현기증이다. 풀 한 포기 나지 않는 허허벌판에서 공중 선회를 할 수밖에 없는 주체는 참으로 슬프다. 그 슬픔이 '처녀는 별처럼 머언 얘기를 삼켰더란다'(<옥촉서>)처럼 자연(태양, 바람, 하늘, 호수 등)으로 변용되거나 또 때로는 '마음이 외로운 때…/ 내가 이 손풍금을 장난하오'(<손풍금>)처럼 구체물로 변용되어진다. 그런데 시인의 삶 속에서 급격한 운명의 변화, 즉 한국동란이후 팽팽해질 대로 팽팽해진 양이데올로기의 거대한 틀 속에 갇혀 옴짝달싹 못하고, 그래서 '청춘까지도 앗아가버린 상태'에 놓였음에도 불구하고 놓지 않았던 그의 문학은, 슬픔은 자기 존재 확인과 세계로의 나아감의 발판이 되어 곧 '행복한 상징'이 된다.

'유명하다는 건 얼마나 거북한 차림차림이냐/ 이 거추장스런 것일레/ 나는 저기서도 여기서도/ 걸려 넘어지고/ 처참하게 찢겨졌다. 아무도 관심을 안 해주는 자리는/ 얼마나 또 편한 위치냐.' (<유명하다는 것>)에서 '슬픈 상징'이 아닌 '행복한 상징'을 읽어낼 수 있다. 시인의 패러독스적인 언술 속에 배어난다.

한국 문학사는 그렇게 행복하지만은 않다. 임화의 <이식문학론> 그 하나만으로도 충분히 불행하다. 그렇다면 일제강점기 그 속에서 과연 소위 지식인(문인)이라고 하는 계층들은 근대적 지층을 주체적으로 바로 잡고 있었을까. 해방이 되자마자 친일파, 곧 일제청산에 앞장 선 자들에 대한 처단을 하기 위하여 만들었던 제도가 어느 순간 슬며시 자취를 감추었고, 작금에 이르러서는 그 썩은 뿌리들을 가려내자고-소련이 붕괴해버림으로 해

서 거대 담론인 양이데올로기가 무산된 지 오래된 상태-한 쪽
진영(소위 민족작가 진영에 속하는)에서 들리는 소리들도 있었
다. 이 또한 잠시나마 요란(텔레비전 토론 등)하였다. 어찌되었
든 이러한 문제는 앞으로 노천명이 썼다는 몇 편의 친일시와
부역행위의 측면들을 여러 각도에서 재조명해 볼, 아주 중요한
논점인 것은 분명하다.146)이와 함께 해방 이후 분단과 한국전쟁
으로 이어지는 50년대는 근대의 인식론적 지층이 다시 한번 뒤
흔들리고 그 속에서 한국 문학사는 표류하고 있었다고 해도 과
언은 아닐 것이다. 해방공간의 문학, 전후 문학이라는 카테고리
속에서 낯선 기의들이 채워져, 마치 구멍처럼 뚫려버린 그 공간
이 우리들에게는 비극으로 자리매김 되어지는 것을 그 누구도
부인하기란 쉽지 않기 때문이다.

　'아무도 관심을 안해주는' 그 자리를 시인은 마침내 확보하였
다. 그 자리는 시인에게 있어서 아주 '편한 위치'가 된다. 이 자
리는 일제강점으로 인한 파행상태에 빠진 근대적 지층도 아니
요, 좌·우익의 대립 속에서 엄청난 광기를 드러내는 지배담론
의 자리도 아니기 때문이다.

　"그 담장이 높은 집 속에서 나는 몇 번인지 여기서 나가는
날엔 문학이고 무엇이고 다 집어 던져버리겠다고 마음을 먹었
던 것이 막상 나와 놓고 보니 문학에의 정열은 불사조 모양 잿

---

146) 80년대에 작고한 임종국은 거의 전 생애에 걸쳐 친일문학가들의
　　자료를 수집하였다. 이것이 정리되어 누군가에 의해 발간된다면,
　　일제하의 문인들(음악, 미술 등) 가운데 거의 모두는 친일파로 묶
　　여질 것이다. '그들'을 평가하고 단죄하고자 하는 이들은 '나라면
　　과연 일제강점기, 그 끔찍한 상황에서 어떠한 행위를 취했을까'
　　를 먼저 진지하게 생각해보아야 하지 않을까 한다. 왜냐하면 현재,
　　지금 여기서 '그들'을 바라보고 있는 '나'는 그야말로 거울단계에
　　있는 '오인(결핍)된 주체'임에도 불구하고 어쩌면 완전한 주체로 착
　　각한 상태에서, 그리고 혹 시뮬레이션으로-친일 행각과 작품성-읽
　　어내는 것은 아닌지. 먼저 '나'를 바로 인지한 연후에 '그들'에 대한
　　혹독한 평가와 함께 단죄 또한 이루어져야 하지 않을까 한다.

더미 속에서 피덕거리며 일어나 다시 내게 안겨졌다"처럼 노천
명의 글쓰기는 '불사조'처럼 사라지지 않고 높은 담장의 안과 밖
에서도 '피덕거리며' 다시 살아난다. 피덕거림은 시인의 자의식
이며, 능동적인 여성 주체의 행위이다. 말하는 주체로서 무의식
과 의식의 경계를 넘나드는 그의 글쓰기는 공중에서 선회하는
현기증처럼 위험스럽기도 하고 안전하기도 하다.

시인의 문학, 그 불행과 행은 말하기 속에서 기호들의 의미
작용으로 다양하게 이루어진다. 드러내지 않고서도 드러내지는
'말 줄이기'와 '말 늘리기'를 함으로써 형언할 수 없는 의미의 지
평을 열어 놓는다. 말 줄임은 소절과 리듬, 그리고 통사론적인
생략이 밖으로 확연하게 드러남을 의미한다. 시인의 말 줄이기
에서 통사론적 구조는 말줄임표에 의해 끝났지만 문장 내의 공
백을 의미하지는 않는다. 표층으로는 완전히 닫혀있지만 그 닫
혀 있는 그 지점에서 다양한 의미들이 중심부를 흔들기도 한다.
이것은 어떠한 해설이나 논리적이고 심리적인 설명을 피함으로
써 그것이 이미 자신의 언술 속에 현존하고 암시되어 있다는
것을 타자(청자, 대상)들에게 알려주려는 언술 전략으로 작용을
하는 것이다. 그래서 마치 해설 없는 정서의 단축된 담지자처럼
시인의 말 줄이기의 언술 양상은, 그 생략적인 글쓰기는 그것이
주변부에 처한 여성의 말하기의 특성으로 자리매김 된다. 한편
이와 대조적으로 시인은 시집 전반에 걸쳐 풀이표, 즉 말 늘리
기를 하고 있다. 그것들은 통제되지 않는, 여성 주체의 사적인
감정을 넘어서 세계로 널리 퍼져 나간다. 널리 퍼지는 시인의
의식에는 소외된 자, 주변부에서 살아가는 자들(<기계소리>,
<남대문 지하도>)을 향한 시인의 응시가 선재하고 있다. 그래
서 말 늘리기의 언술은 중심부를 뒤흔들어 놓는 전략적인 언술
이 된다. 예컨대 노동자 계층을 묘사하는 시인의 수사는 안분지
족으로 살아가는 당대 중심부(<시인에게>), 즉 지배적 계층의

허위의식에 찬 삶보다 훨씬 우월하다는 것을 확인시키고 그들의 허를 찌르면서 더 나아가 시인의 도덕적 숭고함까지 드러내고 있다. 이때 숭고함이란 노천명의 시텍스트의 의미 작용을 통해 드러나는 것으로서 무한을 향한 인간 정신의 열망을 표현하는 모든 표상들이다. 이 표상들은 곧 세속적인 것에 대한 지각과 비판 등을 불러일으키는 것들로서 당대 젠더 공간의 특성 속에서 공명하고 있다. 그렇기에 시인의 말하기 속에서 불행이었던 그것, 문학은 불행이 아닌 형이 된다.

그 행복은 시인에게 있어서 '신에게 감사할 수 있는'(<감사>) 충분조건이다.

'저 푸른 하늘과/ 태양을 볼 수 있'는 마음이 있으며, '대기를 마시며/ 내가 자유롭게 산보를 할 수 있는 한 충분히 행복하다.'(<감사>) 그 자유롭고 감사할 줄 아는 정신과 육체가 시인에게 있는한 충분히 행복하다. 행복한 시인의 가슴은 때론 호수에 있는 수선과 함께 하고 저 하늘의 별처럼 반짝인다. 무엇인가에 감사할 줄 아는 자가 진정코 행복한 자이다. 시인은 감옥에 갇힌 상태에서도, 그 곳을 벗어난 상태에서도 그만의 하늘이 있었기에 행복했으며, 그만의 별이 있었기에 행복했으며, 그만의 자유가 있었기에 행복했던 것이다.

노천명 시인은 어쩌면 가장 불행한 시대를 가장 힘들고 거칠게 횡단할 수밖에 없었던 여성시인 인지도 모른다. 그것은 여성으로서, 지식인으로서 문인으로서 걸어가야 했던 길이기에 일반인보다도 더 지난한 길이 아니었을까.147)그의 문학은 그래서 '슬픈 상징'이며, 그의 문학이 '행복한 상징'이기도 한 것은 지배 이데올로기에 함몰된 주체('누더기 속도 아니요, 붉은 계열도 아

---

147) 크리스테바는 우울증에서 헤어나오기 위해 환상을 창조하는 것이 지적인 즐거움의 시초이며, 예술가는 이 우울증이 더 크고 그것은 위대한 작품을 낳을 수 있다고 지적 한다. 크리스테바는 이것을 '검은 태양'이라 비유하기도 한다.

닌'<마음은 푸른 하늘을>)가 아니라 다양한 지배담론을 때론 거스르고 때론 그 안으로 자발적으로 들어감으로 해서 그의 글쓰기는 경계 안과 밖도 아닌, 바로 '경계선'상에 있게 되어 그의 문학은 '불행'이기도 하고 '행'이기도 한 것이다.

3. 어머니의 몸으로 되돌아가기, 그 비천함과 숭고함

국어사전에 풀이되어 있는 것을 보면, 여성(女性)은 남성처럼 '性에 따라 구별한 종류의 하나'이며, 여자(女子)는 '여성인 사람'이며, 여인(女人)은 '어른인 여자' 그리고 어머니는 '자기를 낳은 여자', 또는 '사물을 낳는 근본을 비유하여 이르는 말'이다.[148] 사전의 풀이대로라면 여성은 그야말로 남성과 동등한 위치에서 성차가 아닌 생물학적 차이를 지닌 주체로서 유기체의 한 종이다. 그런데 여자는 계집 '여'와 아들 '자'로 이루어진 기표이며, 이때 '자(子)'의 의미는 '열매 씨'의 뜻이 담겨 있다. 여자(女者)가 아니다. 유일하게 한자말이 아닌 순 우리말은 '어머니' 뿐이다. 왜 그럴까.

언어의 특성은 기표와 기의가 결코 일대 일로 짜 맞춤 되지 않는다는 사실에 있다. 언어는 너무도 자의적이며, 관습적인 것이다. 이때 관습적이란 것은 남성중심의 지배담론 혹은 가부장

---

148) '여자'에 대하여 풀이되고 있는 속담을 보면,
'여자는 높이 놀고 낮이 논다.' 이 뜻은 '여자는 시집가기에 따라서 귀해지기도 하고 천해지기도 한다는 말'로 풀이되고 있다.
'여자는 제고장 장날을 몰라야 팔자가 좋다.' 이 뜻은 '여자는 바깥 세상 일은 알 것 없이 집안에서 살림이나 알뜰히 하는 것이 행복하다는 말'로 풀이되고 있다.
이기문 감수, 『동아 새국어 사전』, 동아출판사, 1989.

적 이데올로기 속에서 알게 모르게 교육받고 혹은 교육 없이도
습득되어진 것 모두를 함축하고 있다. '여자'에 대한 폄하 또한
관습적인, 교육적인 그 일부분을 차지하고 있다.(국어사전에서
'여자'에 관한 속담을 풀이한 사람도 남성이다)

> 내가 좋아하던 평리(무과수)를 어머니가 머리맡에다 따놓
> 아 두시면 이걸 먹으며 나는 돌아누워서 병풍의 그림들과
> 온종일 심심치않게 노는 것이었다.
> 그림 속에는 시절을 낚는다는 낚싯대를 든 강태공도 있고,
> 임금이 되라는 말을 듣고 귀를 더럽혔다고 청천강에 가 귀
> 를 씻고 다시 소를 몰아 밭을 가는 요순 때 백성이 있었다.
> (이 얘기들은 모두가 어머니에게서 들은 것이었지만)
> 병풍에서 이런 것들을 보며 어머니가 해주신 얘기들을 새
> 기며 나는 늘 가만히 명상에 잠기곤 했다.
> 커서 시를 쓰게 된 것은 어찌 된 일인지 알 수 없다.
> 여인이 세상을 혼자 걸어간다는 일이 또 진정 외롭고 구
> 성진 사실인지도 모른다.[149]

위의 글은 노천명이 1945년 초 안국동 집에서 쓴 글이다. 시
인의 말 속에는 '나(내)'와 '어머니'와 '여인'의 관계성이 있다. 이
들은 여성이다. 노천명의 시텍스트에서 여성은 말하는 주체로서
여인과 어머니는 텍스트를 구축하는 대상들로서 그 의미 생성
은 결코 닫히지 않는 언어를 향하여 언어 안에서 언어를 가로
지르는 욕동 안에서, 그래서 그것들을 관통하는 욕동의 끊임없
는 주체가 된다. 노천명 시인에게 있어서 여성은 크게는 성모마
리아 혹은 이브 축의 양상으로 현현된다. 시인의 의식 속에서
여성은 마리아와 이브 모두이기도 하고, 그래서 제2의 성도 아
니요, 결함있는 남성도 아니요 더더욱 길러지는 여성도 아닌, 주

---

149) 이 글은 『현대시인전집』2에 실린 「자서」이다.
　　『노천명 전집』1, 236쪽에서 재인용.

280

체로서의 여성이다. 역사적 서사(혹은 설화)의 여성을 통해서
능동적이고 당당한 여성성을, 그리고 아브젝트한 양상들을 통해
서 진정한 여성 의식을 드러낸 것은 바로 시인의 글쓰기를 말
해주는 주요 토대가 된다.

'성서(성경)'대로라면 죄의 시작은 여자로부터이다. 한 여자로
인해 우리 모두(아담)는 원죄인이며, 죄의 대가로 멸망하게 된
다. 이브를 유혹한 대상은 뱀이다. 뱀은 누구인가? 타자(the
other)이다. 타자 때문에 여성 주체는 죄인으로 전락되어버린 것
이다. 그렇다면 원죄는 신에게 돌려져야 하는가. 아니면 끝까지
여성에게 돌려져야 할 것인가.

노천명은 '아담과 이브 시대'(<슬픈 그림>)를 지금, 그만의 시
선과 응시로 담아낸다. 시텍스트에서 발화되고 있는 여성 '이브
(여자·여인·어머니)'는 선악과를 따 먹기 이전, 원초적 인간으
로서의 몸(정신) 그 자체이다. 선과 악을 구별하는 의식은 죄를
짓고 난 후 주체들의 인식의 문제이기에 행위 이전(선악과를
딴)의 정신에는 어떠한 찌꺼기, 즉 아브젝트한 것들이 담겨질 수
없다. 여기까지의 여성은 '죄'가 들어오지 않은 상태이다. 이제
그 여성은 섹슈얼리티적 욕망을 드러낸 여인들과 '성모 마리아
를 비롯해 어머니는 괴로워야 했다'는 이 땅의 어머니들로 분화
되어, 즉 상징질서 체계 속에서 살아가는 여성들로 현현되고 있
다

페미니즘 이론에서 여성성을 드러내는 기표들은 이브와 성모
마리아의 축으로 크게 대별된다. 이브는 '여자'(창녀, 요부, 마녀,
유혹하는 여성)이고 성모마리아는 '어머니'(정숙한 여자, 아내,
순종하는 여성)이다.150)시인의 의식 속에서 춘향과 낙랑의 처녀

---

150) 남성중심의 전통 사회에서는 감싸주고 순종하고 이해하는 여성을
'어머니'라 부르고, 자유롭고 유혹하는 여성을 '창녀'라 부른다. 곧
남성들이 기꺼워하는 여성의 이름이 창녀이고, 굴종과 무기력의
상징이 되어버린 여성의 이름이 어머니인 것이다.

들 그리고 논개에게서 현현되는 여성성은 이브의 축을 이루고, 온달을 키워낸 평강공주, 그리고 굴욕을 유산으로 받은 이 땅의 어머니들은 성모마리아로 표상된다.151)이들의 섹슈얼리티적 양상들은 '장미, 사슴, 작약, 산딸기, 보리 등의 자연성의 이미지가 자아의 내면에 체화됨으로써 보고. 듣고 말하고, 느끼는 자기 인식의 지형을 열어가는 여성성을 드러내는 가능태로서 의미 작용을 한다.

이브로 대별되는 여자(춘향)는 '죄'를 지었던 여자다. 한 남자를 진정으로 '사랑할 줄 안 유일한' 여자였기 때문이다. '사정없이 장미가 뜯겨져'도(<아름다운 사벽을>) 여자의 정신과 육체는, 남성에 의해서 지배되거나 억압받거나 더욱이 좌지우지되는 여성이 아니었기에 남성 지배담론에 죄를 범한 여자가 된다. 지배담론에 굴복하지 않았기 때문이다. 이때 여자의 사랑이 중요한 것이 아니라 그 여자가 뒤집어 쓴 '형틀'을 누가 만들어 놓은 것인가가 중요하다. 남성 지배담론의 억압들(형틀)을 달게 들이마신 여자는 그것을 거스르고 파괴하는 존재로서 지배 권력의 측면에서는 자신들의 세계와 가치에 대한 경멸을 오만하게 표현하였기에 죄가 되고 또 적이 되기 때문이다. 때문에 시인은 춘향의 섹슈얼리티, 그 자체를 표상하고자 한 것이 아니라 바로 남성중심의 성담론(지배담론)을 뒤흔들어 놓은 여성으로 담아냄으로써 상징질서 속에서 살아가는 당당한 여성 의식을 부각시키고 있는

자포니쿠스 기획, 『어머니와 창녀- 새로운 페미니즘을 위하여』, 지인, 1994, 13-14쪽.

151) 흔히 페미니스트들(페미니즘 이론)에 의하면 여성은 창녀와 어머니 두 축을 모두 안고 있는 여성인데, 남성중심 사고에 의해서 분리되었기 때문에 유혹하는 여성을 남성들이 찬미하면서도 결혼은 어머니와 한다는 남성들의 모순성을 비판하는 시각이 대부분이다. 노천명의 글쓰기에는 여성은 바로 이브이며 마리아 두 측면, 즉 어느 한 쪽을 배제하거나 선택한 것이 아니라, 혹은 두 측면에서 갈등하였던 것이 아니라 시인의 의식 속에는 양 측이 모두 내재되어 여성성을 드러내고 있다는 점이다.

282

것이다. 때문에 춘향의 죄는 본원적인 것이 아니라 그것은 여성성, 여성의 욕망 속에서 아브젝션의 연속선상에서 위치하게 된다. 이때의 아브젝션은 추방해야 할, 분리되어야 할 다른 것으로 치부되는 것이 아니라 정결한 정신 속에서 남성중심의 권력체계를 뒤집기 할 수 있는 지점으로 인정하게 된다. 그 인정은 아브젝션의 힘152)이요 대상천시된 어머니('모진 바람이 눈 위에 소리칠 때마다 더운 방에선 잠을 못 자고'<어머니>), 그의 허여성이 가능케 한다.

'화신'으로 현현되고 있는 여성 주체, 논개인 화신은 오늘, 지금 여기에 현현되는 초언어적 흔적이며, 그 흔적을 가로지르고 있는 것이 시인의 의식이며 글쓰기이다. 그래서 당대의 권력들을 무너뜨린 행위는 지금도 인식하는 주체들에게는 무한한 희열의 원천이 된다. 이 희열은 당대(역사 속 왜장군과 지배 권력-기녀집단을 만든 고려, 조선조 사대부계층)의 제도나 상징 권력들에게는 아브젝트한 것이지만, 더욱 그것이 남성적 권력들에게 모든 것을 주는 듯하지만 '가슴의 장미를 뜯어버리는 날' 다시 빼앗는 자로서 철저한 속임수로 탈바꿈한 팜므 파탈의 진실된 행위였기에 여성 주체에게 있어 희열은 가중되는 것이다. 이는 권력과 성의 그 남근적 경제에 저항하는, 여성의 유희적 전략은 탈인격화된 주체가 아닌 바로 중심부로 뛰어드는 혹은 정치성을 띤 주체로서의 여성을 부각시킨다.

'장미모양/ 으스러지게 곱게 피는 사랑이 있다면/ 당신은 어떻게 하시죠'(<당신을 위해>)로 묻는 욕망하는 여성의 섹슈얼리티는, 시인의 욕망하는 그 섹슈얼리티는 그야말로 적극적이다 못해 파괴적이다. 그것은 낙랑 시절의 여인으로 분화되어 지금 여기에서 여성의 진정한 열정을 한 치 가림도 없이 그대로 드

152) 아브젝션은 스스로 나쁜 것을 밝혀내고 그 속에서 악을 추방한다. 크리스테바, 『공포의 권력』, 193쪽.

러낸다. 낙랑 여인(공주)은 사랑(고구려의 호동왕자)을 위해 자신의 뿌리(지배담론, 자명고를 찢은 행위)마저 배반한 여인이기 때문이다. 이 낙랑 여인들의 여성성은 유동한다. 자유롭게 욕망하는 섹슈얼리티에 몸과 마음을 온통 내 맡긴 죄 없는 여자이며, 선악과에 대한 금기를 위반한 원죄성을 지닌 이브와도 같다. 이 같은 여성의 양가성은 시인의 의식 속에서, 파토스로 천사화되고 이상화되는 것이 아니라 바로 그 양가적인 여성의 위치에서, 나약한 존재가 아닌 주체적('기상')인 여성으로 자명고를 찢는 행위에 이미 선재된다. 때문에 시인의 의식 속에서 현현되는 여성적 이미지는 수동적인 것 같으면서 능동적인 것, 죄를 범하지 않은 것 같으면서 죄를 범한 것 같은, 갖기 위해 버린 것 같은, 그래서 모두 아브젝트하다. 이때 아브젝트한 여성의 행위들은 도덕을 알면서도 그 가치를 부정하는 것이어서 아주 파렴치하고 음흉하다. 하지만 이 아브젝트가 나를 침범하거나 내 삶과 섞여질 때 그 절정을 이루고 나를 지탱해 주기 때문에 음흉하지만 매혹스러운 것이다. 이 여성의 행위는 로맨스적인 하위 플롯에 무게를 두고 있는 것이 아니라 텍스트에서 양이데올로기적 갈등의 피상성과 무의미함을 드러내 준다. 그렇기에 본능이 명명하는 대로 움직인 여성은 자기와 타자, 주체와 객체, 좀 더 깊이는 안과 밖 사이의 완고한 한계를 잃어버리거나 혹은 한계 짓지 못하는 그 경계선상에 있는 여성이 된다. 그래서 정치적인 것과 공적인 것은 사적인 것과 감정적인 것에 따르는 부수적인 것으로 변형되며, 더 나아가 여성 주체가 욕망하는, 그 유동성은 역사의 사적인 구속을 넘어 형언할 수 없이 풍요로운 정신의 지평, 다원성으로 고양된다. 이 같은 시인의 의식은, 즉 여성의 욕망하는 몸이 자유로운 성일 때 매우 매혹적이지만 저급한 육체적 충동일 때는 매우 위험스럽기도 하다. 시인은 이러한 것들을 걸러내지 않고 그대로 담아낸다.

　이제 이러한 여인들은, '길바닥엔 장미꽃이 피었다- 사라졌다 - 다시 피'(<돌아오는 길>)는 장미는 '들장미'(<내 가슴에 장미를>)가 되어 세계 속으로 나아가 '사슴처럼 뛰어'(<사슴의 노래>)다니는, 그래서 '찬비 뿌리고 바람 후들거려도/ 쓰러지지 않고, 헐 벗은 나는 이 땅의 딸/ 비바람 부짖는 속에 탑을 /싸 올리는 흰 손'(<여원부>)을 지닌, 이 땅의 강인하고 따뜻한 '어머니의 몸'으로 현현된다.

　그런데 여기까지 '오는 길'엔 너무도 지난한 것들이 놓여 있었다. 그것은 바로 시인이 처한 시대적(정치적, 사회적, 문화적 젠더 공간) 상황이었다. 시인은 '감옥'이라는 기표 하나로 모든 것을 담아 놓는다. '붉은 군대의 총부리를 받아/ 대한민국의 총부리를 받아'도 <마음은 푸른 하늘>에 있는 그의 글쓰기는 경계 선상에서 불로초처럼 결코 사라지지 않는다.

　세 번째 시집인 『별을 쳐다보며』에서 시인의 글쓰기는 '감옥' '안'에서 '밖'으로 향하는 그 어떤 것들이 앙금처럼 가라앉기도 하면서 폭발해버리는, 그래서 그것들을 이리저리 옮겨놓거나 또는 무화시켜 버린다. 그것은 '붉은 계열'에 대한 애착도 아니요 '대한'에 대한 애착도 아니요, 그래서 붉은 계열도 아닌 대한민국 계열도 아닌 그 경계선상에 놓여 있다. 시인에게 있어 그 끔찍한 곳은 아브젝트하지만 그것이 그에게 돌아와 거대한 힘을 지닌다. 감정의 진실, 그것의 폭발은 갇힌 자, 이름도 없이 기호만으로, 즉 '번호'만으로 불리워지는 자, 소외된 자, 허접 쓰레기, 더럽고, 비천한 것, 즉 시체와 구토물과 함께 뒤섞여진 아브젝트한 것들이며, 이것들은 글쓰기의 진실이다. 그 진실은 이 땅의 여인들이며, 어머니며, 여성인 시인 자신이다.

　일제강점기와 한국동란이라는 거대한 기표 아래로 얼어붙은 세계 속에서 기의들은 무수히 미끄러진다. 그것이 시인에게 있어 일제하에서는 각질화된 구체물에('바위'<포구의 밤>)처절하게 부딪히는 현실(파도 물결<포구의 밤>))이었다. 이를 시인은 '구원의 물소리'로 초월하고자 했으며, 그 소리는 그것을 거스르고 관통하는 시인의 울림이 내재된 소리이다. 그것이 때론 실어증처럼 마치 자신을 증언하듯, 때론 타자들의 사고를 증언하듯, 그 울림은 아브젝션된 상태에서 의미 생성을 한다. 그것들은 또 다시 한국동란이라는 시대적 상황 속에서 '감옥'이라는 견고한 구체물로 수많은 기호적 의미 작용을 한다. '철창', '패', '용수', '감옥', '번호', '시체', '비수' 등의 어휘들을 시인은 서슴없이, 너무도 솔직하게 있는 그대로 뱉어냄으로 해서 당대성, 혹은 일상적 삶을 살아가는 대상들, 특히 독자나 타자가 내용 모두를 이해 할 수 없게 하여 시인의 글쓰기가 파기·증오를 지칭하고 있음을 가늠하기 어렵게 한다. 그러나 기표 아래로 끝없이 미끄러지는 그 속에서, 혹은 언술의 생략적인 흔적 속에서 똬리를 틀고 있는 시인의 의식은 시인의 '주리를 틀리우는' 양이데올로기 그 어느 쪽에 대해서도 그의 글쓰기가 덧붙이거나 창조해 내는 것이 아니라, 더 나아가 변이를 낳게 하는 것이 아니라 오히려 의미를 분절하고 절단시키크 있음을 인지하게 한다.('가슴에 비수를 꽂는') 그렇기에 아브젝트한 상태에서 거대한 두 지표를 끌어내어 다시 밀어내는 의미 작용의 외양에까지 청자로 하여금 감정의 동일성을 가지게 한다. 시인의 의식은 소멸되지 않고 정신은 오히려 살아나 억압적인 기제들을 전복시키거나 와해시키는 여성 주체가 되고 있기 때문이다. 그것은 시인의 응시 속에서 자신을 직시할 뿐 아니라 타자를 향한 허여성, 그 자체로 그러안는 이 땅의 딸인 '어머니의 몸'이 있기에 가능한 것이다. 바로 성모마리아의 축을 이루는 여성이다.

이 땅의 딸들, 그들이 받은 '유산'이 있다. 그 유산은 '굴욕' 뿐이었다. 참으로 비천한, 아브젝션된 대상들이다. 이때 대상천시된 어머니는 자신만의 허여성, 바로 그것으로 그것이 갖는 타자와의 친밀함, 그 관계성 속에서 숭고함으로 변용시킴으로써 타자성(남성/여성이 대립되어 자기만이 주체라 하는 시각)의 비가치성 마저 지워내고 진정한 여성성을 부각시킨다. 이 여성은 순 한국적 토종으로 이 땅의 어머니들이다.(<여원부>) 이 어머니는 근대화의 물결 속에서 지배담론과 제휴하거나 아니면 대항한다거나 비판하는 여성을 넘어서 불평등한 지배적 담론 속에서도 오히려 타자를 그러안음으로 해서 도덕적, 윤리적, 정신적 주체로서의 진정한 여성으로 부각된다. 곧 남성/여성이라는 이분법적인 대립을 넘어서 휴머니즘적 차원으로 끌어 주고 있는, 시인의 글쓰기의 큰 축인 것이다.

노천명 시인의 글쓰기는 '경계선'상에 위치한다. 그 경계선은 참으로 위험하면서도 안전하기도 하다. 중심부도 아니요 그렇다고 주변부도 더더욱 아니기 때문이다. 주변부에 처한 주체로서의 여성이기 때문이다. 그의 몸과 정신은 양이데올로기의 어느 한 쪽에 위치하고 있지도 않기 때문이다. '나는 이 누더기 속에 있지 않다/ 이 붉은 계열 속에 있지 않다'는 목소리는 대항과 순응 사이에서 시인의 비판적 담론의 그 어떤 것들이 깊숙하게 숨어들어 있기 때문에 너무도 위험하지만 너무도 안전하다. '모든 굴욕은 나에게로 보내주시오/ 어머니께서 받은 유산이었습니다'는 목소리에는 당대의 사회적, 문화적 상황, 즉 젠더 공간에서의 위치와 삶이 주변부에 놓인 것을 그대로 노출시키는 동시에 시인의 의식이 중심부적인 대상들에게는 결코 도달할 수 없는, 그래서 오히려 중심부적 담론들을 거스르고 전복시키는 그것들이 내재되어 있기 때문이다.(<가난한 사람들>) 이러한 여성 주체는 때론 현기증을 일으키는-상징질서로 편입하기 위해 주체가 아브젝션시켜야만 하는 당위성-주체가 된다. 굴욕을 유산으로 받는 이 땅의 어머니들은 참으로 비천하지만, 그 아브젝션된 몸으로 타자를 그러안음으로 해서 승화된다. 타자를 품는 것은 몸 안에 이물질을 담는 것이다. 바로 타자를 품어서 탄생시키는 사랑과 고통이라는 무의식이다. 그렇기에 승화이고 바로 그것은 숭고하다. 어머니의 몸, 대상천시된 몸이 자신의 아브젝션을 극복하는 힘의 원천으로 작용하기 때문에 그 '어머니의 몸'으로 되돌아가는 주체는 참으로 형복할 수밖에 없다. 너무도 비천하지만 너무도 숭고한, 그래서 아브섹션된 이 땅의 딸들인 어머니는 그 어머니의 어머니의 몸은, 세상의 '탑'을 싸 올리는 '흰 손'들은 중심과 주변, 주체와 타자의 경계마저 무화시키는 여성 주체가 된다.

노천명 시인은 일제강점기에서는 '기댈 데 없이 지내기 36년'을 육지가 아닌 '바다로- 바다로- 나는 바다로 가리'라고 하였다.(<약속된 날이 있거니>) 그의 육체는 굴욕스러운 땅에 있었지만 그 마음은 바다라는 저 편, 대 카오스의 변증이 울리는 그곳에 있다. 근대라는 거대한 패러다임 속에서 또 하나의 대 혼란이었던 한국동란 이후에 양이테올로기에 의해서 감옥 안과 밖을 넘나들어야 했던 시인은 '우러러보는/ 마음의 푸른 하늘을 지녔음'으로 해서 그는 이 땅과 저 하늘의 경계선상에 있다. 이 때 이 땅에서 '참고 견디자니 오장이 터질 것만 같은'(<인경의 독백>) 그것들은 '어머니의 옥당목 치마 빛을 한' 원초적 어머니의 몸, 코라로 인해 결코 터지지 않으며, 타자의 위선(<시인에게>)이나 이기적이고 무절제한 것에 대하여 도덕적 지침을 제공하면서 윤리적 가치로 승화시키고 있는 그의 글쓰기는 너무나 매혹적이다. '공중에서 선회하는 그의 현기증', 그것처럼 그 모든 것들을 담아 놓고 있는 노천명의 글쓰기가 불안정하고 위험스럽지만 매우 매혹적이고 견고하기도 한 것은 바로 거기 '경계선'상에서 말하는 주체의 시선과 응시 속에 욕동을 가로지르는, '어머니의 몸'이 있기 때문인 것이다.

제6장 노천명의 여성적 글쓰기

본고는 노천명 시인의 여성적 글쓰기를 밝히고자 젠더 공간에서 시텍스트의 의미 작용에 논의의 중점을 두었다.

"여인이 세상을 혼자 걸어간다는 일이 또 진정 외롭고 구성진 사실인지도 모른다."

노천명 시인이 뱉어 낸 이 말은 여성, 즉 여자로 여인으로 어머니로 세상을 살아가는 사회적, 문화적 상황 속에서, 21세기로 접어든 상태에서 살아내기 해야 하는 이 땅의 여성들 혹은 어쩌면 남성들까지도 공감하고 함부로 거두어 내지 못할, 그래서 노천명만의 아포리즘이 아닐까.

지금까지 논의해 왔던 여성의 육체, 언술 양상, 여성 주체와 아브젝션의 기호적 의미 작용의 층위는 노천명의 글쓰기를 정립하기 위한 전제조건들이었다. 시인이 세계(대상)를 바라보고 또 그 여성이 스스로를 그렇게 인식하였던 다양한 방식을 고찰하기 위해 페미니즘적 시각에서 다시-보기 함으로써 노천명의 글쓰기를 새롭게 규명하게 되었다. 본고가 시텍스트를 분석하고 해석하였던 과정은 구조나 특수한 측면들, 즉 사회적, 문화적으로 구성된 젠더 공간에서 야기되는 여러 가정들을 전제로 하고 있으며, 끝없이 미끄러지는 해석 과정 속에서 기존의 논의들을 거스르기도 하고 비판적인 독해 형식으로서 텍스트를 보다 폭넓은 권력구조(남성중심 사고, 남근 비평)에 연결시키는, 그래서 상호작용하는 다양한 갈래의 영향과 결정, 인과성을 찾아내기 위함인 것이었다.

도입부에서 밝혔듯이 본고의 작업은 '왜 노천명 시인을 고독이나 향수나 결손의식 등으로 굵어두고 있을까'라는 의문에서부터 출발하였던 것이다. 그렇기에 본고의 핵심은 시텍스트를 심층적으로 분석하는데 논의의 중점을 두는 그것이었다. 부언하면 기존 연구의 고착된 상태에서 벗어나기 위해 부분적이나마 분명하게 가려내어 여성시의 가치 창출을 새롭게 자리매김해야 할 필요성이다. 여성의 글쓰기는 여성이 주체가 될 때와 타자성을 벗어나지 못했을 때에 너무도 다른 결과를 초래한다. 그것이 의식적이든 무의식적이든 작가의 글쓰기에 배어나기 때문이다. 이러한 것들은 어떠한 시각에서 누가(성별에 따라) 어떻게 읽어내는가에 따라 확연하게 달라질 수 있다.

먼저 노천명의 시텍스트에서 새롭게 읽혀지는 것은 여성 주체로서 여성성을 확고하게 드러내었다는 점이다. 시인은 육체성, 욕망과 섹슈얼리티적 양상, 여성 의식을 현현시킴으로써 기존의 남성 지배담론에서 반복적으로 비역사적인 영역에 위치시켰던 여성의 타자성을 지워내고, 그럼으로 해서 여성의 능동적인 힘, 동시대성, 인간성 등을 축소시키려 했던 젠더 공간의 모순된 양상들을 거두어 낸다. 이때 고전문학 텍스트, 역사(설화)속 여성 인물을 시화하여 새롭게 드러낸다. 시인은 막연히 과거의 여성 의식, 여성성에 대한 동경(향수)이 아니라 또 역사를 자율적으로 창조하는 주체라고 주장하는 것이 아니라 주체적으로 세계를 인식하는 바로 거기에 서 있는 능동적인 여성성을 부각시킨다. 그렇기에 시인의 의식 속에서 현현되는 여성과 그 여성의 욕망과 여성적 이미지들은 여성/남성의 양가성을 표현하는 핵심 영역으로 자리한다. 더 나아가 근대로 진입한 시대적 상황, 즉 사회적, 문화적, 정치적으로 복잡하게 뒤얽혀 있는 것의 일부분인 여성성을 일정한 형태로 고정시키는 전근대적 사고, 그것들을 전복한다. 때문에 시인의 글쓰기는 여성적 글쓰기로서 남성중심의 지배담론 (규범, 제도, 가치판단)에 의존하는 것이 아니라 이를 거스르는 거기에 있는 것이다. 이는 시인이 몸으로 글을 쓴 것이 아니라 그것들을 몸으로 정신으로 체화하였기에 가능하며, 그래서 자기 진행형의 글쓰기로 다원성과 유동성을 지닌다.

노천명은 여타 시인에 비해 말줄임표와 풀이표를 유독 많이 사용하고 있는 시인 가운데 하나라고 볼 수 있다. 사실 이토록 기호 사용을 많이 했던 여성시인은 당대(현재까지)의 여성 문인들 가운데 노천명 단 하나 뿐이라고 해도 과언은 아닐 것이다. 그의 언술 양상은 여성적 글쓰기의 한 특성으로 자리매김 된다.

말줄임표를 유난히 초기 시집에서 많이 사용하고 있었다는 것은 당대성, 즉 주변부에 처한 여성의 위치를 드러내주는 한 측면이 된다. 말 줄이기는 단순한 문장, 문맥의 생략이 아니라, 더욱 어떠한 해설이나 논리적이고 심리적인 설명을 더 이상 하지 않고 말을 멈춤으로써 오로지 그것이 이미 기호 속에 현존하고 암시되어 있다는 것을 말해준다. 감정 밑바닥으로부터 치밀어 오르는 그 내밀함 자체를 시인 스스로가 자신이 뱉어낸 언술 속에서 의미를 분절하고 절단시킴으로써 청자로 하여금 명확하게 이해할 수 없게 하는 동시에 말하는 주체의 감정에 동조하게 하고, 그래서 효과적인 의미를 보유한다. 이것은 여성으로 말하기의 한 측면을 부각시키는 동시에 생략적인 말하기 속에서 주변성을 드러내고 젠더 공간의 모순성을 담아내는, 그래서 전략적인 글쓰기의 한 축을 이룬다. 풀이표의 기호적 작용, 즉 말 늘리기 또한 시인의 또 하나의 언술 전략이 된다. 비교적 후기 시집으로 오면서 더 많이 사용하고 있는데, 이는 한국동란이라는 시대적 상황, 즉 양이데올로기에 의해 치욕적인 경험을 해야 했던 한 개인으로서, 그리고 여성시인으로 상징질서에서 말하는 주체로서의 욕동과도 연루된다고 볼 수 있다. 단어, 혹은 한 어절 중간과 끝에 계속해서 말 늘리기를 함으로써 시인의 목소리에 그것들을 스스로 지시하고 담아내 억압된 것으로부터의 일탈, 즉 세계로의 나아감이 된다. 이때 일탈은 말하는 주체로서의 존재 확인이며, 그것은 주변성을 거두어내는 것으로 언어의 수행에 있어서도 여성이 말하는 주체가 된다. 이러한 언술 양상들은 여성으로 말하기의 큰 축을 이루는 가운데 여성 주체로서 매혹적이고도 가장 비천한, 아브젝트한 양상 그 곳에서 시인의 글쓰기를 구축하는 새로운 구심점이 된다.

여성 주체와 아브젝션의 기호적 의미 작용의 층위는 본고가 노천명의 시텍스트성을 새롭게 밝힌 부분으로 그의 글쓰기의 핵심을 이룬다. 『별을 쳐다보며』에서 거의 전 시에 걸쳐 드러나는 아브젝트한 양상들은 다양한 기호들과 연유되어 크게는 근대, 양이데올로기의 범주, 그리고 주체와 타자와의 관계성으로 묶어진다. 이때 시인은 타자들의 시선과 응시 속에서 왜곡된, 비주체적인 것들을 밀어낸다. 더욱 가진 자와 굶주린 자, 잘난 자와 못생긴 자, 지식인과 공장여공 등으로 이분화되는 그 어느 한 계층이나 성별의 어느 한 쪽에 치우치고 있는 것이 아니라 그의 시선과 응시 속에서 이들을 모두 그러안기 하는 양상을 보인다. 시인은 서로 대립되는 두 계층의 부조화를 거절하는 것이 아니라 아브젝션의 심연을 향해 긴장하고 있는 나약한 의미망이나 기호들의 동질성 속에서 무한한 차이들을 그러모은다. 이것이 시인의 여성적 글쓰기의 특성이며, 그의 글쓰기의 힘인 것이다. 이때의 기표들은 시적 주체와 시적 타자와의 관계성 속에서 모두 아브젝트한데, 타자(청자)들을 때론 곤경에 빠지게 하지만, 아주 비천하고 더럽고 오염에 가득 차고 썩은 냄새가 나는 그것들이 오히려 주체에게는 매혹적인 것으로 되돌아와 의미 생성을 한다.

시인에게 있어 감옥은 죽음이요 시체와도 같다. 이는 노천명에게 있어 존재 자체가 죽음의 공포인 바깥으로부터 안을 분리하지 않거나 바깥에서 안으로, 혹은 안에서 바깥으로 끊임없이 들이마시는 숨막힘이다. 윤곽을 그릴 수 없는 고통과 진실이라는 양가적인 아브젝트로 작용한다. 이것들은 양이데올로기를 가로지르는 시인의 욕동 속에서 글쓰기의 큰 축을 이룬다. 시인은 스스로 아브젝트하게 드러냄으로써 의식을 광범하게 펼친다. 때론 감옥에서 용수가 씌어진 자신을 비수로 꽂아 가해 상태로 만들지만, 이는 자아가 소멸된 상태가 아니라 오히려 부활의 의미를 지닌다. 또 때로는 대상-감옥 밖으로 향한 것, 양이데올로기에 대한 확실한 감정-에 대한 욕망이 채워질 수 없는 불가능으로서 아브젝트에 의지하기도 한다. 그것은 진실하게 고백할 수도 없고(시로 형상화), 그러나 시적 주체와 아주 닮은, 그리고 불가능한 동일성과 결합하므로 결국 이루어질 수 없는 부적당한 것이므로 더욱 아브젝트한 것이다. 이때 시인은 이것들을 그러안기 한다. 바로 타자를 품어서 탄생시키는 사랑과 고통이라는 무의식이다. 타자를 품는 어머니의 몸은 가장 비천하지만 가장 숭고하다. 현기증에-상징질서로 편입하기 위해 주체가 아브젝션시켜야만 하는 당위성-시달리는 주체는 이 땅의 온갖 굴욕을 유산으로 받았기에 가장 비천하지만 그것이 바로 대상천시된 주체를 극복하는 힘의 원천으로 작용하기 때문에 너무도 숭고한 것이다. 시인의 시선과 응시 속에서 아브섹션된 이 땅의 딸들인 어머니는, 세상에서 탑을 싸 올리는 흰 손들은 승화되고, 그래서 가장 매혹적인 여성 주체가 된다. 그런데 이 여성 주체는 성스럽지만 성스러운 대관식이 없는 승화이기에 그의 글쓰기(문학)는 행복하지만 슬프기도 하다. 남성중심의 지배담론, 그 전근대성을 지우지 않는 한, 그리고 양이데올로기가 아직 지워지지 않는 한 그렇기 때문이다.

때문에 노천명의 글쓰기는 일관성 없는 감정(센티멘탈)의 표출이 아니고 그렇다고 해서 엘리트적이고 아방가르드적인 몸짓도 아니라 자기 진행형이며 언술 작용의 미학적인 글쓰기를 통해 욕망하는 여성 주체의 비전을 창출하는 가운데 지금, 여기 페미니즘과 관련된 주제들을 이미 탐구하고 있었다고 할 수 있

294

다. 이 지점에서 노천명의 여성적 글쓰기가 당당히 자리매김 된
다. 그 자리는 근대화라는 길 한가운데에 때로는 가장 가장자리
에 위치한 여성시인이, 그리고 진정성과 소외, 자연과 문화, 무
시간성과 역사 등의 이분법으로 정립되는 소위 전통/근대성의
대립 속에서, 일제강점기와 한국동란의 양이데올로기 거기에서
중심과 주변, 주체와 타자의 경계마저 무화시키는 거기가 바로
여성 주체로서 노천명의 글쓰기가 위치하고 있는 자리이다.

　노천명 시인, 그의 글쓰기는 그가 뱉어낸 '공중에서 선회하는
현기증'처럼 너무도 불안정하지만 매우 견고하기도 하다. 그 경
계선상에 위치하는 그 곳에서 여성적 글쓰기는 앞으로 더욱 강
렬하게 계속해서 의미 생성을 해낼지도 모른다. 엘렌 식수 말대
로라면 여성적 글쓰기는 단절의 글쓰기이며 동시에 탄생과 긍
정의 글쓰기이므로.

참고문헌

1. 시집과 산문집

『노천명 전집』 1 시, 솔, 1997.

『노천명 전집』 2 산문, 솔, 1997.

2. 국내 연구논저

권도현, 「孤獨과 니힐의 否定文學: 天命과 靑馬와 작가의 고뇌」, 『현대문학』, 1973. 10.

김광섭, 「詩人 天命과의 交友와 回想」, 『자유문학』, 1958. 7.

김남조, 「우리의 산 古典詩人 盧天命」, 『다리』, 1973. 6.

김삼주, 「노천명의 삶과 문학」, 『노천명』, 문학세계사, 1997.

김소명, 「노천명 연구」, 한국어문학연구 14집, 이화여대, 1974.

김옥순, 「노천명 시에 나타난 페미니스트적 시각」, 이화어문논집 14. 1996.

김용성, 「청초한 <고독의 성>」, 한국일보, 1973. 5. 13.

김재홍, 「노천명론」, 『한국현대시인연구』, 일지사, 1986.

김지향, 「사슴의 고독, 그 허상과 실상」, 『시문학』, 1973. 10.

김현자, 「고독한 오월의 시어」, 『문학사상』, 1975. 5.

_____, 「시어의 다양성과 그 의미-노천명론」, 『시와 <想像力의 構造>』, 문학과지성사, 1982.

_____, 「한국 여성시의 계보」, 『문학과 의식』, 신년호, 1992.

_____, 「페미니즘적 관점에서 본 한국현대시 연구」, 한국문화연구원 논총, 이화여대 인문과학 논집, 제64, 제1호, 1994.

박동규, 「향수의 미학」, 『문학사상』, 1975. 5.

신경림, 『모가지가 길어서 슬픈 사슴은』, 지문사, 1981.

오세영, 「무한에의 그리움」, 『꿈과 시』, 푸름사, 1998.

이성교, 「노천명의 시세계」, 『현대시학』, 1972, 2.

이인복, 「노천명론」, 『작가의 이상과 현실』, 태학사, 1999.

정창범, 「현대정신과 카토리시즘」, 『현대문학』, 1955. 5

허미자, 「현대시의 수사에 관한 연구」, 『녹원』 7집, 이화여대, 1962.

한계전, 「1930년 시에 나타난 고향 이미지에 관한 연구」, 『한국문화』 16, 서울대 한국문화연구소, 1994. 2.

3. 단행본 및 국외 번역본

김열규 외(공역), 『페미니즘과 문학』, 문예출판사, 1988.

김규원, 『몸의 확장』, 가산출판사, 2000.

김경수, 『문학의 편견』, 세계사, 1994.

김영철, 『현대 시론』, 건국대학교 출판부, 1993.

김형효, 『데리다의 해체철학』, 민음사, 1993.

조세핀 도노반, 『페미니즘 이론』, 김익두·이월영 옮김, 문예출판사, 1993.

데보라 카메론, 『페미니즘과 언어 이론』, 이기우 옮김, 한국문화사, 1995.

돌뢰즈·가타리, 『소수집단의 문학을 위하여』, 조한경 옮김, 문학과 지성사, 1992.

데이비드 로지 지음, 『20세기 문학비평』, 윤지관·이동하·김영희 옮김, 까치, 1984.

C. 라마자노글루(외), 『푸코와 페미니즘』, 최영·박정우·최경희·이희원, 동문선, 1998.

.K.K, 루트벤, 『페미니스트 문학비평』, 김경수 역, 문학과비평사, 1989.

머피, 페드릭 D, 『바흐친과 문화이론』, 정희수·여홍상 옮김, 문학과 지성사, 1995.

모릴 모이, 『성과 텍스트의 정치학』, 임옥희·이명호·정경심 공역, 한신문화사, 1994.

메기 험 지음, 『페미니즘 이론 사전』, 심경숙·염경숙 옮김, 삼신각, 1995.

미셸 푸코, 『성의 역사』 1, 2, 3. 이규현 역, 나남출판, 1990.

_____, 『광기의 역사』, 김부용 옮김, 인간사랑, 1991.

_____, 『비정상인들』, 박정자 옮김, 동문선, 2001.

베른트 비테 지음, 『발터 벤야민』, 안소현·이영희 옮김, 역사비
평사, 1994.

박찬부, 『현대정신분석비평』, 민음사, 1996.

윤소영 엮음, 『알튀세르와 라캉』, 공감, 1996.

이수연, 『메두사의 웃음』, 커뮤니케이션북스, 1998.

엘리자베스 라이트 편, 『페미니즘과 정신분석학 사전』, 박찬부·
정정호 외 옮김, 한신문화사, 1997.

한국여성연구회 문학분과 편역, 『여성해방문학의 논리』, 창작과비
평사, 1990.

수잔나 D. 월터스, 『이미지와 현실 사이의 여성들』, 도서출판 또
하나의 문화, 1999.

줄리아 크리스테바, 『시적 언어의 혁명』, 김인환 옮김, 동문선, 2000.

_____, 『공포의 권력』, 서민원 옮김, 동문선, 1999.

_____, 『미친 진실』, 서민원 옮김, 동문선, 2000.

_____, 『여성과 성스러움』, 임미경 옮김, 문학동네, 2002.

_____, 『사랑의 정신분석』, 김인환 옮김, 민음사, 1999.

자크 라캉, 『욕망 이론』, 권택영 엮음, 민승기·이미선·권택영
옮김, 문예출판사, 1994.

자포니쿠스기획, 『어머니와 창녀』, 지인, 1994.

최동현·임명진 편, 『페미니즘 문학론』, 한국문화사, 1996.

케이트 밀레트, 『성의 정치학』, 정의숙·조정호 공역, 현대사상사,

1994.

팸 모리스 지음, 『문학과 페미니즘』, 강희원 옮김, 문예출판사, 1997.

프로이트, 『창조적인 작가와 몽상』, 정장진 옮김, 열린책들, 1996.

· 저자 ·

· 임명숙   서울교대 국어교육과를 졸업하고 성신여대 대학원
국문과에서 박사학위를 받았다.
〈시와 산문〉으로 등단했으며, 시집 『그 바람이고
싶어라』, 『나는 이 만큼에서 아직도 서성이고 있다
』를 펴냈다. 논문으로는 「페미니즘적 시각으로 본
기녀시조 연구」, 「'젠더'공간에서의 여성적 글쓰기
양상 모색」, 「이상 시에 드러난 여성의 이미지, 그
'몸' 읽기」, 「페미니즘적 시각으로 본 '세경본풀이'
연구」, 「노천명 시에 드러난 여성주체와 '아브젝션'
의 기호적 의미망 연구」, 「한·퇴 여성시의 여성적
담론과 글쓰기 연구」, 「노천명의 여성적 글쓰기 연
구」 등이 있다. 저서로는 『기녀』가 있으며, 현재
서울교육대학교에 출강하고 있다

노천명 시와 페미니즘

· 초판 인쇄	2005년 11월 25일
· 초판 발행	2005년 11월 25일
· 지 은 이	임명숙
· 펴 낸 이	채종준
· 펴 낸 곳	한국학술정보(주)
	경기도 파주시 교하읍 문발리 526-2
	파주출판문화정보산업단지
	전화 031) 908-3181(대표) · 팩스 031) 908-3189
	홈페이지 http://www.kstudy.com
	e-mail(e-Book사업부) ebook@kstudy.com
· 등 록	제일산-115호(2000. 6. 19)
· 가 격	27,000원

ISBN   89-534-3487-4 93810 (Paper Book)
       89-534-3488-2 98810 (e-Book)